HANNS-JOSEF ORTHEIL

Die große Liebe

HANNS-JOSEF ORTHEIL

Die große Liebe

ROMAN

LUCHTERHAND

5 05 04 03

in der Verlagsgruppe Random House GmbH
Satz: Filmsatz Schröter, München
Druck und Bindung: GGP Media, Pößneck
 Printed in Germany
ISBN 3-630-87147-X

I

PLÖTZLICH das Meer, ganz nah, eine graue, stille, beinahe völlig beruhigte Fläche. Ich reckte mich auf und schaute auf die Uhr, zwei, drei Stunden hatte ich vielleicht geschlafen, jetzt war früher Morgen, kurz nach Fünf, ein Juli-Morgen an der italienischen Adria-Küste. Ich hatte das Meer einfach vergessen, jahrelang hatte ich es nicht gesehen, jetzt lag es mir wie eine weite Verheißung zu Füßen, unaufdringlich und groß, als bekäme ich mit ihm zu tun. Noch war die Sonne nicht da, der Himmel noch graublau und fahl, am Strand keine Bewegung, kein einziger Mensch, nur hier und da einige verlassene, verstreut stehende Liegestühle, Kinderspielzeug, Gerümpel, die schiefen, zusammengeklappten Sonnenschirmpilze, Liegengebliebenes … Doch all das reichte schon, mich zu erregen, es war eine meinen ganzen Körper erfassende Erregung, wie sie mich nach langen Nachtfahrten in Zügen oft in der Morgenfrühe befiel.

Zwei weitere Fahrgäste teilten das Zugabteil mit mir, ein stiller, keinen Laut von sich gebender Japaner und ein junger Schweizer, der sich in der Nacht umgezogen und schlafen gelegt hatte, als wäre er noch immer ein wenig bei sich zu Haus. Ich kletterte vorsichtig über die steifen, schlafenden Körper und trat auf den Gang, ruhig und schnell glitt der Zug durch die Landschaft, in der Ferne die grünen Olivenhügel des Südens, mit einem Mal spürte ich mein aufgeregt klopfendes, hellwaches Herz. Im Waschraum wusch ich mir durchs Gesicht, dann schaute ich, als müßte ich mich vergewissern, durch das heruntergezogene Fenster der Waggontür noch einmal hinaus. Das Meer! …, ja, das Meer, die Überraschung hielt an, der Eindruck stimmte, am liebsten wäre ich ausgestiegen, um jetzt, sofort, am Meer entlangzugehen, stundenlang, den ganzen Morgen, wie schön wäre es, dachte ich, so anzukommen, irgendwo ausgespuckt und gleich in der Weite verschwindend.

Dann blieb der Zug stehen, die Wolken hingen schwer und staubgrau über dem Wasser und verdeckten noch immer die Frühsonne, es war sehr still, die meisten Fahrgäste schliefen, der stehende Zug atmete aus, immer matter und ruhiger. Draußen, auf dem kleinen Dorfbahnsteig, ging das Zugpersonal auf und ab, als hätte alles so seine Ordnung und als befänden wir uns in einem Film der Fünfziger Jahre. Niemand sprach, eine wattige, dichte Wärme drang herein, vollgesogen mit dem Erdgeruch der nahen Umgebung, dann ein Pfiff, das Personal stieg wieder ein, und die Lok zog vorsichtig an, um unerwartet schnell zu beschleunigen. Mit einem Mal erreichte der Zug eine hohe Geschwindigkeit, die Küstenlandschaft raste wie kleingeschnitten vorbei, gefräst oder zerhäckselt von diesem Tempo.

Ich ging in den Speisewagen und trank einen starken, schwarzen Kaffee, als ich ins Abteil zurückkam, waren auch die beiden anderen Fahrgäste wach. Der Japaner, der die ganze Nacht unter einem bunten, wie ein Linnen über den Körper gebreiteten Tuch verbracht hatte, verbeugte sich kurz, während der junge Schweizer schon seine Verpflegung auspackte. Ich nahm die kaum handgroße, digitale Kamera, die Rudolf mir mitgegeben hatte, aus meinem Gepäck, setzte mich wieder ans Fenster und filmte das vorbeigleitende Meer. Manchmal drängten sich häßliche Häuser aus unverputztem Beton vor den Anblick, minimale Gerippe auf ein paar dürftigen Fundamenten, aber ich filmte weiter, denn das Meer leuchtete immer wieder zwischen diesen Bauten hervor. Allmählich belebte sich die Kulisse, einzelne Figuren standen am Strand und schauten mit verschränkten Armen in die Weite, manche waren auch in die Hocke gegangen, als wollten sie den Strand abtasten, es waren fast immer Männer, Männer ohne Begleitung oder höchstens zu zweit, tastende, lauschende, schauende Männer, vom Anblick des Meeres in eine seltsam ruhige Andacht versetzt.

Das alles erschien auf dem Display meiner Kamera, der kleine Bildschirm verwandelte es sofort in einen strahlenden Film. Der junge Schweizer beugte sich zu mir hinüber und warf einen Blick darauf, aha!, sagte er kurz und erstaunt, als habe er mit soviel Präzision nicht gerechnet. Auch mir erschien die Abbildung auf dem Bildschirm präziser, festlicher und genauer als das Original, erst gestern abend hatte Rudolf mir in München die Funktionen des kleinen Geräts erklärt, schließlich war ich nur ein Amateur, der den Umgang mit solchen Apparaten nicht wirklich beherrschte.

Einen kurzen Moment dachte ich daran, wie wir in der *Osteria italiana* zu Abend gegessen hatten, ich hatte Kohlrabisuppe, Kalbsnieren und Erdbeeren bestellt, und Rudolf hatte lange von allen nur möglichen Kamera-Feinheiten gesprochen, ganz detailliert, er wurde dabei immer verzückter, als habe er selbst diese Technik erfunden, während mir nichts anderes übriggeblieben war, als in der Bedienungsanleitung zu blättern. Ich hatte ihm nicht mehr folgen können, viel zu lange hatte ihn das Thema gepackt, es war mir seltsam vorgekommen, daß er mein Schweigen nicht bemerkt hatte, er hatte immer weitergesprochen, als müßte ich wirklich jede Einzelheit wissen. Rudolf war schon oft mit dieser kleinen Kamera gereist, manchmal kam es mir so vor, als reiste er nur, um sie auszuführen, immerzu dachte er in Einstellungen und Schnitten, der Beruf des Kameramannes prägte seine Wahrnehmung so sehr, daß er überhaupt nicht mehr naiv in die Welt schauen konnte. Ich hatte ihm schließlich nicht mehr zugehört, sondern auf die Geräusche draußen geachtet, manchmal, wenn neue Gäste hereingekommen waren, war ein frischer Windzug durch das Lokal gestreift, und ich hatte eine bittere Erdfeuchtigkeit gerochen, die Feuchtigkeit des leichten Regens, der so sehr zu den breiten Münchener Straßen paßte. Im Taxi zum Bahnhof hatte Rudolf wieder von Technischem gesprochen, als wäre er besorgt, ich könnte die Kamera falsch bedienen, ich hatte ihm sogar versprechen müssen, mich bei eventuellen Problemen zu melden. Jetzt, jenseits der Alpen, erschienen mir seine Beschwörungen wie eine deutsche Marotte, als verstünde er nichts vom schwerelosen, leichteren Leben auf dieser Seite der Berge.

Ich stoppte die Aufnahme, ein heller, kurzer Signalton erklang, plötzlich grinsten wir alle drei, sogar der Japaner tat amüsiert. Seit wir zusammen reisten, hatten wir kaum miteinander gesprochen, jeder reiste auf seine Weise, und als folgten wir einer unausgesprochenen Regel, blieben wir stumm und verkehrten miteinander nur pantomimisch, der Japaner schwieg wie ein Meister des Zen, während der junge Schweizer beinahe ununterbrochen werkelte, leise mit sich selbst redend.

Ich packte die Kamera weg, holte mein schwarzes Notizbuch hervor und begann zu schreiben. Die verhangene Sonne preßte noch eine Weile ein mattes Licht gegen den dichten Wolkenvorhang, dann sah ich die ersten, durch das Grau schießenden Sonnenflecken, sie sprangen über das Meer und zitterten in der Ferne, ich äugte immer wieder dorthin hinaus, während ich schrieb. *Zum ersten Mal seit vielen Jahren fahre ich wieder allein, ohne Kollegen, ohne Freunde, ohne eine Frau an meiner Seite. Ich hätte den Billigflug nach Pescara nehmen können, es hätte kaum mehr als eine Stunde gedauert, aber ich wollte noch einmal fahren wie früher, als Schüler und als Student, als es eine Sache der Ehre war, so billig wie möglich zu reisen. So habe ich zwei Stunden mitten in der Nacht auf dem Bahnhof von Bologna verbracht und später versucht, ausgestreckt, auf zwei harten Sitzen eines Zugabteils zu schlafen. Wie früher dehnte sich die Nacht und schien kein Ende zu nehmen, und wie früher war mit der ersten Helligkeit das alles vergessen und die Übermüdung wie weggeblasen. Sogar das alte Glücksgefühl ist wieder da, ein Gefühl, das mit dem Alleinreisen zu tun hat, als bräuchte man zum Alleinreisen Kraft, Überwindung und Ausdauer und als belohnte einen das Glück, wenn man von alledem genug aufbietet. Vielleicht ist das Glück aber auch eine Entspannung, denn erst jetzt, jenseits der Alpen, ist es mit den ersten Sonnenstrahlen da, erst jetzt, wo ich aufhöre, an München, die Arbeit und die Freunde zu denken. Seit einem Jahr gibt es die Frau an meiner Seite nicht mehr, noch vor wenigen Monaten hätte ich oft an sie denken müssen, ich glaube, das ist jetzt vorbei, auch die Frau an meiner Seite denkt nicht mehr an mich, vielleicht ist es uns tatsächlich gelungen, unsere gemeinsame Zeit hinter uns zu lassen, hinter uns, meine ich, nur ein Stück weit hinter uns, denn ich will nicht so tun, als hätte es diese Zeit nie gegeben.*

2

Wenige Stunden später kamen wir in San Benedetto an, unruhig und überstürzt strömten die meisten Reisenden dem Ausgang entgegen, ich ließ mir Zeit und ging den lautstarken Haufen, die sich dann sofort auf die bereits wartenden Autos und Taxis verteilten, langsam hinterher. Draußen vor dem Bahnhofsgebäude standen die blauen Überlandbusse mit laufenden Motoren und weit geöffneten Türen in der gleißenden Sonne, genau gegenüber aber saßen die alten Voyeure auf den weißen Plastikstühlen eines Cafés und beobachteten das Schauspiel. Ich nahm meinen Koffer und ging, den kleinen Rucksack auf dem Rücken, zu ihnen hinüber, ich grüßte freundlich, ließ das Gepäck draußen an einem Tisch stehen, bestellte meinen zweiten schwarzen Kaffee, nahm ihn mit nach draußen und setzte mich.

Rudolf hatte von San Benedetto als der *Stadt der Palmen* gesprochen, ich erinnerte mich daran, als ich die vielen sich aufreckenden Palmwedel auf den schuppig grautrockenen Stämmen sah, die die Straßenzüge entlang paradierten und bis dicht an den Bahnhof reichten. Ich nippte an dem Kaffee und schaute in die Runde, sofort sprach mich einer der Männer an und fragte, woher ich komme. Ich erzählte von München, Monaco, als wäre es ebenfalls eine italienische Stadt, gar nicht weit, er nickte laufend und sprach vom Sommer jetzt. Er sprach ganz präzise, als erinnere er sich an jeden einzelnen Tag im letzten Monat, vier, fünf kurze Regengüsse am Morgen, Temperaturen bereits über vierzig Grad, rasch wieder verziehende Gewitter manchmal in der Nacht, sonst aber die Gleichmäßigkeit ruhiger Tage, ein guter Sommer, zum Glück.

Die anderen Männer hörten uns zu, einer fragte, ob ich schon ein Hotel habe, und ich nannte den Namen, ein gutes Hotel, ein Familienhotel mit ausgezeichneter Küche, keine Touristen, antwortete er, als wollte er mir eine Freude machen. Aber ich, sagte ich, ich bin ein Tourist, ich bin ein Fremder. Sie sprechen sehr gut italienisch, Sie sind kein Fremder und auch kein Tourist, entgegnete der Alte, und die anderen stimmten zu, als wäre ich damit aufgenommen in ihren Club. Kommen Sie, sagte einer von ihnen, ich fahre Sie hin, mein Wagen steht dort, und als ich abwehrte und erklärte, lieber ein Taxi nehmen zu wollen, protestierten sie so laut, daß ich das Angebot annahm.

Während der Fahrt fielen mir die grünen Palmwedel wieder auf, oft waren die Häuser zu beiden Seiten vor lauter Palmen kaum zu sehen, den breiten Boulevard, der direkt am Meer verlief, schmückten gleich mehrere Reihen. Mein Fahrer drehte sich zu mir um und fragte, wie lange ich Ferien machen wolle, und ich antwortete, daß ich keine Ferien mache, sondern beruflich hier sei, als Journalist. Er tat erstaunt, als habe er etwas Bedeutsames gehört, er nahm an, ich sei für eine Zeitung unterwegs, für eine große Zeitung, setzte er noch hinzu, und ich korrigierte ihn und antwortete, daß ich fürs Fernsehen unterwegs sei und für einen Film recherchiere, einen Film über die Stadt, das Meer und das berühmte meeresbiologische Institut.

Diese Auskunft schien ihn noch munterer zu machen, er strich sich mit der Rechten übers Haar und murmelte etwas wie zur Probe vor sich hin, anscheinend überlegte er bereits, wie er mir helfen könne. Dann sprach er vom Hafen und davon, daß der Hafen das eigentliche Herz dieser Stadt sei, die ganze Stadt sei aus dem Hafen hervorgegangen, und er habe ihn noch genau vor Augen, als er nichts anderes gewesen sei als ein kleiner Fischerhafen, die großen bunten Segel der alten Schiffe gebe es jetzt im Museum zu sehen, im Museum am Hafen, gleich neben dem meeresbiologischen Institut.

Ich lehnte mich zurück und hörte ihm zu, ich mochte die liebende, schwärmerische Suada, mit der er erzählte, es hörte sich an, als spräche er ein altes, klares Latein. Als er vor dem Hotel hielt, griff ich nach meinem Gepäck und wollte mich von ihm verabschieden, aber er wehrte ab und begleitete mich hinein. Hinter der Rezeption stand ein Mann seines Alters mit einem Gesicht ewiger Bräune, er breitete die Arme aus, als wollte er uns gleich beide umarmen, trat dann aber ins Foyer, um seinen Freund leicht an der Schulter zu packen, sie schienen sich sehr lange zu kennen und sprachen miteinander in ganz vertraulichem, liebevollem Ton. Ich sagte mir, daß ich besonderes Glück gehabt hatte, von einem guten Freund des Hoteliers hierhergefahren worden zu sein, mein Fahrer erzählte von mir, als hätten wir den halben Morgen miteinander verbracht, schließlich kramte er eine Visitenkarte aus seinem Portemonnaie, überreichte sie mir und ging zur Tür, ich wollte ihm zum Abschied ein Trinkgeld geben, aber er wehrte ab, als wäre ein solches Angebot seiner nicht würdig.

Auch als er verschwunden war, hielt sich die gute Stimmung, der Hotelier stellte sich vor, nannte sich aber lediglich Carlo, als sei es ausgemacht, daß wir untereinander nur mit den Vornamen verkehrten. Ich zog gleich mit und deutete, als müßte nicht er mir, sondern ich ihm die Sprache beibringen, auf mich selbst, ich heiße Giovanni, Gio-vanni, sagte ich, und so standen Carlo und Giovanni einander gegenüber, als hätten sie gerade im Eiltempo einige lästige Hürden des Lebens mit Leichtigkeit übersprungen. Ich dachte auch gleich daran, wie hilfreich dieser Mann mir bei meiner Arbeit sein könne, auch bei früheren Reisen hatte ich manches Mal Glück mit Bekanntschaften dieser Art gehabt, die einem die richtigen Auskünfte gaben und oft die besten Wege zu einem Ziel wußten. Hatte man einen solchen zuverlässigen Menschen gefunden, kam man um vieles schneller voran, für kurze Zeit war man mit einem Eingeweihten im Bunde und näherte sich den Geheimnissen der Fremde nicht mehr wie jemand, der jeden Schritt allein tun mußte.

Carlo kratzte sich am Kopf, nahm einen Zimmerschlüssel vom Schlüsselbrett und begleitete mich zum Aufzug, er sagte, daß er mir ein sehr schönes Zimmer im fünften Stock geben werde, ein Zimmer mit Blick auf das Meer und zu den Bergen, er akzentuierte das *und* ganz besonders, als werde mir eine seltene Auszeichnung zuteil. Ich ging auch gleich auf das Spiel ein, das Meer *und* die Berge sagte auch ich, als ließe ich mir die Worte auf der Zunge zergehen. Mein Italienisch war nicht perfekt, aber ich besaß eine gute Aussprache, schon früher hatte ich meine Gesprächspartner damit oft so getäuscht, daß sie mich, solange der Vorrat der Wendungen reichte, für einen Italiener gehalten hatten. Auch an Carlo bemerkte ich diese Täuschung, sie war daran zu erkennen, daß er schnell und beiläufig sprach und die Wortenden verschleifte, er setzte voraus, daß ich alles verstand, irgendwann aber würde der Moment kommen, an dem ich diesen guten Glauben mit einem einzigen falschen Wort ins Wanken bringen würde.

Wir fuhren zusammen hinauf, oben öffnete er mit einem leichten Ächzen die Zimmertür und ließ mich eintreten. Es war ein großes, helles Zimmer, durch eine schmale Tür betrat man einen ums Eck laufenden Balkon, auf dem Tisch und Stühle standen. Ich blickte hinunter aufs Meer, es war ein überwältigender Anblick, die Strandpartien erschienen durch die Symmetrie der Sonnenschirme und Liegestühle wie breite, monochrome Streifen, die bis hinunter zum Leuchtturm nahe dem Hafen lückenlos dicht aufeinanderfolgten, an diesen bunten Teppich reihten sich die neueren Stadtteile mit ihren Hotels und den rechtwinklig aufeinandertreffenden Straßen, bis das Gelände allmählich zu den ockergelben, mattgrünen Hügeln hin anstieg.

Ich ging etwas fassungslos auf dem kleinen Balkon auf und ab, dieses Zimmer war ein richtiger Treffer, ich hätte gern etwas Passendes zu diesem starken Eindruck gesagt, aber vor lauter Glück verhedderte ich mich in Gedanken beim Durchspielen der Sätze, so daß ich nur sichtbar tief und befreit durchatmete, als wäre ich vollkommen hingerissen von dieser Kulisse. Carlo lächelte, als habe er nichts anderes erwartet, mir fiel plötzlich das Wort *Wohlgefallen* ein, *er betrachtet Dich mit Wohlgefallen*, dachte ich, das war genau die richtige Wendung, einen Moment suchte ich nach einer entsprechenden italienischen, fand aber wie benommen nichts annähernd Passendes. Er schien auch nichts Besonderes von mir zu erwarten, jedenfalls machte er meiner Verlegenheit ein Ende, indem er vom Mittagessen sprach, das Essen, sagte er, werde in einer halben Stunde serviert, sicher hätte ich Hunger genug, nach der langen, anstrengenden Reise. Ich sagte, daß ich in einer halben Stunde zur Stelle sein werde, ich mußte dabei etwas grinsen, denn meine Antwort kam jetzt sehr schnell und mitten hinein in seinen Satz, als hätte ich den Einsatz in einem Musikstück genau getroffen. Er nickte auch gleich, wünschte mir einen schönen Aufenthalt, bot mir seine Hilfe *für alle Fälle* an und zog sich mit jener Diskretion zurück, die mir noch einmal beweisen sollte, wie sehr er gerade mich als seinen besonders bevorzugten Gast schätzte.

Ich packte Koffer und Rucksack schnell aus, ging kurz unter die Dusche und setzte mich dann noch für einige Minuten nach draußen auf den Balkon. Im Vorgarten des Hotels standen die Gäste in kleinen Gruppen und warteten bereits auf das Essen, die Strände waren leer, kein Wind wehte, das starke Mittagssonnenlicht bleichte die Farben. Beim Verlassen des Zimmers blickte ich auf den kleinen Tisch neben der Garderobe: Die Handkamera, das Fernglas, das schwarze Notizbuch, Stifte aller Art, Zeichenpapier, ein Diktiergerät …, wie ein heutiges Stilleben, dachte ich, wie das Stillleben eines Handwerkers.

Unten an der Rezeption drängten sich die Gäste in dichten Trauben vor dem angeschlagenen Speisezettel, der laut vorgelesen und ausführlich kommentiert wurde, Carlo bemerkte mich, kam zu mir und führte mich in den Speisesaal, wo er mir einen kleinen Tisch zuwies. Er fragte, ob ich allein sitzen wolle, doch er wartete meine Antwort nur aus Höflichkeit ab, in Wahrheit rechnete er mit nichts anderem, einer wie ich saß allein, *solo*, fast hätte ich ihn mit einem *solissimo* überboten, zum Glück beließ ich es bei einem zustimmenden Nicken. Wenn wie heute alles beinahe ohne mein Zutun gelang, machte sich in meinem Wortschatz manchmal eine gewisse Albernheit breit, ich wußte, daß ich mich davor hüten mußte, es war längst noch nicht klar, ob ein Mann wie Carlo so etwas richtig verstand. Ich nahm Platz, doch das unterdrückte Wort plagte mich wie ein Ohrwurm, *solissimo*, ging es mir immerzu durch den Kopf, Carlo schaute zu, wie ich mich setzte, schließlich sagte ich, als hätte ich endlich das passende Wort für diese Situation gefunden, ja, genau, bis ich eine attraktive Bekanntschaft gemacht habe, will ich einen Tisch für mich allein. Ich bereute sofort, was ich gesagt hatte, *attraktive Bekanntschaft* paßte ganz und gar nicht zu mir, so eine Wendung machte mich älter, geradezu häßlich alt, ich hatte mich vergaloppiert, aber Carlo tat so, als hätte ich lediglich etwas Freundliches, Nichtiges gesagt, pure Konversation, wir werden sehen, antwortete er, ich war geradezu erleichtert, wie er über mein Gerede hinwegging.

Am Nachbartisch saß ein älteres Ehepaar, das mich sofort begrüßte, ich grüßte zurück und schlug das meeresbiologische Fachbuch auf, das ich zum Essen mitgenommen hatte. Die Gäste setzten sich jetzt an die weiß gedeckten Tische, jeder einzelne Tisch war sorgfältig gedeckt, die Weingläser schimmernd neben den gedrungenen Wassergläsern, das Besteck in Reih und Glied, die Servietten eingerollt in weiße Serviettenringe, die bereits entkorkte Flasche Wein mit dem kleinen goldenen Reif, auf dem sich die Zimmernummer befand, neben der Wasserkaraffe. Dann wurde das Murmeln leiser, die Erwartung stieg, und wie auf einen geheimen Befehl eilten die jungen Kellner dicht hintereinander mit den dampfenden, silbernen Platten herein.

3

Ich zog den Korken aus der gut gekühlten Weißweinflasche, schenkte mir ein Glas ein und trank einen Schluck, sofort, ohne jede Verzögerung, spürte ich die Wirkung des Alkohols, als nähme er sich meiner Müdigkeit an, um sie schlagartig zu vertreiben, es war wie ein kurzer, animierender Schock, so daß ich gleich einen zweiten Schluck nahm.

Die Kellner zogen mit den bunten Spaghetti-Bergen durch die Reihen, um sie auf die hingeschobenen großen Teller zu verteilen, die Stimmung im Saal war jetzt beinahe ausgelassen, man hörte die anfeuernden, kommentierenden Rufe der Gäste, wenn sich die Spaghetti-Fäden auf die Teller senkten. Da ich ganz am äußersten Rand des Saales, nahe der großen Fensterfront, saß und so schnell nicht bedient werden würde, schlug ich das meeresbiologische Fachbuch auf, am nächsten Morgen hatte ich meinen ersten Termin im Museum, zumindest einige Grundbegriffe, die ich mir in den letzten Wochen angelesen hatte, wollte ich auffrischen.

Am meisten hatten mich die Kapitel über die Lebensräume im Meer interessiert, immer wieder war ich an den Abbildungen dieser Seiten hängengeblieben. Der Algenbereich mit seinen Grün-, Rot- und Brauntönen, mikroskopisch kleine Sträucher, in denen sich die Krebse verfingen. Der graugrüne Sandboden mit den kaum erkennbaren Umrißabdrükken der Plattfische. Der schlammige Grüngrund, pastos, mit bemoosten Muscheln und den Texturen von kleinen fünfarmigen Sternen.

Ich starrte mal auf die Bilder, mal hinaus auf den Boulevard, der Blick flog über den Palmwedelteppich des Hotelvorgartens auf die im Sonnenlicht glitzernde Meeresfläche, bis hin zu den Segelbooten am weißen Horizontstreifen. Ich füllte das Wasserglas und leerte es gleich, dann stand der junge Kellner neben mir und bot mir die Pasta an, spaghettini, sagte er, ich serviere Ihnen spaghettini, mögen Sie spaghettini?

Die dünnen Nudelfäden schlangen sich um dunkle Oliven, Kapern, kleine Tomatenstücke und rosa Anchovis, grüne, spitz zulaufende Blätter lagen mittendrin wie ein zentrales Nest. Was sind das für Blätter? fragte ich. Zitronenblätter, antwortete der Kellner, das sind Zitronenblätter.

Ich nahm noch einen Schluck Wein, als ich die Nudeln mit der Gabel aufzurollen begann, fischte ich in den Tiefen des Meeres. Die zusammengerollten grünen Zitronenblätter erinnerten an die Algenwälder der Abbildungen, das ganze Gericht schmeckte intensiv nach Meer und Fisch.

Ich sehe, es schmeckt Ihnen, sagte der ältere Mann am Nebentisch. Wem sollte so etwas nicht schmecken? antwortete ich. Ah, nicht alle mögen Fisch, sagte er, aber wenn man hier keinen Fisch mag, sollte man zu Hause bleiben. Unbedingt, antwortete ich, man sollte in die Berge fahren und sich an fetten Landwürsten mästen.

Nun ja, sagte er, auch fette Landwürste sind nicht zu verachten, kaum eine halbe Stunde von hier ist man schon in den Bergen, wo es sehr gute gibt.

Da er mit seiner Frau kaum ein Wort wechselte, war er anscheinend froh, einen anderen Gesprächspartner gefunden zu haben, sein Gesicht war gerötet, *freudig gerötet*, dachte ich und überlegte, wie ich ihn auf Distanz halten konnte. Er hob sein Glas und prostete mir zu, salute, sagte er, und ich dachte *salute*, *cum grano salis*, *salute*, wieder war ich in einen leichten Wortwirrwarr geraten.

Was lesen Sie denn da, fragte er, es sieht aus wie ein Kochbuch. O neinnein, antwortete ich, das ist kein Kochbuch, sondern ein meeresbiologisches Fachbuch. Sie sind Meeresbiologe? fragte er sofort nach.

Ich erklärte ihm kurz, was mich nach San Benedetto geführt hatte, er tat beeindruckt, als wäre die Arbeit eines Fernseh-Redakteurs etwas Besonderes, ja Exquisites, ich schenkte mir Wein nach und vertiefte mich mit gespieltem Interesse wieder in mein Fachbuch.

Ich las von Einzellern, Ultra- und Mikro-Plankton, ich betrachtete die Kleinstorganismen, die sich dicht an das, wie es hieß, »Oberflächenhäutchen« des Meeres schmiegten. Unterhalb der schwebenden, kaum beweglichen Schicht gab es schwerere, aber immer noch passiv schwimmende Wesen wie etwa die Veilchenschnecken, die angeblich auf selbstgebauten Schaumflößen dahertrieben, aktiver waren die umherschweifenden Arten, denen es aber auch nicht gelang, gegen die Strömung anzuschwimmen, erst die Fische waren aktive Schwimmer und wechselten ihre Lebensräume aus eigener Kraft.

Winzige Schnecken in leeren Seepockengehäusen ..., das Wasserrelief der Kalkausfällungen auf grauen Steinen ..., Seeigel- und Molluskenschalen auf schwerem Grobsand – die präzisen Fotografien übten einen so stark ästhetischen Reiz auf mich aus, daß ich gar nicht darauf achtete, was sie mir eigentlich erklären sollten, ich betrachtete sie eher wie kleine Bilder, die mich an eigene Meereseindrücke erinnerten. Worte wie »Seepockengehäuse« oder »Kalkausfällungen« las ich mehrmals, in ihrer anschaulichen Präzision gefielen sie mir besonders, daneben verstärkten sie die Neugierde, ich freute mich auf meinen ersten Gang am Meer entlang, wo ich all das wiederzufinden hoffte.

Als ich umblätterte, stand Carlo neben mir und blickte mir über die Schulter, zu Beginn der Mahlzeit hatte er sich allein an einen kleinen Tisch hinter der Tür gesetzt, das schien sein Platz zu sein, der Platz des Beobachters, der alles übersah und kaum etwas aß. In ruhigem Ton fragte er, ob ich zufrieden sei, und ich antwortete, der Wein sei zu gut, ich trinke zuviel davon. Sie werden sich an ihn gewöhnen, sagte er, jedenfalls beneide ich Sie, ich komme weder zum Trinken noch zum Essen, wenn die Gäste zugreifen, verliere ich jeden Appetit.

Er sprach sehr leise mit mir, es war ein Flüstern, als wollte er vermeiden, daß noch andere das Gespräch hörten. Wir redeten miteinander, als hätten wir Geheimnisse, es war ein seltsamer Dialog, wie zwischen Eingeweihten, die die anderen links liegen ließen. Ich werde Sie zum Essen einladen, sagte ich schließlich, irgendwo da draußen am Meer, damit Sie einmal etwas von der Welt zu sehen bekommen. Ich danke, Sie sind sehr freundlich, antwortete er grinsend und ging wieder zurück an seinen Tisch.

Während ich ihm hinterherschaute, wußte ich endgültig, daß ich in ihm eine Art Partner gefunden hatte, das Treiben der Gäste schien er mit leichter Ironie zu verfolgen, vielleicht war ich für ihn einer, dem er ebenfalls Distanz und Ironie zutraute, jedenfalls hatte unser Gespräch einen Ton angenommen, als wären wir zwei erfahrene Aufsichtspersonen für einen Haufen verwöhnter Kinder.

Nach dem Essen trank ich an der Bar im Foyer des Hotels einen doppelten schwarzen Kaffee und ging hinauf auf mein Zimmer. Die meisten Gäste begaben sich jetzt zur Ruhe, zwei, drei Stunden würden sie während der größten Hitze des Tages in ihren kühlen Zimmern verbringen, auch ich war sehr müde, die beinahe schlaflos verbrachte Nacht im Zug hinterließ ihre Spuren, doch war ich zu neugierig und unruhig, um dem Beispiel der anderen zu folgen.

So packte ich einige Utensilien in meinen Rucksack und verließ das Hotel, ich überquerte den breiten Boulevard, ging über einen schmalen Steinplattenstreifen ans Meer, zog Schuhe und Strümpfe aus, krempelte meine Hose hoch und watete einige Schritte hinein. Das Meer war sehr ruhig, die Wellen glitten ungebrochen an Land und legten sich wie feine Netze aus Schaum über den glatten, aufschimmernden Sand. Ich breitete die Arme aus, wie zum Flug, so verharrte ich kurz, ohne Bewegung, ich war angekommen.

4

Die liegestuhlreihen waren jetzt am späten Mittag fast leer, nur hier und da döste ein einzelner Schläfer, die Rettungs- und Tretboote kauerten zwischen den Reihen im tieferen Sand, zu jeder Strandpartie gehörte ein kleines Café oder ein Restaurant, weiter hinten, am Boulevard.

Ich ging barfuß am Meer entlang, meine Füße hinterließen im niedrigen Wasser einen prägnanten Abdruck, den die flachen Wellen sofort wieder wegspülten. Ich sah bleiche Schwämme und Flechten, gummiartige Mooshände zwischen Muscheln und Schnecken, fast durchsichtige Krebsskelette lagen neben gestreiften Mövenfedern und gallertigen Trauben leerer Eihülsen, ich fixierte das alles und nahm mir vor, es später einmal zu filmen.

So ging ich, den Blick meist nur auf einen schmalen Uferstreifen gerichtet, bis die feinen Sandstrände aufhörten und, weit draußen, schon am Rande der Stadt, von Steinhalden und einer schwer zugänglichen Steppe abgelöst wurden. Ich trank etwas Wasser und legte mich in einen Felsschatten, meine Augen tränten im beizenden Sonnenlicht vor Überanstrengung, als ich den Kopf ganz zurück, auf den Sand fallenließ, schlief ich sofort ein.

Das Keuchen eines Hundes ganz in meiner Nähe weckte mich. Ich hatte beinahe zwei Stunden geschlafen, die Sonne stand über den Hügeln, und die Strandpartien hatten sich längst wieder gefüllt. Ich stand auf und ging den langen Weg zurück, Läufer trabten am Meer entlang, Boccia-, Fußball- und Federballspieler kreuzten den Weg, dazwischen fliegende Händler, mit bunten Tüchern, Uhren und Kokosnüssen. Der gesamte Küstenstreifen war jetzt in Bewegung, wippend und swingend, ein einziges Sport- und Spiele-Terrain, die Windsurfer schossen hinaus aufs Meer, zwischen den Plätzen der Volleyballspieler drehten sich die Trampolinspringer, das Ganze war unterlegt mit Musik, Ansagen und lauter Werbung, wie ein lärmender Schreckensreigen in Filmen von Jacques Tati.

Ich ließ alles hinter mir und erreichte endlich die Mole, der Lärm verebbte, und die Sonne zog ihr Licht langsam ab, so daß die Farben satter hervortraten, orange, grün und gelb, beinahe metallisch. Die schmale Molenzunge bestand zum

Meer hin aus schweren Steinquadern, ich stieg hinauf und tänzelte auf ihnen entlang, bis an ihrem Ende, in Nähe der Hafeneinfahrt, eine Sprossenleiter hinauf zu dem Ausguck neben dem blinkenden Laternenlicht führte. Von oben sah ich das Panorama der Küste, es sah aus wie ein schimmernder Halbreif, eingefaßt von den Flutlichtzonen der Strandrestaurants. Ich konnte kaum glauben, daß ich in den letzten Stunden diese ganze Strecke zurückgelegt hatte, schon reihten sich die stärksten Bilder zu einer Folge, wie ich sie mir als eine Sequenz in dem späteren Film gut vorstellen konnte. Ein Schwenk vom Balkon meines Hotels, die Küste entlang, ein paar Standbilder am Mittag zwischen den leeren Liegestuhlreihen, eine Totale von hier oben am Abend …, von einem so sonnigen Tag wie dem heutigen würde das eine gute Vorstellung ergeben.

Wieder hinabgestiegen, sah ich unten, daß jemand auf den schweren, dunkelroten Betonsockel des Ausgucks in blauer Schrift *Il rumore del mare* gesprüht hatte, auch das mußte ich filmen, vielleicht eignete sich die naive Buchstabendramatik dieses Blaus sogar als Filmtitel. Während ich auf den Steinquadern der Mole zurücklief, begegnete ich einigen Anglern, die stumm aufs dunkle Meer hinausschauten. Hier draußen, nahe dem Hafen, befand ich mich in einem stillen, geschützten Bereich, es war die Zone der einsamen Radfahrer und Liebespaare, die allein und unbeobachtet sein wollten.

Erst jetzt fiel mir die kleine Trattoria am Anfang der Mole auf, deren gläserner Kubus von allen Seiten einzusehen war, er stand direkt neben einigen aufgebockten Schiffen, die zur Reparatur auf eine weite, öde Strandfläche gebracht worden waren. In der Küche begannen gerade die Kochvorbereitungen, die Tische drinnen waren bereits gedeckt, bei diesem Anblick befiel mich ein jäher Hunger.

Ich ging hinein, die meisten Plätze waren reserviert, aber ich bekam noch einen freien Tisch in einer Ecke. So bestellte ich wenig später als erster, schon den ganzen Nachmittag hatte ich an gegrillten Fisch gedacht, eine gegrillte Brasse wollte ich essen, eine gegrillte Brasse mit viel Zitrone, dazu etwas Salat, das würde reichen.

Ich blätterte noch etwas in dem meeresbiologischen Fachbuch, ich trank leichten Weißwein, doch als sich das Lokal immer mehr füllte, sehnte ich mich plötzlich nach einem Gegenüber. Auf vielen Reisen war ich allein gewesen, meine Arbeit brachte das mit sich, so daß ich mich auskannte mit dem Alleinsein und wußte, wie ich mit seinen überfallartigen Melancholien umgehen mußte. Ich durfte nicht allzuviel trinken, auf keinen Fall, und ich mußte mich ablenken, durch ein paar Notizen oder einfach dadurch, daß ich meine Umgebung beobachtete.

An diesem Abend aber fühlte ich mich zu schwach für solche Ablenkungsmanöver, ich wollte gerade eine weitere Karaffe Wein bestellen, als der Fisch serviert wurde. Durch die große Hitze war seine silberne Haut an den Rändern transparent geworden und ließ das weiße Fleisch durchscheinen, neben dem Auge trat das Skelett des Kiemendeckels hervor. Als ich ihn zu filetieren begann, legte sich meine Unruhe und wich der Lust auf das Essen. Ich ließ mir den größten verfügbaren Teller geben und drapierte die leicht angebräunten Fischstreifen nebeneinander, dann beträufelte ich alles mit Zitronensaft, nippte noch einmal an meinem Weinglas und begann die Mahlzeit.

Während ich aß, füllte sich das Lokal rasch, und bald tobte in ihm ein beinahe höllischer Lärm. Die großen Gruppen, die die Tische bevölkerten, sprachen ungeniert laut miteinander und riefen den Kellnern immerzu etwas hinterher, während ich mich ganz im Abseits befand, in der einzigen toten Ecke. Ich hörte noch eine Weile zu, aber als ich den Fisch verzehrt hatte, beeilte ich mich mit der Bezahlung. Ich wäre gern noch sitzen geblieben, aber an diesem ersten Abend fühlte ich mich zu mutlos und zu allein, um noch Freude an diesem Spektakel zu haben. Einen Moment dachte ich daran, mit Rudolf zu telefonieren, um wenigstens mit ihm ein wenig zu plaudern, doch als ich mir den Beginn unseres Gespräches vorstellte, ließ ich diesen Gedanken gleich wieder fallen. Rudolf war nicht mein Freund, Rudolf war mein Kameramann, beruflich waren wir oft zusammen unterwegs und verstanden uns gut, aber ich konnte und wollte ihm nichts allzu Privates erzählen. So packte ich meine Sachen zusammen, zahlte vorn an der Kasse und quetschte mich an den überfüllten Stuhlreihen vorbei nach draußen, niemand beachtete mich.

Ich ging zurück ans Meer, ich wollte noch einmal den Strand entlang durch das tiefe Dunkel zu meinem Hotel, als ich eine leichte Windbrise spürte. Ich setzte mich seitlich auf das vordere Teil eines Liegestuhls, eigentlich hatte ich erst am nächsten Tag ins Meer gehen wollen, doch jetzt erschien mir ein nächtliches Bad wie eine große Verlockung, die mir über meine abendliche Ermüdung vielleicht hinweghelfen würde. Ich zog mich aus, verstaute meine Sachen unter dem

Liegestuhl und lief rasch ins Wasser. Als wollte ich ganz verschwinden, tauchte ich sofort ab, ich hörte nichts mehr, keine Geräusche, nicht den geringsten störenden Ton, nach dem Aufenthalt im Lokal war es eine richtige Wohltat. Solange ich konnte, blieb ich unten, für einen Moment glaubte ich die bunten Szenen des meeresbiologischen Buches zu sehen, kurze Blitze, dicht hinter der Netzhaut, angesaugt von der dunklen Flut.

Ich schwamm einige hundert Meter hinaus, sehr rasch, die meiste Zeit unter Wasser, dann drehte ich, warf noch einen kurzen Blick auf die Küste und tauchte langsam zurück. Der leere Strand war in der Dunkelheit von besonderer Schönheit, an einigen Stellen brannten kleine Feuer, ich hörte gedämpfte Stimmen und Gesang, wie stille und trotzige Gegenhymnen zum lauten Tagesprogramm. Ich kleidete mich wieder an und legte mich in den Liegestuhl, ich wollte noch ein paar Minuten hier verbringen, doch dann dachte ich daran, daß es gefährlich sein könnte, an einem solchen Ort einzuschlafen.

Als ich im Hotel ankam, stand Carlo noch an der Rezeption. Ich sehe, Sie kommen ohne attraktive Bekanntschaft, sagte er. Ich hatte geahnt, daß er sich diese Wendung merken würde, es war mir peinlich, sie jetzt aus seinem Mund zu hören. Ich habe eine Brasse verzehrt, antwortete ich, als wäre das eine Antwort auf seine Bemerkung. Er erkundigte sich, wo ich gegessen hatte, und begann, von den Fischrestaurants am Meer zu erzählen, er holte einen kleinen Stadtplan heraus und zeichnete die Lage der besten mit einem Bleistift ein. Bitte verstehen Sie richtig, sagte ich, Ihr Mittagessen war ausgezeichnet, ich bin aber nicht als Tourist hier, sondern muß mich überall umsehen, um die besten Bilder zu finden. Keine Sorge, antwortete er, ich verstehe Sie richtig, Sie brauchen mir das nicht zu erklären, und Eifersucht gehört in meinem Alter nicht mehr zu den ganz großen Themen. Wir redeten noch eine Weile und tranken zum Schluß einen Averna, dann ging ich hinauf auf mein Zimmer.

Oben trat ich noch einmal auf den Balkon, wie ein Mann, der die ganze Umgebung erobert hatte. Da, dort, und dort …, überall war ich gewesen. Dann ließ ich die Rollos wie ein paar schwere müde Lider herunter und legte mich schlafen.

5

Am nächsten Morgen erreichte ich kurz vor Neun das Meeresmuseum, es befand sich im ersten Stock eines unauffälligen Backsteinbaus neben der großen Fischmarkthalle im Hafen. Von oben hatte man einen weiten Blick über das Hafengelände, die Fischkutter kauerten dicht gedrängt nebeneinander im Rund des Hauptbeckens, daneben lag der kleinere Yachthafen.

Ich betrat das Museum und kam in einen büroartigen Vorraum, ein Wärter hielt mich auf, ich stellte mich vor und erklärte, warum ich gekommen sei. Er ließ mich draußen auf dem Flur stehen, verschwand im Büro, setzte sich hinter den Schreibtisch, rückte seine Krawatte zurecht und telefonierte. Seine Erklärungen hörten sich an, als sei mir gegenüber ein gewisses Mißtrauen angebracht, er sagte, jemand sei wegen eines »angeblichen« Termins hier, nach dem Ende seines viel zu langen Telefonats kam er aber mit sichtbarem Widerwillen zurück, um mir zu verkünden, daß die Dottoressa gleich kommen werde. Die Dottoressa? fragte ich nach. Ja, die Direktorin, Dottoressa Franca, erklärte er mit wichtigtuerischer Miene. Jetzt verstehe ich, antwortete ich und nahm mir vor, noch einmal auf das Fax zu schauen, auf dem der Termin schriftlich bestätigt worden war. Der Wärter aber ließ mich erneut stehen, murmelte etwas Höhnisches und verschwand im Büro.

Die Tür zu den Ausstellungssälen war weit geöffnet, ich trat ein, um einen ersten Blick auf die Vitrinen zu werfen. Kaum hatte ich einige Schritte getan, war der Wärter bereits wieder hinter mir her und befahl mir in strengem Ton, die Säle sofort zu verlassen. Ich deutete auf die geöffneten Türen, die Türen sind weit geöffnet, sagte ich ruhig, warum sollte ich da nicht eintreten? Die Türen, entgegnete er scharf, sind für die Angestellten, nicht für die Besucher geöffnet, das Museum ist noch geschlossen. Ich bemühte mich, weiter ruhig zu bleiben, ich legte mir meine Sätze zurecht, dann sagte ich ihm sehr gelassen und so, als wäre nicht von ihm, sondern von einem anderen Menschen die Rede, ich fände seine Ausführungen idiotisch, die Türen seien geöffnet, *basta*, ob nun für Angestellte oder für Besucher, das sei doch völlig egal.

Er protestierte und wurde laut, ich verstand nicht mehr alles, was er hervorbrachte, ich tat, als hörte ich ihn nicht und als wäre mir sein Gerede vollkommen gleichgültig, ich ging weiter an den Vitrinen entlang, blieb vor einem Schaukasten mit kleinen Algenformationen stehen und beugte mich scheinbar beflissen darüber. Als sich von der Treppe her Schritte näherten, schien er der Person sofort entgegenzueilen, er sprach von meinem unmöglichen Benehmen, vom Widerstand gegen eine Amtsperson und davon, daß er das auf gar keinen Fall hinnehmen werde.

Ich stand noch immer mit dem Rücken zu ihm, als ich eine weibliche Stimme antworten hörte, sie klang sehr ruhig, vollkommen sicher und war von einer melodisch klingenden Art, die mich sofort aufhorchen ließ. Ich hörte, daß sie dem Schimpfenden dankte, doch ich verstand nicht deutlich wofür, es schien auch weniger auf den Dank selbst als auf den Ton anzukommen, es war ein unmißverständlich abwiegelnder, die Angelegenheit herunterspielender Ton. Dann aber wurde sie leiser und bat, noch um eine Spur weicher und noch etwas melodischer, um den Gefallen, ihr unten eine Zeitung und ein Päckchen Zigaretten zu besorgen, zwei Kaffee seien auch nicht schlecht, zwei, ach nein, drei ... Sofort schien die Stimmung zu kippen und sich zu entkrampfen, denn ich hörte, daß mein Verfolger sich erfreut gab, als gebe es nichts Schöneres, als der Dottoressa einen Gefallen zu tun, anscheinend machte er sich auch gleich auf und davon, eine Tür wurde geschlagen, das Geräusch war so heftig, daß ich mich umdrehte.

Sie war ungewöhnlich groß und hatte langes, blondes Haar, mit einem Stich ins Rötliche, sie trug ein langes, grünes Kleid, mit dessen Schlichtheit die beiden einzigen goldenen Schmuckstücke, eine Halskette und ein Ring, kontrastierten. Als sie mich erkannte, fuhr sie sich mit der Rechten durchs Haar, es war eine leicht verlegene Geste, als wollte sie das, was sie gerade gesagt hatte, gleich korrigieren. Ich aber kam ihr zuvor, ich sprang geradezu in die Unterhaltung und entschuldigte mich, als hätte ich nur darauf gewartet, zugeben zu dürfen, daß ich mich danebenbenommen hatte. Ich bitte Sie, antwortete sie, natürlich war es richtig von Ihnen, die Säle zu betreten, was hätten Sie denn tun sollen, warten etwa und kostbare Zeit vergeuden? Es war richtig von Ihnen, aber ich durfte es Antonio gegenüber nicht zugeben, Menschen wie er leben von den kleinen Gesetzen des Alltags. Deshalb habe ich ihn nach draußen geschickt, er hört nicht, was ich jetzt sage, und damit hat sich das Problem erledigt.

Sie hatte ihre Selbstsicherheit wiedergefunden und sprach, als habe sie auf alles, ohne lange überlegen zu müssen, genau die richtige Antwort, sie bat mich zurück in das Büro, wir setzten uns einander gegenüber ans Fenster, sie stützte sich mit den Ellbogen leicht auf die Schreibtischplatte und fragte, wie sie mir bei meinem Filmvorhaben helfen könne. Ihr offener, neugieriger Blick und ihr direktes Fragen irritierten mich, sie beherrschte den Raum so stark, daß ich unwillkürlich begann, in meinen Taschen nach dem Fax zu suchen. Was aber wollte ich damit? Wir kannten beide die mageren Zeilen, die sie und ich gewechselt hatten, ich brauchte sie nicht noch einmal vorzulesen, jetzt mußte mir ein neuer, besserer Text einfallen, um diese Situation zu bestehen.

Ich schaute durchs Fenster auf das Hafengelände, als fände ich draußen Hilfe, in der Nähe des Anlegeplatzes der

Fischkutter stand mein Verfolger und unterhielt sich angeregt mit einem Bekannten. Schauen Sie mal, sagte ich, sollte Ihr Angestellter nicht Kaffee und Zigaretten holen? Sie schaute nach draußen und wiegelte ab, er müsse sich Luft verschaffen und das Geschehene zunächst mindestens drei Freunden erzählen, dann habe er den Kopf frei für den Kaffee und die Zigaretten. Die drei Fassungen würde ich gern mal zu hören bekommen, sagte ich, das würde mich interessieren. Sie stockte einen Moment, als horche sie auf, irgend etwas ging ihr durch den Kopf, ich spürte förmlich, daß sie sich gerade zwischen zwei Alternativen entschied. Dann beugte sie sich etwas nach vorn und ging auf mein Spiel ein, ich hörte völlig verblüfft zu, wie sie loslegte. Fassung 1 ist erregt, hochdramatisch, sagte sie, und Antonio erscheint darin als der starke Gewinner, Fassung 2 ist gefaßter und zeigt ihn als geschickten Taktierer, und in Fassung 3 ist er ganz souverän, der liebe Gott, dem all diese Dinge nichts anhaben können, man könnte die drei Fassungen als Erregungsabbau verstehen.

Ich konnte ihrem Blick nicht standhalten, ich schaute noch einmal hinaus, als suchte ich draußen nach einer Bestätigung ihrer Worte, sie hatte sehr schnell und ohne Pause gesprochen, als habe sie sich das alles schon vor langer Zeit überlegt. Ich war irritiert, sie mußte doch spüren, daß ich sie abzulenken versuchte, andererseits schien sie das alles hier nicht als Ablenkung zu verstehen, sondern tat so, als bereite es ihr Vergnügen, mit mir gemeinsam über dies und das nachzudenken. Genau dazu aber, mit ihr über dies und das nachzudenken, hatte ich plötzlich große Lust, das eigentliche Thema unseres Termins war mir beinahe gefährlich egal, ich hätte gewettet, daß ihr zu den absonderlichsten Themen etwas Verblüffendes eingefallen wäre, sie machte auf mich diesen Eindruck, den Eindruck einer sehr weiblichen, umweglosen, scharfen Intelligenz.

Und als wären wir längst auf einem persönlichen Terrain gelandet, beugte nun wiederum ich mich zu ihr vor und fragte, ob sie in San Benedetto geboren, ob sie *von hier* sei. Noch während ich die Frage stellte, wurde mir heiß, als ginge ich ein besonderes Risiko ein. Unüberlegt, nur von einem unbestimmten Instinkt getrieben, war ich über das Ziel unseres Gesprächs hinausgeschossen, ich hätte mir auf die Zunge beißen können, so peinlich war mir dieser Sprung ins Private. Sie tat aber weder erstaunt noch irritiert, sondern antwortete sehr rasch, daß sie hier geboren und aufgewachsen sei, einen Teil ihrer Jugend aber in Südtirol bei einer Großmutter verbracht habe. Ah, erwiderte ich und bemühte mich, ebenso schnell zu reagieren, das habe ich beinahe vermutet, aber fragen Sie mich nicht, wie ich darauf komme. Ich frage Sie nicht, sagte sie, aber ich frage Sie, ob es Ihnen lieber ist, wenn wir Deutsch miteinander sprechen. Es wäre mir lieber, entgegnete ich, es wäre sogar geradezu ideal, dann käme ich bei den fachlichen Details nicht in Verlegenheit.

Genau in diesem Moment kam Antonio, der Wärter, herein. Er stellte das Tablett mit den beiden Kaffeetassen auf den Tisch, schob die Zeitung daneben und legte die Zigarettenschachtel obenauf. Sie bedankte sich kurz, wechselte dann aber den Ton und fragte mich in beinahe offizieller Manier, was sie genau für mich tun könne. Ich räusperte mich, lehnte mich im Stuhl zurück und sprach von einem Film über die italienische Adria-Küste, nichts Touristischem, nichts Kulturellem, sondern einem Film über das Meer, an dem sich die deutschen Touristen ja bekanntlich wochenlang aufhielten. Der Film solle vom Meer erzählen, nicht auf spektakuläre Weise, sondern ganz einfach, mit Hilfe von guten, genauen Beobachtungen, Fische, Pflanzen, der Strand, am besten fände ich es, das Terrain meeresbiologisch zu erkunden, auf angenehm lehrreiche Art. Angenehm lehrreich ..., wiederholte sie gleich. Ja, antwortete ich, am liebsten würde ich die Kamera an einem ganz normalen Strandstück aufbauen, da, wo alle entlanglaufen. Woraus besteht der Sand? Wie unterscheiden sich die Wellenbewegungen? Welche Lebensräume gibt es in fünfzig Zentimeter Tiefe, welche in hundert?

Sie hörte mir, wie es mir schien, leicht belustigt zu, jedenfalls behielt sie ihr Lächeln bei, als ahnte sie, daß ich von alledem kaum eine Ahnung hatte. Während ich weiterredete und den Film ausmalte, schob sie mir einen Kaffee zu und nippte an dem ihren, ich hätte den Raum jetzt gern verlassen, um ein paar Schritte zu tun, aber ich trank gehorsam und erging mich in Wiederholungen, es war ein unpräzises, kreisendes Reden, als suchte ich noch nach einem Zentrum. Ich kann Ihnen hier nur skizzieren, was ich vorhabe, endete ich schließlich, das Beste fällt einem meist erst während der Dreharbeiten ein. Sie brauchen sich nicht zu entschuldigen, antwortete sie, ich habe verstanden, was Sie vorhaben, kommen Sie, gehen wir ein paar Schritte durch das Museum.

Ich hatte eine der üblichen Kurzführungen erwartet, einige Worte über die Gründung und den Bau des Museums, einen knappen Rundgang, der mir einen Überblick verschaffen sollte, doch es kam dann ganz anders. Sie führte mich anscheinend ohne System oder Plan durch die Räume, wir begannen irgendwo in der Mitte, gingen wieder in die Nähe des Eingangs, sahen uns weiter hinten, in den dunkleren Zonen um, jedesmal ging es um einen einzigen Fund, ein Fischskelett, eine Schnecke, winzige Algenspuren auf weißem Grund. Sie sprach knapp und ganz detailliert von all diesen Objekten, sie erklärte sie nicht und erwähnte ihre Eigenarten mit keinem Wort, statt dessen deutete sie nur auf ein paar kaum sichtbare Besonderheiten, die Färbung einer Außenlippe, die Wölbung einer hornigen Außenschicht, die Durchsichtigkeit von geöhrten Tentakeln. Es war eine Art Schau, ein begeistertes Sehen, auch ihr Tonfall vermittelte diese Begeisterung, eine Verliebtheit in den Anblick von Schönheit, als ginge es hier nicht um Gegenstände der Forschung, sondern um rein ästhetische Reize.

Hilflos und etwas ohnmächtig ging ich neben ihr her, es wäre mir wie eine Pietätlosigkeit vorgekommen, sie zu unterbrechen, ich hatte jetzt keine Fragen zu stellen, ich durfte mich im Grunde nicht einmal bemerkbar machen, sonst hätte ich alles verdorben. Je länger wir gingen, um so mehr wuchs meine Anspannung, ihre Begeisterung sprang auf mich über, am liebsten hätte ich mich dann und wann als gelehriger Schüler erwiesen und selbst einmal mit irgendeinem kurzen Hinweis geglänzt, aber ich wußte genau, es war dafür zu früh. Was geht hier vor, dachte ich nur, als müßte mir ein gutes Wort dazu einfallen, und dann kam ich auf *Verzücktheit*, plötzlich drehte sich dieses altmodische Wort in meinem Kopf, *sie ist verzückt, und sie macht mich verzückt*, dachte ich und hätte, um zumindest irgendeinen zustimmenden Laut von mir zu geben, beinahe laut zu summen begonnen.

Die gefleckten Antennen der Langusten, die Augenstiele der Krebse, die stacheligen Höcker der Seespinnen - sie benannte das alles sehr genau, ich begriff, daß ich nur hinschauen und mich wundern sollte, es war wie ein kleiner Grundkurs in Aufmerksamkeit, am liebsten hätte ich sie dabei gefilmt. Aber ich wagte nicht einmal, sie von der Seite anzuschauen, nur für einen kurzen Moment sah ich ihr Gesicht in einem Spiegel, es war leicht, kaum merklich gerötet, als versuchte sie, ihre Begeisterung nicht zu verraten.

So zogen wir, ohne irgendwo länger zu verweilen, durch alle Räume, ihre Führung hatte beinahe etwas von der Art eines Kindes, das sich nur auf die schönsten und hervorstechendsten Dinge beschränkt und sich an ihnen nicht satt sehen kann. Am Ende kamen wir wieder in ihrem Büro an, atemlos, dachte ich und sagte nach der langen, schweigsam verbrachten Zeit nur, daß mir die Schönheit all dieser Lebewesen noch nie so gegenwärtig gewesen sei. Was glauben Sie, warum ich mich damit beschäftige, antwortete sie, genau deshalb, aus keinem anderen Grund. Sie sagte das wie zum Abschluß und als sagte sie es nur so dahin, aber ich spürte, daß es in Wahrheit die Antwort auf mein Gestammel gewesen war, sie hatte mir, ohne sich aufzuhalten, das eigentliche Thema gezeigt.

Unschlüssig blieb ich neben ihr stehen und überlegte, wie ich einen Übergang zu den praktischen Fragen finden konnte, doch sie kam mir zuvor, indem sie mich fragte, wie lange ich bleiben könne. Eine Woche, antwortete ich, zehn Tage wären das Maximum, aber zehn Tage wären gegenüber der Redaktion nur schwer zu vertreten. Sie lächelte wieder, als hätte ich gerade einen ganz unsinnig kurzen Zeitraum genannt, eine Sekunde lang dachte ich daran, hier noch einige Ferientage zu verbringen, im Grunde war das aber doch ausgeschlossen, ich hatte gar keine Zeit für Ferien, ich mußte zurück nach München, viele Termine dort waren längst fest vereinbart.

Noch etwas benommen hörte ich zu, wie sie selbst begann, Vorschläge zu machen und alles auf eine feste Basis zu stellen, sie selbst, sagte sie, könne mich nicht nach draußen, zu den eigentlichen Schauplätzen, begleiten, als Direktorin des Instituts müsse sie tagsüber erreichbar sein. Statt dessen werde Dottore Alberti sich Gedanken machen, sie werde ihn instruieren und bitten, morgen früh mit mir eine Außenvisite zu machen, *Außenvisite*, sagte sie wahrhaftig, es hörte sich an, als sollten wir der hohen Herrschaft des Meeres unsere Aufwartung machen.

Ich bedankte mich und notierte auf ihre Bitte hin meine Handy-Nummer auf einem gelben Block, es fiel mir sehr schwer, jetzt hinauszugehen, am liebsten hätte ich den gerade unternommenen Gang noch einmal für mich selbst, allein, wiederholt. Wie zu Beginn unserer Unterhaltung schaute ich noch einmal hilfesuchend aus dem Fenster, sie folgte meinem Blick und deutete hinaus auf den kleinen Yachthafen, in dessen Mitte sich eine Art schwimmende

Insel befand. Sehen Sie die kleine Bar dort, das Ristorante, fragte sie, sehen Sie es, das ist etwas für Sie. Sie hatte diesen Satz beinahe geflüstert, als gehörte er nicht mehr zu unserem Programm, und ich fragte sie, ob diese Bar, dieses Ristorante, etwas für den Film sei, für den Film also oder für mich? Etwas für Sie, antwortete sie, und einen Augenblick kam es mir so vor, als wollte sie meinen kurzen Ausflug ins Private zu Beginn unseres Gesprächs durch diese kleine Korrektur ausgleichen.

Ich spürte geradezu, wie es mich danach drängte, sie einzuladen, haben Sie Zeit, mich zu begleiten, hätte ich am liebsten gefragt, doch das wäre eine ausnehmend dumme Frage gewesen, hatte sie mir doch noch gerade gesagt, daß *Außenvisiten* für sie nicht in Frage kamen. Wollen Sie nicht gegen Mittag dorthin kommen, ich möchte Sie zum Essen einladen, schoß mir gleich eine weitere Variante durch den Kopf, es wäre einfach gewesen, so etwas zu sagen oder leichthin zu murmeln, ich hätte es hinter mir gehabt, und meine Aufregung hätte sich gelegt, ja oder nein, sie hätte antworten und mir ein Zeichen geben müssen, darauf wartete ich doch längst, ich wartete auf ein Zeichen von ihrer Seite, plötzlich wurde mir das klar, und ich verbot mir sofort, irgend etwas zu unternehmen.

Gut, sagte ich nur und noch ein zweites Mal, gut, mein Herumstehen und Abwarten hatte etwas beinahe Hirnloses. Als sie eine kurze Drehung zur Tür hin machte, gab ich mir endlich einen Ruck, ich verabschiedete mich, vielleicht werde ich sie überhaupt nicht mehr zu sehen bekommen, dachte ich und wußte sofort, daß ich das niemals hinnehmen würde. Ich suchte nach einer kurzen Reaktion in ihrem Gesicht, als Antonio sich wiederum näherte, es war wie ein Signal, als hätte ich nun endgültig zu verschwinden, ich packte meine Unterlagen zusammen, grüßte noch einmal und ging hinaus. Vor der Tür warteten jetzt die ersten Besucher in kleinen Gruppen, sie drängten sich in den geöffneten Türspalt, und ich hörte Antonio, den Wärter, laut fluchen. Wort für Wort schallte es hinter mir her, als ich langsam die Treppe hinunterging, und es klang wie eine endgültige, böse Vertreibung.

6

DRAUSSEN, im Hafengelände, blieb ich stehen und überlegte, ob ich sofort zu der kleinen Bar gehen sollte, die sie mir gezeigt hatte. *Das ist etwas für Sie* – ich hatte es noch immer im Ohr und kam nicht davon los, natürlich bildete ich mir ein, daß dieser Satz eine besondere Bedeutung hatte, er mußte sich auf etwas beziehen, das sie an mir beobachtet hatte. Hatte sie, hatte sie wirklich irgendeine Besonderheit an mir entdeckt? Ich konnte es mir nicht vorstellen, sie hatte sich jedenfalls nichts anmerken lassen, die ganze Führung über hatte sie mich kaum beachtet, sondern sich ausschließlich auf die kunstvoll angestrahlten, leuchtenden Objekte konzentriert.

Die Versuchung war groß, gleich den Weg zur Bar einzuschlagen, mich hinsetzen, mir Gedanken machen, etwas notieren wollte ich doch sowieso, warum also nicht in der Bar, die kaum ein paar hundert Meter entfernt war? Ich kam an der Fischmarkthalle vorbei und entschloß mich sofort, dort hineinzugehen, schnell trat ich durch das breite Tor ein, und als mich drinnen die schneidende Kälte der zerstoßenen Eisbrocken überfiel, auf denen die Fischberge drapiert waren, schien ich auf diesen Schlag hin zur Besinnung zu kommen. Klar und deutlich war mir jedenfalls plötzlich, daß ich während meiner ersten Schritte durchs Hafengelände insgeheim mit ihrer heimlichen Beobachtung gerechnet hatte, nur aus diesem Grund war ich so steif und verhalten gegangen, ich hatte ihren Blick aus dem höher gelegenen Fenster zu spüren geglaubt oder herbeigewünscht, ich hatte wirklich angenommen, daß ihr Blick während meines Hafengangs aus irgendeinem Grund auf mir ruhte. Als ich das begriff, schüttelte ich nur den Kopf, ich trieb mich an, von Fischstand zu Fischstand zu gehen, unbedingt brauchte ich eine Ablenkung. Während ich mir aber noch einredete, die jetzt lebendigen Schnecken und Garnelen endlich in Ruhe betrachten zu müssen, bekam ich große Lust, sie zu berühren, einfach mit offener Hand hineinzufassen in diese Berge, sie durch meine Finger gleiten zu lassen, sie auszuwählen, mitzunehmen, sie zu kochen und zu verzehren. Von überall kamen auch gleich die Angebote, meine Kauflust war anscheinend nicht zu übersehen, und so riefen die Marktfrauen mir ihre Preise zu, sich gegenseitig unterbietend und mit einem Gelächter, als ob der nicht zu überhörende Preissturz etwas Obszönes sei.

Diese Aufdringlichkeit störte mich, ich wollte allein und in Ruhe gelassen werden, deshalb beschleunigte ich wieder und verließ mit schnellen Schritten die Halle, um nun wiederum in der großen Morgenhitze im Freien zu stehen, ich konnte hier unmöglich bleiben, niemand bewegte sich in diesem Gelände, selbst die meisten Hafenarbeiter hatten sich einen schattigen Platz auf einem der vielen Fischkutter gesucht.

Ganz kurz überlegte ich wahrhaftig noch, ob ich mich umblicken und zu einem bestimmten Fenster des Museums hinaufschauen sollte, dann aber ging ich langsam hinüber zum Yachthafen, es war doch ausgeschlossen, daß sie noch immer am Fenster stand, was bildete ich mir denn die ganze Zeit ein? Ich erreichte ein kleines Tor, eigentlich war der Zutritt nur Bootsbesitzern gestattet, die Aufschrift auf der Verbotstafel scherte mich jedoch nicht, nichts hätte mich jetzt aufhalten können, und so ging ich über einen schmalen Steg zwischen den Booten entlang auf die schwimmende Insel zu. Die Bar war leer, ich griff nach der Karte und setzte mich dann an einen Tisch, ich setzte mich so, daß ich das Museum im Auge behielt, mit meinem Fernglas hätte ich sogar ein gewisses Fenster leicht ins Blickfeld rücken können.

Ich bestellte einen Eistee, als das Getränk serviert wurde, kramte ich mein schwarzes Notizbuch hervor, die ganze Zeit hatte ich es bereits aufschlagen wollen, ich wollte selbst zu Wort kommen, endlich, ich mußte schreiben, vielleicht gelang es so, der Unruhe Herr zu werden: *Beinahe ärgere ich mich jetzt, wie hingerissen ich die letzte Stunde zugehört habe, es war wie ein Rausch. Ich bin hier, um etwas in Erfahrung zu bringen und einige Bilder und Sätze zu sammeln, ich habe einen Auftrag, ich bin nicht hier, um jemanden zu bewundern.*

Wie konnte es also überhaupt soweit kommen, worin, frage ich mich ernsthaft, bestand die große Wirkung, die sie auf mich ausübte?

Manchmal schob sie mit der Rechten den linken Ärmel ihres Kleides etwas hinauf, sehr flüchtig und doch so, als wollte sie etwas zu packen bekommen. Manchmal berührte sie mit den Fingerspitzen ihre Halskette, als tastete sie nach einer Erinnerung. Manchmal führte sie den Zeigefinger langsam über die Ringkuppe, als wollte sie sich vergewissern, daß er noch da sei ... Ich muß das aufschreiben, jetzt, sofort, obwohl es ganz nebensächlich zu sein scheint, ich muß es aufschreiben, weil ich es so deutlich in Erinnerung habe und es etwas bedeuten könnte. Irgendwann werde ich es verstehen und dahinterkommen, jetzt muß ich es notieren, damit es nicht sofort verblaßt.

Ein Moment der Wirkung beruhte ganz sicher darauf, daß wir allein waren, daß niemand uns störte, daß wir zu zweit durch dieses Museum gingen. Die Stille der Räume, die Abgeschiedenheit, das alles verstärkte den Zauber, sie sprach nicht direkt zu mir, sie redete mich kein einziges Mal an, sie fragte nichts, sie wollte nichts von mir wissen, und doch war es so, als habe sie sich diesen Vortrag für mich aufgehoben, nur für mich, und als halte sie ihn vor mir zum ersten Mal ... Zum ersten Mal? Was soll das heißen? Glaube ich wirklich, daß sie diesen sicheren, glanzvollen Vortrag zum ersten Mal gehalten hat, zum ersten Mal und ausgerechnet vor einem Fremden, ausgerechnet vor mir? Was wäre denn an mir so Besonderes, daß mir diese Ehre zuteil geworden wäre, was wäre es?

Ich setzte den Stift ab, rasch und ohne eine einzige Unterbrechung hatte ich geschrieben, das war sonst nicht meine Art, gewöhnlich ging ich beim Schreiben sehr kontrolliert vor. Jetzt aber war das anders, es zog mich von Satz zu Satz, die Sätze huschten förmlich über das Papier, ich konnte gar nicht schnell genug mit dem Stift folgen, hinzu kam eine gewisse Erhitzung, die nicht nur von der großen Hitze draußen herrührte, sondern etwas mit diesem rasenden Schreiben zu tun haben mußte.

Ich bestellte einen zweiten Eistee und trank das Glas gleich halbleer, ich war noch immer der einzige Gast, der Kellner, der anscheinend auch der Besitzer war, fragte mich, ob ich zu Mittag essen wolle, ich tat, als müßte ich es mir noch überlegen.

Während des Rundgangs habe ich nur auf sie geachtet, unbewußt, ich habe nicht einmal bemerkt, daß mir die gesamte Umgebung entging. Hat sie die Namen der Fische überhaupt einmal genannt? Hat sie zwischen all den Lebewesen, die sie mir vorstellte, überhaupt irgendeinen Zusammenhang hergestellt? Hat sie sich ein einziges Mal bemüht, mir zu erklären, mit welchen Methoden ihr Institut seiner Arbeit nachgeht? All diese Fragen muß ich verneinen, und wenn man sich darüber klar wird, könnte man annehmen, sie habe einen schlechten Vortrag gehalten. Natürlich hat sie das nicht, sie hat mir, ausgerechnet mir, von einem Faszinosum erzählt, als wollte sie mich einweihen in eine nur so zu umkreisende Magie. Darauf war ich nicht gefaßt, seit Jahren, vielleicht seit Jahrzehnten habe ich niemanden so sprechen hören, ich konnte nur noch schweigen, es war ja geradezu eine Wohltat, schweigen und an diesem Zauber teilnehmen zu dürfen …

Als wir ihr Büro wieder betraten, hörte das auf, sie sprach von Dottore Alberti, sie schob die Sache auf ein anderes Gleis, auf das Gleis meines Films und der lehrreichen Art, *von der ich unvorsichtigerweise geredet hatte. Wahrscheinlich würde sie sich an einem derartigen Film nie beteiligen, das Meer ist für sie ein ganz anderes Thema, mit diesem abrupten Stimmungswechsel hat sie mich jetzt zurückgelassen, wahrscheinlich ahnt sie nicht einmal, wie bewußt er mir ist. Den Film, der mir vorschwebte, werde ich jedenfalls nicht drehen, jetzt kommt mir mein Vorhaben beinahe albern vor, albern wie die meisten meiner vielen anderen Filme, die alle den Regeln der* lehrreichen Art *gehorchten. Wie aber dann, was soll werden? Es gibt nur eine einzige Lösung für dieses Dilemma: Ich muß versuchen, sie zur Mitarbeit an diesem Film zu gewinnen …*

Ich atmete aus und schaute kurz auf die Uhr, es war nur noch eine halbe Stunde bis zum Mittagessen im Hotel, ich mußte mich jetzt entscheiden. Ich lehnte mich etwas erschöpft zurück und trank das Glas leer, am liebsten hätte ich das Fernglas hervorgeholt, um nach ihr Ausschau zu halten. Vielleicht hatte sie ja doch bemerkt, daß ich ihrem Vorschlag gefolgt war, vielleicht hatte sie sich sogar vergewissert, ein kurzer Blick aus dem Fenster hätte genügt, schließlich saß ich in geradezu hervorgehobener Position auf diesem Platz hier. Ich warte auf sie, ja, tatsächlich, dachte ich, diese simple Entdeckung erschreckte mich plötzlich, soweit war es also schon mit mir gekommen, daß ich auf jemanden wartete, den ich erst einmal gesehen hatte und mit dem ich nicht verabredet war.

Ich nahm mir die Speisekarte noch einmal vor und begann, darin zu blättern, ich schaute kurz auf und erkannte sie sofort. Sie kam aus dem Innenhof des Museums, sie schob ein Fahrrad neben sich her, schwang sich auf den Sattel und fuhr los, sie mußte mich sehen, in wenigen Sekunden würde sie kaum hundert Meter von mir entfernt auftauchen. Mir wurde erneut heiß, es war ein regelrechter Hitzeschwall, ich wollte aufstehen, um im hinteren Teil der Bar zu verschwinden, jetzt empfand ich es als peinlich, von ihr hier gesehen und *ertappt* zu werden, ich dachte wirklich *ertappt*, obwohl so ein Wort keinen Sinn machte, schließlich war ich mir keiner Verfehlung bewußt.

Sie kam näher und schaute hinüber, ich erstarrte beinahe, was sollte ich tun, aufstehen, auf sie zugehen, mich weiter in die Speisekarte vertiefen, sie erlöste mich, indem sie mir zuwinkte, sie winkte mit der erhobenen Rechten, nicht aufwendig und überdeutlich, sondern ganz leicht, es war nur ein angedeuteter Gruß, wie zu einem, den man lange kennt und mit dem einen ein gewisses Einverständnis verbindet. Dabei verlangsamte sie ihre Fahrt nicht, sie hatte mir nur ein Zeichen gegeben, und ich hatte für einen kurzen Moment ebenfalls die Hand gehoben, als käme ich so endlich frei.

Sie war schnell vorüber, sie bog in eine Seitenstraße ein, ich atmete wieder durch, legte die Speisekarte beiseite und stand sofort auf, für diese Stunde ist es vorbei, dachte ich, ich bin dem Zauber noch einmal entkommen.

7

Im hotel war ich wenig später einer der ersten Gäste, die den Speisesaal betraten. Die biedere Ordnung der Tische mit den kleinen, gefüllten Brotkörben, den gefalteten Servietten und den winzigen Paar-Kännchen mit Essig und Öl tat mir gut, ich genoß diese ganz und gar gewöhnliche Atmosphäre. Selbst das ältere Ehepaar am Nebentisch störte mich diesmal nicht, ja ich suchte sogar das Gespräch mit ihm und plauderte drauflos, als hätte ich wirklich etwas zu erzählen. Natürlich erwähnte ich das morgendliche Erlebnis nicht, ich sprach vom Hafen, von der Fischmarkthalle und davon, daß mir der Anblick der Verkaufsstände Lust gemacht habe, selbst etwas zu kochen. Carlo grüßte von seinem Beobachter-Tisch herüber, und ich hob kurz die Hand, so wie ich sie noch vor kaum einer halben Stunde gehoben hatte.

Nach dem Essen packte ich einige Utensilien zusammen und ging zum ersten Mal zu einem Nachmittagsbad an den Strand. Ich meldete mich an der kleinen Bar, die zum Hotel gehörte, nannte meine Zimmernummer und wurde von einem jungen Burschen zu einem Liegestuhl mit dazugehörigem Sonnenschirm geführt, das war nun mein Strandplatz, dieser Stuhl, dieser Schirm, der Junge sagte es dreimal, als müßte er es mir einschärfen. Ich fragte ihn, ob ich statt des Liegestuhls auch einen Strandstuhl zum Sitzen bekommen könne, er murmelte etwas vor sich hin, kam wenig später aber mit genau dem richtigen Stuhl wieder, ich bedankte mich und erklärte ihm, daß ich zu arbeiten hätte und daher nicht liegen, sondern sitzen wolle, sitzen, nicht liegen, eine komödiantische Lust an der Wiederholung hatte mich gepackt, ich hätte gern immer so weitergemacht, aber der Bursche wurde mißmutig und verschwand zwischen zwei dicken gestutzten Palmstümpfen.

Ich schlug ein Bein übers andere, holte das schwarze Notizbuch wieder hervor und schaute mich um: *Jetzt, am Mittag, sind die Strandpartien gähnend leer, viele haben ihre Sporttaschen, Handtücher oder Zeitungen aber liegen gelassen, so erweckt das Terrain den Eindruck eines unvermittelten Aufbruchs, als wäre die badende Meute nach allen Seiten geflohen ... Die Hitze nistet wie eine dünne, beißende Folie auf dem Sand, die Füße halten die Berührung kaum aus, so geht man schnell und springt beinahe von Reihe zu Reihe, um endlich einen dunklen Schattenflecken zu finden ... Die unglaubliche Lethargie, die sich in alle Bewegungen einschleicht: Das verzögerte Gehen und Schlurfen, das langsame Trinken und Nippen, vorhin sah ich zwei, die beisammenstanden und beide auf den Sandboden schauten, wo ihre mahlenden Zehen winzige Spuren und Zeichen hinterließen ... Wenn man sich in einen Liegestuhl legt, packt einen die Hitze ein, sie rollt sich von unten her aus und schlägt dann wie eine Decke von beiden Seiten über dem Körper zusammen ...*

Auf solche Beobachtungen sollte sich, denke ich jetzt, ein Film konzentrieren. Genauigkeit, die Schönheit des Einfachen, der exakte Blick, keine Bilder, um etwas zu demonstrieren oder sonstwie zu beweisen. Ich bin durch die vielen Auftragsarbeiten verdorben, ich habe mir einen Fernseh-Blick antrainiert, einen Blick, der beherrscht ist vom Schauen für andere und davon, wie ich mir das Schauen der anderen denke ...

Immerhin wehre ich mich gegen die Hitze, ich sitze gerade, aufrecht, auf der Lauer, ich blicke wie ein Vogel nach allen Seiten, ich sitze auf dem Posten, so wie ich in der kleinen Hafenbar auf dem Posten saß ... Sie winkte, ich grüßte zurück, das war alles, und doch hat mir dieser kurze Moment des Austauschs so sehr gefallen. Am liebsten ginge ich jetzt, am Nachmittag, ins Museum zurück, um den morgendlichen Gang noch einmal zu wiederholen und mir ihre Worte in Erinnerung zu rufen. Damit aber könnte ich alles verderben, ich könnte ihr unversehens begegnen, ich könnte mich hinreißen lassen zu einer einfallslosen Bemerkung, ich neige zu solchen unüberlegten Aktionen. So habe ich mich gezwungen, hier am Strand auszuharren, ich will diesen einzigartigen Morgen auskosten, das muß genügen ... Übrigens, ich mag Frauen, die auf eine bestimmte Art Fahrrad fahren, wenn ich eine Frau auf diese Art fahren sehe, fühle ich mich stark zu ihr hingezogen. Die Bewegung darf nicht zu schnell sein, sondern eher kontinuierlich oder, sagen wir, stetig, dazu aber kraftvoll, ich muß erkennen können, daß diese Frau schon immer Fahrrad gefahren ist, das Fahren ist für sie keine Pose, sondern etwas, das vollkommen zu ihr gehört, seit Kindesbeinen, könnte man sagen, ist sie daran gewöhnt ... Was schreibe ich da? Worüber denke ich nach? Bin ich verrückt?

Ich versteckte das Notizbuch in meiner Tasche und stand auf, niemand badete jetzt im Meer, es war der ideale Zeitpunkt, es ganz allein zu tun. Die roten Rettungsboote vorn am Strand standen schräg gegen die erste Reihe der Liegestühle, ich sprang auf eines hinauf und wippte kurz auf und ab, als machte ich mich bereit zum Absprung. Eine kaum merkliche Sandwelle, über die unaufhörlich die letzten Wellenausläufer streiften und sich verzettelten, markierte die Grenze, danach ging es sacht hinab, die Füße stemmten sich noch ein wenig gegen den Abwärtsgang, dann kam die schäumende, perlende, kleine Tropfenketten knüpfende

Gischt, die Füße sanken allmählich ein, das Wasser stieg an bis zur Brust, ich schwamm los, weit hinaus, mit gleichmäßigen, ruhigen Stößen. Irgendwann wurde es mir zuviel und die Bewegung auch lästig, ich drehte mich auf den Rükken und ließ mich tragen, den Kopf halb unter Wasser, so daß die Landgeräusche verebbten, ich war eingetaucht in das gleichmäßige Summen des Meeres, *stilles Summen*, dachte ich, *Ur-Ton*, ich schloß die Augen und spürte die brennende Sonnendichte auf meinem Gesicht.

Als ich hörte, wie hier und da wieder die Musik angeworfen wurde, entschloß ich mich, noch weiter hinauszuschwimmen. Der Küstenlinie war ein schmales Riff vorgelagert, es bestand aus mächtigen Felsbrocken, die starken Wellengang brechen sollten. Ich sah einige Felsspitzen, ockergelb, bleich streckten sie sich in der Sonne, ich schwamm auf sie zu und tauchte dann mit offenen Augen wenige Meter vor ihnen ab.

Unter Wasser waren die Felsen dicht mit Muscheln besetzt, ihre wüstenartige, staubtrockene Dichte machte sie zu einem urzeitlichen versteinerten Wald, Schwärme buntgestreifter Fische kreisten, unaufhörlich die Schwimmrichtung wechselnd, zwischen den im Rhythmus der Wellen hin und her schwankenden Gräsern. In der Tiefe erschien das Grün des Wassers wie aufgeladen, eine gallertartige schlingernde Masse voller Treibstoffe, auf den Sandböden taumelten die flachen Rautenkörper der Rochen über den Kalkzonen geborstener Schalen. Ich griff nach den Muscheln, ich tastete an ihren Körpern entlang, sie fühlten sich pelzig und doch so lebendig an, als pulsierten sie tief in ihrem Innern.

Ich versuchte, immer länger unter Wasser zu bleiben, die Welt dort unten hatte etwas Geheimes, Abgeschlossenes, das sich jedem Zugriff entzog und einem nur noch die Rolle des Beobachters ließ. So war die Wahrnehmung auf das Visuelle beschränkt, schon die Lautlosigkeit sorgte dafür, aber auch die Distanz zur Umgebung, keine Berührung, lediglich ein Schweben, wie eine unendlich angenehme Schwerelosigkeit, ich konnte mir sofort vorstellen, daß man nach diesen Zuständen süchtig werden konnte, der reine Selbstbezug der Wahrnehmung euphorisierte.

Schließlich klammerte ich mich an einer Felsspitze fest, die scharfen Kanten der Muscheln ließen nicht zu, daß ich mich anlehnen oder gar ausruhen konnte, Seeigel preßten sich gegen den Stein, und winzige Krebse versuchten bei jedem Wellenschlag, nicht von ihrem Ruheplatz weggeschwemmt zu werden. Ich tauchte noch mehrmals, ich kam nicht los von dem grünblauen Film mit den hellen, kalkfarbenen Grundierungen, die stillen Bewegungen der Fische erschienen mir wie ein Vorbild, so wollte ich gleiten, traumwandlerisch sicher durch die Tangmatten und Felsspalten, völlig eins mit dem Element.

Als ich viel später wieder den Strand erreichte, waren fast alle Liegestühle besetzt, die Paare lagen meist regungslos mit geschlossenen Augen dicht nebeneinander, nur die älteren Männer blätterten noch in ihren Zeitungen oder starrten auf die Sandburgen der Kinder. Ich war vom weiten Schwimmen ermüdet, doch ich wollte mich nicht in diese Verhältnisse einordnen, deswegen setzte ich mich auf eines der Rettungsboote weit vorn und schaute den Joggern und

Strandläufern zu. Der Meeressaum war jetzt die Zone der langen Gespräche, kleine Gruppen von drei, vier Personen standen bis zu den Fußknöcheln im Wasser und unterhielten sich, als warteten sie in einem Vorzimmer auf Einlaß, vor hundert Jahren, dachte ich, hatte hier noch kein Mensch gestanden, in noch viel früheren Zeiten war das Meer einmal etwas Furchtbares, Dämonisches gewesen, die Heimat der Seeschlangen und Ungeheuer.

Ich schaute mich um, nein, es war ganz unmöglich, jetzt hier am Strand zu bleiben, laufen wollte ich nicht, liegen kam nicht in Frage, die Musik ließ kein Schreiben zu, am ehesten hätte ich noch mit den Allerältesten Boccia gespielt, denn das paßte hierher, das krause Geschwätz über die Plazierung der Kugeln, die wichtigtuerischen Mienen, mit denen man einen Wurf verfolgte, gerade an der Grenze zur sonnenstichigen Blödheit hätte ich so etwas noch ertragen.

Ich wollte mich anziehen, als ich bemerkte, daß ich von allen Seiten angestarrt wurde, niemand zog sich jetzt an, wie sich überhaupt nie jemand aus- oder anzuziehen schien, sie trafen in ihrer Badekleidung hier ein und verließen in ihr wieder den Strand, die meisten gingen mit ihr nicht einmal ins Wasser, es handelte sich um eine Art Sommerunterwäsche, die sie vielleicht noch im Bett anbehielten. So raffte ich meine Kleidung zusammen und ging hinüber zu einer der hölzernen Umkleidekabinen, ich öffnete die Tür und betrat den dunklen Raum, der nur durch ein kleines Guckloch Luft und Licht bekam. Die plötzliche Dunkelheit und der Geruch feuchten Holzes erinnerten mich an früher, vor sehr langer Zeit hatte ich mit den Eltern einmal Ferien am

Meer verbracht, ich erkannte den Geruch wieder, genau dieser hier war es gewesen, und dazu die Enge der dunklen Kabine, in der sich zwei Personen zugleich drängten.

Während ich mich anzog, ging ich die möglichen Zeiten für ein Bad durch, morgens in der Frühe, noch vor dem Frühstück, wäre nicht schlecht, mittags, bei allerdings großer Hitze, unter Umständen möglich, das Bad in der Nacht war eine Eskapade und daher von Launen abhängig. Ich nahm mir vor, die Tage gut einzuteilen, ich hatte keine Zeit zu verschenken, aber zumindest ein Bad am Tag mußte möglich sein. Jetzt aber wollte ich in die Stadt, ich hatte noch kaum etwas von ihr zu sehen bekommen, bisher hatte ich mich vor allem auf die nächsten Strandgegenden beschränkt. Rudolf hatte mich in München gewarnt, keine Kirchen, keine Paläste, keine Kultur, hatte er mir eingetrichtert, er kannte meine Anfälligkeit für solche Abschweifungen, aber was hatte das schon zu bedeuten, zumindest einige solcher Bilder würden wir in den ersten zwei, drei Minuten brauchen, um die Stadt vorzustellen. Brauchten wir sie? Brauchten wir sie wirklich? Ich erinnerte mich an die guten Vorsätze, die ich noch vor wenigen Stunden in meinem Notizbuch vermerkt hatte, jetzt standen sie bereits auf dem Prüfstand, aber ich verschob die Entscheidung auf später, wenn ich mir die Stadt angeschaut hatte.

Ich zog den kleinen Rucksack über, alles Notwendige hatte ich dabei, dann ging ich den breiten Boulevard hinunter, wo mich ganze Rudel von Radfahrern überholten. Ich nahm mir vor, am nächsten Tag selbst ein Fahrrad zu mieten, ein Fahrrad war hier ideal, mit seiner Hilfe konnte ich leicht bis in die letzten Winkel der Stadt vordringen. Als ich daran dachte, überfiel mich eine seltsame Euphorie, ich begriff nicht genau, wodurch sie entstand, vielleicht hatte sie mit den Bildern unter Wasser zu tun, die mir nicht aus dem Kopf gingen, vielleicht entstand sie aber auch durch die Erinnerung an die kurze Szene gegen Mittag, als eine mir beinahe unbekannte Frau mir von einem Fahrrad aus zugewinkt hatte.

8

DER BOULEVARD stieß an seinem Ende auf das Hafengebiet, dazwischen befand sich wie ein grüner Puffer ein Gelände aus kleinen Pinienwäldchen, es war eine geschlossene, bunte Zone mit Tennis-, Boccia- und großen Kinderspielplätzen, die Kindermädchen saßen zu zweit oder zu dritt auf grünen Parkbänken und sprangen den spielenden Kindern manchmal zu Hilfe, eine Kutsche zog ihre Bahn auf den Kieswegen, Rollschuhläufer kreisten zu einer aufheizend rasanten Musik auf einer Betonbahn, alles war in Bewegung, selbst die Alten hatten zu tun, schoben Kinderwagen und scharten sich um die sich alle Minuten wieder von neuem drehenden Karussells.

Ich bog in die breite Hauptstraße ein, die direkt in die Stadt führte, ich passierte die ersten Cafés und ein Kaufhaus, die kleinen Läden reihten sich dicht aneinander, *zona pedonale* war an jeder zweiten Ecke zu lesen. Auch die schmaleren Seitenstraßen liefen im rechten Winkel auf die zentrale

Achse der Hauptstraße zu, der Eindruck, den ich vom Hotelbalkon aus erhalten hatte, hatte nicht getäuscht, es handelte sich um ein einfaches Muster neuer Straßen mit Häusern aus den letzten Jahrzehnten, nicht einmal ein Zentrum schien es zu geben, keinen Marktplatz, keine herausragende Kirche, die üblichen Vorstellungen von italienischen Städten versagten hier, nichts erinnerte an alte Geschichten oder langes Wachstum, anscheinend hatte man die Stadt in sehr kurzer Zeit der dominierenden Küste angepaßt, parallel oder eben im rechten Winkel zu ihr. Das Ergebnis war eine Art »trockener Leere« in ihren Straßen, kaum Schmuck, sondern reine Funktion, auch die Geschäfte hielten die Verbindung zum Meer, die meisten waren Fachgeschäfte für Angler, Taucher und Bootsbesitzer, daneben immer wieder Läden für Strandbekleidung, es war leicht zu erkennen, daß das Meer hier alles, jede Regung, bestimmte. Ich dachte daran, daß es mir leichtfallen würde, Rudolf zu beruhigen, kein Mensch konnte auf die Idee kommen, diese Stadt wie eine italienische Traumkulisse aus lauter Sehenswürdigkeiten zu inszenieren, Sehenswürdigkeiten gab es hier keine, die Stadt hatte andere Reize, moderne, abstrakte, sie schien vernarrt in Geometrie, klare Verhältnisse, klare Linien, die sich von den Liegestuhlreihen bis zu den Straßenzügen erstreckten und so eine spröde Kühle vermittelten, Kühle, nicht Kälte, präzisierte ich gleich, auch so etwas ließ sich inszenieren, kurze Momentaufnahmen ließen sich inszenieren, kurze Momentaufnahmen, rasche Schnitte, das bedeutete Arbeit, viel Arbeit.

Ziellos, aber beruhigt lief ich weiter, immerhin hatte ich bereits einige Ideen für ein Konzept, nun kam es darauf an, die richtigen Bilder zu finden, ein minuziöses Suchen war dafür nötig, ich mußte das Innenstadt-Karree bis in die hintersten Winkel kennenlernen. Sehr langsam, kaum merklich wurden die Farben dichter und kräftiger, lange stand ich vor einem Fotogeschäft, in dessen Fenster sich Abzüge von Schwarz-Weiß-Fotografien befanden, die man vor vielleicht hundert Jahren gemacht hatte, die unmittelbare Küstenregion hatte damals noch eine jetzt nicht mehr wiederzuerkennende Schönheit, breite, lange Straßenzüge, die Palmen auf Brusthöhe, geduckt, kein Verkehr, nur einige verstreut herumlaufende Spaziergänger. Auf einem anderen Bild stand ein Kreis von Männern, alle mit Kappen und Hüten, bis zu den Knien im Wasser und versuchte, mit einem Schleppnetz auf Fischfang zu gehen, während die Frauen sich auf einem dritten Bild in langen, schweren Kleidern mit ihren Wäschekörben um den einzigen noch erhaltenen älteren Brunnen des Ortes gruppierten, wie auf einem nostalgischen Filmbild von Bertolucci.

So ließ ich mich treiben, die allmähliche Dunkelheit kam mir vor wie eine passende Überblendung zu den alten Fotografien, einige von ihnen gehörten unbedingt in den Film, denn sie zeigten den Ur-Zustand der Stadt, das kleine, noch unbedeutende Fischerdorf, das von Jahrzehnt zu Jahrzehnt in großem Tempo gewachsen und mit all den hinzukommenden touristischen Attraktionen zu einer kaum noch zu überschauenden Stadt mit dem größten Fischereihafen des ganzen Landes geworden war.

Als ich die Hauptstraße wieder erreichte, hatte sie sich vollständig verwandelt, sie war jetzt mit Hunderten von Menschen besetzt, die frühabendliche *passeggiata* hatte begonnen, ein Kreisen und Flanieren von kleinen, sich unentwegt unterhaltenden Gruppen, die alle paar Meter haltmachten. Aus allen Seitenstraßen strömten sie wie dichte, kreischende Vogelschwärme herbei, es war wie eine plötzliche Überschwemmung, die breite Hauptstraße reichte längst nicht mehr aus, die Scharen drängten in die erleuchteten Cafés, um sich Getränke und Nahrung zu verschaffen, etwas zum Picken oder zum Kosten, eine kleine und nur vorläufige Brücke bis zur abendlichen *cena*.

Ich war froh, jetzt diese lebendigen Bilder zu sehen, sie eigneten sich gut für den Film, endlich hatte ich einen Kontrast zu den wohl eher stillebenähnlichen Momentaufnahmen gefunden, ich konnte es mir genau vorstellen, die Stille, den langsamen Übergang in die Dämmerung und dazu diese musikalische Melange von allen Seiten, auch die paßte genau.

Im Gedränge der Scharen kam ich mir etwas verloren vor, nichts empfand ich jetzt unpassender als dieses einsame Gehen, daher ging ich in eines der überfüllten Cafés, bestellte ein kühles Glas Bier und suchte mir einen Platz an der Theke, nur in der Nähe des Eingangs, im Kassenbereich, war das noch möglich. Ein Kellner drückte mir das Glas direkt in die Hand, ich nahm einen Schluck und spürte einen feinkörnigen, kristallinen Salzfilm auf beiden Lippen, ich tastete kurz mit der Zunge danach und nahm einen zweiten Schluck, die Kälte des Getränks kontrastierte seltsam mit meinem vom mittäglichen Bad erhitzten Gesicht. Ich konnte das Glas nicht abstellen, ich mußte es wie auf einem Empfang in der Hand halten, ich stand nahe der Tür und spürte plötzlich, daß ich beobachtet wurde, jemand musterte mich und blickte mich sehr intensiv an, von irgendwoher in diesem vollen Raum erfaßte mich eine regelrechte Blicksonde, ich wußte nur nicht von wo. Mein Blick hastete durch den Raum, oberflächlich und gierig, es dauerte nur den Bruchteil einer Sekunde, bis ich sie erkannte, sie stand inmitten einer Gruppe, weit von mir entfernt in der anderen Ecke des Raums und hatte sich aus der Unterhaltung anscheinend ausgeklinkt, sie schaute mich ganz direkt an, sie studierte mich.

Als ich sie bemerkte, lächelte sie, ohne daß es ihr etwas ausmachte, es war ein Lächeln des Wiedererkennens, kein Gruß, nichts Konventionelles, wir schauten uns an, als hätten wir uns nach einem Umweg gefunden, auch ich mußte lächeln. Ich fühlte, wie der Raum sich durch unser Schauen verengte, die Umgebung schien zu verschwimmen, auch die Geräusche waren plötzlich seltsam gedämpft, am liebsten wäre ich jetzt zu ihr gegangen, aber ich blieb auf meinem Platz stehen, als hielte ich mich an geheime Regeln.

Ich war auch der erste, der den Blickkontakt unterbrach, ich drehte mich etwas seitwärts und nahm erneut einen Schluck, ich schaute zur Tür hinaus, wie schön war dieser Abend mit seinen ziehenden Scharen und seiner weichen, mildwarmen Luft. Während ich hinausstarrte, hatte ich aber ihr Bild weiter vor Augen, jetzt am frühen Abend sah sie viel jünger aus als am Morgen, ich schätzte sie auf knapp über Dreißig, höchstens, sie war also vielleicht sechs oder sieben Jahre jünger als ich, wie hatte sie es dann aber geschafft, so schnell Karriere zu machen und aufzusteigen bis zur Direktorin? Langsam drehte ich mich wieder um, sie hatte sich natürlich längst abgewendet, sie unterhielt sich mit zwei, nein, drei Freundinnen, sie wirkte wie eine Studentin kurz vor der großen Prüfung, passioniert, aber noch ohne den Lebensernst, den ein Beruf einem dann oft verpaßte. Lebte sie allein?, ich konnte mir nicht vorstellen, daß sie gebunden war, wie ich sie mir überhaupt in manchen Situationen nicht vorstellen konnte, zum Beispiel nicht am Strand, als Badende, schon eher als Strandläuferin, früh am Morgen, vielleicht lebte sie allein in einem kleinen *appartamento*, zwei, drei Zimmer ganz in der Nähe, klar und puristisch eingerichtet, genau eine solche Ästhetik würde es sein. Brüder?, ja vielleicht, aber höchstens zwei, eher einen, einen jüngeren, mit dem sie gut auskam, keine Schwestern, der Vater Arzt oder Jurist, ein bereits älterer Mann, den die Schönheit seiner Tochter noch immer oft sprachlos machte, die Mutter in diversen Komitees, eine etwas anstrengende, lebhafte Frau mit einem unübersehbaren Freundeskreis. Freunde?, aber ja, viele Freunde, doch den richtigen hatte sie noch nicht gefunden, die meisten waren ihr zu verspielt oder vielleicht auch zu verträumt, eine wie sie hatte es schwerer als andere, an den Richtigen zu geraten, ich konnte mir ihr Zögern gut vorstellen, sicher war sie durch ihr Studium und einen anstrengenden Beruf auch abgelenkt worden, nur mußte sie sich hüten, den Absprung in die Ehe am Ende nicht ganz zu verpassen. Lange Mahlzeiten waren bestimmt etwas für sie, sie aß und trank sicher gern und mit großem Genuß, sie hatte einige Zeit in Frankreich verbracht und beinahe alle Regionen Italiens besucht, auch die gebirgigen liebte sie sehr. Kunst?, Musik?, unbedingt, sie war die ideale Museumsbesucherin, eine Bild-Süchtige, die aber nur schaute und wenig über das Gesehene las, lange Lektüren waren gewiß nicht ihr Fall, höchstens das meeresbiologische Fachwissen, Musik hörte sie instinktiv, sie schnappte hier und da etwas auf, länger damit beschäftigt hatte sie sich wohl nicht.

Ich leerte mein Glas, am liebsten hätte ich über all das mit ihr gesprochen, sie hätte es nicht als ungebührliche Einmischung in ihr Leben verstanden, es hätte ihr vielmehr, auch da war ich mir vollkommen sicher, großes Vergnügen gemacht. Die Freundinnen, mit denen sie sich unterhielt, waren bestimmt keine Kolleginnen, ihr Umgang mit ihnen war derart privat und intim, wie es unter Kolleginnen nicht möglich gewesen wäre. Ich bestellte noch ein Glas, die Biergläser waren für deutsche Verhältnisse ungewöhnlich klein, wie Zwerge verschwanden sie in der geschlossenen Hand, man mußte aufpassen, sie nicht zu zerdrücken.

Als ich mich noch einmal nach ihr umschaute, blickte auch sie wieder zurück, sie lächelte nicht mehr, ihr Blick hatte jetzt etwas Ernstes, als denke sie über mich nach. Dann aber gab sie den Freundinnen ein Zeichen, sie gingen voraus, ich sah die Gruppe auf mich zukommen, ich wäre gern nach draußen geflohen und hätte mich unter die ziehenden Scharen gemischt. Die Freundinnen mußten sich einen Weg bahnen, die Gruppe kam nur langsam voran, ich hatte das Gefühl, mit dem Rücken gegen die Theke gedrängt zu werden, vielleicht kam mir das aber auch nur so vor, vielleicht war diese Empfindung eine Folge des immer heftiger werdenden Fluchtinstinkts. Die Gruppe der Freundinnen passierte mich, keine nahm von mir irgend Notiz, sie hatten mich bestimmt nicht erwähnt oder gar länger von mir gesprochen. Als sie mich erreichte, blieb sie stehen, guten Abend, Herr Regisseur, sagte sie, Regisseur, tatsächlich Regisseur, das Wort verwirrte mich, nichts fiel mir dazu ein, und so sagte ich lediglich guten Abend, mehr nicht, obwohl ich spürte, daß noch ein Zusatz nötig oder hilfreich gewesen wäre. Selbst die beiden armseligen Worte gelangen mir aber nur mit äußerstem Kraftaufwand, ich konnte meine Aufregung kaum unterdrücken, einen Moment glaubte ich sogar, meine Stimme könne versagen.

Von hinten drängten weitere Gäste hinaus, sie stand im Weg und wurde in meine Richtung geschoben, ganz kurz stützte sie sich gegen meinen Arm und entschuldigte sich. Ich überlegte, ob ich sie zu einem Glas einladen sollte, aber sie sprach schon vom kommenden Morgen, sie sagte, Dottore Alberti sei informiert, der Dottore werde sich um mich kümmern und mir einige filmenswerte Experimente vorschlagen, sie habe mit ihm ausführlich darüber gesprochen. Sie sprach schnell und sicher, als erledigte sie nur etwas Dringendes, ich konnte ihren jetzt ganz sachlichen Blick nicht erwidern, ihre Freundinnen warteten draußen auf sie und riefen ihr etwas zu, sie entschuldigte sich, sie müsse jetzt weiter, der Abend sei wahrhaftig schön, nicht wahr, sie sagte es sehr schnell und schon halb auf dem Sprung.

Ich fand das alles unpassend, ich stand ihr hilflos und beinahe mundtot gegenüber, ich kam nicht voran, mir stockte die Sprache, eine schlimme Einfallslosigkeit, die ich sonst nicht an mir kannte, lähmte mich. Bevor sie ganz hinaus war, drehte sie sich noch ein letztes Mal um, sind Sie allein hier, fragte sie und setzte noch einmal an, als wollte sie es genau wissen, Sie sind für die Zeit Ihrer Recherchen hier ganz allein? Ich fahre in solchen Fällen immer allein, antwortete ich, sie lächelte wieder und verabschiedete sich, sie schloß zu ihren Freundinnen auf, ich begriff nicht, warum sie mir noch diese letzte Frage gestellt hatte, wollte sie das wirklich wissen oder hatte sie vielleicht das Unpassende ihrer übertriebenen Eile gespürt?

Ich trank mein Glas aus, ich warf mir vor, sie nicht auf ein Glas eingeladen zu haben, warum bloß hatte ich es erneut nicht geschafft, warum war ich so zurückhaltend gewesen? Ich zahlte eilig und lief nach draußen, ihre Gruppe schlenderte auf der gegenüberliegenden Straßenseite davon, blieb dann aber unerwartet bei einer anderen Gruppe stehen, ich wußte nicht, wohin ich gehen sollte, es war ausgeschlossen, daß ich mich jetzt auf und davon machte, gerade jetzt, wo wir uns so nahe gekommen waren.

Ich zog mich unter die Arkaden eines Geschäftes zurück, hinter einem der Pfeiler wartete ich, als müßte ich mich verstecken, dann holte ich die kleine Kamera hervor und startete die Aufnahme. Ich zoomte sofort auf ihr Gesicht, aus der Dunkelheit schoß es auf mich zu, ich versuchte, ihrem Mienenspiel so nahe wie möglich zu kommen, und zeichnete es bis in die Details nach, die Schläfen und die stark hervortretenden Backenknochen entlang über die Lippenfurche bis zu den Lippen, es war beinahe, als nähme ich ihr Gesicht in beide Hände und als touchierten meine Finger die Haut.

Zwei, drei Minuten filmte ich so, ohne die Einstellung zu verändern, ich bewegte mich nicht von der Stelle, dann gab ich auf. Sie stand jetzt inmitten sehr vieler Menschen, ich konnte sie kaum noch erkennen, immer wieder verschwand ihr Kopf in der dunklen, hin und her wogenden Traube, ich wußte, für diesen Abend war sie für mich verloren. Ich fühlte mich noch erhitzter als zuvor, ich hatte keine Lust mehr auf ein Abendessen oder sonst eine Unternehmung, ich wollte mich nur noch von ihr trennen, möglichst rasch und ohne weitere Umwege. Mein Herz klopfte stark, ich packte die Kamera wieder ein, dann machte ich mich auf den Weg zum Hotel.

9

Als ich im Foyer eintraf, begegnete mir Carlo, ich kam nicht an ihm vorbei, er hielt mich fest und fragte mich, wie es mir gehe, warum ich so früh komme, wo ich zu Abend gegessen habe, er stellte diese Fragen rasch hintereinander, als wäre er über meinen Anblick erschrocken. Ich sagte, daß ich nicht zu Abend gegessen hätte, ich versuchte abzuwiegeln und erklärte, ich hätte keinen Hunger, er schaute mich etwas lauernd an, als müßte er einer Krankheit auf die Spur kommen. Wollen Sie wirklich schon auf Ihr Zimmer? fragte er schließlich, ich sagte ja, die klare Antwort befriedigte mich nach den vielen Unklarheiten zuvor, ich sagte, ich habe zu arbeiten, ach was, entgegnete Carlo, arbeiten Sie morgen, ein anderes Mal, gehen Sie hinauf auf Ihr Zimmer und kommen Sie in einer

Viertelstunde wieder herunter, ich lade Sie zu einem guten Glas ein.

Ich überlegte keinen Moment, ich bedankte mich für die Einladung, dann ging ich wirklich hinauf, duschte, zog mich um und trat hinaus auf den Balkon. Ich erkannte den Küstenstreifen der hell erleuchteten Restaurants direkt am Strand, es mußte schön sein, jetzt in einem der zum Meer hin offenen Speisesäle zu sitzen, für einen Moment dachte ich an mich selbst und eine bestimmte andere Person, dann trennte ich mich aber abrupt von dieser Vorstellung und ging wieder zu Carlo hinunter.

Er ließ mich kurz an der Rezeption warten, er schloß ein paar Schränke und Schubläden ab, dann öffnete er die Tür des Speisesaals und ging vor mir hinein. Ich sah, daß in der Mitte ein Tisch gedeckt war, es war ein kleiner, viereckiger Tisch, anscheinend war es genau der Tisch, an dem er selbst am Mittag speiste. Eine Kerze brannte, auf einer silbernen, von Eis überquellenden Platte erkannte ich eine Lage von Austern. Essen Sie, sagte Carlo, ich freue mich, wenn es Ihnen schmeckt, den Gästen kann man so etwas ohnehin nicht servieren, die verstehen von so etwas nichts.

Ich blieb stehen, der in der Dunkelheit durch das minimale Licht angestrahlte Tisch wirkte wie ein Stilleben, ich wagte nicht, in dieses Bild zu treten, bis Carlo mich voranschob, überlegen Sie nicht lange, wir bekommen alle paar Tage etwas davon, umsonst, es handelt sich um die Gefälligkeit eines Freundes, der mich täglich mit Fisch beliefert. Warum lassen Sie sie nicht zurückgehen, fragte ich, und er antwortete, Austern lasse man nicht zurückgehen, man esse sie. Wer ißt sie denn, fragte ich nach. Ich, erwiderte Carlo, ich und das Personal essen sie, wenn unsere Gäste es nicht bemerken, heute haben wir eine besonders große Ladung bekommen.

Er lachte in sich hinein, auch ich mußte lachen, ich nahm endlich Platz, er schenkte mir etwas Weißwein ein, dann griff ich nach der ersten Auster und schlürfte sie aus. Als ich den intensiven Geschmack auf der Zunge spürte, schloß ich kurz die Augen, ich glaubte, den Tang und die Algen zu kosten, die ich am Mittag unter Wasser gesehen hatte, die Muscheln öffneten sich, ich spürte mit der Zunge den Kalkschründen nach, ich trank. Carlo setzte sich mir gegenüber und schaute mir zu, ich berichtete ihm von den Fotografien, die ich am Abend gesehen hatte und fragte ihn, ob er mir nicht von vor dreißig oder vierzig Jahren erzählen wolle, davon also, wie es hier früher ausgesehen und wie die Stadt sich seitdem verändert habe.

Ich schlürfte weiter die Austern, langsam, ohne Unterbrechung, ich schlürfte und trank jetzt das Meer, pur, ohne Zutaten und Dekoration, und ich hörte Carlo zu, der erzählte und Weißwein nachschenkte. So saßen wir zu zweit in dem großen und leeren Saal, nur das Flackern der Kerze verriet uns, während draußen, vor der weiten Fensterfront, der dichte nächtliche Verkehr rauschte. Einmal erkannte ich unser Spiegelbild vor dem angestrahlten Grün der Palmen, es erschien mir wie die Anfangs- oder Schluß-Sequenz eines großen Film-Epos, ich mußte immer wieder darauf starren, so stark war seine Wirkung, während Carlo von einem abgelegenen Fischerdorf und seiner allmählichen Verwandlung in einen überfüllten Ferienort erzählte.

Erst tief in der Nacht trennten wir uns, ich dankte Carlo, diese nächtlichen Stunden hatten den zerrissenen Anfang des Abends blasser werden lassen, ich fühlte mich wieder besser, ich wußte nicht, wieviel Austern ich gegessen hatte, es war ein großer Genuß gewesen. Ich ging wieder hinauf auf mein Zimmer, ich wollte etwas notieren und setzte mich noch einmal auf den bereits dunklen Balkon. Ich schaute auf das schwarze Meer, dann begann ich zu schreiben: *Ich habe mich heute so seltsam verhalten wie lange nicht mehr, es ist beinahe wie in pubertären Tagen, ganz grausam. Ich habe Angst, etwas falsch zu machen, ich versuche, in ihren Blicken zu lesen und genau das Richtige, den richtigen Zugang zu finden, doch so geht es nicht. Ich bin in meinem Leben mit vielen Frauen zusammengewesen, ich sollte wissen, wie man sich in solchen Momenten verhält, seit zwei Jahrzehnten bin ich vor einer Frau nicht mehr so zurückgeschreckt, zum letzten Mal war es in einem Moment, da eine Frau mir sagte, daß sie mich liebe …*

Ich überlegte kurz, ob ich noch weiter ausholen sollte, doch ich brach das Notieren ab, ich ging wieder ins Zimmer, ließ die Rollos herunter und legte mich ins Bett, ich wußte, daß ich nicht einschlafen würde.

10

Am nächsten Morgen war die Tür des Museums geöffnet, als ich erschien, ich hatte erwartet, Antonio und der Direktorin zu begegnen, doch ich traf im Büro gleich auf Dottore Alberti. Er war mehr als einen Kopf kleiner als ich, hatte dichte, schwarze Haare, bewegte sich flink und gab sich freundlich, ich schätzte, daß er ungefähr so alt war wie ich.

Wir wechselten einige höfliche Worte, er sprach etwas rasch, ich entschuldigte mich für mein unvollkommenes Italienisch und bat ihn, ein wenig langsamer zu sprechen. Er lächelte knapp und sprach kaum eine Minute in einem verzögerten, beinahe kindlichen Ton, dann legte er wieder los und hatte bald das alte Tempo erreicht. Er war gut informiert, mit mir zu sprechen, schien ihm sogar Spaß zu machen, jedenfalls redete er von seiner Liebe zum Film und davon, daß man ihn mindestens einmal in der Woche im Kino antreffe. *Allora*, sagte er nach beinahe jedem zweiten Satz, *allora*, widmen wir uns jetzt den Details, gehen wir einen Stock tiefer, ich werde Ihnen einige Arbeitsmethoden vorstellen, *allora*.

Sein rasches Reden machte mich etwas unruhig, es wirkte übertrieben ausführlich und dadurch komisch, er ließ mir kaum eine Chance, etwas zu erwidern, so daß ich ihm stumm folgte. Der Raum, in den er mich führte, war möbliert wie ein Vortragssaal, mehrere Stuhlreihen hintereinander, an den Wänden die unvermeidlichen Tabellen und Tafeln, ich mußte in der ersten Reihe Platz nehmen und ahnte nichts Gutes. Der Raum wurde verdunkelt, dann begann Dottore

Alberti mit seinem Vortrag, er projizierte Dia-Bilder auf eine winzige Leinwand, seit Jahrzehnten hatte ich keinen Dia-Vortrag mehr gesehen.

In den ersten Minuten schweiften meine Gedanken ab, ich war auf längere Ausführungen nicht vorbereitet, ich hatte mir etwas Sinnlicheres vorgestellt, schließlich hatte die Direktorin von einer *Außenvisite* gesprochen. So hatte ich Mühe, meine Enttäuschung zu unterdrücken, außerdem hatte ich in der Nacht nur sehr wenig geschlafen, ich war mehrmals auf den Balkon gegangen und hatte wegen meines großen Durstes immer wieder Wasser getrunken, sehr früh am Morgen hatte ich im Meer gebadet, wiederum war ich allein im Wasser gewesen und hatte die Sonne am Horizont aufsteigen gesehen.

Dottore Alberti aber hatte jede Verbindung zu mir abgebrochen, er sprach von seinem Projektor aus unentwegt und mit deklamatorischem Unterton ins Dunkel, es handelte sich dennoch um nichts anderes als um einen trockenen Schulvortrag, pedantisch, penibel und naseweis, ohne jede Spur von Humor. Ich wehrte mich eine Weile gegen den Überrumpelungston, schon die Faktenfülle widerte mich geradezu an, dann aber zwang ich mich, zumindest ein paar Brocken aufzuschnappen, warum saß ich sonst hier. Anscheinend ging es vor allem darum, mir Meßtechniken begreiflich zu machen, von einer Meßstation war jedenfalls dauernd die Rede und noch ausführlicher davon, welche Mühen es bereitete, sie adäquat in der Tiefe zu installieren, die anscheinend immens schweren Geräte wurden mit Hilfe von Leinen ins Wasser gelassen, ein Zeitraffer wurde eingesetzt, dann schien es auf Strömungsfähnchen, Luftblasen und die Sauerstoffspannung anzukommen, auch wurde ein Schlitten, in dem wohl ein Gehäuse für eine Kamera untergebracht war, gezeigt und mehrfach erwähnt, ich tat, als notierte ich das, und Dottore Alberti konzentrierte sich ganz auf die Frage, wie und wo der Schlitten über Bord zu lassen sei und worauf zu achten sei, damit ein gewisses Kabel sich nicht verspannte.

Auf den Dia-Bildern waren all die erwähnten Geräte in Großaufnahmen zu sehen, ansatzweise erkannte man auch die Forscher, keiner schien ohne ein imposantes T-Shirt auszukommen, das mit dem Namen seiner Forschungsstation bedruckt war. Dottore Alberti vergaß denn auch nicht, diese Aufdrucke zu erwähnen, er las sie sogar langsam und überdeutlich vor, als entziffere er sie gerade, er sprach von Forschern aus aller Welt, von der weltweiten Familie der Meeresbiologen und der friedlichen Nutzung des Meeres, ich war nahe dran, ihm den Hals umzudrehen. Ich überlegte, wie ich ihn wirksam bremsen konnte, als sich die Tür öffnete und die Direktorin hereinkam. Sie grüßte stumm, setzte sich aber sofort neben mich und hörte mit zu, Alberti unterbrach sich nicht einmal für den kürzesten Moment, er sprach einfach weiter.

Ich tat interessiert und starrte auf die in rascher Folge gezeigten Bilder, dabei fühlte ich mich jetzt noch mehr wie ein Schüler, ein Schüler mit Klassenkameradin, so saßen wir andächtig und regungslos nebeneinander, und Alberti drehte immer mehr auf, lauter noch als zuvor. Ich fragte mich, wie es einer wie er ertrug, eine jüngere Vorgesetzte zu haben, wie kam so einer wohl damit zurecht? Sicher kannten sie sich seit langer Zeit, ich hätte schwören können, daß Alberti aus San Benedetto stammte, mit seiner flinken und staubtrockenen Art paßte er genau in diese Stadt. Seit die Direktorin im Raum war, gestikulierte er mit beiden Händen, er war vernarrt in alles Technische, die präzisen Abläufe der Experimente schienen ihm alles zu bedeuten. Ich dachte daran, was für einen Vortrag ich gestern morgen gehört hatte, die beiden Auftritte waren nicht miteinander zu vergleichen, wie hielt es eine Frau wie die Dottoressa nur mit einem Ingenieurswesen wie diesem Alberti aus? Ich räusperte mich, da beugte sie sich zu mir herüber, sie sprach Deutsch, sie flüsterte mir etwas zu, er macht das gut, flüsterte sie, er macht das doch wirklich gut, finden Sie nicht? Ich nickte und schaute sie an, wir mußten in ein und demselben Moment grinsen, sie schien zu fürchten, daß der Dottore etwas bemerkte und berührte meinen rechten Arm vorsichtig mit der Hand, ich komme später noch einmal vorbei, bitte behalten Sie so lange jedwede Geduld, das müssen Sie mir versprechen.

Sie stand auf und verließ den Raum, ich hätte ihr alles versprochen, so dankbar war ich ihr für die wenigen Worte, die Dottore Alberti auf Distanz zu ihr und mir rückten. Ich überlegte, ob für den Film überhaupt irgendeines der geschilderten Experimente in Frage kam, vielleicht wäre eine Fahrt mit dem Forschungsschiff hinaus auf die offene See nicht schlecht, obwohl ich dann mit den ganzen Versessenheiten der Techniker und Forscher zu tun bekommen würde, ich konnte mir dieses Getüftel schon genau vorstellen, sicher war es sehr umständlich und extrem männlich. Viel lieber wären mir Untersuchungen an den Sandstränden gewesen, kleine Sandproben bei Niedrigwasser, die man, wie ich gelesen hatte, hätte färben und wieder einsetzen können, um so zu zeigen, wie das Meer sie bewegte. Das aber war gewiß nichts für Dottore Alberti, schlank und gebräunt sah ich ihn schon an Deck des Forschungsschiffs stehen, lüstern darauf, in einem Taucheranzug über Bord zu gehen, noch in den größten Tiefen wären die Fische nicht vor seinem Vortragszwang sicher, wahrscheinlich gestikulierte er dort nur noch wirkungsvoller mit Messer und gleißendem Licht.

Ich lehnte mich zurück und ließ ihn reden, er war bei Echoloten und Echofühlern angekommen und sprach von vertikalen, aber nach den Seiten hin pendelnden Schallwellen, die angeblich durch alle Sedimente drangen und die ältesten Felsböden abtasteten, in Wahrheit interessierte mich nur noch, was geschehen würde, wenn die Dottoressa wieder erschien. Ich blickte heimlich auf die Uhr, es war bald Mittag, diesmal würde ich einen Vorstoß wagen, ich mußte meine Zurückhaltung endlich aufgeben und ein gemeinsames Essen herbeiführen, natürlich mußte ich auch ihn dazu einladen, wenn ich großes Pech hatte, würde er mit mir allein essen gehen. Ich dachte darüber nach, wie ich mich in diesem Fall aus der selbstgelegten Schlinge befreien konnte, einen zweiten Alberti-Vortrag, vielleicht sogar noch während einer guten Mahlzeit, würde ich nicht mehr ertragen. Die Direktorin kam wieder herein, *allora*, rief Alberti, und es hörte sich wahrhaftig so an, als wollte er allmählich zum Ende kommen.

Sie ließ ihm aber gar keine Zeit mehr, den Vortrag abzuschließen, wie weit seid Ihr, fragte sie, Ihr seid doch jetzt sicherlich fertig, Gianni, wie weit bist Du, sie nannte Dottore Alberti wahrhaftig Gianni. Gianni schwieg einen Moment, er kam mit der Unterbrechung zunächst nicht zurecht, er ging zu den Fenstern, befreite uns von der Verdunklung, es arbeitete in ihm, ich sah es genau. Gianni, was ist, fragte sie, und ich spürte, daß es ihr eine kindische Freude bereitete, ihn so anzureden, bis er die Sprache wiederfand, *allora*, sagte er, wir haben die Kostenfrage noch nicht geklärt, wir werden uns darüber unterhalten müssen, wir sollten eine Aufstellung der verschiedenen Posten machen und ein festes Paket anbieten, welches Paket, fragte ich, wovon sprechen Sie jetzt, von den diversen technischen Angeboten, die wir Ihnen unterbreiten werden, antwortete Gianni.

Er begann aufzuräumen, er ordnete die Dias in einen Holzkasten, es würde, so wie er vorging, eine Weile dauern, da ergriff ich die Initiative und schlug vor, gemeinsam essen zu gehen, ich lade Sie ein, sagte ich, klären wir doch alle Fragen lieber beim Essen. Sie schaute kurz auf die Uhr, das ist ein guter Gedanke, sagte sie, was meinst Du, Gianni, läßt sich das einrichten? Gianni nickte, plötzlich war er wieder der freundliche, junge, harmlose Bursche vom Morgen, ich werde zu Hause anrufen, sagte er, und ich stellte mir seine Frau vor, eine Krankenschwester, nein, eine Kindergärtnerin, etwa in seiner Größe, nein, etwas kleiner, sechs Zentimeter. Sie hatten zwei Kinder, natürlich zwei Mädchen, beide trugen Zahnspangen, er brachte sie jeden Morgen zur Schule und lief dann unverzüglich ins Institut, ich konnte ihn mir nicht einmal in einer Bar bei einem Kaffee vorstellen, eher schon als Zuschauer eines Windhundrennens, mit Sonnenbrille auf der Gegentribüne.

Dann gehen wir schon voran, sagte die Direktorin und schaute mich an, wohin gehen wir denn? Sie werden ein gutes Restaurant kennen, antwortete ich, gibt es nicht eins hier im Hafen? Es gibt das kleine, die schwimmende Insel, die ich Ihnen gestern schon zeigte, sagte sie, und es gibt ein sehr gutes, einen Traum, aber für diesen Traum brauchen wir etwas Zeit. Dann nehmen wir uns die, sagte ich, zum ersten Mal kam ich mir kompetent vor, ich hätte vor Vergnügen beinahe vor mich hin gepfiffen, so freute ich mich.

Sie ging mit mir noch einmal hinauf ins Büro, sie holte ihre Tasche, dann gingen wir zu zweit nach draußen. Ich ließ sie rechts gehen, ich schlenderte neben ihr her, es sind nur wenige hundert Meter, sagte sie, und als ich sie von der Seite anschaute, schaute sie zurück, und wir grinsten beide.

II

WIR BETRATEN das Restaurant beinahe zugleich, *zu zweit*, dachte ich, es lag am Ende einer unansehnlichen, dunklen Straße inmitten kleiner Hafenwerkstätten, aus denen ein starker Benzin- und Ölgeruch drang, und wirkte wie eine leichte, luftige Bühne, die man in einem verlassenen Winkel in den Sand gebaut hatte, die Wände waren aus Glas, zur Meeresseite hin öffnete es sich auf eine weite Terrasse.

Ein Kellner kam uns gleich entgegen, er begrüßte die Dottoressa, natürlich kannten sich beide gut, sie tat aber alles, um das übliche Zeremoniell herunterzuspielen. Sie sind zu zweit, fragte er, zu zweit, ja, sagte sie, nein, ach was, zu dritt, Dottore Alberti kommt etwas später. Sie steuerte geradewegs auf einen schattigen Ecktisch zu, sie nahm Platz, jetzt erschloß sich mir erst die große Schönheit des Bildes, das sich von der Terrasse aus auftat. Man blickte auf eine kleine Bucht, eine winzige Mole rahmte sie zur Rechten ein, das Meer in Küstennähe war hellgrün, an den Steinrändern sogar goldgelb, in der Ferne aber wölbte sich ein breites Blau, wie das Segment eines Walrückens. Auf dem obersten Rand dieses Rückens schien sich eine kleine Flosse hin und her zu bewegen, es war ein dunkelrotes, einsames Schiff, das die Horizontlinie abfuhr.

Ich starrte auf dieses Bild, habe ich zuviel versprochen, fragte sie, nein, antwortete ich, wenn ich so belohnt werde, ertrage ich jeden Vortrag. Sie lächelte, aber sie sagte dazu nichts, statt dessen fragte sie nur, ob es mir recht sei, wenn sie die Bestellung übernehme, natürlich ist es mir recht, sagte ich, genau das habe ich ja erwartet. An der Art, wie sie sich nach dem Kellner umschaute, erkannte ich ihre Vorfreude, ich hatte richtig vermutet, sie aß und trank gern, mit Frauen, die nicht gerne aßen und tranken, dachte ich, hast du noch nie etwas anfangen können. Sie rührte die angebotene Speisekarte nicht an, sie bestellte *antipasti*, kein Gemüse, ausschließlich Fisch, die Weinbestellung übernahm sie gleich mit, ich hatte noch nie mit einer Frau zusammen gegessen, die ohne langes Reden den Wein bestellt hatte, eine Flasche Sauvignon, gut gekühlt, bitte.

Wir schauten einen Moment stumm hinaus auf das Meer, langsam kamen wir zur Besinnung, ich hatte die ganze Zeit das Gefühl, daß wir den Eindruck eines Paars machten, eines Paars, das sich gerade kennengelernt hatte und damit begann, sich Geschichten zu erzählen, nichts ist ja schöner als dieses erste Kennenlernen, wenn man um sein Leben erzählt, noch einmal weit ausholt und längst verloren geglaubte Geschichten wieder ausgräbt. Vielleicht, dachte ich weiter, verliebt man sich immer wieder, um sich sein Leben immer noch einmal von vorn und neu zu erzählen, ich hielt inne und versuchte, diesen Gedanken noch ein zweites Mal und noch präziser zu denken, beim zweiten Mal kam er mir jedoch nicht mehr so strahlend vor, eher christlich, beinahe sogar protestantisch.

Sie denken noch immer an den Vortrag, stimmt's, fragte sie, und ich antwortete rasch, ja, ich gebe es zu, offen gestanden habe ich mich ganz grausam gelangweilt, der Vortrag war zu lang und ging in eine Richtung, mit der ich nichts anfangen konnte. Wieso denn das? fragte sie, Dottore Alberti ist sehr gewissenhaft und für seine Thementreue bekannt, im Grunde ist er sogar themenbesessen. Ich habe den Eindruck, sagte ich, daß sein meeresbiologisches Interesse vor allem technisch und physikalisch bestimmt ist, genau diese Aspekte, Technik und Physik, will ich jedoch nicht in den Vordergrund des Films rücken, ich befürchte, daß die vielen Geräte und die imponierenden Ausrüstungen nur von den einfachen Beobachtungen ablenken, im Grunde muß aber jedes Kind begreifen, worauf es ankommt und was gezeigt wird. Reizt es Sie denn gar nicht, ein Forschungsschiff kennenzulernen, fragte sie, und ich antwortete, nein, es reizt mich nicht. Und die Fischerei, fragte sie weiter, wollen Sie sich die auch entgehen lassen, nein, das geht nicht, das Fischen müssen Sie erleben. Warum, fragte ich, warum muß ich das? Sie ahnen nicht, wie schön es ist, sagte sie, wenn Sie nachts mit den Fischern zum Sardinenfang fahren, wenn die Kutter weit draußen treiben, bis es dämmert und plötzlich die Sardinen nach oben kommen, dann werden kleine Boote ausgesetzt, die sich im Dunkel vom Kutter fortbewegen, auf ein Signal entzünden sie ihre Lichter und treiben die Schwärme auf den Kutter zu. Sie haben mich schon überzeugt, antwortete ich, wenn Sie es so erzählen, überzeugen Sie mich, wenn Sie aber präzise erklären wollen, wie das Netz ausgeworfen werden muß, um optimale Beute zu machen, höre ich nicht mehr zu. Schimpfen Sie nicht so auf Dottore Alberti, sagte sie, er ist der wichtigste Mann des ganzen Instituts, er hat sich noch bei keiner Berechnung geirrt. Das traue ich ihm auch nicht zu, antwortete ich und wollte noch boshafter werden, als die ersten Vorspeisen gebracht wurden.

Es waren Muscheln, Tintenfische, Seespinnen und mehrere Fischpasten, sie wurden auf kleinen Tellern serviert, der Kellner schenkte den Wein ein, wir stießen an, ich wünschte mir, daß Dottore Alberti nach Hause gerufen worden war, mit der Zahnspange des älteren Mädchens war vielleicht etwas nicht in Ordnung. Einen Moment wie diesen hatte ich mir die ganzen letzten Tage gewünscht, all mein einsames Herumsitzen, Notieren und Brüten war jetzt vergessen, zum ersten Mal geriet ich regelrecht in Schwung und begann zu erzählen, anstatt wie zuvor nur den anderen zuzuhören. Ich sagte, daß mich die Kunstlosigkeit von San Benedetto verblüffe, seit vielen Jahren reise ich durch Italien, eine Stadt wie diese sei mir noch nie begegnet. Ich sprach von meiner Suche nach geeigneten Bildern und davon, wie mich die Stadt hatte abblitzen lassen, ich übertrieb ein wenig und brachte eine komische Note in meine Erzählungen hinein, sie begann zu lachen, ich redete weiter, lauter Kuriosa fielen mir ein, Beobachtungen auf meiner kurzen Besichtigung, sie schien sich zu wundern, daß ich in der Kürze meines Aufenthalts schon so viel gesehen hatte, ich erkannte es an der Art, wie sie den Kopf schüttelte.

Ich will Ihnen etwas sagen, entgegnete sie schließlich, genau die Kunstlosigkeit, von der Sie sprechen, gefällt mir an San Benedetto, auf eine wie mich, die eine italienische Erziehung durchlaufen hat, wirkt dieser Ort wie eine Befreiung. Hier hat alles ein rascheres Tempo, und Sie finden hier nichts von der faden Trägheit so vieler italienischer Kleinstädte. Nüchternheit, keine Metaphysik, endlich keine Metaphysik, das ist in Italien sehr wohltuend. Literaten werden hier nicht geboren, wohl aber Naturwissenschaftler oder zumindest ein paar Meeresbiologen. Schön und gut, antwortete ich, aber wie soll ich mit Naturwissenschaftlern einen Film drehen? Gestern abend ist mir der Gedanke gekommen, die Stadt nur noch auf ihre Nähe zum Meer hin zu lesen, ich könnte eine große Fülle von guten Details zeigen, die Fischmarkthalle, den Hafen, Läden mit allem, was die Fischer so brauchen, das wäre eine Lösung, aber ich bräuchte dafür sehr viel Zeit. Das ist eine gute Idee, sagte sie, ich wäre Ihnen bei Ihrer Suche nach weiteren Details behilflich, ich wäre, glauben Sie mir, für die Suche danach genau die Richtige.

Franca, hörte ich jemanden laut sagen, Du bist für alles genau die Richtige. Wir hatten nicht auf den rückwärtigen Teil des Restaurants geachtet, wir waren zu sehr ins Gespräch vertieft gewesen, jetzt hatte er uns doch überrumpelt und nahm mir gegenüber Platz. Er schenkte sich Wein ein, er nahm sich von den Vorspeisen, wäre er etwas größer gewesen, hätte man annehmen können, jetzt wäre der Patriarch erschienen, nach Erledigung einiger noch unumgänglicher Telefonate. Ich hatte ihn sofort im Verdacht, zwei Handys gleichzeitig mit sich zu führen, in jeder Jackettasche eins, eins für die Familie und eins für die kleinen Dramen in der Öffentlichkeit. Wie weit seid Ihr? fragte er, womit? antwortete ich rasch. Sollen wir in den nächsten Tagen einmal zusammen hinausfahren? machte er weiter, als hätten wir auf eine solche Gesprächsführung nur gewartet. Ich werde es mir noch überlegen, sagte ich. Habt Ihr über Geld gesprochen? fragte er, darüber müssen wir sprechen, nein, sagte ich, haben wir nicht, und jetzt würde ich darüber auch nicht gerne sprechen.

Er zog die Augenbrauen hoch und bediente sich weiter, er aß so schnell wie er sprach, die Gabel hüpfte von Teller zu Teller, er rückte sich die meisten noch einmal eigens heran, um besser zustoßen zu können. Ich schaute hinaus auf die Bucht, das dunkelrote Schiff kreuzte noch immer in der Ferne, der gelbgraue Sand, die Mole mit ihren kalkigen Weißtönen, das faule Blau dahinter, das alles hätte mich weiter begeistern können, wenn dieser Mensch nicht in meiner Nähe gesessen hätte. Er blickte sich nach dem Kellner um, er rief ihm etwas zu, der Reigen der Vorspeisen ging weiter, alle drei waren wir in ein tiefes Schweigen verfallen, als müßten wir uns ganz den Schnecken, Garnelen und Seefäden widmen. Seine Art zu essen hatte etwas Ruppiges, vielleicht sollte es Vitalität ausstrahlen, Vitalität und Sex, dachte ich, ich konnte mir genau vorstellen, wie abgedroschen er fickte, ein starker Zorn stieg in mir hoch, ich griff nach der Weinflasche und schenkte uns allen nach, sein Glas füllte ich beinahe bis zum Rand. Ich sah noch, wie er sich Brot nahm, er nahm sich zwei Stücke zugleich aus dem Korb, er zerbrach und zerkrümelte sie und wischte damit das Öl von den Tellern, der ganze Tisch wurde von seinen Manieren beherrscht.

Salute, sagte er plötzlich, es klang, als wollte er rülpsen, *salute*, trinken wir auf unser Projekt, *allora*, antwortete ich, trinken wir, und er schaute wieder kurz auf. Er leerte sein Glas, dann erhob er sich, entschuldigt mich, *scusate*, er habe noch sehr viel zu tun, er hat wirklich sehr viel zu tun, sagte sie, als er verschwunden war. Haben Sie noch einen Wunsch? fragte ich, ja, sagte sie, noch etwas Wein. Eine Flasche? fragte ich, warum nicht, sagte sie. Gibt es hier eine gute Fischsuppe? fragte ich, es gibt eine ausgezeichnete, wir essen eine zusammen, ja? sagte sie rasch und beinahe erregt, als wollte sie seinen Auftritt vergessen machen, dann rief sie erneut den Kellner, um zu bestellen.

Mit seinem Verschwinden war die frühere Nähe sofort wieder da, ich lehnte mich zurück, ich hatte keine Lust mehr, an die Arbeit zu denken, deshalb fragte ich sie, warum sie Teile ihrer Jugend in Südtirol verbracht habe. Sie erzählte von den Eltern, die jetzt wieder nördlich, in Ancona wohnten, San Benedetto sei ihnen zu laut geworden, es gebe hier im Sommer einfach zu viele Touristen, ihr Vater sei auch in Ancona geboren, und so seien die Eltern vor zwei Jahren wieder dorthin gezogen, in das ehemalige Haus der Großeltern, ein Haus direkt am Meer, nahe dem alten Hafen. Auch sie selbst habe in diesem Haus Teile ihrer Kindheit verbracht, eine Kindheit am Meer sei ein großes Geschenk, unvergeßliche Tage, nirgends entstehe ein derartiges Gefühl für Dauer und Unveränderlichkeit wie am Meer, noch heute tauchten in ihren Träumen alle paar Nächte Bilder vom Meer auf. Eine Zeitlang habe ihre Mutter jedoch angeblich die Meernähe nicht vertragen, ihre Mutter stamme aus einem Bergnest ebenfalls nicht weit von hier, sie sei durch den Anblick des Meeres melancholisch geworden, jedenfalls sei das die offizielle Lesart ihrer Erkrankung gewesen, leichte Depression durch mangelnde Abwechslung, aus diesem Grund habe der Vater seine Praxis von Ancona ins lebendigere San Benedetto verlegt, in San Benedetto habe ein Arzt immer gut zu tun und der Mutter habe es gleich gefallen, denn sie habe hier viele Freundschaften geschlossen und sei mit ihren Freundinnen dann sogar am Meer entlang spazierengegangen, ununterbrochene Unterhaltungen hätten so etwas wie Melancholie gar nicht erst aufkommen lassen. In der schlimmsten Phase der Depression ihrer Mutter aber habe man sie und ihren jüngeren Bruder nach Südtirol in die Berge geschickt, sie habe nichts gegen die Berge, wohl aber gegen die in Südtirol, lauter Skipisten und sogenannte Kletterparadiese, in jedem Felsspalt habe ein Bayer gehangen und sich schreiend mit seinem Bergführer verständigt. In Südtirol hätten die Großeltern ein Ferienhaus gehabt, im Grunde sehr schön, die Großmutter sei eine Deutsche gewesen und habe diese nördlichen Aufenthalte genossen, der Bruder und sie hätten nichts dagegen einwenden können und hätten sich auch nicht dagegen gewehrt, einmal sei man übrigens drei Tage in München gewesen, vor lauter Sehnsucht nach dem Meer und nach Wasser habe sie die Zeit ausschließlich an der Isar verbracht.

Sie erzählte das alles sehr ruhig, in einer etwas dunkleren Tonlage als sonst, ich starrte dabei die ganze Zeit hinaus aufs Meer, es war, als legte sich ihre Tonspur aufs Bild, und ich dachte daran, wie es wohl wirken würde, zu bestimmten, ausgewählt schönen Standbildern solche dunklen Erzählungen einzublenden.

Die Fischsuppe wurde in tiefen, weißen Tellern serviert, da haben Sie das halbe Meer, *in nuce*, sagte sie, *in nuce* gefällt mir, antwortete ich. Der Sud ist hochkonzentriert, sagte sie, sie kochen ihn hier tagelang, sie stellen einen Fond her aus Gemüse, Zwiebeln, Knoblauch und sehr viel Weißwein, und dann fügen sie immer wieder Fischstücke hinzu, Muscheln, Garnelen, Tintenfische, das alles kochen sie mit, auf sehr kleiner Flamme, es dickt gleichsam ein und wird, wie Sie sehen, tiefrot, die starke Farbintensität entsteht durch den Safran. Nach einer Weile nehmen sie das Gekochte heraus und lassen die Suppe dann stehen, bis wieder etwas darin gekocht wird. Jetzt ist sie, schauen Sie, beinahe wie Öl, das intensivst Schmeckende und Beste, denke ich, was Sie hier essen können.

Ich stellte mir vor, wie ich von einem Meerbild langsam auf dieses Rot überblenden würde, so könnte man zeigen, daß diese Suppe ein Konzentrat all dieser Blau-, Gelb- und Grüntöne war, ihr heimliches, unterirdisches Feuer, ihr

Magma. Ich probierte sie, noch nie hatte ich etwas von dieser Art gegessen, der Wein gab ihr eine gewisse Schwere und einen Grund, darüber schwebten die Treibstoffe, alles von einer leichten Schärfe, aber so, als bringe die Schärfe erst die vielen Nuancen hervor, Nuancen von honigartiger Süße und galliger Bitterkeit, die ganze Breviatur. Ich fragte, welche Fische sich besonders zum Auskochen eigneten, und sie sagte, es seien genau die, die sich im Sand vergrüben, Rochen also oder auch Schollen, diese Lebenswelt *im* Sand nenne man das Endopsammon, um sie von der *auf* dem Sand, dem Epipsammon, zu unterscheiden, die merkwürdigen Flügelbildungen der Rochen seien übrigens evolutiv wohl entstanden, damit sie sich schneller und beinahe vollständig im Sand vergraben könnten, jedenfalls sei das Endopsammon eben die Zone der eigentlichen Tiefen und daher wohl die beste Basis der Suppe.

Ich fragte weiter, auf seltsame Weise verwandelte sich ein Kochrezept in lauter meeresbiologische Details, fast hörte es sich so an, als setzte das gute Kochen nichts anderes um als ein solches Wissen. Die Unterhaltung gefiel mir, wir unterhalten uns glänzend, dachte ich, ganz glänzend, die Formulierung erinnerte mich an Rudolf, der einmal eine Art Theorie der, wie er gesagt hatte, glänzenden Unterhaltung aufgestellt hatte, eine kümmerliche Theorie auf der Basis des raschen Dialogwechsels, dachte ich jetzt, kümmerlich, weil es auf das Tempo der Unterhaltung nicht ankam, sondern darauf, daß jeder Satz beim Gegenüber ein Mitdenken auslöste, kein Nach-, sondern ein Mitdenken, also so etwas wie Phantasie, wie Assoziieren. Dann konnte man glauben, es falle einem dauernd etwas Neues ein, und zwar etwas Neues, das genau paßte, eine glänzende Unterhaltung ergab sich also durch das Zusammensetzen kleiner Stücke zu einem gelungenen Mosaik, laufend war man mit der Suche nach den richtigen Teilen beschäftigt, genau, ja, das war es.

Während wir uns so unterhielten, starrte ich aber weiter aufs Meer und ließ das dunkelrote Schiff nicht aus den Augen, als sie es schließlich bemerkte, sagte sie, das Schiff da draußen ist übrigens das Forschungsschiff, das Sie nicht mögen. Es war einen Augenblick still, ich schaute weiter, als müßte ich ihren Satz überprüfen, sie lehnte sich etwas zurück, tupfte die Lippen mit der Serviette ab, legte sie beiseite neben den Teller und sagte, viel leiser als zuvor, es ist schön hier mit Ihnen.

Ich saß ganz still, ich hörte sie diesen Satz sagen, er kam so selbstverständlich und genau im richtigen Augenblick, daß ich es mir endlich gestand, ich liebe sie, dachte ich, ich liebe diese Frau neben mir. Wir schwiegen, wir schauten beide hinaus auf das Blau, der Tisch wurde abgeräumt, der Kellner fragte, ob wir noch ein Dessert wünschten, Eis, Obst, etwas anderes, einen Kaffee? Sie blickte zu ihm auf, sie nickte nur, sagte aber nichts, er begann, weitere Desserts zu nennen und sie sogar zu beschreiben, *un gelato di limone*, sagte er immer wieder, es handle sich um ein besonderes Eis, eigene Herstellung, ein Zitroneneis *in* der Zitrone, sie begann zu grinsen, als sie hörte, wie er sich umständlich um sprachliche Exaktheit bemühte. Wir gehen noch etwas am Strand auf und ab, sagte sie dann, derweil bringen Sie uns das Eis, sie stand auf, kommen Sie, gehen wir ein wenig, ich werde Ihnen etwas zeigen, forderte sie mich auf und streckte ihre

Hand nach mir aus, korrigierte aber sofort diese Annäherung, als hätte sie sich zu weit vorgewagt.

Wir gingen ein paar Schritte auf einem holprigen Sandstück, sie zog ihre Schuhe aus, ich tat es auch, wir stellten sie neben einen verloren dastehenden Liegestuhl, dann gingen wir weiter auf dem glatten Sand der auslaufenden Wellen, dicht nebeneinander. Ich hatte starke Lust, sie zu berühren, am liebsten hätte ich sie umarmt und wäre in dieser Umarmung mit ihr ein Stück gegangen, das hätte ein sehr strapaziertes Bild ergeben, ich weiß, in jedem zweiten Film umarmten sich heutzutage ja zwei Menschen am Strand, dennoch, ich hätte sie gerne umarmt, und wenn es anscheinend nicht mehr als eine Pose war, dann konnte man auch nicht viel dahinter Liegendes vermuten.

Wir hatten uns einige Schritte voneinander entfernt, sie ging voraus, ich zögerte etwas, ich hatte nachzudenken begonnen, am liebsten hätte ich die Frage, ob umarmen am Meer eine Pose war, an sie weitergegeben, das war aber unmöglich, ich mußte allein damit klarkommen. Ich stemmte die Hände in die Hüften und schaute wieder aufs Meer, da wußte ich es, der Anblick des Meeres war einfach zu groß und zu berauschend, als daß man ihn gleichgültig hätte hinnehmen können, im Grunde wollte man vielleicht das Meer umarmen, eine starke Emotion suchte sich einfach einen anderen Halt, daher umarmte man einen Menschen und ging in dieser dichten Umarmung mit ihm am Strand entlang, so hatte man einen Ersatz-Halt gefunden. Im Grunde wäre es also ganz richtig und von der Natur der Sache her gerechtfertigt gewesen, wenn ich sie umarmt hätte, nur hätte das gleich wieder etwas bedeutet, ich hätte ihr damit etwas signalisiert, ein uralter Bildinhalt hatte das Bild eben verdorben und für andere, miese Zwecke mißbraucht.

Ganz ähnlich, dachte ich weiter, ist es ja mit dem Sex, wie oft war ich einer Frau einen Abend lang näher gekommen, wie oft hatten wir uns gut verstanden, ein wunderbares Einverständnis, ein Sich-Tragen, hatte gleichsam aus dem Nichts begonnen und endete dann oft ganz unsinnig wieder dort, spätestens nach Mitternacht spukte die Trennung im Kopf, und es ging bergab, ein andermal, vielleicht sieht man sich wieder. Ich war immer der Meinung gewesen, daß ein solcher Abend nach Sex verlangte, die gegenseitige Anziehung lief doch auf natürliche Weise darauf zu, wer würde schon auf den Gedanken kommen, ein köstliches Gericht stundenlang vorzubereiten und zu kochen, um es am Ende dann nicht zu verzehren? Statt aber dem Einfachsten, der natürlichen Anziehung, zu folgen, brach man die Sache meist auf jämmerliche Weise vorzeitig ab, so etwas, fand ich, gehörte in eine frühere Epoche, es war einfach nicht auf der Höhe der Zeit. Mit dem jähen Abbruch des erotischen Austauschs folgte man jahrhundertealten Ritualen, die den Sex und die gemeinsame Nacht mit Bedeutungen aufgeladen hatten, jede noch so kleine Geste war früher Teil eines solchen Rituals gewesen, hinter jedem abgeworfenen Kleidungsstück hatte gleichsam schon ein Paragraph eines juristischen Kontrakts gelauert, Ehen, Kinder, Familien waren die Folge gewesen. Längst waren diese Zeiten vorbei, die Rituale aber hatten ihre Kraft nicht verloren, und so dämpften nach Mitternacht uralte, unbewußt weiter wirkende Traditionen die erotische Spannung, ich hatte so etwas immer verachtet und in besonders drastischen Fällen auch laut gesagt, erstaunlicherweise hatte ich gerade mit dieser Offenheit nicht selten doch noch Erfolg gehabt, wie auch anders, mit welchem Argument hätte man mir widersprechen können?

Sie war in einiger Ferne in die Hocke gegangen, sie fuhr mit einer Hand über den Sand, das Bild erinnerte mich an die vielen einsam am Meer stehenden Männer, die ich vom Zug aus beobachtet hatte, vielleicht schauten Männer häufiger als Frauen allein aufs Meer, vielleicht entzündete dieser Anblick eine Art sexuelles Träumen und beschwor Wünsche oder lockte Ahnungen an, Frauen jedenfalls schauten nach meinen Eindrücken weniger in die Weite, sondern eher an der Küste entlang, ihr Blick hatte etwas Kontrollierendes, während der männliche, vielleicht noch von der Seefahrt geprägt, den Horizont fixierte, dort schien das große Jenseits zu lauern, das andere, die Entfernung von allem, was Heimat bedeutete.

Ich dachte wieder an Rudolf, Rudolf liebte solche Vergleiche, er brachte ganze Abende damit zu und machte daraus regelrecht eine Art Sport, wie rühren Frauen mit einem Löffel in der Tasse, wie machen das Männer, mit welchen Handgriffen beginnt eine Frau die Autofahrt, mit welchen der Mann? Natürlich genügten ein paar zufällige Beobachtungen nicht, es mußte einem etwas Scharf-Beobachtetes auffallen, etwas, das noch nie jemand bemerkt hatte, ein jeder aber hätte bemerken können, und dieses Scharf-Beobachtete mußte sich auf älteste atavistische Momente zurückführen lassen, auf Ur-Szenen der Geschlechterprägung, dann war Rudolf zufrieden.

Ich gab mir einen Ruck, ich war in ein richtiges Träumen geraten, sie kauerte noch immer am Meer und winkte mir, näher zu kommen. Ich möchte Ihnen etwas zeigen, sagte sie, etwas ganz Einfaches, wie Sie es sich wünschen. Schauen Sie, wenn die Wellenzungen sich hier über den Sand zurückziehen, wird der überspült gewesene Teil wieder matt, und die Luft kann wieder eindringen. Man könnte glauben, das Wasser werde einfach von oben in den Sand eingefüllt, das ist aber nicht der Fall, es sickert seitlich zwischen den Sandkörnern ein und bildet im Sandkörper eine Art Fülltasche, die mit den Gezeiten immer weiter auf uns zu wandert. Vorn, an ihrer Spitze, bildet sich schließlich der Spülsaum, kleine Seebälle, Blätter, Sandhüpfer und Flohkrebse, mit bloßem Auge können Sie das nicht erkennen. Wenn Sie das Material aber in einen bestimmten Trichter einfüllen und es von oben mit einer Wärmequelle trocknen, wandern die Tiere nach unten, der Feuchtigkeit nach, und fallen Ihnen schließlich in einer Schale direkt in die Hände. Ist das einfach genug, entspricht es Ihren Vorstellungen? fragte sie. Es ist genau, haargenau das, was ich mir vorgestellt hatte, antwortete ich. Gut, sagte sie, dann hätten wir schon *einen* geeigneten Ort für Ihren Film gefunden, hier ist der Sand ausgezeichnet, denn Baden ist hier nicht erlaubt, diese schöne Bucht wäre eine ideale Stelle für Ihre Bilder mit unseren dezenten, kleinen Experimenten.

Sie stand auf und ging zum Restaurant zurück, ich ging wieder neben ihr her, ich fand es ganz unmöglich, mich in wenigen Minuten von ihr zu trennen, als sie mich ganz überraschend fragte, was ich am Nachmittag vorhabe. Ich werde mir ein Fahrrad mieten, antwortete ich schnell, und was machen Sie? Ich würde Sie auf meinem Fahrrad begleiten, wenn Sie wollen, sagte sie, ich habe heute nachmittag frei.

Im Restaurant waren wir die letzten Gäste, wir aßen das Eis schweigend und tranken noch einen Kaffee, jeder schien über das, was vorgefallen war, nachzudenken, vielleicht dachte sie ja etwas Ähnliches wie ich, vielleicht kam es auch ihr in diesem Moment so vor, als seien wir dabei, ein Paar zu werden. Ich ging an die kleine Bar, um dort an der Kasse zu bezahlen, ich beobachtete im Spiegel, daß sie unentwegt, wie gebannt, auf die Tischdecke starrte. Ihr Mund stand leicht offen, sie schien beinahe die Luft anzuhalten, sie dachte ununterbrochen über etwas nach, ich wußte es genau, es schien nicht leicht für sie zu sein, mit diesen Gedanken fertig zu werden.

Ich wartete an der Bar, bis sie aufstand und zu mir kam, der Kellner bot uns einen Averna an, die schweren Gläser tönten hell, als wir sie kurz gegeneinander stießen. Sie sagte, sie müsse noch einmal, für etwa eine Stunde, ins Institut, gegen vier Uhr könnten wir uns treffen, sie erklärte mir, wo ich bis dahin ein Fahrrad auftreiben konnte, und wir vereinbarten einen Treffpunkt mitten in der Stadt. Sie schaute mich einen kurzen Moment prüfend von unten an, sie gab mir einen flüchtigen Freundschaftskuß auf die Wange und bat mich, sie jetzt allein hinausgehen zu lassen, ich wußte nicht, warum sie darauf bestand, aber ich nickte, und als sie hinaus war, bestellte ich noch einen zweiten Averna. Mit Eis oder ohne? fragte der Kellner. Ohne, antwortete ich tonlos und blickte noch eine Zeitlang, ohne mich zu bewegen, auf den blauen Walrücken weit draußen.

12

Als wir uns gegen vier Uhr trafen, erschien sie sehr unruhig, beinahe nervös, ich hatte nicht gedacht, daß sie so sein könnte. Sie sprach wie getrieben, als hätte sie es eilig, und schlug auch gleich vor, man solle die Stadt verlassen, eine Panoramastraße führe hinauf in die Berge, von dort habe man einen überwältigenden Ausblick auf das gesamte Terrain. Sie wartete aber nicht lange auf meine Antwort, sondern setzte sich gleich in Bewegung, sie fuhr sehr schnell, ich hatte Mühe, sie nicht aus den Augen zu verlieren.

Ich fragte mich, was mit ihr geschehen war, vielleicht, dachte ich, hatte sie in Wahrheit kaum Zeit und hätte im Institut bleiben müssen, vielleicht wurde sie dort dringend gebraucht, es war mir nicht recht, sie vielleicht in eine Verlegenheit gebracht zu haben, so fuhr ich nachdenklich hinter ihr her. Wir erreichten eine stark befahrene Ausfahrstraße, von dort zweigte der Panoramaweg in die Höhe ab, es war ein steiler, in Serpentinen ansteigender Weg, wir mußten absteigen und die Räder schieben, ich schloß endlich zu ihr auf und konnte sie daher fragen, ob sie auch wirklich Zeit habe, meinetwegen müsse sie sich nicht bemühen. Ich *habe* Zeit, antwortete sie, beinahe trotzig, und dann sprach sie davon, daß es, aus ganz anderen Gründen, Ärger im Institut gegeben habe, entschuldigen Sie, sagte sie weiter, daß ich es mir habe anmerken lassen.

Wir erreichten einen kleinen Felsvorsprung, wir befanden uns in wildem, unbebautem Gelände, noch immer war es sehr heiß, aber als wir nach vorn, auf die Spitze des Felsens gelangten, sahen wir den ganzen Küstenstreifen kilometerlang vor uns liegen. Sie deutete hinab, ich erkannte das große Hafenbecken mit den zwei weit ins Meer ausgreifenden Molenzangen, gezackt wie die eines Hummers, daneben die Zone der Pinienwäldchen, dann die lange Strandküste mit ihren bunten Karrees von Liegestühlen und Sonnenschirmen, das Meer dahinter wie ein fein gestaffelter Saum aus hellen Sandtönen, die nur sehr allmählich in Blautöne übergingen. Das ist der Punkt, sagte ich, von hier aus werde ich das ganze Terrain filmen.

Warten Sie ab, sagte sie und fragte mich dann, ob ich ihr noch weiter folgen wolle, es war eine seltsame Frage, was meinte sie, glaubte sie etwa, ich würde wegen der Anstrengung leicht aufgeben, das konnte sie doch nicht ernsthaft glauben, ich sagte, ja, natürlich folge ich Ihnen, endlich lächelte sie, und wir setzten die Fahrt fort. Das größte Stück mußten wir schieben, erst nach geraumer Zeit sahen wir plötzlich das Dorf auf der Höhe, es streckte sich genau von einer Hügelkuppe zur anderen, wie eine sich an den Boden schmiegende Katze. Noch können wir zurück, sagte sie und lächelte wieder. Nein, sagte ich, natürlich nicht, jetzt fahren wir auch ganz hinauf. Wir fuhren das letzte Stück und erreichten das Dorf, die Häuser folgten der auf der Höhe entlanglaufenden Straße und verdichteten sich wabenförmig zu den Hügelkuppen hin. Auf einem Ortsschild las ich, daß wir uns in einer Höhe von etwa 400 Metern über dem Meeresspiegel befanden, wir hatten für die Strecke vom Meer hinauf beinahe zwei Stunden gebraucht.

Wir stellten unsere Räder neben der Bar ab, wir gingen hinein, die Bar war leer, nur der Fernseher lief, wir bestellten bei einer müde blickenden Frau eine Flasche Wasser mit zwei Gläsern und setzten uns nach draußen an einen runden Tisch. Ich schenkte ihr ein, sie war ruhiger geworden, die lange Fahrt hatte sie in eine bessere Verfassung gebracht, auch ich war erleichtert, als ihr Handy klingelte. Sie stand auf, machte eine entschuldigende Geste und entfernte sich, sie ging die Hauptstraße des Dorfes langsam hinab und lauschte in den Hörer, dabei hielt sie den Kopf schräg, eng an den Hörer gepreßt, als verfolgte sie eine Ansprache oder eine Rundfunksendung, schweigsam, aber interessiert. Nur in großen Abständen fuhren Autos vorbei, es war sehr still, einige ältere Frauen schlichen manchmal dicht an den Häuserwänden entlang, wahrscheinlich arbeiteten die jüngeren Leute unten am Meer und kamen erst am späten Abend müde und gereizt wieder hinauf.

Sie gestikulierte nicht, sie horchte sehr lange, und als sie dann einige Sätze sagte, blickte sie die ganze Zeit auf den Boden, auf einen Punkt, als sollten ihre Sätze genau dort ankommen. Ich versuchte, nicht hinzuschauen, es war mir peinlich, ich überlegte, ob ich mich etwas weiter entfernen sollte, da beendete sie das Gespräch und kam zu mir zurück. Sie müssen dort unten auch einmal ohne mich auskommen, sagte sie, als wäre damit alles erledigt, kommen Sie, gehen wir weiter, ist es nicht wunderschön hier?

Wunderschön, sie gebrauchte das eigentlich nichtssagende Wort gar nicht so selten, im Grunde paßte es nicht in ihr sonstiges Vokabular, das sehr farbig und genau war, *wunderschön* sagte sie, um etwas einzuleiten oder zu beenden, aus ihrem Mund hörte es sich an wie ein helles Signal, wie eine Aufforderung, sich auf etwas Schönes einzustellen oder das gerade Vergangene als schön zu betrachten, insofern war *wunderschön* eine Art Siegel und hatte daher eine ganz andere Bedeutung als für andere Menschen. Schönheit selbst, das Schöne an sich oder der schöne Moment, waren in ganz einfachem Sinn aber auch ihre eigentliche Passion, ich konnte sie mir in gewissen alltäglichen Lebensvollzügen gar nicht vorstellen, sie schien geradezu süchtig nach Schönheit, und meist meinte sie damit etwas Bestechendes, Klares, bei Tisch hatte sie davon erzählt, daß die meisten Fische nach ihrer Geburt absolut symmetrisch, diese absoluten Symmetrien aber das Werk einer langen Evolution seien, sie hatte die rechte Hand ausgestreckt und mit dem linken Zeigefinger in die geöffnete Handschale gezeichnet, schauen Sie, der violette Herzigel hat auf seiner nach außen gewölbten Fläche eine Zeichnung in Form eines Blütenblatts, vier Blätter laufen spitz auf einen Punkt zu, und dieser Punkt befindet sich genau, ganz exakt, in der Mitte.

Solche Beobachtungen und Beispiele liebte sie, ihr Vortrag im Museum hatte nur aus solchen Hinweisen und kleinen Epiphanien bestanden, sie erklärte sie nicht, schauen Sie, ist das nicht wirklich schön, fragte sie nur immer wieder, als wäre das Universum noch immer der mittelalterliche Kosmos, von Gott dazu geschaffen, den menschlichen Augen zu schmeicheln.

Wir standen auf und gingen weiter durch den stillen Ort, ich fragte mich, wie sie wohl mit Häßlichem oder mit Krankheit und Tod umgehen würde, ich vermutete, daß sie noch nicht durch viele Schicksalsschläge irritiert war, sie machte den Eindruck einer Person, die auf eine zeitfremde Art lebte, zeitfremd, aber stimmig, selbstbewußt, stark, es war bestimmt nicht leicht, ihr zu imponieren.

Wir hielten immer wieder ein, sie machte mich auf lauter Kleinigkeiten aufmerksam, den Ruf eines in einem Käfig über uns schwebenden Stars, die winzige, fensterlose *sala* eines alten Friseurs, die kindliche Dekoration im Fenster einer kleinen Bäckerei, Brotzöpfe, wie Briketts aufeinandergestapelt. Da, sagte sie nur, da, schauen Sie, und wenn ich nicht sofort reagierte, machte sie zu den Sachen eine knappe Bemerkung, wie aus den siebziger Jahren, sehen Sie, das ist ganz bäuerlich, merken Sie, rot-weiße Karomuster in genau dieser Form sind bäuerlich. Ich war dazu bestimmt, ihr zuzuhören, sie erwartete keine Antwort, wie im Museum war es wieder ihre Führung und ganz ihr Stil, sie verwandelte selbst dieses Bergnest in eine attraktive, homogene Kulisse, der nichts anderes zugrunde lag als eine geheime Ästhetik, eine Summe von bestimmten Regeln der Darstellung und des Sich-Zeigens. Auch diesmal funktionierte der Zauber, ich wurde wieder hellwach, es war, als öffneten ihre Hinweise und Worte mir plötzlich auf eine unerhörte Weise die Augen, die Welt war kein Zufall mehr, nichts Peinliches, keine Dekoration, sie war ein Museum, ein Tempel der Anschauung, in dem ich mit verschwinden sollte, ganz und gar. Ich wehrte mich nicht, ich gab mich ihrer Führung willenlos hin, sie schien auch nichts anderes zu dulden, Menschen, die sich dem auf irgendeine Weise entzogen oder sich ihr widersetzten, würden es mit ihr, da war ich mir sicher, sehr schwer haben. Ich konnte mir vorstellen, daß sie von Kindesbeinen an so gewesen war, ein auf sich selbst gestelltes, in den ersten Jahren vielleicht sogar leicht autistisches Kind, sehr eigensinnig, schwer belehrbar, ein Kind, das lange an ein und demselben Platz gesessen und die anderen beobachtet hatte.

Was ist? fragte sie, als ich längere Zeit stumm war, nichts, antwortete ich, es ist sehr schön mit Ihnen, der Satz entschlüpfte mir, ich hatte ihn die ganze Zeit im Kopf gehabt, er mußte einfach heraus, ich bemerkte, daß sie kaum merklich errötete, aber sie erwiderte nichts.

Auch auf den Höhen war der Ort beinahe unbelebt, manche älteren Häuser waren nicht mehr bewohnt und zeigten schon Spuren eines gewissen Verfalls, die schmalen, unbefahrbaren Gassen zogen sich wie lange Schläuche durch den dunklen Ortskörper, der aus lauter Ziegelsteinhäusern bestand, deren Rot längst verblaßt und in ein Ockergelbrot übergegangen war. Um den Ortskern herum verlief eine sehr hohe Mauer, mächtige Tore waren an einigen Stellen hineingebrochen, von denen aus die Gassen auf das geheime Zentrum des Ortes zuliefen, es handelte es sich um ein gewaltiges, mittelalterliches Kastell, von außen sah es vollkommen erhalten und so taufrisch aus, als hätten die Fürsten es erst vor kurzem vollständig renoviert.

Wir gingen hinein, die plötzliche Kühle der niedrigen Gänge tat gut, man mußte den Kopf eine Weile einziehen und bewegte sich auf einen großen Innenhof zu, von dem aus man einen der Türme besteigen konnte. Von oben überblickte man die gesamte Region, es war ein phantastischer Rundblick, weit in der Ferne die schneebedeckten, hohen Gipfel der sibillinischen Berge, unten, zum Meer führend, das Flußtal des Tronto, das die Weinberge und Olivenhaine der Landschaft der Marken durchschnitt, auf den Hügeln kleine Gehöfte, die Äcker durchzogen von schlangenförmigen Wegen, Zypressenalleen, die auf die verstreuten Dörfer zuliefen, eine einsame Kirche, ein Friedhof, Traktoren auf den ausgefahrenen Landwegen, und direkt unter uns die in einer Fluchtlinie auf der Höhe verlaufenden Dächer des Ortes, wie ein Höhen-Balkon über dem gleißenden Blau des Meeres tief unten.

Es dunkelte schon, hier und da gingen bereits die Lichter in der Umgebung an, das Ganze war ein beinahe unwirklich vielfältiges Bild, die Berge, die bäuerliche Landschaft, das Meer, wir drehten uns laufend im Kreis, ich hatte wieder das große Verlangen, sie zu berühren, wir standen so dicht beieinander, daß es ganz leicht gewesen wäre, ich glaubte sogar, daß sie es erwartete, aber ich war mir nicht sicher, vielleicht war jetzt noch nicht der einzig richtige, große Moment gekommen, den, auf den es, wie ich sie einschätzte, unbedingt ankam, diesen *einen* Moment einer vollkommenen Übereinstimmung mußte ich finden, wenn ich ihn verpaßte, war vielleicht alles aus.

Genau von hier müssen Sie die Region filmen, sagte sie, dieser Vogelblick aus der Höhe muß die erste Einstellung sein, natürlich hatte sie Recht, ich hatte ebenfalls längst daran gedacht, es gab keinen besseren Einstieg, ich hörte schon den Text, den ich diesem Blick unterlegen würde, nur ein paar Andeutungen, ein karger Tonfall, die Bilder würden für sich sprechen. Wir sind kaum zehn Kilometer vom Meer entfernt, sagte sie weiter, kaum zehn Kilometer, und doch ist das hier oben eine vollkommen andere Welt. Stellen Sie sich vor, es gibt hier keinen Fisch, Sie können ihn nirgends kaufen, das einzige Fischgeschäft, das hier jemals eröffnet wurde, hat sich nur ein paar Monate gehalten, kein Mensch hier oben ißt Fisch. Und was ißt man statt dessen? fragte ich, ja, lächelte sie, das ist die Frage, ich werde es Ihnen gleich zeigen.

Wir verließen das Turmplateau und stiegen langsam die vielen Stufen hinab, gerade als wir unten angekommen waren, klingelte ihr Handy erneut. Jetzt reicht es mir aber, sagte sie ruppig und stellte es aus, kommen Sie, gehen wir in das kleine Lokal dort, diesmal sind Sie mein Gast.

Wir liefen zur Hauptstraße, holten die Fahrräder und stellten sie neben dem Eingang des Lokals ab, es war eine bescheidene, einfache Trattoria mit Holzbänken unter einer großen Markise, die Kellnerin begrüßte uns wortkarg, beinahe schroff, und breitete ein buntes Papiertischtuch vor uns aus, Rotwein?, Weißwein?, es gab nur genau diese Alternative. Erschrecken Sie nicht, sagte sie, alles, was wir jetzt essen und trinken, ist von hier, es gibt sehr guten Schinken oder kleine Spieße mit Lammfleisch, es gibt frischen Mozzarella und gutes Weißbrot, in Öl getränkt, es ist bäuerliche Kost, Bergkost, wenn Sie so wollen, der Wein ist schwer und um viele Grade besser als unten am Meer, wir trinken den Rotwein, nur den.

Das Essen und die Getränke standen sehr schnell auf dem Tisch, auch hier wurden die Gerichte auf vielen kleinen Tellern serviert, auch hier wollte der Reigen nicht enden, Gemüse, Wurst, Käse, Pilze und Artischocken, Italiener sind vernarrt in das Tischlein-Deck-Dich, sagte sie, man kommt dem Land nahe, wenn man das Prinzip des Tischlein-Deck-Dich versteht. Ich wollte nachfragen, wieder kam sie mir mit dem Einschenken des Weins einen Handgriff zuvor, sie wartete aber nicht ab, bis ich fragen konnte, sondern ergriff selbst die Initiative, sagen Sie, wie viele Projekte machen Sie so im Jahr?

Es hörte sich an wie eine harmlose Frage, wie viele Projekte, das ließ sich kurz beantworten, aber ich spürte genau, daß sie nun mehr wissen wollte, am Mittag hatte sie von sich erzählt, nun war ich an der Reihe. Ich sprach von drei bis vier großen Projekten, Filmen von etwa einer Stunde, für die man von der Recherche über die Konzeption und das Drehen bis hin zum Schnitt und zum Texten ein paar Monate brauche, ich erklärte die einzelnen Projektschritte und schilderte einige Beispiele, dann holte ich weiter aus und sprach von München, von meinem kunsthistorischen Studium und dem sich zufällig beim Sender ergebenden Praktikum, die meisten späteren Redakteure, sagte ich, kommen durch einen Zufall zum Fernsehen, kaum einer steuert auf diesen Beruf fest von Anfang an zu, deshalb sind Fernsehsender Laienanstalten.

Sie sind in München geboren? fragte sie, ja, antwortete ich, ich habe fast mein ganzes Leben in München verbracht, ich bin seßhaft, schreckenerregend seßhaft und anhänglich, da ist nichts zu machen. Sie lächelte, ich spürte genau, daß ihr diese Erklärung gefiel, dann erzählte ich ihr von meiner Einzelkind-Kindheit und von der Herkunft meiner Eltern vom Staffelsee, auch wir haben ein Ferienhaus von den Großeltern geerbt, sagte ich, jeden Sommer in meiner Schulzeit habe ich dort verbracht, kennen Sie den Staffelsee, er liegt direkt vor dem Panorama der hohen Alpenkette, er ist von unglaublicher Schönheit.

Ich konnte mich nicht erinnern, von *unglaublicher Schönheit* je einmal in den letzten Jahren gesprochen zu haben, ihr seltsames Vokabular geht also schon auf Dich über, dachte ich, blendete innerlich aber gleich wieder auf den See über, einen Augenblick lang sah ich eine bestimmte Partie seiner Schilfmatten im Abendlicht, genau an einer solchen Stelle hatte ich schwimmen gelernt, ich werde Dir den See einmal zeigen, hätte ich beinahe gesagt und hielt diesen Satz gerade noch rechtzeitig zurück.

Sie aß nicht viel, sie hatte den ganzen Aufwand der Bestellung nur getrieben, um mir die Bergkost dieser ländlichen Gegend zu präsentieren, *la terra marchigiana*, hatte sie bereits dreimal in klingendem, hellem Tonfall gesagt, es hörte sich an wie der Refrain eines Volks- oder Kinderliedes, aber natürlich war das nur eine Vermutung. Statt zu essen, trank sie recht viel, sie hielt das Weinglas manchmal sekundenlang in der Rechten, sie betrachtete es, aber sie sagte nichts, sondern lauschte, sie lauschte auf meine Erzählung, ich war an der Reihe, Ihr Part, monsieur, zum Glück hatte ich den Einstieg gefunden und war auch gleich bei den richtigen Szenen gelandet, der Staffelsee, Murnau, der bayrische Winter und die spätere Pubertät in der Großstadt, mein Gott, sagte ich plötzlich, bin ich froh, daß ich diese Jahre in München verbringen durfte, nirgends sonst hätte ich es ausgehalten.

Ich stockte einen Moment, ich war etwas verwundert, war ich wirklich der Meinung, daß diese pubertären Jahre in München so schön gewesen waren, *schön, unglaublich schön*, äffte eine Stimme in mir etwas nach, aber ja, diese Jahre *waren* sehr schön gewesen, ich hatte es mir nur noch niemals eingestanden. Jetzt aber war es ganz leicht, die alte Zurückhaltung abzulegen, die ewige Skepsis gegenüber der eigenen Biographie und einem selbst, an diesem Ort hier wirkte sie lächerlich, ich war verblüfft, wie plastisch und genau ich von vielem erzählen konnte, manchmal hatte ich sogar den Eindruck, ich erzählte etwas, das mir im Grunde ganz neu war. Natürlich ließ ich die meisten Freundschaften und Liebschaften aus, gerade das zu erzählen war aber eine große Verlockung, wie ist das eigentlich früher mit dem Verlieben gewesen, dachte ich laufend, ich hatte mich seit diesen ganz frühen Tagen wahrhaftig nicht mehr richtig verliebt. Um das Verliebtsein habe ich später immer einen Bogen gemacht, dachte ich, während ich von etwas anderem weitererzählte, wenn einer der Freunde vom Verliebtsein sprach, ging ich gleich beiseite, ich hatte die Liebe satt, einfach satt, warum war das so, ich muß das später einmal klären, für mich. Auch die Frau an meiner Seite, wie Rudolf sie zuerst genannt hatte, hatte ich nicht geliebt, sie war eine Begleiterin, *Weggefährtin*, hätte wiederum Rudolf gesagt, gewesen, sie war die eine Frau, die man als Mann nun einmal beim Sender kennenlernte, jeder Mann lernte beim Sender mindestens eine Frau kennen und jede Frau mindestens drei bis vier Männer.

Während ich erzählte und für mich so überlegte, verfolgte ich das Spiel ihrer Finger, sie drehte und berührte das Glas mit beiden Händen und schob es dann mit der Linken zur Seite, sie fuhr mit den Fingerkuppen über das Tischtuch, sie bewegte sie langsam, wie in Trance, verweilte bei einigen Brotkrumen, rollte sie mit der äußersten Spitze des

Zeigefingers ein kleines Stück, näherte sich wieder dem Glas, ließ es von der Linken herbeirücken, bis auch die Rechte es wieder zu fassen bekam, dann strich sie mit dem Daumen langsam über seine Rundung bis hinauf zur Öffnung, ohne Unterbrechung war sie mit diesen Spielen beschäftigt.

Ich bemerkte, daß ich meine eigenen Finger ganz still hielt, fast furchtsam still, dachte ich, ich ließ sie auf dem Tisch liegen, als wären sie dort festgeschnallt, wie schaute sich das wohl an, welchen Eindruck machte ich, ich hatte nicht die geringste Vorstellung, wie ich auf sie wirkte, nicht einmal eine kleine Vermutung hätte ich äußern können.

Ich schaute auf die Uhr, kurz vor Mitternacht, so lange also saßen wir bereits hier, vielleicht hatte ich viel zu lange gesprochen, getrunken jedenfalls hatten wir reichlich, auch ich hatte einige Gläser geleert, wenn auch nicht so viele wie sie, anscheinend wollte sie heute abend vor allem zuhören. Wenn ich einige Gläser getrunken hatte, war Sex sonst oft unvermeidlich, der Schwung eines Gesprächs, gesteigert durch Alkohol, trieb mich meist zu den abenteuerlichsten Offenbarungen, ich wußte also, daß es gefährlich wurde, *gefährlich*, flüsterte die kluge, ironische Stimme in mir, diesmal aber gab es gewisse Hindernisse und Bremsen, ich konnte mir die Übergänge zum Thema Sex einfach nicht vorstellen, wie sollte das laufen, wie gelangte man mit dieser Frau überhaupt in ein Bett, wie konnte man mit ihr davon sprechen, sie hat vielleicht niemals Sex gehabt, sagte die dreiste Stimme in mir. Natürlich hatte sie Sex gehabt, Sex schon, aber welchen, nein, es war aussichtslos, daran zu denken, dem Thema war nur mit Ironie beizukommen, vielleicht stellt sie auch an den Sex ästhetische Ansprüche, sagte meine ironische Stimme, wie sähe denn das wohl aus, ästhetischer Sex, es wäre nur noch zum Lachen.

Ich begann, sie auf das Thema Sex hin zu betrachten, ihre Ausstrahlung veränderte sich, ihre ganze Figur und ihre Gestik gerieten in ein anderes Licht, zog sie sich aus, aber wie, welches Kleidungsstück zuerst, in welcher Reihenfolge, vielleicht liebte sie auch Sex in dunklen Unterführungen, hastigen Sex im Stehen, es wäre ihr zuzutrauen gewesen, auch das. Ich beobachtete ihre Finger, war es nicht obszön, was sie mit ihnen trieb, *obszön*, summte es in mir, und das Wort lockte gleich weitere an, hör auf, sagte ich mir, beruhige Dich, es ist die gefährliche Stunde um Mitternacht, Du weißt.

Ich schwieg, ich hielt die Anspannung nicht mehr aus, sie entschuldigte sich und verschwand zur Toilette, die Kellnerin kam noch einmal an unseren Tisch, wie auch am Mittag waren wir wieder die Letzten. Sagen Sie, fragte ich, haben Sie auch Zimmer zum Übernachten?, die Kellnerin schaute mich an, es war derselbe Gleichmut zu erkennen wie den ganzen Abend lang, *si*, antwortete sie, natürlich haben wir Zimmer, wollen Sie eines sehen? Ja, sagte ich, lassen Sie sehen, ich stand auf, die Kellnerin ging voraus, wir stiegen eine kleine Treppe hinauf, sie öffnete eine Tür, *per due, un letto matrimoniale*. Ich hätte fast laut aufgelacht, als ich das breite Bett sah und die kleinen Messing-Nachtlämpchen mit den karierten Stoffüberzügen, es war völlig unmöglich, in diesem Bett konnte man mit Dottoressa Franca keinen Sex haben, schon die Vorstellung war lächerlich, wahrscheinlich quietschten die Federn und waren bei geöffneten Fenstern noch in den Tälern ringsum zu hören, ich konnte das Lachen nicht mehr unterdrücken, mir fiel noch allerhand zu diesem unmöglichen Schlafzimmerbild ein.

Nehmen Sie es? fragte die Kellnerin, ich gab eine ausweichende Antwort, dann gingen wir wieder nach unten. Sie schaute mir direkt ins Gesicht, als sie uns sah, sie wußte genau, wonach ich gefragt hatte, ich ließ ihr keine Zeit, auf irgendwelche Gedanken zu kommen und sagte, ich habe mir ein Zimmer angeschaut, vielleicht werde ich mit meinen Männern beim Drehen hier übernachten. Und, wie hat es Ihnen gefallen? fragte sie. Es paßt genau hierher, antwortete ich, ein schönes, großes Zimmer mit breitem Bett, nachts läßt man das Fenster offen, man hört noch eine Weile das Summen des Landes, all diese beruhigenden, kleinen Geräusche, man liegt noch etwas wach, es ist schön, auf dem Land einzuschlafen, ich stelle es mir einfach schön vor, oder was meinen Sie? So wie Sie davon sprechen, hört es sich gut an, sagte sie, ich sah, wie sie wieder mit dem Glas spielte, sie preßte den Daumen jetzt gegen den Stiel, sie umrundete ihn, für einen Moment stand alles auf der Kippe, die Kellnerin blickte uns an, ich schaute sie an, sie starrte auf das halbleere Glas, was sollte geschehen, wollen Sie nun das Zimmer, ja oder nein? fragte die Kellnerin, und ich sagte laut, nein, danke, nein, sie beobachtete mich bei dieser Entscheidung, ich sah genau, wie lange ihr Blick auf mir ruhte.

Sie zahlte, der Schwung war verebbt, ich kannte das ja, ich hätte ihr davon erzählen können, von diesen unsinnigen

Abstürzen und dummen Momenten, denen sonst mein Haß galt, jetzt aber war ich ganz damit zufrieden, es war unmöglich, mit Dottoressa Franca in dieses weiße gestärkte Linnen zu kriechen, außerdem hatte ich keine Ahnung davon, wie es in ihrem Fall mit dem Sex bestellt war, vielleicht brauchte ich noch eine kleine Weile, um in dieser Sache Gewißheit zu bekommen, vielleicht würde ich es auch nie begreifen.

Wir schwangen uns langsam auf die Räder, wir waren erschöpft, müde, verbraucht, sie fuhr wieder voran, es ging die ganze Panorama-Strecke zurück, eine beinahe ununterbrochene, schnelle Abfahrt, wir brauchten kaum zwanzig Minuten. Als wir wieder die Ausfahrstraße erreichten, verabschiedeten wir uns, ich hielt neben ihr, sie sagte, sie müsse in eine andere Richtung, links ab, wir telefonieren, sagte sie, ja, antwortete ich, rufst Du mich an, fragte sie, ja, sagte ich, ich rufe Dich an.

Sie winkte ganz kurz, dann fuhr sie davon, sie hatte mir ihr *Du* angeboten, dieses *Du*, dachte ich, ist ihr erster Kuß.

13

AM NÄCHSTEN Morgen badete ich wieder sehr früh im Meer und frühstückte dann kurz im Hotel, ich begegnete Carlo, er hatte mich am vergangenen Abend vermißt. Wo waren Sie? fragte er, und ich nannte den Namen des Bergnests, waren Sie dort oben allein? fragte er weiter, und ich sagte, nein, und begann, ihm von dem Ausflug mit der Dottoressa zu erzählen. Als er ihren Namen hörte, starrte er mich an, als wäre ich von Sinnen oder als leistete ich mir gerade etwas ganz Dreistes, er sagte aber nichts, sondern wartete, bis ich zu Ende war, Sie sehen, ich habe eine attraktive Bekanntschaft gemacht, sagte ich noch, doch Carlo antwortete nur sehr zurückhaltend, seien Sie vorsichtig, passen Sie auf, die Dottoressa ist alles andere als das, was ich unter einer attraktiven Bekanntschaft verstehe.

Ich hatte keine Lust, am frühen Morgen länger mit ihm über brisante Themen zu sprechen, ich sagte, ich würde gern später einmal mit ihm darüber reden, er zuckte nur kurz mit den Schultern, als wäre es nicht seine Schuld, wenn mir in der Zwischenzeit etwas passierte. Ich holte einige Utensilien, die ich zum Arbeiten brauchte, aus meinem Zimmer und ging wieder hinunter zum Strand, ich setzte mich an einen kleinen Tisch der zum Hotel gehörenden Strandbar und begann, an meinem Filmkonzept zu arbeiten, ich machte eine Aufstellung der bis jetzt feststehenden Drehorte und textete in Stichworten etwas dazu, es war wichtig, alles möglichst genau zu notieren, solange die Eindrücke frisch waren. Ich hatte das Handy neben meine Unterlagen auf den Tisch gelegt, ich vermutete, sie würde zwischen Acht und Neun im Museum sein, bis zehn Uhr war sie sicherlich beschäftigt, also würde ich sie zwischen Zehn und Elf anrufen.

Ich kam gut voran, ich hatte in den letzten drei Tagen kaum Zeit verschenkt, wenn es so weiterging, würde ich schon mit dem Gerüst des halben Drehbuchs zurückkommen. Ich bestellte mir noch einen Kaffee und etwas Wasser, der Strand füllte sich erstaunlich spät, erst gegen Zehn kamen die Familienverbände aus den nahen Strandhotels angerückt, unübersichtliche Trauben mit bereits aufgeblasenen Krokodilen und schwarz-weißen Delphinen, die Älteren sackten meist gleich in die Liegestühle und schotteten sich mit Zeitungen ab, die Jüngeren spielten ein wenig am Strand, bis der erste Streit da war und sie sich in kleinen Gruppen auf mehrere Spielplätze verteilten.

Ich hatte nicht vor, meinen Strandplatz noch einmal zu benutzen, das eingeengte Sitzen inmitten der vielen dösenden Menschen machte einen selbst passiv und schläfrig, ich wollte baden und arbeiten, arbeiten und baden, ich hatte nicht die Absicht, meinen Verstand abzuschalten oder mich in ein sonniges Nirwana zu begeben. So behielt ich meinen Arbeitsplatz bei, einige schauten mich kritisch an, als beginge ich damit, daß ich etwas tat, eine Sünde, aber es scherte mich nicht, ich konzentrierte mich, und das klappte sehr gut, auf das Projekt, erst als weitere wichtige Details notiert waren, blickte ich länger in die Runde, beobachtete das Strandleben und stellte Vermutungen darüber an, wer hier zu wem gehören könnte.

Immer wieder aber ging mir das Gespräch des gestrigen Abends durch den Kopf, ich hatte so lange von meinen Münchener Jahren erzählt und das Wichtigste doch nicht berührt, das Wichtigste waren für mich die Freundschaften und kurzen Lieben gewesen, längst überblickte ich sie selbst nicht mehr, ich wußte nur noch, womit es angefangen hatte, mit einem schlimmen Augenblick im Alter von Siebzehn. Mit Siebzehn hatte ich mich zum ersten Mal richtig verliebt, es war eine Schulbekanntschaft gewesen, *Nora*, den Nachnamen habe ich vergessen, wahrscheinlich aus Notwehr. Ich liebte Nora mit jener Geduld, mit der Jungen Mädchen damals gerade noch liebten, ich war zurückhaltend, vorsichtig, ein guter Begleiter, Nora schätzte das sehr, wir waren beinahe ununterbrochen zusammen, ein, wie unsere Eltern sagten, sehr liebes Paar. Allerdings hatten wir keinen Sex, wir hatten ihn zwar im Kopf, praktizierten ihn aber nicht, wir waren ein Paar in der Warte- und Orientierungsschleife, das es nur noch für eine Frage von wenigen Wochen hielt, bis es soweit sein würde.

Ich fuhr damals Fahrrad, wir alle fuhren damals Fahrrad, ich begleitete Nora zum Einkaufen, ich holte sie vom Ballett ab, ich wartete vor einem kleinen Reihenhaus, aus dem sie nach ihrer Geigenstunde herauskam.

Der schlimme Augenblick ereignete sich, als ich an einem Abend eine Viertelstunde zu früh war, ich fuhr auf dem Gehweg vor dem Reihenhaus auf und ab, ich wendete immer wieder, fuhr langsam, fuhr schnell, ich hatte mich ganz in eines der selbstvergessenen kindischen Spiele vertieft, die einem Siebzehnjährigen die Zeit noch vertreiben, als ich durch ein offenstehendes Fenster des Hauses Noras Stimme hörte. Ich wußte sofort, daß sie es war, es *war* ihre Stimme, und doch hatte ich sie noch nie so gehört, es war ein rauhes, festes und motorisches Stöhnen, ich dachte schon, sie würde geschlagen. Ich ließ mein Rad stehen, öffnete das Gartentor und betrat das Grundstück, ich lief zu dem Fenster und schaute an der nach einer Seite hin beiseite geschobenen Gardine vorbei hinein in den schwach erleuchteten Raum.

Eine derart drastische Szene hatte ich noch nicht gesehen, Nora lümmelte sich auf einem Tisch, ihre Hose lag auf dem Boden, sie hatte ihr nacktes Becken weit vorgeschoben, der Kopf ihres Lehrers befand sich zwischen ihren gespreizten Beinen. Wie eine Stifterfigur auf einem alten Altargemälde kniete er vor ihr auf dem Boden, manchmal richtete er sich kurz auf und schnappte nach Luft, vielleicht befeuchtete er auch nur seine Zunge, ich wußte es nicht, jedenfalls fiel mir seine leicht zusammengerollte, massiv wirkende Zunge sehr auf, er bog sie spitz nach oben, er massierte sie mit der Oberlippe, er mußte ein absoluter Experte in solchen Dingen sein. Ich stand da und stierte hinein, mir wurde unsäglich heiß, ich hätte mich beinahe am Fensterbrett draußen festhalten müssen, ich sah, wie er immer wieder seine Zunge ausrollte, präparierte und dann zum Einsatz brachte, *zum Einsatz bringen* ist genau die richtige Wendung, denn er machte es beinahe medizinisch, er schaute sich alles an, er beobachtete sich selbst, wie er seine Rindszunge an ihren Schamlippen entlangführte, mit einer Passion, als wollte er Nora langsam zum Bersten bringen.

Ich hatte so etwas noch nie *live* gesehen, es war Sex, richtiger Sex, *Sex pur*, alles, was ich mit Nora hatte machen wollen, fiel von vornherein dagegen ab, sie hatte sich kurzerhand einen erfahrenen, trainierten Mann ausgesucht und war von der Primarstufe gleich in die Meisterklasse gewechselt.

Von diesem Nachmittag an verbot ich mir *die Liebe*, ich stahl mich fort, wenn jemand von Liebe erzählte, ich glaubte nichts mehr, statt dessen begann ich, meine Nachhilfestunden zu nehmen, ich traf mich mit Mädchen ausschließlich, um mit ihnen Sex zu haben, ich machte Kurse in sexueller Gewandtheit. Ich hatte es bald nicht mehr nur auf die Schöneren, Attraktiveren abgesehen, mir ging es ums Studium, ich studierte die Details der Körper und wie er reagierte, ich wollte ein *Profi*, wie Rudolf gesagt hätte, werden, mein sexuelles Praktikum zog sich in die Länge und dauerte Jahre, ich konnte nicht aufhören damit.

Schließlich war ich besser als die Mädchen, mit denen ich zusammenkam, ich wunderte mich über sie, angeblich hatten sie schon viele Freunde gehabt, sexuell aber waren sie völlig unbedarft, man mußte ihnen die Scham nehmen, sie mit jedem Handgriff erst vertraut machen, ihnen zeigen, daß sich ohne Scham erst die wahre Lust einstellte, sie mußten lernen, ihre Wünsche endlich offen auszusprechen, ohne Drumherum, ganz direkt. Viel zu lange Zeit waren sie von einem Bett ins nächste gefallen, hatten ein bißchen gevögelt und nicht einmal daran gedacht, daß es auch hier darum ging, etwas zu lernen, die anderen Jungs hatten ihnen nichts beigebracht, ich begriff nicht, wie sie es mit denen ausgehalten hatten. Dabei sah ich, daß ihnen das sexuelle Training guttat, sie sprachen sogar offener als zuvor von dem, was sie wollten, sie waren zupackender, frischer geworden, vielleicht bildete ich mir das aber auch ein.

So trudelte ich durch die späten achtziger Jahre, es waren die Jahre meines sexuellen Snobismus, inszenierte Treffen, dazwischen schnelle Nummern zur Abwechslung, in kürzester Zeit möglichst oft hintereinander an möglichst vielen verschiedenen Schauplätzen, ich verfeinerte die Sache immer mehr, München und seine Umgebung waren für so etwas geradezu ideal, *Ekstase*, *Obsession* waren in meinen Kreisen die häufigsten Worte, ich erlebte diese Zeit wie eine nicht enden wollende Party, mit künstlichen Nebelschwaden in nostalgischen Scheunen und Schuppen, auf Segelschiffen und in Ruderbooten, all die Seen südlich von München waren eine große Kulisse, und im Winter zog ich mit meinen Mädchen hinauf zu den abgelegensten Hütten, um sie vor knisternden Kaminfeuern zum Orgasmus zu bringen.

Erst Mitte der Neunziger und damit sehr spät, ich war damals schon beinahe Dreißig, ging ich die erste feste Partnerschaft ein, ich glaubte schon nicht mehr daran, mein Studium, zwölf Semester Kunstgeschichte und etwas Philosophie, war eine einzige Sause gewesen, eine Zeit der vollgesprochenen Anrufbeantworter, gehen wir morgen dahin oder dorthin, magst Du mich sehen, kommst Du mit? hatte ich zu hören bekommen, wenn ich sie nachts, nach meinen Streifzügen, abgehört hatte.

Ich lernte die Frau an meiner Seite bei der Arbeit kennen, wir verreisten, wir arbeiteten in Rom zusammen an einem Projekt, schon an unserem ersten Abend hatte ich sie herumgekriegt, von da an war sie jeden Abend und manchmal auch morgens zu kurzen Visiten in meinem Hotelzimmer erschienen, sie hatte mich völlig in Beschlag genommen, manchmal hatte sie mich sogar während der Mittagessen auf die Damentoilette gelotst, ich mochte das sehr, endlich mußte nicht immer ich die Initiative ergreifen, ich kam mit Frauen, die sich erwartungsvoll ins Bett legten und darauf warteten, daß das genau Passende geschah, sowieso nicht mehr gut zurecht.

Die Frau an meiner Seite, nun gut, sie hieß Hanna, hatte genau einen wie mich gesucht, sie sagte mir das immer wieder, einen wie Dich wollte ich haben, schon bald zog sie auch bei mir ein, keine Frau wäre je zuvor auf diesen Gedanken gekommen, alle hatten gewußt und akzeptiert, daß ich meine Freiheit behalten wollte und keineswegs treu war, sie selbst wollten im Grunde auch gar keinen treuen Mann, sie redeten nur manchmal davon, dabei waren sie selbst nicht sonderlich treu. Genau zu dieser Zeit wurde ich Redakteur und Hanna in einer anderen Redaktion Redakteurin, die Wohnung war plötzlich zu klein, wahrscheinlich verdienten wir auch einfach zuviel und mußten uns daher einreden, daß die Wohnung *plötzlich zu klein* war. Wir suchten uns eine große Wohnung direkt am Isarufer, wir waren das erste Paar beim Sender, das so etwas tat, unsere neue Wohnung zog die Freunde an, sie kamen häufig vorbei, sie studierten den neuen Status, einige bekamen sogar vor lauter Aufregung und um uns voraus zu sein, Kinder, wir nicht, Kinder waren für uns nichts, wir verreisten viel, was hätten wir mit Kindern während unserer Reisen machen sollen?

Mit Hanna zusammenzuleben, war schön, wir liebten uns nicht, aber wir verstanden uns, wir hatten viel Sex, manchmal mehrmals am Tag und häufig heimlich, irgendwo draußen, in unmittelbarer Nähe von anderen Menschen und an geradezu überlaufenen Plätzen, wir zelebrierten den Sex und behielten, was wir trieben, für uns, ich war mir sicher, daß Hanna nicht einmal ihren Freundinnen davon etwas erzählte. Mit einemmal war ich sogar treu, meine Streunerei hatte ein Ende, Hanna war nicht genau das, was ich mir immer vorgestellt hatte, aber ich war zufrieden, außerdem verdankte ich ihr wirklich viel, sie hatte es geschafft, aus mir einen ruhigeren Betrachter der Dinge zu machen, der wieder neues Gefallen am Leben fand. Manchmal kam es mir so vor, als wäre ich durch diese Ruhe noch attraktiver geworden, jedenfalls versuchten es meine früheren Freundinnen noch eine Zeitlang mit Anrufen und Einladungen zu allem Möglichen, im Gegensatz zu mir hatten sie den richtigen Absprung verpaßt, sie fingen mit Jogging oder Radfahren an, hielten ihre alternden Körper sextauglich, irgendwann wußten sie nicht mehr wofür und ließen sich dann hängen.

Ich griff zum Handy, ich hatte mich lange genug in diesen Träumereien verloren, ich wählte ihre Nummer, aber es war besetzt. Der Strand war jetzt überfüllt, Musik kam von vielen Seiten, niemand schien es zu bemerken, selbst die lauteste Werbung wurde hingenommen, als hörte sie keiner. Die Älteren schliefen auch längst wieder, zwei Strandstücke weiter liefen Animationsprogramme für die mittlere Generation, außer den Kindern ging kaum jemand ins Wasser, dabei war das Meer so nahe, still, unbeweglich. Wenn sie sich aber ein paar Schritte hineintrauten, gingen sie gemeinsam, in kleinen Gruppen, selbst im Meer wollten sie nicht allein sein, sondern in einer Runde, das Alleinsein mußte eine geradezu heroische Überwindung kosten.

Ich wählte noch einmal ihre Nummer, das Wahlzeichen ertönte dreimal, dann hörte ich ihre Stimme. Ich zögerte kurz, sie mit Du anzusprechen, ich versuchte, jede Anrede zu vermeiden, doch sie sagte von sich aus gleich, ich wußte, daß Du es bist. Sie sprach leise, als wäre sie nicht allein, sie flüsterte beinahe, sie erwähnte den gestrigen Tag nicht, sondern sprach nur von dem, was sie am Morgen hatte tun oder nachholen müssen, es war ein straffer Bericht, gut gebündelt, als habe sie sich selbst die Reihenfolge vorher überlegt. Ich wußte sofort, daß sie sich für heute ausklinken wollte, sie wollte oder konnte mich heute nicht sehen, sie brauchte Zeit, so legte ich den Bericht aus, seltsamerweise fühlte auch ich mich dadurch befreit, obwohl ich sie liebend gern gesehen hätte, *liebend gern.*

Ich sagte nicht viel, sie fragte mich, wo bist Du und was tust Du gerade, ich beschrieb meine Position direkt am Strand und versuchte, eine gewisse Komik hineinzubringen, ich hörte sie lachen, sie sagte, ich mag Dein Erzählen so sehr, weißt Du, wie sehr ich Dein Erzählen eigentlich mag? Es war mir beinahe peinlich, so etwas zu hören, ihre Stimme klang sehr liebevoll und ganz intim, ich konnte bei dem hellen Sonnenlicht und inmitten all dieser Musik nicht so antworten, wie ich wollte. Ich fragte sie, und wo bist Du jetzt genau, oben im Museum, oder an einem Ort, den ich kenne? sie antwortete, Du kennst den Raum, ich bin unten im Vortragssaal, ich habe ihn abgedunkelt, ich sitze im Dunkeln, um mit Dir zu telefonieren.

Sie wartete einen langen Moment, es war still, ich hatte wirklich Mühe mit diesem Bild, sie allein in dem verdunkelten Raum, warum tat sie das, ich kam nicht darauf, ich hätte so gern etwas Leichtes gesagt, etwas, das in eine ganz andere Richtung ging und von ganz anderen Dingen handelte, aber mein Hirn war öd und leer.

Bist Du noch da? fragte sie, ja, antwortete ich schnell, ich versuche mir vorzustellen, wie Du in diesem dunklen Raum sitzt, versuch es nicht, antwortete sie, Du kennst mich noch nicht, versuch es in einigen Tagen, dann wirst Du verstehen.

Ich hörte ihr zu, ich schluckte beinahe vor Erregung, sie spielte auf etwas an, das mich scharf machte, aber ich kam nicht dahinter, ich hatte nur einen sehr ungewissen Instinkt. Heute also nicht, sagte ich, nein, heute nicht, antwortete sie, morgen also, sagte ich, dann auf morgen, wir werden sehen, antwortete sie, wir werden uns sehen, mein Lieber.

Ich wartete nicht länger, ich beendete von mir aus das Gespräch, ich konnte ihr einfach nicht länger zuhören, ihr leises Raunen machte mich unruhig, irgend etwas verheimlichte sie, fast wäre ich sofort zum Museum gerannt. Ich stand auf, ich packte mit zitternden Fingern meine Utensilien zusammen, es war kurz vor Zwölf, noch eine Stunde bis zum Mittagessen, was sollte ich tun?

Ich ging zurück zum Hotel, ich ging auf mein Zimmer, als ich auf dem Balkon stand, sah ich eine einzelne kleine Wolke über den nahen Hügelkuppen, wie ein leichter Luftballon schien sie vom Bergland zu kommen. Ich wollte mich einen Moment hinlegen, aber ich hielt es nicht aus, ich war zu aufgeregt, das Gespräch ging mir immer wieder durch den Kopf. Warum hatten wir für morgen kein Treffen vereinbart, was bedeutete das *wir werden uns sehen*, und wie sollte ich *mein Lieber* nun deuten?

Ich nahm nicht den Aufzug, ich lief die vielen Stufen herunter, unten begegnete mir Carlo und fragte, ob ich heute zum Essen komme. Ja, sagte ich, ich komme, ich gehe nur noch ein paar Schritte. Es wird ein Gewitter geben, antwortete er, ein sehr schweres Gewitter, gehen Sie nicht zu weit. Draußen, auf dem breiten Boulevard, schaute ich mich nach dem Wölkchen um, es hatte sich bereits verdoppelt und war in eine leichte Schieflage geraten, hinter ihm lappte ein schmaler, dunkler Streifen hervor, noch immer konnte ich mir nicht vorstellen, daß es hier jemals regnen würde.

14

PLÖTZLICH setzte aber der Wind ein, er begann völlig unerwartet und dann gleich so heftig, als habe jemand eine Düse geöffnet. Erste Regentropfen fielen, ganz vereinzelt, wie eine Warnung, ich hörte ein Schreien und Rufen vom Strand her, überall sprangen sie auf und klappten die Sonnenschirme zusammen, sie flohen, wie eine wild gewordene, verrückte Meute setzten sie über den Boulevard, die Kinder kamen nicht hinterher, das Gerenne wirkte übertrieben und völlig hysterisch. Mit Badetüchern über dem Kopf stürzten sie in ihre Autos oder liefen in die Hotels, dabei regnete es noch nicht wirklich, nur der starke Wind machte jedem, der noch keinen Schutz gefunden hatte, zu schaffen.

Ich fand einen Obststand, ich kaufte eine Handvoll Feigen, als ich umkehren wollte, kippte ein kleiner Sonnenschirm gerade vor mir um und rollte seitlich davon, ich lief hinterher und bekam ihn noch zu packen, dann beeilte ich mich, zurück ins Hotel zu kommen.

Beim Mittagessen hielt meine Unruhe an, ich wurde das seltsame Telefonat einfach nicht los, zum Glück war der

Nebentisch diesmal leer, das stumme Ehepaar befand sich auf einem Ausflug. Alle Fenster waren verriegelt, die meisten Hotelgäste schauten hinaus, draußen hatte das Drama begonnen, es war, als rückten alle enger zusammen, wie in einem Boot. Auch der Geräuschpegel im Speisesaal war viel niedriger als sonst, man sprach leise, deutete mit dem Kopf hinaus, man kommentierte das Wetter, es handelte sich um eine echte Attraktion, manche genossen vielleicht sogar die Abwechslung.

Ich sah, wie der Wind die grünen Palmwedel schlug, sie duckten sich zu dichten Matten zur Seite, Zeitungsseiten flogen über die Straße, Getränkedosen klapperten hinterher, nur noch wenige Autos fuhren vorbei, dann schäumte der schwere Regen herunter, klatschte gegen die Fenster, so etwas machte Angst, die meisten Hotelgäste waren still geworden und blickten wie hypnotisiert nach draußen, ich fragte mich, ob ich die Kamera holen sollte, aber ich war zu faul. Hier und da traute sich auch einer, stand auf und ging ans Fenster, um dort beinahe entgeistert zu stehen, obwohl sie einen solchen Regen doch schon oft erlebt haben mußten, schien es sie jedesmal von neuem zu packen.

Ich kümmerte mich nicht allzusehr um das Geschehen, ich aß langsam und blätterte in meinem meeresbiologischen Fachbuch, Herzigel, las ich, lebten auf Weichböden, sie suchten nachts mit Hilfe ihrer lappigen Extremitäten nach Nahrung, es gab den violetten und den kleinen Herzigel, der kleine sah pelzartiger aus und grub ein Loch ins Sediment, in dem er sich versteckte, nur die langen, gefiederten Füßchen schauten dann noch heraus.

Als ich aufschaute, setzte sich Carlo an den Nebentisch,

ich möchte Sie nicht beim Essen stören, sagte er, Sie stören nicht, das wissen Sie, antwortete ich. Ich würde gerne mit Ihnen etwas besprechen, sagte er, etwas Dringendes? fragte ich zurück, nein, nichts Dringendes, sagte er, aber ich möchte gern bald mit Ihnen reden, wann haben Sie Zeit? Wie lange wird das Gewitter dauern? fragte ich. Anderthalb, höchstens zwei Stunden, am Abend wird der Himmel so blau sein wie zuvor, antwortete er. Darf ich Sie dann am Abend einladen? fragte ich. Das dürfen Sie, sagte er, ich schlage vor, wir gehen zusammen ins *Pescatore*, Sie wollten doch gern einmal in einer dieser Strandburgen essen.

Ich nickte, er stand auf und zwinkerte mir kurz zu, ich beugte mich wieder über mein Buch und studierte weiter die verblüffenden Blütenblatt-Muster der Herzigel-Panzer.

Nach dem Essen ging ich auf mein Zimmer, der Raum war erfüllt vom süßlichen Duft der Feigen, die wie pralle, aufdringliche Körper auf einem Teller lagen. Ich rückte einen kleinen Tisch direkt vor die Balkontür, ich schob die Gardine zur Seite und blickte hinaus, die dunklen Wolken hatten nun beinahe das Meer erreicht, als wären sie von den Hügeln herabgestürzt, sie schütteten sich aus, der trockene Boden nahm das Wasser nicht auf, es zischte an den Bordsteinkanten entlang. Ich sah, wie der Wind über das Meer fegte, die graublaue Gischt erschien wie gepeitscht, dabei waren die Wellen nicht einmal sonderlich hoch, es sah aus, als blase ein gewaltiger Rachen seinen Atem in dichten Schüben über die Oberfläche.

Ich klappte den Laptop auf und plazierte ihn auf dem Tisch, ich richtete mich etwas ein, dann begann ich, auf dem Laptop zu schreiben, kaum fünfhundert Meter von mir entfernt, spülte die hüpfende Gischt ihren Unrat an Land, wenn ich hinaus und hinab schaute, war es so, als würde dieser Ballast geradewegs in die Rückenpartie meines Geräts gespült werden. Ich wunderte mich wie so oft, wenn ich ein paar Tage nur mit der Hand geschrieben hatte, wie leicht das Schreiben mit dem Computer ging, die Fingerkuppen liefen wie schnelle Klavierfinger über die Tastatur, auf dem Bildschirm entstand ein Schrift-Fluß, der davoneilte, versonnen blickte ich ihm hinterher.

Ich arbeitete am Rohentwurf meines Drehbuchs, bis die Arbeit stockte, ich speicherte alles ab und schrieb Rudolf eine kurze Mail, ich hatte mich die ganze Zeit nicht gemeldet, bestimmt nahm er es mir schon übel. Draußen beruhigte sich langsam das Wetter, der Regen kam jetzt ganz regelmäßig und konzentriert herunter, die ersten Autofahrer machten sich einen Spaß daraus, mit ihren Wagen durch die tiefen Pfützen zu fahren. Plötzlich klingelte das Handy, ich erkannte Rudolfs Nummer auf dem Display, ich meldete mich, er hatte die Mail gerade gelesen und sprach von der Billigflug-Verbindung nach Pescara, er überlege, ob er mich am Wochenende besuchen solle, um die möglichen Drehorte schon einmal, wie er sagte, *unter die Lupe zu nehmen.* Ich hörte ihn so nah, als säßen wir einander im Sender gegenüber, für einen Moment schloß ich die Augen und glaubte, mich wirklich in den Redaktionsräumen zu befinden, ich sah den grünen Fußboden und die lange nicht angerührten Bücherstapel auf den Regalen, es kam mir alles unendlich fern vor und als liege mein Kontakt mit diesen Dingen nicht erst ein paar Tage, sondern Monate zurück.

Ich könnte es versuchen, sagte Rudolf, die Buchung könnte gleich rausgehen, was meinst Du? Nein, sagte ich, ich halte gar nichts davon, ich hasse Billigflüge, Du weißt es genau. Stell Dich nicht so an, sagte er, es würde die Arbeit immens erleichtern, ich bekäme schon einmal einen Eindruck. Nein, sagte ich, ich will es nicht, ich verbiete es Dir. Spinnst Du? schrie er beinahe, ich glaube, Du spinnst! Ja, sagte ich, ich spinne, ich will einmal ein paar Tage allein sein, völlig allein, verstehst Du, ohne all diese Arbeitsgespräche, es ist sehr schön hier, verstehst Du, es ist *wundervoll*, wie Du sagen würdest, ich möchte das jetzt mal genießen. Du möchtest genießen, aha, sagte er höhnisch. Ja, sagte ich, eine Woche, höchstens zehn Tage, ich komme mit dem fertigen Drehbuch zurück, wenn es sein muß. Mit Dir stimmt etwas nicht, sagte er, irgend etwas stimmt nicht mir Dir. Du hast Recht, sagte ich, es stimmt etwas nicht, aber ich kann es Dir nicht erklären. Mein Gott, auch das noch, sagte er, was ist es, mach eine Andeutung, sag irgend etwas, dann bin ich beruhigt und begreife. Es ist die große Liebe, sagte ich, das ist es. Was? und jetzt schrie Rudolf tatsächlich, was hast Du gesagt? Die große Liebe, sagte ich, das ist es. Die große Liebe gibt es nicht, das solltest gerade Du wissen, sagte er. Ja, sagte ich, ich weiß, die große Liebe gibt es nicht, das dachte ich vor vier Tagen auch noch. Jetzt sag mal, rief er, soll ich nicht doch lieber kommen, wäre es nicht am Ende besser? Nein, sagte ich, tu mir einmal im Leben einen Gefallen.

Ich hörte ihn leise stöhnen, ich hatte ihn umgestimmt. Ruf mich an, wenn Du nicht klarkommst, sagte er. Ja, sagte ich, ich rufe an.

Ich stand auf, das Strahlen des Bildschirms schien schwächer zu werden, draußen zeigte sich wieder die Sonne, ich öffnete die Balkontür und trat hinaus. Ich schaute hinauf zu den Hügeln, die dunklen Wolkengebilde waren nach allen Seiten zerstreut, das Blau setzte sich langsam wieder durch, es kroch über die Hügel und stürzte dann über ihre angeflammten, bleichen Erhebungen herunter zum Meer, die ersten Sonnenflecken legten sich schon auf die Palmen, sie schienen sich aufzurecken, alles atmete durch, am Strand waren sie schon mit den Aufräumarbeiten beschäftigt, die Sonnenschirme wurden wieder geöffnet, ich schaffte den Laptop beiseite und trug den kleinen Tisch auf den Balkon.

Die große Liebe – wie war ich denn auf diese pathetische Wendung gekommen? Rudolf hatte Recht, ich hatte an die große Liebe nicht mehr geglaubt, seit meinem siebzehnten Lebensjahr hatte ich nicht einmal mehr an sie gedacht, sie war eine Sache für Theologen und Mystiker gewesen, etwas absolut Fernes, mit dem ich nie etwas zu tun haben würde. Acht Jahre lang hatte ich mit Hanna zusammengelebt, der wilde Sex unserer ersten Jahre war von einer gewissen Routine abgelöst worden, Routine aber war nichts für Hanna gewesen, irgendwann, vor etwa einem Jahr, hatte sie dann doch die Panik bekommen. Mit Fünfunddreißig, hatte sie gesagt, muß man sich ein letztes Mal fürs Leben entscheiden, nun gut, sie war praktisch, direkt, unkompliziert und vor allem ehrlich, sie hatte es noch einmal darauf ankommen lassen und sich einen munteren Vogel geangelt, sie hatte es mir gleich erzählt. Er war jünger als sie, vier Jahre jünger, ihre alte Unersättlichkeit meldete sich wieder, ich hielt da nicht mehr mit, verstand sie aber gut, wir trennten uns schnell. Seltsamerweise war ich selbst danach aber nicht rückfällig geworden, am Anfang hatte ich wieder ein paar Anrufe erhalten, einige alte Freundinnen hatten sich ganz harmlos gemeldet, ich hatte aber nicht angebissen, nicht in einem einzigen Fall, auch sonst war ich nicht auf die Suche gegangen, denn ich hatte die Gespräche satt, die langen, den Sex vorbereitenden, dummen Gespräche, die ich noch mehr als in frühsten Jahren haßte.

Die große Liebe – war es also richtig, es so zu nennen? Ich griff zu meinem schwarzen Notizbuch, ich wollte versuchen, es zu fixieren: *Zwischen Franca und den Frauen, die ich bisher kannte, gibt es einen Unterschied: Wenn ich mit Franca zusammen bin, bin ich die ganze Zeit ausschließlich mit ihr beschäftigt, damit, was sie sagt und wie sie sich gibt, es gibt keinerlei Ablenkung, nichts sonst, ich bin völlig konzentriert und gespannt (und vielleicht deshalb hinterher, wenn ich wieder allein bin, beinahe leer und erschöpft). Der gesamte Raum um uns herum wird durch unsere Begegnung verändert, er erscheint aufgeladen, interessanter, als strahlte unsere Verbindung auf ihn aus, manchmal meine ich sogar, er würde, auch wenn es sich um einen ganz alltäglichen, banalen Raum handelt, »schöner«. In diesem Zustand nehme ich unendlich viel wahr, und diese Wahrnehmung geht ein in unsere Gespräche, noch mit keiner Frau habe ich solche Gespräche geführt. Ich mochte immer die klugen Frauen, Frauen von einer raschen, hellwachen Klugheit, genau das zog mich an, im Falle Francas kommt aber zur Klugheit noch etwas anderes hinzu, eine besondere Art, sich zu bewegen, zu fühlen, zu schmecken, eine Art, die mir über alle Maßen gefällt, oder besser gesagt, eine Art, an der mich nicht das Mindeste abstößt oder irritiert. Meine früheren Verbin-*

dungen mit Frauen waren immer durchsetzt von kleinen Kompromissen, oft störten mich völlig unbedeutende Kleinigkeiten, die mit der Zeit eine unsinnige Bedeutung erlangten. Jetzt jedoch habe ich den seltsamen Wahn, als käme unser Sprechen und Fühlen aus einem gemeinsamen Zentrum oder Kern, ein Wort gibt das andere, wir geraten miteinander, könnte man sagen, in einen Zustand der ununterbrochenen, begeisterten Unterhaltung. Es ist eine Art von Verzückung, eine Hyper-Erregung, ein Paroxysmus, ich weiß nicht, wie ich es nennen soll, vielleicht ist es wirklich etwas Mystisches, dann hätten die alten Theologen eben doch Recht. Schwärmerei, Sprachwollust, Welt-Verwandlung…, wenn ich Rudolf damit kommen würde, wäre er mit Recht empört. Es ist also »Die große Liebe«, ich bin beinahe sicher, die einzige Unsicherheit betrifft unsere Körper, obwohl ich mir bereits jetzt vorstelle, daß sie sich ganz ähnlich gut verstehen, ich weiß nur nicht wie, wir zögern noch, die Probe zu machen, danach aber wird man sie nicht mehr trennen können, »nie mehr«, denke ich jetzt sogar, es ist verrückt … Und was noch, was noch? Ich habe Angst, ich muß hinschreiben, daß ich große Angst habe, ich schreibe es zum dritten Mal hin, ich habe Angst.

15

Ich verliess das Hotel, ich nahm nichts mit, ich wollte ziellos gehen, ohne mich mit irgend etwas zu beschweren, und schauen, wie sich alles wieder ordnete. Der Verkehr floß langsam wieder, an einigen Stellen wurden die Straßen gereinigt, sie trockneten in der schon wieder einsetzenden Schwüle sehr schnell, nur auf den Kieswegen standen noch große Wasserlachen. Ich blieb nirgends stehen, vielleicht wollte ich mich doch beruhigen, irgendeine dumme Empfindung wollte ich jedenfalls loswerden.

Als ich am frühen Abend im Hotel eintraf, wartete Carlo schon auf mich, er war gut gelaunt, das schlimme Wetter war längst vergessen, einige Hotelgäste feierten noch im Speisesaal, daß das Gewitter überstanden war. Wir machten uns sofort auf den Weg, das *Pescatore* war nur wenige hundert Meter entfernt, es war bereits schwach erleuchtet, die Glastüren waren zur Meerseite hin geöffnet. Wir nahmen Platz, diesmal kamen die Kellner gleich in kleinen Gruppen, sie kannten Carlo natürlich, einige hatten, wie er sagte, sogar einmal bei ihm gearbeitet und waren jetzt abtrünnig geworden, im *Pescatore* wurden sie besser bezahlt.

Was wollen wir essen? fragte ich, wir essen *scorfano*, sagte Carlo, *scorfano*, gedünstet unter einer Lage stark gesalzener, hauchdünn geschnittener Kartoffeln, den passenden Wein bestelle ich, lassen Sie mich einmal machen. Er rief einen Kellner herbei und beriet sich leise mit ihm, ich schaute nach draußen ins Dunkel, das Meer rauschte dort lauter als sonst, als wäre die Gefahr noch nicht ganz gebannt. Carlo erzählte von den Strandlokalen, er hatte sie noch als kleine Getränkebuden in Erinnerung, jetzt waren sie berühmt in der ganzen Region und Anlaufstellen für Fischorgien am Wochenende. Eine Flasche Weißwein wurde gebracht und entkorkt, wir kosteten beide, ich wollte nicht länger warten und fragte ihn schließlich ganz direkt, was er mit mir bereden wolle. Er rückte seinen Stuhl an den Tisch, er beugte sich etwas vor, dann sagte er, er wolle mit mir über die Dottoressa sprechen. Über die Dottoressa? fragte ich, was gibt es da zu besprechen? Carlo genoß es, gefragt zu werden, ich erkannte es deutlich, er plusterte sich mit seinem Wissen etwas auf, er wollte mir eine Geschichte präsentieren und hatte sich mit mir auch deshalb verabredet, um sie effektvoll zu erzählen.

Während er sprach, lauschte ich weiter auf das Rauschen aus der Dunkelheit, Carlos Stimme und das leise Dröhnen des Meeres überlagerten sich abwechselnd, meist konnte er das Meer übertönen, manchmal aber verstand ich ihn nicht, weil sich das Meer stärker bemerkbar machte, ich mußte den Kopf stillhalten, ich durfte ihn nicht nach einer Seite hin neigen.

Carlo begann beinahe feierlich, eh, ich erinnere mich gut, ich kenne Franca seit ihrer Kindheit, von den ersten Jahren an hatte sie etwas Strahlendes, sie fiel auf, keiner konnte sie übersehen, sie war ein besonderes Kind, beinahe makellos schön, so etwas bringt Gott, der Herr, in jeder Generation nur einmal hervor. Ihr Vater war ein Dottore, ein Kinderarzt, um es genau zu sagen, ein ruhiger, liebevoller Mann mit einer starken musikalischen Neigung, kein Konzert hier war ihm gut genug, mindestens Ancona mußte es sein oder besser noch Macerata, jedes Jahr fuhr er zu den dortigen Opernaufführungen im Freien, man munkelte sogar, er habe die Callas gekannt, die Callas der *Pescatori di perle*, me voilà seule, nicht wahr?, das brauche ich Ihnen nicht zu erklären …

Ich schüttelte den Kopf, nein, er brauchte es mir nicht zu erklären, obwohl ich nicht verstand, was er mir sagen wollte, es machte nichts, ich wollte ihn jetzt nicht unterbrechen. Insgeheim hatte ich auch meine Freude daran, wie er sprach, er holte aus wie zu einer langen Erzählung, ich sah Franca beinahe vor mir, in Gestalt eines bunten Kinderbildchens aus ihren frühen Tagen, die langen blonden Haare vor dem wachen, erstaunten Gesicht, und daneben der Vater, ein stolz lächelnder Mann ganz in Schwarz. Hatte Gianni Alberti mir einen Vortrag gehalten, so schlüpfte Carlo in die Rolle des alten Erzählers, die vielen Jahrzehnte mit seinen Gästen waren eine gute Schule gewesen, Carlo beherrschte das Erzählen, schon während des nächtlichen Austernessens war mir das aufgefallen.

Eh, fuhr er fort, das muß ich sagen, der Dottore war ein angenehmer Gesellschafter, ein nobler, belesener Herr, er liebte seine schöne Tochter über die Maßen, leider hat er den Buben, ihren jüngeren Bruder, das spüren lassen. So zog sich der Junge denn auch von ihm zurück und geriet der Mama in die Hände, o Gott, der Mama!, was soll ich sagen, sie war eine kapriziöse Erscheinung, niemand verstand, was dem Dottore an ihr gefiel, nach Meinung der Leute war sie für ihn nicht die Richtige, sie war ein Fehlgriff, nein, sie war ein Alptraum, aber sie haben es bis heute ausgehalten zusammen, dabei wäre eine Frau wie die Callas, eine Frau mit einem ähnlichen Stolz und einer ähnlichen Noblesse, für den Dottore bestimmt besser gewesen.

Nun gut, ich will von Franca erzählen, Franca wurde schöner und schöner, die Burschen der ganzen Stadt waren hinter ihr her, aber sie gab darum nicht viel, sie lebte ihr eigenes Leben, zurückgezogen, nur in Maßen gesellig, so recht durchschaut hat das keiner. Irgendwann jedenfalls geriet sie uns ganz aus den Augen, sie studierte, Kunstgeschichte natürlich, was konnte eine so schöne junge Frau schon sonst studieren, nur Kunstgeschichte kam da in Frage, nur die Geschichte des Schönen. Rom, Padua, wohl auch Venedig, wir hörten, daß sie an den besten Universitäten studierte, zu sehen bekamen wir sie nicht mehr, schließlich hörten wir sogar von dem Gerücht, sie habe geheiratet, nein, noch genauer, ein portugiesischer Adliger habe sie endlich erobert, *portugiesisch* und *adlig*, das paßte genau, denn es beschrieb, wie weit sie von uns fort war, verschwunden in irgendeinem Olymp.

Wir hatten sie also vergessen, nein, nicht vergessen, wir hatten sie aufgegeben und glaubten sie in sehr fernen Ländern, da tauchte sie wieder auf, unerwartet, und natürlich strafte sie alle Gerüchte Lügen, sie war nicht verheiratet und sie hatte nach dem kunsthistorischen Studium noch ein zweites Studium absolviert, Meeresbiologie, ausgerechnet nun das. In Neapel, am berühmtesten meeresbiologischen Institut des ganzen Landes, hatte sie ihren Doktor gemacht, und nun bewarb sie sich hier, in San Benedetto, um die Leitung des hiesigen Instituts, was soll ich sagen, sie machte das Rennen, wir hatten auch mit nichts anderem gerechnet, eine wie sie konnte man sich auf einem zweiten Platz doch nicht vorstellen, es war einfach unmöglich.

Nur eine Frage, ganz kurz, sagte ich und sprach rasch, um Carlo nicht allzulange zu unterbrechen, das heißt, man hat ihr gegenüber Dottore Alberti den Vorzug gegeben?

O nein, antwortete Carlo, das doch nicht, Dottore Alberti ist einer der besten Meeresbiologen des ganzen Landes, eine Kapazität. Damals war er zweiter Direktor am Institut von Ancona und wartete darauf, der erste Direktor zu werden, in Ancona aber gab es die Regel, einen Mann aus den eigenen Reihen nicht zum Direktor zu wählen, man drängte, um sich nicht untreu zu werden, darauf, daß er für kurze Zeit woanders hingehen solle, deshalb wechselte er für einige Zeit hierher, nach San Benedetto. Diese Zeit ist wohl bald um, er wird nach Ancona zurückgehen und dort das werden, was er immer werden wollte, erster Direktor und Leiter aller Institute dieser Provinz, Sie verstehen?

Ich nickte, die Geschichte war interessanter, als ich vermutet hatte, immerhin erhielt ich durch sie einige Aufschlüsse über Zusammenhänge, die ich sonst nur mühsam herausgebracht hätte. Bevor Carlo aber weitererzählte, wurde der scorfano serviert, der gebratene Fisch war wirklich unter einer leicht angebräunten Kartoffelkruste aus sehr dünnen Scheiben verborgen, wir machten uns daran, sie zu zerteilen, Carlo hatte bereits die zweite Flasche bestellt, er rückte seinen Stuhl noch etwas näher an den Tisch, er beugte sich weit zu mir vor, jetzt würde er, da war ich sicher, die Pointe auftischen, eine Pointe, auf die er sich freute, etwas Überraschendes, das auch mich vielleicht sprachlos machen würde.

Eh, begann er beinahe hinterhältig langsam, Franca war also Direktorin hier in San Benedetto, und Gianni Alberti war auf dem Sprung, erster Direktor in Ancona zu werden, so standen die Dinge, und diese Konkurrenz hätte böse ausgehen können, beide entschärften jedoch den drohenden Streit und begruben jeglichen Neid dadurch, daß sie sich verlobten.

Ich hörte auf zu essen, ich glaubte an einen Scherz, Sie wollen sagen, sie hat sich mit ihm verlobt, mit Gianni Alberti, ausgerechnet mit ihm? Aber ja, sie hat sich mit ihm verlobt, und sie ist noch immer mit ihm verlobt, wußten Sie das nicht?

Ich legte die Gabel beiseite, ich horchte wieder hinaus auf das Meer, irgendwo hatte ich die *Pescatori di perle* auch einmal gehört, wo bloß war das gewesen? Ist Ihnen nicht gut, fragte Carlo, nein, antwortete ich, mir ist nicht gut, vielleicht habe ich in den letzten Tagen zuviel Fisch gegessen. Er schüttelte den Kopf, es schien ihm ausgezeichnet zu schmecken, er konnte nicht ahnen, wie seine Erzählung auf mich wirkte.

Carlo, sagte ich nach einer längeren Pause, warum erzählen Sie mir das alles? Er aß weiter, er zerlegte den Fisch in kleine Stücke und belegte sie mit Teilen der Kartoffelkruste, ich konnte nicht hinschauen, so kindlich kam es mir vor. Ich erzähle es Ihnen aus einem ganz einfachen Grund, sagte er und blickte dabei ununterbrochen auf seinen Teller, ich erzähle Ihnen die Geschichte der Dottoressa, um Sie zu warnen. Es ist nur eine Vorsichtsmaßnahme, nichts sonst, ich will nicht, daß Ihnen etwas zustößt. Sie dürfen sich der Dottoressa jedenfalls auf keinen Fall nähern, Sie dürfen nicht einmal den leisesten Verdacht in dieser Hinsicht erregen, sonst bekommen Sie es nicht nur mit Gianni Alberti und seiner Familie zu tun, sondern mit der männlichen Bevölkerung der halben Stadt.

Carlo, sagte ich, warum glauben Sie, daß ich versuchen könnte, mich ihr zu nähern? Eh, sagte er und wendete ein Fischstück in Öl, eh, Sie waren mit ihr allein in den Bergen, im Grunde ist das schon ein Schritt zu weit, Sie mit der Dottoressa allein, mit einer verlobten Frau, so etwas geht nicht, hier in San Benedetto gehört sich so etwas noch immer nicht.

Er sprach jetzt wie ein Lehrer, ganz stur, wie einer, der mir eine Lektion erteilen wollte, er war sich der Wirkung seiner Worte sehr bewußt, vielleicht machte er sich sogar ein Vergnügen daraus, den Sittenwächter zu spielen. Natürlich wußte er nichts Genaues, er hatte nur auf Verdacht hin geplaudert, solche Rituale, sagte ich mir, sind in Italien beliebt, Du kennst so etwas aus anderen Fällen. Wenn Du klein beigibst, dachte ich weiter, verlierst Du seine Achtung, das genau ist jetzt die Minute, in der Du Dich entscheidest, Du wirst nicht um die Sache herumreden, nicht in der Manier, die er Dir hier vorgibt, es geht nicht um die Ehre von San Benedetto oder etwas ähnlich überholt Traditionelles, es geht um etwas viel Elementareres und Einfacheres.

Ich danke Ihnen, Carlo, sagte ich und sah, daß er aufschaute, noch hatte er ein Gesicht, das zu seinem Überlegenheitsgefühl paßte, ich danke Ihnen, aber es ist wohl zu spät, Ihre Warnungen können mich nicht mehr erreichen, denn es ist die große Liebe, Carlo, die große Liebe, nur und genau das.

Ich sah, wie er die Augen zusammenkniff, als sähe er in ein blendendes Licht, ich sah, daß er mir erst nicht glauben wollte, dann diesen Gedanken verwarf und plötzlich zu ahnen schien, was uns allen bevorstand.

16

ICH GING erst spät auf mein Zimmer, ich baute mein kleines Büro wieder auf und schaltete den Laptop ein, sein leises Summen gefiel mir anfangs, es schien mich zum Schreiben zu drängen, als habe das Gerät mitbekommen, daß ich unbedingt schreiben wollte. Ich wollte es, das war richtig, ich spürte geradezu ein Verlangen, etwas zu notieren, aber ich stockte, es wollte mir kein passender Einstieg gelingen. Bei jedem Beginn kam mir schon die Wortwahl verdächtig vor, ich griff zu sehr in die Vollen, ich wollte zuviel sagen, daher korrigierte ich mich und versuchte es einfacher, das aber hörte sich spröde an, als traute ich mich nicht, von meinen Gefühlen zu sprechen.

Eine Zeitlang hockte ich auf der Bettkante, ich war auf dem Sprung, ich zerkaute die Sätze, ich probte sie durch, ich wollte etwas Klares, Bestechendes aufschreiben, etwas, das mir wirklich half, die Situation zu durchschauen, aber was eigentlich? Im Grunde wußte ich bloß nicht, wie ich mit Carlos Nachricht umgehen sollte, ich konnte ihre Bedeutung nicht abschätzen, nie hätte ich geglaubt, daß Gianni Alberti für Franca eine Attraktion hätte sein können. Ich überlegte, ob *er* es vielleicht gewesen war, der sie während unseres abendlichen Aufenthalts in dem kleinen Bergdorf laufend angerufen hatte, er ist es gewesen, dachte ich, leicht erschrocken, er ist es bestimmt gewesen, aber was hast Du davon, daß Du es jetzt weißt? Plötzlich fiel mir auf, daß ich mich eingeschlossen hatte, ich hatte mich eingeschlossen, um mit mir ins Reine zu kommen, offensichtlich hatte ich erwartet, mich in diesem Hotelzimmer geradezu zwingen zu können, zu klaren Gedanken zu finden.

Ich stand auf und kehrte dem Laptop den Rücken, ich mußte noch einmal hinaus, in diesem Zimmer hielt ich es nicht länger aus.

An Land hatte sich alles beruhigt, der Wind war kaum noch zu spüren, nur im Meer schien es weiter zu toben, die Wellen klatschten laut auf den Strand. Ich zog die Schuhe aus und ging einige Schritte hinein in die Gischt, was tust Du, dachte ich, irgend etwas, antwortete ich mir, ich tue etwas, um nicht weiter daran denken zu müssen. Die Wellen packten aber gleich energisch nach mir, meine Hose war bald durchnäßt, ich machte ein paar Schritte zurück, zog sie aus und warf dann auch die andere Kleidung beiseite. Dann lief ich schnell hinein, es war, als legte ich es auf einen Kampf mit diesem tobenden Chaos an. Ich ließ mich fallen und wurde gleich zurückgeschleudert, eine starke Welle preßte mich wie ein lose obenauf tanzendes Stück Holz vor sich her, ich ruderte nur noch hilflos mit den Armen, ich hatte die Kraft der Wogen völlig unterschätzt. Ich kniete mich hin, eine zweite Welle näherte sich aber und erwischte mich, bevor ich mich ganz aufgerichtet hatte, ich fiel zur Seite und geriet in einen nicht enden wollenden Strudel, dann kollerte ich wie bloßes Gerümpel an Land.

Weiter unterhalb war aus den Diskotheken am Strand noch laute Musik zu hören, ich starrte dorthin, während ich mich mit einem Hemd notdürftig trockenrieb. Ich sagte mir, daß ich mich verrannt hatte, ich war in eine Geschichte geraten, die mir letztlich ganz fremd war, noch war aber Zeit, ihr zu entkommen, ich brauchte bloß den nächsten Zug nach München zu nehmen. Dann zwängte ich mich in die nasse Kleidung und schlich zurück ins Hotel, zum Glück war die Rezeption längst geschlossen, so daß ich ungesehen mein Zimmer erreichte.

Ich duschte und kleidete mich neu an, ich setzte mich noch einmal an den Laptop, Rudolf hatte mir eine Mail geschrieben, ich öffnete sie und begann zu lesen. Es war ein langer Text, und er wirkte auf mich wie ein Narkotikum, Schritt für Schritt versuchte Rudolf, mir den Unsinn der Liebe vor Augen zu führen, einiges erinnerte mich an die mürrische Gereiztheit, die mich früher bei diesem Thema jedesmal selbst überfallen hatte. Ein Mann auf die Vierzig zu machte sich lächerlich, wenn er die Liebe nicht exakt als das durchschaute, was sie war, ganz so direkt hatte Rudolf seine Botschaft nicht formuliert, mehrfach war von Neuropeptiden und emotionalen Systemen die Rede, ich hätte wissen müssen, daß Liebe der Anbahnungszustand der arterhaltenden Partnerwahl war, nichts anderes also als ein vorübergehender biologisch erfaßbarer Zustand, eine Art Gemütsverschiebung, die die Welt ausblendete, um alles Interesse und alle Neigung auf die *eine* Auserkorene zu richten, Verbundenheitsgefühle, Gefühle von großer Nähe, ja sogar von Verschmelzung waren nichts anderes als Ergebnisse eines Hormonüberschwangs.

Ich las den Text ganz gelassen, ich wunderte mich nur darüber, wie ausführlich Rudolf auf alle Symptome einging, er hörte nicht auf, bis er alles durchdekliniert hatte, Besessenheit, Eifersucht, die Furcht, zurückgewiesen zu werden, die Sucht zu gefallen, das Streben danach, den anderen nur für sich zu haben, ihn zu besitzen, das Ganze stand dort und las sich wie ein Krankheitsbild, sehr detailliert, ich konnte nicht einmal behaupten, daß es nicht stimmte. Jahrelang war es in unseren Kreisen Mode gewesen, sich zu verlieben, immer wieder hatten wir einen der Freunde bei diesem Gebaren erwischt, verschwommenes Reden, Apathie mit träumerischen Akzenten, dazu eine gewisse Weichheit und Nachgiebigkeit sowie das Ignorieren der Zeit, im Grunde spielte nichts mehr eine Rolle außer dem Reden darüber, daß dem eben so war. In den letzten Jahren hatte auch ich mich oft darüber lustig gemacht, wir hatten den ewig gleichen Ablauf dieser Prozesse einfach nicht mehr ertragen können, schließlich war doch sehr leicht zu durchschauen, was vor sich ging, ja, sagte ich, als ich daran dachte, ja, es ist klar, schon gut, ist doch klar, wußte aber sofort, daß diese Erklärungen mich nicht erreichten.

Erst Carlo, jetzt Rudolf, von allen Seiten wurde ich also gewarnt, Du warst längst über so etwas hinweg, hatte Rudolf zum Schluß sogar geschrieben, als redete er voller Mitleid mit einem Kind, ich konnte nur nicken, ich *war* über das alles hinweg gewesen, jetzt hatte es mich aber ereilt, vielleicht und sehr wahrscheinlich zum letzten Mal in meinem Leben.

Ich löschte die Mail, ich schaltete den Laptop ab, ich wollte mir jetzt einfach keine Gedanken mehr machen, sondern abwarten, was morgen geschah. Morgen, mor-gen, flüsterte ich leise, als spräche ich mit jemand in der Ferne, dann zog ich mich rasch aus und legte mich zu Bett. Eine Zeitlang glaubte ich, die Wellen noch rauschen zu hören, dann schlugen die versprengten, starken Geräusche zu einem einzigen Klang zusammen, *Ur-Ton*, dachte ich noch und regte mich nicht mehr, *Ur-Ton*, ein letztes Mal, dann glaubte ich, auf dem Rücken zu treiben, immer ruhiger, still, endlich schlief ich ein.

17

Als ICH am Morgen ins Hotelfoyer kam, bedeutete mir Carlo mit einer einzigen, kurzen Geste seines Kopfes, daß jemand draußen, im kleinen Vorhof des Hotels, auf mich wartete. Einen Moment dachte ich, es könnte sich um Rudolf handeln, ich ging auch beinahe angriffslustig zur Tür, blieb dort aber sofort stehen, als ich sie an einem der runden, grünen Tische sitzen sah. Sie saß dort mit dem Rücken zu mir, das lange, im Sonnenlicht noch rötlicher als sonst scheinende Haar hing weit über die Stuhllehne, sie hatte das linke Bein über das rechte geschlagen und blätterte langsam in einer Morgenzeitung, Seite um Seite umschlagend, als habe sie nicht ernsthaft vor, darin zu lesen.

Ich blieb beinahe erschrocken stehen, so schnell hatte ich nicht mit einer Begegnung gerechnet, ich schaute mich nach Carlo um, als könnte er mir jetzt helfen, Carlo aber stand weit hinten im Raum, im Dunkel der Hotelbar, er hatte mich beobachtet, das war zu erkennen, jetzt aber hob er nur beide Schultern, als wollte er mir signalisieren, daß ihm auch nichts Passendes einfalle. Ich drehte mich wieder um und betrachtete sie, sie trug ein weißes, langes Kleid mit blauem Gürtel, dazu leichte Sandalen mit ockerfarbenen, sehr dünnen Riemen, zum ersten Mal sah ich, wie tief gebräunt ihre Haut war, eine Sonnenbrille lag auf dem Tisch. Am liebsten wäre ich wieder hinauf auf mein Zimmer gegangen, um diesen Anblick von oben zu filmen, es war ein einfaches, aber vollkommenes Bild, das Weiß ihres Kleides wirkte in Verbindung mit der minimalen Blau-Andeutung des Gürtels wie ein starker Akzent gegen das dunkle Grün der Tische und Stühle, die zahlreichen Palmwedel bildeten mit ihren laufend wechselnden Hell-Dunkel-Reflexen so etwas wie eine Kulisse, während gegenüber, auf der anderen Seite des Boulevards, das blasse Aquarellblau des Meeres auftauchte, wie eine Antwort auf ihre Kleidung.

Ich stand noch immer in der Tür, als sie sich umdrehte, sie erkannte mich sofort und legte die Zeitung zur Seite, dann sprang sie beinahe auf, da bist Du, hörte ich sie rufen, es klang etwas lauter und höher als sonst. Ich ging auf sie zu, ich überlegte wahrhaftig kurz, ob ich sie küssen sollte, nein, sagte ich mir, doch nicht hier, jetzt nicht und vor allem nicht hier, ich gab ihr nur die Hand, und sie gab mir die ihre, während sie mit der Linken noch zusätzlich meinen Oberarm leicht berührte. Sie wirkte sehr frisch und beinahe schwungvoll, als freute sie sich auf eine Reise oder sonst einen Aufbruch, ich wollte Dich sehen, noch vor dem Frühstück, sagte sie, Du hast doch nicht etwa bereits gefrühstückt? Nein, antwortete ich, habe ich nicht, gut, sagte sie, dann komm, wir frühstücken nebenan in der Bar, hier ist es zu laut und zu voll. Wir verließen den Vorhof, ich dachte darüber nach, was sie wohl meinte, es war weder zu laut noch zu voll, sie hatte sich angewöhnt, mich beiseite zu führen, vielleicht, dachte ich, will sie hier nicht mir Dir gesehen werden, vielleicht ist sie aus diesem Grund mit Dir auch in das Bergnest gefahren. Wir gingen dicht nebeneinander, es hätte nur einer kleinen Überwindung bedurft, den Arm um ihre Schulter oder die Hüfte zu legen, tu es, sagte eine Stimme in mir, so tu es doch endlich, aber so früh am Morgen war ich dazu einfach noch nicht in der Lage.

Die Bar befand sich an dem breiten Boulevard kaum hundert Meter vom Hotel entfernt, sie ging rasch hinein und begrüßte die schwarzhaarige Frau hinter der Theke, das ist Carla, sagte sie, zu mir gewandt, wir kennen uns seit ewigen Zeiten, nicht wahr, Carla?, und das ist Giovanni, ein Freund aus München. Carla reichte mir über die Theke die Hand, sie musterte mich dabei genau, ich war schlecht vorbereitet auf einen so prüfenden Blick, ich trug eine dunkelblaue Hose und ein weißes T-Shirt, dazu meine einfachen, schon etwas abgetragenen Turnschuhe. Mich selbst hätte das alles nicht weiter gestört, wenn ich nicht meine blasse Haut in einem der großen Spiegel hinter der Theke bemerkt hätte, neben Franca wirkte eine solche Blässe beschämend, ich schaute sofort weg, als ich ihr dunkles Braun zum zweiten Mal an diesem Morgen gewahr wurde.

Sie bestellte für jeden von uns einen Cappuccino und ein Cornetto, dann lud sie mich mit einer kurzen Geste nach draußen, setzen wir uns doch vor die Tür, Carla bringt uns das Frühstück. Draußen rückte sie zwei Stühle zurecht, sie plazierte sie eng nebeneinander, wir konnten auf den breiten Boulevard schauen und weiter aufs Meer. Wir setzten uns, wir schwiegen einen Moment, sie schaute mich an, ich versuchte etwas zu lächeln, dauernd hatte ich das Gefühl, als müßte sie mir anmerken, wie ich die Nacht verbracht hatte, in ewigen Skrupeln, mit tausend Gedanken und sogar dem der sofortigen Abreise beschäftigt. Jetzt aber, neben ihr in der morgendlichen Sonne, zerstreuten sich wie von selbst die Bedenken, am liebsten hätte ich ihr gesagt, wie wohltuend das war.

Das kleine Frühstück wurde serviert, wir blickten beinahe zugleich zu Carla auf, die alles noch einmal benannte, einen Cappuccino und einen zweiten, ein Cornetto, bitte sehr, und ein zweites, Carla hatte diese typisch südliche Vorliebe für Rhetorik, anscheinend liebte sie das Litaneihafte und setzte es gerne spielerisch ein. Ich trank einen Schluck, ich sagte etwas darüber, wie sehr ich es am Morgen genoß, einen und wenig später einen zweiten Cappuccino zu trinken, ich hoffte, daß Franca meine leichte Verlegenheit nicht bemerkte, ich sprach davon, wie belebend ein Cappuccino sein konnte und wie der starke Kaffee sich auf dem Weg über die aufgeschäumte Milch in den Mund schlich, ich erstaunte selbst, wie poetisch und beredt ich plötzlich wurde, ich ertrug unser Schweigen nicht, das steckte dahinter. Sie hörte mir zu und lehnte den Kopf ein wenig zurück, gegen die Hauswand, wir saßen jetzt ganz dicht nebeneinander, als hätten wir soeben unser gemeinsames Hotelzimmer verlassen, *nach einer wilden Nacht*, dachte ich und nahm einen zweiten, größeren Schluck. Sie trank aber noch nicht, sie hob nur den Arm und legte ihn beiläufig auf die Lehne meines Stuhls, ein Passant hätte denken können, sie umarmte mich jetzt, so eindeutig erschien diese Geste.

Ich wußte, daß sie bald etwas sagen würde, ich trank meine Tasse leer und wartete, du weißt, sagte sie dann, ich muß gleich ins Institut, am Nachmittag möchte ich dich aber mitnehmen zu einer Meßstation weiter nördlich. Ich schaute sie an, ich wollte genau mitbekommen, wie sie nun loslegte, es war nicht zu glauben, wie aufgedreht und entschlossen sie wirkte, als könnte sie nichts davon abbringen, mit mir am Nachmittag zu dieser Untersuchungsstation zu fahren. Sie schilderte knapp, was mich dort erwartete, anscheinend konnte es sich für mich lohnen, die Arbeit dieser Station kennenzulernen, ich konnte den Blick gar nicht von ihr abwenden, so begeistert sprach sie von dem, was ich dort sehen würde.

Ich nickte nicht, ich reagierte überhaupt nicht, sie hatte längst alles geplant, wir fahren Fünfzehn Uhr drei mit dem Regionalzug, sagte sie, ich hasse Autofahren, und außerdem kommen wir mit dem Auto auf der Küstenstraße nur sehr langsam voran. Während sie so feste Verabredungen traf, erinnerte ich mich an ihr Wort von der »Außenvisite«, anscheinend handelte es sich jetzt genau darum, der Besuch der Meßstation weiter nördlich war doch wohl eine »Außenvisite«, wieso wollte sie mich nun aber begleiten, wo sie das vor einigen Tagen noch als Aufgabe von Dottore Alberti angesehen hatte? Ich dachte also »Außenvisite«, ich bekam das Wort nicht aus dem Kopf, ich dachte »Außenvisite« und Dottore Alberti, und plötzlich war nicht nur dieser Name, sondern auch Albertis Gestalt wieder da, es reizte mich geradezu, diesen Namen ins Spiel zu bringen.

Wird Dottore Alberti uns zu dieser Außenvisite begleiten? fragte ich, ich mußte die Frage stellen, sie hatte mit den Überlegungen und Quälereien der letzten Nacht zu tun, ich konnte es ihr nicht ersparen. Sie reagierte nicht, sie stockte nicht eine Sekunde, nein, antwortete sie, Dottore Alberti ist im Aufbruch nach Ancona, er übernimmt dort in knapp einem Monat die Stelle des ersten Direktors. Im Aufbruch nach Ancona, was bedeutete das?, es hörte sich so selbstverständlich und elegant an, im Aufbruch, nach Ancona, ich zerlegte den Satz noch einmal im stillen, ich überflog ihn, zwei-, dreimal, aber ich kam damit nicht weiter.

Er ist ein As, Dottore Alberti, nicht wahr? fragte ich nach, ich mußte leicht grinsen, als ich eine Spur von Rachsucht verspürte, ich konnte es ihr nicht einfacher machen, ich wollte, daß sie das Thema nicht so unberührt hinter sich ließ. Ja, antwortete sie aber nur und wiederum schnell, ja, er ist ein As, woher weißt du so etwas? Ich weiß es von Carlo, sagte ich, er hat mir gestern abend von Dottore Alberti erzählt.

Sie antwortete nicht mehr sofort, sie war plötzlich erstarrt, ich beobachtete sie dabei, wie sie das Cornetto auf die Tasse legte und ein paar Krumen zusammenstrich. Einen langen Moment wurde es vollkommen still, ich spürte es bis in die Poren, es war eine bedrückende Stille, dabei zogen längst die ersten Familien mit all ihrem Strandgepäck über den Boulevard hinüber zum Meer. Ich hörte sie aber nicht, ich hörte gar nichts, es war ein wenig wie das Tauchen in einiger Tiefe, nur daß die Lautlosigkeit jetzt lähmte.

Sie holte kurz Luft, ich zuckte beinahe zusammen, dann

sagte sie, Gianni Alberti ist im Grunde kein Meeresbiologe, er ist Physiker, Mathematiker, er ist blendend in der Analyse, und er ist sehr schnell, weißt Du? Er ist hier geboren, nicht wahr? fragte ich ganz nüchtern zurück. Ja, antwortete sie, ich kenne ihn seit meiner Kindheit. Ich trank aus, ihr Zögern und Ausweichen war mir nicht recht, ich wollte hören, daß sie von der Verlobung sprach, warum machte sie ausgerechnet darum einen so weiten Bogen? Ich blickte zur Seite, ich schaute sie direkt an, ich versuchte, so unbeteiligt wie möglich zu wirken, dann sagte ich, es hat mich erstaunt, daß Du mit ihm verlobt bist.

Sie schaute zurück, ebenfalls ganz direkt, sie lächelte nun wirklich, das weißt Du also auch? sagte sie. Seit gestern abend, sagte ich, ah, murmelte sie, seit gestern abend. Sie schaute mich weiter an, sie ließ nicht von mir ab mit diesem Blick und dem leichten Lächeln, ich ahnte, daß sie jetzt darüber nachdachte, daß ich das alles seit gestern wußte, sie überlegte, was das bedeutete, ich sah, wie sie im Stillen alle Möglichkeiten durchging, es mußte anstrengend, aber auch eine Kunst sein, den sich jagenden Gedanken mit so scheinbarer Ruhe zu folgen.

Ich tat aber nichts, ich schwieg nur und wartete, hätte sie jetzt mit den Schultern gezuckt und sich zur Seite gewandt, wäre ich aufgestanden und vielleicht aus Enttäuschung sofort gegangen, ich gehe, dachte ich sogar bereits, ich gehe, hörst Du?, wenn Dir jetzt nichts einfällt, gehe ich wirklich. Sie beendete aber ihr Zögern mit etwas, das ich nicht erwartet hätte, plötzlich nahm sie meine Hand in die ihre, sie hielt meine Hand, sie fuhr mit ihren Fingern langsam die Verzweigung der Adern entlang, zu meinem letzten Satz aber sagte sie nichts, nicht ein einziges Wort.

Ich hielt still, ich war von ihrer Geste völlig überrascht, ich schaute ihr mit leicht geöffnetem Mund zu, wie sie die Fingerkuppen über meine Hand gleiten ließ, es hatte etwas Beruhigendes, aber auch Kindliches, einen Augenblick dachte ich, sie will Dich trösten. Es tat mir leid, von Gianni Alberti gesprochen zu haben, ich hatte sie in große Verlegenheit gebracht, anscheinend wollte sie ja um keinen Preis über ihn reden, ich hatte es aber erzwingen wollen, ich hatte sie zu erpressen versucht. Ich beugte mich etwas zu ihr vor, ich sah, was ich angerichtet hatte, der schöne Schwung und die Begeisterung von vorhin in der Eingangshalle des Hotels waren verflogen. Ich räusperte mich, ich nahm nun von mir aus ihre Hand, ich sagte, wir fahren also um Fünfzehn Uhr drei. Ja, antwortete sie und schreckte etwas hoch, komm bitte direkt zum Bahnhof, Du brauchst keine Fahrkarte, Du reist einfach mit mir, auf Institutskosten.

Sie stand auf, sie versuchte, so sicher wie anfangs zu lachen, sie fragte, was wirst Du tun, bis Fünfzehn Uhr drei? Ich werde mich vorbereiten, sagte ich, ich setze mich an den Strand und studiere mein meeresbiologisches Fachbuch, Fauna und Flora des Mittelmeerraumes, Kapitel Sechs, Lebensräume und Lebensgemeinschaften, Abschnitt drei, Beobachtungen und Experimente zur Lebensweise von Sedimentbewohnern. Ach nein, rief sie, laß das, ich erkläre Dir alles viel besser und auch genauer, Du verstehst es sofort. Sie beugte sich zu mir herab, sie gab mir einen ihrer flüchtigen Freundschaftsküsse, sie winkte wieder kurz mit der Rechten, dann ging sie ein paar Schritte zu ihrem Fahrrad und stieg sofort auf, Fünfzehn Uhr drei!, rief sie, und noch einmal: Fünfzehn Uhr drei!, es hörte sich an wie ein Signal.

Ich blieb noch einen Augenblick sitzen, ich starrte auf den Teller mit den nicht aufgezehrten Cornetti, daß sie nicht über Alberti reden wollte, mußte ich hinnehmen, ich hatte kein Recht, von ihr eine genauere Auskunft zu verlangen. Ich stand auf, vor Erleichterung begann ich plötzlich zu pfeifen, ich pfiff etwas vor mich hin, ich schlenderte langsam zum Hotel zurück. Willst Du wahrhaftig zum Strand? fragte ich mich und antwortete gleich, natürlich nicht, niemand bringt mich jetzt an den Strand, um unfreiwilliger Zeuge all der dortigen Morgenrituale zu werden. Ich betrat das Hotelfoyer, es hatte sich längst geleert und Scharen von Gästen Richtung Strand ausgespuckt, nur Carlo stand noch hinter der Theke der kleinen Bar und sammelte Kaffeetassen in der Spüle. Als er mich erkannte, grinste er, Sie sehen ja ganz mitgenommen aus. Tue ich das? entgegnete ich. Was war denn, fragte er, was war denn mit ihr, was wollte sie denn so früh schon von Ihnen? Eh, sagte ich und ahmte seinen Tonfall unabsichtlich nach, eh, sie wollte frühstücken mit mir. Unangemeldet? fragte er schnell. Ganz und gar unangemeldet, sagte ich und bemerkte, daß ich seinen Tonfall sehr gut beherrschte. Dann ist es Liebe, sagte er und setzte hinzu, als bedürfe es für diese Mitteilung auch einer besonderen Feierlichkeit, dann glaube ich beinahe, daß Franca Sie wirklich liebt.

Ach was, rief ich, hören Sie auf!, jetzt hören Sie aber auf! Carlo hob beide Hände, als wollte er die Waffen strecken, dann fragte er, was haben Sie vor, haben Sie Lust, mich auf den Markt zu begleiten, heute ist großer Markttag, ich werde Fisch einkaufen und noch dies und das für die Küche. Ich drehte mich um, ich schaute noch einmal zum Meer, ich überlegte, ob es nicht doch besser wäre, die Stunden völlig reglos am Strand zu verbringen, um zumindest zu versuchen, etwas Klarheit in den erhitzten Kopf zu bekommen. Überlegen Sie nicht so lange, sagte Carlo, kommen Sie mit mir, ich sage Ihnen, es ist besser für Sie. Gut, sagte ich schließlich, wann brechen Sie auf? In zehn bis fünfzehn Minuten, antwortete er, wir nehmen den Lieferwagen, ich fahre damit draußen vor.

Ich nickte kurz, dann ging ich auf mein Zimmer, um meinen Rucksack und einige Utensilien zu holen. Als ich wieder im Hotelvorhof ankam, erkannte ich, daß der Tisch, an dem sie auf mich gewartet hatte, noch genauso dastand wie vor knapp einer Stunde. Ich nahm Platz, ihre Zeitung lag noch zusammengerollt auf der Tischplatte, daneben entdeckte ich ihre Sonnenbrille, sie hatte sie anscheinend vergessen. Ich zog sie an, sie paßte genau, ich begann, Seite für Seite umzuschlagen, ich hatte nicht ernsthaft vor, in ihr lange zu lesen.

18

DER MARKT von San Benedetto war viel größer, als ich erwartet hatte, mit all seinen bunten Ständen und Verkaufsbuden füllte er die halbe Innenstadt. Er schloß an die kleine Gemüse- und Fischmarkthalle an, er belegte einen weiten Platz, auf dem sonst die blauen Busse in die Umgebung abfuhren, und er zog sich dann weiter durch einige der parallel verlaufenden Straßen, so daß kaum noch ein Durchkommen war. Carlo durchstreifte mit mir den zentralen Platz, es gab Stände mit Kleidung und Schuhen, mit Küchengeräten und sogar mit Möbeln, Carlo zeigte mir, wo ich einkaufen könnte, zu besonders günstigen Preisen. Wir taxierten und schauten, gingen aber recht rasch, ich konnte ihm oft nur mit Mühe folgen, das Gedränge in den schmalen Gängen zwischen den Ständen war groß, erst in der Fischmarkthalle verweilte er länger.

Die frische Ware wurde immer wieder mit Wasser besprengt, die silbernen und weißgrauen Leiber glänzten im tief hängenden Licht der Verkaufsstände, ich sah Aale, Sardinen und Tintenfische, auf dem zerstoßenen Eis einer Kiste war ein einzelner Rochen drapiert, der lange kräftige Schwanz stemmte das ganze Gewicht, die winzigen Bauchflossen stützten den sich aufreckenden rautenförmigen Körper, ich starrte auf die weißen Hautfalten des Bauches, unter denen sich ein großes Loch auftat, aus dem die blutigen Innereien hervorschauten. Carlo verhandelte, aber ich hörte nicht zu, ich konnte den Blick nicht von den Fischen abwenden, manche bereits enthäutete Leiber hatten nichts mehr von der früheren Fischgestalt und erschienen wie feine rotrosa Farbstreifen, die sich als bloße Dekoration von Kiste zu Kiste wölbten, während die Sardinen in Lagen ausgerichtet waren, winzige Todeskompanien mit einem erschreckenden Weiß in den Augen. Carlo deutete immer wieder auf die einzelnen Arten, er nannte die Namen, er erklärte, woran der Frischezustand zu erkennen sei, mit knappen Worten kaufte er ein, der Moment, in dem die Ware in das wasserundurchlässige Papier eingeschlagen wurde, gefiel mir besonders. Ich holte die kleine Digital-Kamera hervor, ich trat etwas zur Seite, um Carlos Einkauf aus einiger Entfernung zu filmen, da erkannte ich plötzlich, recht weit noch entfernt, aber doch deutlich im Hintergrund der Szene, Gianni Alberti.

Er trug ein blaues, sehr enganliegendes Strickhemd mit kurzen Ärmeln, ein goldenes Emblem schmückte die rechte Seite, seine schmalen Arme waren dunkel gebräunt und wirkten wie die muskulösen Arme eines erfahrenen Seglers. Er trug eine große Einkaufstasche aus Korb, er hatte den genießerischen, schlendernden, immer wieder verweilenden Gang in die Jahre gekommener Männer, die sich etwas leisten konnten. Ich machte einige Schritte zurück, hin zur Wand, Carlo stutzte und kam zu mir, er hatte Gianni Alberti nicht bemerkt, er war zu sehr mit seinen Einkäufen beschäftigt. Ich möchte Ihnen nicht mehr zur Last fallen, sagte ich, lassen Sie mich ruhig hier etwas filmen, ich möchte Sie nicht aufhalten. Er betrachtete mich einen Moment wieder mit seinem abwägenden, skeptischen Blick, immer wenn er mich so anschaute, kam ich mir wie der Junge vor, der sich einer Prüfung des Älteren ausgesetzt sah. Kommen Sie heute mittag zum Essen? fragte er. Nein, antwortete ich, ich werde hier essen, hier auf dem Markt. Er wollte sich von mir trennen, da beugte ich mich noch einmal zu ihm herunter, ich führte meinen Mund ganz dicht an sein Ohr, dann fragte ich, nur noch eins, Carlo, wohnen die Dottoressa und Gianni Alberti zusammen? Er blickte mich irritiert und stirnrunzelnd an, dann sagte er, so laut, als wolle er demonstrieren, daß es nichts zu verschweigen gab: Vor der Heirat zusammen?, wo denken Sie hin?, er wohnt noch bei seinen Eltern, und sie, einen Augenblick, ja, wo wohnt sie eigentlich, eh, ich weiß nicht, wo sie wohnt, so etwas weiß man von ihr eben nicht. Ich beugte mich wieder zu ihm und flüsterte, als gehe es um ein großes Geheimnis, danke, Carlo, Sie haben mir sehr geholfen. Mein Flüstern behagte ihm nicht, er bekam etwas leicht Gereiztes und antwortete: Nehmen Sie sich in acht, ich bitte Sie! Um ihn zu beruhigen, berührte ich ihn sacht an der Schulter, er machte eine kurze schroffe Bewegung, dann verschwand er im Einkaufsgetümmel.

Ich schaute ihm nicht hinterher, ich fixierte den Hintergrund, Gianni Alberti stand vor einem Gemüsestand und hielt einen kleinen Strauß Zucchiniblüten in der Hand, er beäugte sie, er sprach mit dem Verkäufer, wahrscheinlich gelang es ihm spielend, aus Zucchiniblüten ein Thema zu machen. Ich näherte mich ihm auf wenige Meter und postierte mich seitwärts, hinter einer langen Flanke von Ständen, so konnte ich ihm folgen, ohne daß er mich bemerkte. Ich schaltete die Kamera wieder ein, ich führte sie ganz leicht in der Rechten, ich wollte versuchen, Albertis Streifzug über den Markt von San Benedetto in kurzen Sequenzen zu filmen.

Sein Gang war beinahe feierlich-schwer, er legte keinen Wert darauf, voranzukommen, anscheinend hatte er vor, sich ein wenig treiben zu lassen, jedenfalls musterte er die Umgebung so, als überlegte er sich jedesmal von neuem, ob er etwas kaufen sollte. Dabei bezog er die kleinen Geschäfte rings um den Markt mit in seine Aufmerksamkeit ein, er blieb vor einem Hutladen stehen und betrachtete die Auslage, an einem Marktstand mit Krawatten ließ er fast ein Dutzend durch seine Finger gleiten, er wich in einen Tabakladen aus und erschien mit einer Packung Toscanelli, in einer Eckbar trank er einen Kaffee und unterhielt sich mit zwei Männern, er kannte sie aber anscheinend nur flüchtig.

Schnitt, dachte ich immer wieder, Schnitt, ich drehte seinen Gang in Sequenzen von genau zehn Sekunden, es war nicht leicht, ihm so geschmeidig zu folgen, außerdem mußte ich auf der Hut sein. Als er die Eckbar verließ, hatte er eine Toscanelli im Mund, sieh mal an, sagte ich, er raucht, rauchen hatte ich ihm nicht zugetraut und erst recht nicht das Rauchen von Toscanelli, ich hatte Mühe, ihn mit dem Dottore Alberti, den ich im Museum kennengelernt hatte, zur Deckung zu bringen, hier auf dem Markt gefiel er mir besser.

Er behielt die Zigarre im Mund, er bewegte sie je nach Rauchausstoß hin und her, er war darin nicht nur geübt, es bereitete ihm sogar sichtlich Vergnügen. In der Nähe des Fischmarkts begrüßte er einen Schuhhändler, ich sah, wie der Mann in seinem Lieferwagen verschwand und mit einem Karton wieder erschien, anscheinend hatte er für Alberti ein besonders rares Paar Schuhe zurückgelegt, der Händler stellte es direkt vor ihn hin auf das Pflaster, Alberti lächelte und entledigte sich rasch seiner Schuhe, um in das neue, glänzende Paar zu schlüpfen. Einen Moment drehte er sich wie ein Geck vor einem auf dem Boden stehenden Spiegel, dann klatschte er theatralisch mit beiden Händen, ich konnte nicht weiterfilmen, so verhaßt war er mir nun wiederum.

Ich fragte, was es war, das mich so schwanken ließ, sympathisch war er mir, wenn er ganz unauffällig in der Menge verschwand und nichts anderes darstellte als einen einkaufenden Mann in mittleren Jahren, diese Rolle spielte er jedoch nicht konsequent, vor allem in Gesellschaft zeigte er Attitüden und gab das Einzelkind, das man auf teure Schulen geschickt hatte. Er behielt die neuen Schuhe gleich an, er bezahlte mit einem einzigen Schein und steckte das Wechselgeld beiläufig in die Hosentasche, an einem Grillstand ließ er sich eine Scheibe Spanferkelfleisch abschneiden, er hielt sie mit zwei Fingern, drehte sie vor seinen Augen, ging leicht in die Knie und schnappte danach mit dem Mund. Er wischte sich mit dem Handrücken über die Lippen, die kleinen Papierservietten wehrte er ab, ich hörte ihn schnalzen, mit dem Nagel des kleinen Fingers versuchte er, eine Fleischfaser zwischen den Zähnen hervorzupulen, er war durstig geworden und unternahm auch sofort etwas dagegen, in einer Bar ließ er sich Wasser reichen und bestellte ein Glas Prosecco.

So wie er jetzt dastand, in einer Ecke der Bar, auf sich bezogen und nachdenklich, war er mir wieder angenehm, ich erkannte den analytischen Menschen, der nicht aufhören wollte, an ein und dieselbe Sache zu denken. In solchen Momenten erschien er mir jünger und umgänglicher, ich konnte ihn mir dann leise redend vorstellen, zögernd auch, sich von einem Gedanken zum andern vortastend. Er ist auf dem Sprung nach Ancona, so hatte Franca noch vor wenigen Stunden von ihm gesprochen, und genau diesen Eindruck machte er, den Eindruck eines Mannes, der nur noch zu Besuch da war, auf dem Sprung nach Ancona.

Als er an seinem Glas nippte, überlegte ich, ob ich nicht zu ihm hineingehen sollte, ich hatte Lust, mich mit diesem Mann kurz zu unterhalten, wenn es Franca nicht gegeben hätte, hätte ich es auch sofort getan. Ich selbst hatte jetzt ebenfalls Durst und auch etwas Hunger, es wäre ein Vergnügen gewesen, mit ihm über den Markt zu schlendern, hier ein Stück Wurst und dort ein paar schwarze Oliven zu essen, die Lebensmittel verführten auf diesem Markt, sie sofort zu verzehren, man hatte Lust, sie zu betasten und dann gleich zu essen, das eine ging hier mühelos über ins andere, überall bewegten sich Menschen, die kauten und aßen und gleichzeitig einkauften, alle Momente des Konsums spielten zusammen, wobei die sinnlicheren dominierten.

Ich schaute zu, wie er trank, ich spürte wieder die enorme Versuchung, mit ihm ein paar Worte zu wechseln, und überlegte, wie ich eine Begegnung herbeiführen könnte, wo war es günstig, wo behielt ich das Heft in der Hand? Am besten wäre es, dachte ich weiter, wenn wir uns in der Mitte eines schmalen Gangs zwischen den Ständen wie zufällig über den Weg liefen, eine solche Begegnung würde ihn nicht weiter wundern, und wir könnten uns nach einem kurzen Gespräch leicht wieder trennen.

Er ließ sich etwas Zeit, er trank das Glas genießerisch langsam aus und blickte in den Pausen fast unausgesetzt auf einen einzigen Punkt auf dem Boden, als malte er sich etwas aus. Als ich sah, wie er sich davon losmachte, schlich ich davon, ich begleitete ihn einige Schritte in einem parallel verlaufenden Gang, dann bog ich um die Ecke und ging geradewegs auf ihn zu. Ich schaute zur Seite, als musterte ich die Auslagen der Stände, ich schritt ihm entgegen, vielleicht hatte er mich schon gesehen, ich hatte beinahe das Gefühl, wie in einem Western zu einem Duell anzutreten, nur daß ich statt der Pistole in der Rechten die Kamera hielt. Ich behielt meine Blickrichtung bei, ich schaute weiter zur Seite, ich wollte nicht als erster von uns auf den anderen aufmerksam werden, als ich sein *buon giorno* hörte. Ich schaute zu ihm hin, ich tat erstaunt und als überlegte ich kurz, wen ich vor mir hatte, da stellte er sich auch schon vor, Dottore Alberti, Gianni Alberti, wir sind uns neulich im Museum begegnet. Entschuldigen Sie, antwortete ich, ich habe Sie nicht sofort erkannt, Sie haben sich seit unserer Begegnung verändert.

Er ging nicht auf meine Bemerkung ein, er wurde etwas steif und auch förmlich, es gelang ihm nicht, einen zur Umgebung passenden lockeren Ton zu finden, statt dessen fragte er, ob ich mit meiner Arbeit vorangekommen sei. Ich bin, antwortete ich, im Gespräch mit der Dottoressa, das Projekt nimmt Konturen an. Inwiefern? fragte er, ich hatte mit einem solchen Nachhaken nicht gerechnet, ich entwickle gerade ein Konzept für die Außenaufnahmen, antwortete ich, ich sprach entschieden und sicher, ihm konnte nicht auffallen, daß sein Fragen mich überrascht hatte. Darf ich Sie zu einem Glas einladen, Dottore? machte ich weiter, ich sah, wie er sich etwas streckte, die ganze Zeit mußte er zu mir aufschauen, meine Frage hatte ihn an etwas erinnert, es war ihm anzumerken, daß er das Gespräch beenden wollte, tut mir leid, sagte er, ein andermal, ich bin auf dem Sprung, ich werde am Nachmittag in Ancona erwartet.

Ich lächelte freundlich, aber ich wollte ihm die kleine Angeberei nicht durchgehen lassen, außerdem ärgerte mich sein »ich bin auf dem Sprung«, er hatte kein Recht, diese Wendung zu benutzen, diese Wendung war für Franca und mich reserviert. Sie haben rasch noch etwas eingekauft, für Ihre Lieben? fragte ich und lächelte weiter, ich sah, daß ich ihn aufhielt, er wollte davon, anscheinend fand er es auch unpassend, nach seinen Einkäufen gefragt zu werden, ich erledige das Notwendigste für meine Eltern, antwortete er schnell. Armer Bub, Sie armer Bub! hätte ich am liebsten laut gerufen und ihm übers Haar gestreichelt, aber ich sagte nur, sprechen wir uns noch einmal, was meinen Sie? Bis Sonntagabend bin ich in Ancona, antwortete er, ich habe das ganze Wochenende zu tun, am Montag stehe ich Ihnen im Museum gern zur Verfügung. Ich sagte, daß ich mich melden werde, dann verabschiedeten wir uns, er ging sehr rasch davon, ich blieb noch dort stehen, wo ich mit ihm gesprochen hatte, ich wollte so tun, als setzte ich meine Marktbesichtigungstour fort.

Ich hielt die Kamera weiter in der Rechten, ich stierte etwas benommen auf die Auslagen, Gianni Alberti war also wirklich ganz konkret auf dem Sprung nach Ancona, er hatte keine Zeit für »Außenvisiten«, mußte Franca also für ihn einspringen, damit ich keine Zeit verlor? Ich hielt die Kamera fest in der Hand, ich preßte die Finger gegen das glatte Gehäuse, bildete ich mir etwa am Ende alles nur ein? Vielleicht war Franca einfach nur freundlich, höflich und aufmerksam, vielleicht hatte sie ihren Ehrgeiz dareingesetzt, einem deutschen Filmemacher so gut es eben ging zu helfen? Nach dem heutigen Morgen konnte das aber nicht gut möglich sein, dennoch, ich schluckte ein wenig, mir war nicht wohl, ich redete mir ein, jetzt starken Hunger und noch stärkeren Durst zu haben. Was war wirklich in den letzten Tagen geschehen? Lebte ich am Ende in einer Geschichte, die ich mir nur selbst ausgedacht hatte, während die Mitspieler sich auf ein ganz anderes Stück verständigt hatten? Ich nahm mir die Kamera vor, ich hielt sie etwas höher, ich wollte mich durch die Arbeit ablenken, als ich aus den Augenwinkeln die Gestalt Gianni Albertis bemerkte.

Ich erwischte sein Bild nur für den Bruchteil einer Sekunde, er mußte irgendwo weit im Abseits zwischen den letzten Ständen stehen, aber ich erkannte ihn, und ich sah, daß sein wacher, konzentrierter Blick auf mich gerichtet war, ich war nun derjenige, der streng fixiert wurde, er wollte mich wohl einer genauen Analyse unterziehen.

Ich beschäftigte mich mit der Kamera, ich veränderte einige Einstellungen, dann ging ich weiter, ich war sicher, daß er mir folgte, nun war ich an der Reihe, meine Rolle zu spielen. Ich stieg auf einige Obstkisten und filmte den Markt aus erhöhter Position, ich schlängelte mich durch die dichten Reihen, ich dirigierte einige Verkäufer für eine Gruppenaufnahme zusammen und nötigte sie, ihre Waren in Händen zu halten, schnell geriet ich in einen Aufnahmefuror, ich kam mir vor wie ein Kamera-Kaspar, der sich bemühte, den Profi zu spielen. Ich ahnte nicht, wie das alles auf Alberti wirkte, ich wollte ihn nur von meinem Vorhaben überzeugen, er sollte fest glauben, daß ich mit nichts anderem als dem Film beschäftigt war, mit absolut nichts anderem.

Mehr als zwanzig, beinahe dreißig Minuten verfolgte er mich, ich bemerkte genau, wie stümperhaft er hinter mir her war, ich interessierte ihn, das war klar, etwas an mir interessierte ihn sogar sehr, ich hätte etwas darum gegeben, zu wissen, was genau es wohl war.

Schließlich sah ich ihn davoziehen, er wirkte müde und verbraucht, er schleifte seinen Einkaufskorb beinahe neben sich her, nichts mehr war geblieben von dem genießerischen Gang des in die Jahre gekommenen Mannes, längst war er auch nicht mehr »auf dem Sprung«, er war nur noch eine Gestalt, deren Abgang man mitleidig verfolgte.

Ich packte die Kamera sofort weg, ich wich in die leeren Seitenstraßen aus, plötzlich überfiel aber auch mich eine starke Erschöpfung, als hätte ich mit Gianni Alberti mein eigentliches Kraftfeld verloren. Ich hatte keine Lust, zurück ins Hotel zu gehen, ich trabte eine Weile durch die nüchternen Straßen, kaum ein Mensch begegnete mir, in einem Tabakladen beschaffte ich mir eine Packung Toscanelli, ich setzte mich vor eine Bar, ich begann zu rauchen, als der Kellner erschien, bestellte ich mir einen Aperitif.

Während ich trank und rauchte, hatte ich immer mehr das Gefühl, mich allmählich von dem ganzen Liebesdrama zu trennen, ich kümmerte mich nicht mehr um die Dramaturgien, nichts beunruhigte mich mehr, ich saß da und schaute die schmale Straße entlang: Die Radfahrer, meist ältere Männer, mit ihren langsamen, verzögerten Bewegungen, die Blumenkübel vor den Hauseingängen, die grünen Fensterläden wie seit Ewigkeiten geschlossen, die Katze, die die Straße überquerte und ihr Fell an der Wand einer Mauer rieb, etwas

Radiomusik aus einem der wenigen geöffneten Fenster – es war der Stillstand des Lebens, ein durch nichts gebrochener Alltag, das Leben *in nuce*, Tag für Tag, mit seinen Wochenenden und Feiertagen, mit seinen Rad fahrenden älteren Männern und tropfenden Blumenkästen unterhalb der geschlossenen Fensterläden, mit seinen Frauen, die dabei waren, die Straße zu kehren, mit Hunden auf der Suche nach Abfällen, mit dem Duft des Brotes und der metallenen Kühle der Metzgereien, provisorisch war alles und doch von unveränderlicher Gleichförmigkeit.

Ich spürte, wie sich eine tiefe Melancholie in mir absetzen wollte, ich stand auf, nichts da! murmelte ich und gab mein Glas an der Theke zurück. Ich ging noch einmal in die Marktgegend, ich schaute den Händlern zu, die ihre Stände zusammenräumten und die Waren, Tische und Stände in ihre Lieferwagen verstauten, die Müllabfuhr war längst hinter ihnen her, Schwärme von Möven kreisten über dem weiten Gelände, ich suchte nach einem Lokal, in dem man sich jetzt noch traf, ich erkannte es auch auf den ersten Blick, es war ein winziges Ecklokal, ich hörte die lauten Stimmen der Verkäufer, die von drinnen herausdrangen, *frittura*, las ich, mit Kreide war es auf eine große Tafel am Eingang geschrieben, *frittura*, erfuhr ich drinnen, war das einzige, was man hier zu einem Glas Wein servierte.

Ich setzte mich, ich bestellte, eine junge Frau brachte das Glas und die goldgelbe Frittura, sie lag verstreut auf einem dünnen Papier, das ihr Fett sofort aufsog. Ich griff mit den Fingern danach, ich aß frittierte Tintenfische und zupfte die Spindeln von den frittierten Garnelen, *frittura*, dachte ich laufend, es kam mir vor wie ein Kommentar zu diesem Morgen.

Als ich gegessen hatte, nahm ich mein schwarzes Notizbuch hervor, ich hatte noch etwa eine Stunde Zeit bis zur Abfahrt des Zuges. Ich trank einen Schluck Wein, dann schrieb ich: *Ich bin Gianni Alberti begegnet, ich konnte nicht feststellen, was er empfand, ich durchschaue ihn nur für kurze Momente, und jedesmal ergibt das ein anderes Bild. Etwas an ihm läßt ihn undurchsichtig erscheinen, vielleicht ist er sich selbst sogar fremd, auf mich macht er jedenfalls den Eindruck eines alle möglichen Rollen spielenden Mannes, der sich noch für keine wirklich entschieden hat. Er ist Dein Rivale, dachte ich mehrmals und mußte doch über das lächerlich dröhnende Wort grinsen. Seine Männlichkeit ist mir zuwider, seine Alltäglichkeit stößt mich ab, er ist ein rigider, narzißtischer Typ, solche Typen verabscheue ich. Irgendwann werde ich Franca fragen, warum sie sich gerade für ihn entschieden hat, nach dem ersten Satz ihrer Antwort werde ich Genaueres wissen über Gianni Alberti, über sie und vermutlich auch über mich.*

19

Ich traf eine Viertelstunde vor Abfahrt des Zuges im Bahnhof ein, sie wartete bereits in der Vorhalle. Sie trug noch immer das weiße Kleid mit dem blauen Gürtel, dazu eine schwarze Umhängetasche, unter den linken Arm hatte sie zwei Zeitungen geklemmt. Wie am Morgen kam sie sehr rasch auf mich zu, und wie am Morgen sagte sie: da bist Du, sie hatte wieder dieses Beflügelte, beinahe Rauschhafte, sie hielt keinen Augenblick inne, sondern lief mit mir die Treppen hinunter und wieder hinauf auf den Bahnsteig, wo sie leicht ungeduldig begann, die Zeitungen in die schwarze Tasche zu stecken.

Als der Zug einfuhr, ging sie an ihm einige Schritte in Fahrtrichtung entlang, wir stiegen ein, wir setzten uns einander gegenüber in ein leeres Abteil, sie legte die Tasche zur Seite und schaute gleich hinaus aus dem Fenster. Der Zug setzte sich in Bewegung, er fuhr sehr langsam am Meer entlang, sie sprach von den kleinen Stränden und den Auflagen, die den Besitzern gemacht worden waren, Größe, Instandhaltung, Pflege, alles war seit einigen Jahren genau geregelt. Sieh Dir das an! rief sie ab und zu, und manchmal nur: schau!, sie wollte, daß auch ich genau die Bilder bemerkte, die sie gerade wahrnahm, ich schaute zusammen mit ihr hinaus, ich rückte näher heran an das Fenster, dabei hätte ich mich viel lieber zurückgelehnt, um nur sie zu betrachten. Sie hatte die langen Beine wieder übereinandergeschlagen, in den leichten Schuhen wirkten ihre Füße sehnig und schmal, manchmal fuhr sie sich mit der Rechten durchs Haar und warf es nach hinten, dann glitt ihre Hand über das Knie, das ganze Schienbein hinab beinahe bis zu den Schuhen, es war eine wiederholt vorkommende Geste, die eine gewisse Anspannung verriet.

Nach kaum zwanzig Minuten Fahrt stiegen wir aus, es gab keinen Bahnhof, sondern nur einen Halt, wir überquerten die Bahngleise und erreichten sofort den Strand. Schon von weitem sah man die kleine Forschungsgruppe, sie erklärte mir, daß es sich um Studenten handelte, um eine bunt zusammengewürfelte Gruppe aus mehreren Universitäten, die Leiterin war eine junge, schmächtige Frau, die auf uns zukam, als sie uns erkannte. Wir begrüßten uns, die Frauen sprachen eine Weile miteinander, ich setzte mich auf einen Felsen und filmte die Gruppe aus der Distanz, bis Franca zu mir kam und mich näher heranführte.

Sie sprach leise mit mir, sie raunte mir ihre Kommentare beinahe zu, wir umkreisten die Gruppe, von der kaum einer aufschaute. Ich begriff, daß es zum einen um die Untersuchung der Artenvielfalt in einem markierten Strandstück ging, von »Organismen« war immer wieder die Rede, sie wurden mit einer chemischen Lösung betäubt und aus dem feuchten Sand geschlämmt, sie schwebten in sehr dünnen Netzen, wo sie mit winzigen, haarfeinen Pipetten aufgenommen wurden, es handelte sich um Wimpertierchen und Strudelwürmer, am besten gefiel mir das Wort »Kleinturbellarien«, mit bloßem Auge waren all diese Lebewesen kaum zu erkennen. Landeinwärts aber war ein kleines Zelt aufgeschlagen, Franca führte mich hin, wir duckten uns in die beinahe tropische Schwüle, auf einem großen Tisch waren drei oder vier Mikroskope aufgebaut, ich hatte so etwas erwartet, Mikroskope entsprachen genau meiner Vorstellung von dem, was hier vor sich ging. Als ich durch eines von ihnen schaute, mußte ich beinahe grinsen, denn vor meinen Augen bewegten sich in gleichmäßigen rhythmischen Zukkungen jetzt große, obszöne Gebilde mit darmartigen Windungen, sie wanderten unaufhörlich durch das Bild, ließen den Wimpernpelz zittern, rollten sich zu einer Spirale zusammen oder streckten die kleinen Saugnäpfe der Füße weit von sich.

Wir gingen wieder hinaus, Franca sprach ununterbrochen, sie beschrieb, welche Schlüsse man aus dem Vorhandensein welcher Art ziehen konnte, anscheinend qualifizierten sich die Strände durch eine bestimmte Zusammensetzung all diesen Gewürms. Weiter abseits aber steckten in kurzen, regelmäßigen Abständen lange Stangen mit roten Fähnchen wie Stangen einer Skipiste im Sand, Franca hatte eine Zeichnung zur Hand, auf der die zylindrischen Geräte in der Tiefe, die ein Kabel miteinander verband, zu erkennen waren, ich erfuhr, daß mit Hilfe dieser Apparaturen die Geschwindigkeiten der Strömung gemessen wurden, genaue Ergebnisse erforderten allerdings eine Geduld von einigen Wochen.

Am meisten aber gefielen mir die Ablagestellen der Fundstücke, sie waren auf großen, feinmaschigen Sieben zum Trocknen gelagert, Franca zeigte mir Pilz- und Fächerkorallen, Möveneier, Schnecken und Seeigel, einige besonders schöne Muscheln mit schmalen, gezähnten, längs verlaufenden Schlitzen hatten einen beinahe lackartigen Glanz, ich ging mit der Kamera so nahe heran, daß nur noch ihre Muster zu erkennen waren.

Zum Schluß des Rundgangs erhielt ich eine Mappe mit Unterlagen, Franca bat mich zu fragen, wenn ich bestimmte italienische Worte nicht sofort verstand, ich sagte ihr, daß ich versuchen werde, die Texte in Ruhe zu lesen, sie lächelte mir zu und ging dann wieder hinüber zur Gruppe, die mit einer Art hartnäckiger, stummer Passion vor sich hin arbeitete. Ich setzte mich auf einen kleinen Schemel neben einem größeren, stark bemoosten Felsen, ich gab mir Mühe, in den Texten zu lesen, und begann, sie Seite für

Seite vorzunehmen, sie waren nicht schwer zu verstehen, ich empfand sie aber als eintönig, die haarspalterisch dargestellten Details der Experimente interessierten mich nicht, mir ging es ausschließlich um die Schönheit der Fundstücke, für den lackartigen Glanz einiger Muscheln hätte ich sofort sämtliche zylindrischen Strömungsmesser hergegeben.

Während ich blätterte, beobachtete ich von Zeit zu Zeit die Arbeit der Gruppe, die junge Leiterin hatte sich schon bald nach unserem Erscheinen wieder unter die Arbeitenden gemischt, die meisten knieten auf dem Boden, ein wenig ähnelten sie einer steinzeitlichen Horde, der die Nahrungsmittel ausgegangen waren und die verbissen nach neuen suchten. Franca hatte sich seitwärts zu der Linie der roten Fähnchen begeben, sie kontrollierte anscheinend die Meßergebnisse, mit einem Stift fuhr sie über die Blätter eines kleinen, handlichen Ordners, ich stellte mir lauter Tabellen mit Verweisen auf seltsame Gleichungen vor, ich hatte nicht geahnt, welchen Aufwand man mit dem Luxus der Verschiedenheit von Meer und Land treiben konnte.

Mit der Zeit bekamen die Seiten, die ich in Händen hielt, jedoch etwas Fades, all die Bärtierchen und Gastrotrichen hatten zwar etwas Kurioses, aber auch Einfältiges, ich nahm mein Notizbuch hervor und wollte mich zwingen, die Untersuchungen kurz festzuhalten, aber ein starker Widerstand regte sich in mir. Ich schlug das Notizbuch auf, ich blickte hinüber zu der den Strand verlesenden Gruppe, ich schaute zu Franca, die sich in die Tabellen vertieft hatte, wahrscheinlich nahmen jetzt alle an, daß auch ich mich mit den Forschungen beschäftigte und erregt lauter Details notierte. Ich nahm jedoch meinen Stift und schrieb weiter, als säße ich noch immer in dem kleinen Ecklokal nahe am Markt von San Benedetto, noch immer hatte ich den Geschmack der Frittura im Mund, es war eine gute Frittura mit einer hauchdünnen, hellen Panierschicht gewesen, ich hätte etwas darum gegeben, jetzt eines von den Gläsern Wein trinken zu können, die dazu serviert worden waren: *Diese Fahrt hier hinaus ist unsere erste kleine gemeinsame Reise, mir kommt es so vor, als werde auf dieser Reise etwas geschehen, ja, als stehe ein bestimmtes Ereignis unmittelbar bevor. Das alles versetzte mich schon im Zug in eine starke Anspannung, ich war unruhig, und ich bin es noch, jetzt, wo ich sie aus der Ferne bei ihren Arbeiten am Strand beobachte. Kurz erinnerte ich mich auch noch einmal an Gianni Alberti und daran, daß er sich zur selben Zeit auf dem Weg nach Ancona befand, vor Sonntagabend wird er, wie ich seit unserer Begegnung weiß, nicht zurück sein. Ich denke laufend daran, daß sie also nun mehrere Tage allein ist, denn ich glaube nicht, daß sie ihm nach Ancona folgt. Glückliche Umstände, dachte ich im Zug immer wieder, immer wieder genau diese Wendung: glückliche Umstände …, als wollte ich mich nötigen, Albertis Abwesenheit so gut wie möglich zu nutzen. Ich ahne, daß ein Moment kommen wird, der über die konkrete Gestaltung dieser glücklichen Umstände entscheidet, ich werde darauf achten und Franca für ein längeres Zusammensein zu gewinnen versuchen … Manchmal denke ich, daß ich noch viel zu zurückhaltend bin, Zurückhaltung ist sonst gar nicht meine Art, aber in diesem Fall bin ich vorsichtig, weil ich auch von ihrer Seite noch keine eindeutigen Zeichen bekam. Als sie beim Frühstück meine Hand nahm, dachte ich, es handle sich um ein solches Zeichen, war mir danach aber nicht mehr völlig sicher, wie auch immer, die nächste Gelegen-*

heit muß ich nutzen, ich darf nicht länger zurückschrecken ... Ich bin hingerissen von ihren Bewegungen, von ihren schnellen und präzisen Kommentaren, sie hat überhaupt nichts Verstocktes und nicht einmal eine Spur von langsamer Schwere, statt dessen gibt es nur ein ›Voran‹, ein Sich-Umschauen, Wahrnehmen, Begreifen, sie besitzt eine so grenzenlose Neugier und Lebenslust, daß es einen mitreißt ... Ich notiere dies hier, ohne daß sie weiß, was ich tue, dabei ist sie kaum zwanzig Meter von mir entfernt. Sie beugt sich immer wieder zum Boden, sie fährt mit der offenen Hand über die Sandflächen oder preßt sie sekundenlang auf eine Stelle, wie eine Ärztin, die einen Patienten abtastet. Manchmal steht sie eine Weile still in der Gischt der auslaufenden Wellen, die Hände in die Hüften gestützt, den Kopf zum Boden gesenkt, als beobachtete sie den Strömungsverlauf an ihren bloßen Füßen. Der untere Saum ihres weißen Kleides ist längst naß, zweimal schon hat sie ihn mit einer kurzen Bewegung ausgewrungen, ich hielt den Atem an, als ich sah, wie sie das Kleid zur Seite hin anhob ...

Als sie sich umdrehte und auf mich zukam, holte ich rasch ihre Unterlagen hervor und markierte mit meinem Stift einen Absatz. Was notierst Du denn alles, fragte sie, Du hörst ja gar nicht mehr auf!, ich erklärte ihr, daß ich bereits dabei sei, für den Film etwas zu texten, *texten*, wiederholte sie, nennt man das bei Euch so, texten?, ja, sagte ich, ich texte, Du textest, wir texten, ich texte meist schon am Drehort, vor den Dreharbeiten oder während sie ablaufen, was Du mir eben zum Beispiel erklärt hast, bringe ich schon in einer Woche nicht mehr zusammen. Habe ich gut getextet? fragte sie, sehr gut, sagte ich, präzise, anschaulich, einfach, Deine Texte sind ein Genuß, ist das Dein Ernst, fragte sie, und ich sah, daß sie wirklich erstaunt war, ja, sagte ich, mein völliger Ernst, aber hat Dir noch keiner gesagt, wie gut Du erklärst? Nein, sagte sie, keiner.

Sie schaute mich einen Moment beinahe nachdenklich an, dann gab sie sich einen Ruck und sagte, gehen wir noch etwas am Meer entlang, die Gruppe ist gleich fertig für heute, ich habe aber keine Lust, mit ihr zurück nach San Benedetto zu fahren, nichts lieber als das, antwortete ich, ich habe jetzt lange genug hier gesessen.

Die Gruppe beendete ihre Arbeit und räumte einige Geräte ins Zelt, wir verabschiedeten uns und machten uns auf den Weg, *wir machen uns auf den Weg*, dachte ich wirklich, ich hatte das Gefühl, als bahnte sich nun etwas an, ich spürte es daran, wie wir uns auf den Weg machten, es hatte etwas Entschlossenes, Endgültiges und wirkte auf mich so, als wollten wir gar nicht mehr zurück.

Während wir am Strand entlanggingen, bückte sie sich immer wieder, sie hob etwas auf und zeigte es mir, ihr ganzer Instinkt war noch von ihrem Forschungsinteresse besetzt, sie hatte eine enorme Fähigkeit, etwas zu entdecken, mir jedenfalls fiel kaum etwas auf, sie aber filterte anscheinend aus den blassen Strandbildern lauter Details, sie erkannte Spuren von Möven, Reihern und sogar Kormoranen, sie las die seltsamsten Muscheln auf, die sich im Geröll der Kiesel versteckten, wie machst Du das bloß? fragte ich, ich erkenne nicht mal die Hälfte der Fundstücke, die Du jetzt aufliest, ich habe eine jahrelange Übung darin, antwortete sie, vielleicht ist aber auch mein Farbsinn stärker entwickelt, ich reagiere auf Farben nämlich besonders empfindlich, wir haben das sogar im Institut einmal getestet, die Werte waren unglaublich.

Wir gingen immer weiter, es dämmerte schon, ich wagte nicht zu fragen, wohin der Weg führte oder ob sie ein bestimmtes Ziel vor Augen hatte.

Wir befanden uns längst in einer Gegend, die auf mich vollkommen entlegen wirkte, der Strand war felsig geworden, so daß wir nur langsam vorankamen, dann erreichten wir menschenleere, verwaiste Strandflächen mit hohen, wie entrückt im Wind schaukelnden Gräsern, dichte Bestände von Stranddisteln mußten wir überwinden, wir tanzten zwischen den Pflanzen hindurch und scheuchten Scharen von Seeschwalben auf, die kreischend landeinwärts flogen.

Wir sprachen nicht mehr miteinander, manchmal gingen wir wegen des beschwerlichen Wegs auch in großer Distanz, ich fragte mich, was sie vorhatte, sie ließ sich nichts anmerken, sondern ging, ohne sich auch nur einmal umzudrehen, voraus, als wüßte sie genau, wohin es gehen sollte.

Endlich gelangten wir in eine kleine Bucht, dort steckte ein längst zerborstenes Boot noch im Sand, daneben stand eine einzelne Umkleidekabine aus Holz, ich ging hin und öffnete die Tür, alles wirkte intakt, nur daß das bleiche Holz sich gegen die grüne Farbe durchgesetzt hatte, ein paar schwache Grünspuren waren auf der kleinen Bank gerade noch zu erkennen, sonst war das Holz blaß und grau, als habe das Meer es immer wieder bespült.

Ich wollte die Tür wieder schließen, als sie an mir vorbei hineinschlüpfte, komm! sagte sie, komm!, ich folgte ihr, wir zogen die Tür von innen zu, sie zog ihr weißes Kleid sofort aus, sie zog es über den Kopf und warf es beiseite, sie entledigte sich mit einigen Handgriffen aller Kleidung, komm! sagte sie immer wieder, ihre starke Erregung übertrug sich auf mich, wie in Trance begann ich, mich ebenfalls zu entkleiden, ich spürte förmlich, wie die Enge des Raums die Sehnsucht der beiden Körper verstärkte. Ich zog sie an mich, wir schmiegten uns eng aneinander, ich hörte, wie sie tief ausatmete, und auch ich begann, tief, aber gleichmäßig zu atmen, langsam, allmählich fanden diese Rhythmen zusammen, dann atmeten wir in *einem* Rhythmus, wir bewegten uns nicht, wir standen vollkommen still und hielten uns eng umschlungen, es war wie eine Erlösung. Ich schloß die Augen, ich hörte die nahen Wellen, durch eine kreisrunde Öffnung in der Hinterwand der Kabine drang etwas Wind in den Raum, wir standen bewegungslos, minutenlang wie ineinander verwachsen, dann küßte ich ihre Stirn, die Schläfen, den Mund, unsere Lippen trafen ganz weich aufeinander und öffneten sich fast zugleich, ich machte einen kleinen Schritt zurück zur Bank und setzte mich, ich zog sie zu mir, sie setzte sich auf meinen Schoß und stemmte sich mit den Füßen vom Boden ab, ich spürte, wie sie langsam auf mich sank, es war eine einzige, stille Bewegung, als fiele ein Tuch, sich langsam im Wind drehend, zur Erde, ich sah ihr Gesicht über mir, sie hatte die Augen geschlossen, ich hatte das Gefühl, als stehe die Zeit plötzlich still und als entfernten sich unsere beiden Körper in dieser Kapsel nun in die Tiefe, ich hielt sie fest, ich umschlang sie mit meinen Armen, ich hörte, wie sich ihre Atmung beschleunigte, wie schlank sie ist, dachte ich noch, und wie leicht, dann bewegten sich unsere Körper allmählich schneller, ich schloß wieder die Augen, wir trieben davon, ich sah uns als Paar und wie das Paar-Bild abtauchte, langsam drehten wir uns in der Tiefe des Meeres, keine Geräusche mehr, wir sanken, nur noch das Dunkel, die Nacht.

20

ALS WIR die Kabine verließen, war die Umgebung kaum noch zu erkennen, wir hielten uns an den Händen und gingen dann, eng umschlungen, zusammen, wohin gehen wir? fragte ich, und sie antwortete, ich weiß, wohin, Du wirst überrascht sein. In der Ferne schwebten einige Lichter über einem dunklen, anscheinend bewaldeten Felsen, dort hinauf müssen wir, sagte sie und gab meine Hand frei, wir kletterten einen schmalen Pfad aufwärts, oben angekommen, griff sie sofort wieder nach meiner Hand, wir gingen eine schmale Landstraße entlang, langsam führte sie in Serpentinen den Hang hinauf, wir hörten gedämpfte Stimmen, dann auch Gelächter, manchmal überholte uns ein Wagen in sehr langsamem Tempo.

Auf der Höhe ordnete sie ihre Haare und strich über ihr Kleid, sie zog die Schuhe aus und schlug sie kurz gegeneinander, bin ich schön? fragte sie, wunderschön, antwortete ich, wann hast Du bemerkt, daß ich schön bin? fragte sie weiter, als Du im Museum zur Tür hereinkamst, sagte ich, warum hast Du nie etwas gesagt?, hätte ich gleich etwas sagen sollen?, nein, sagte sie, nicht gleich, aber als wir oben in den Bergen zu Abend aßen, hättest Du etwas sagen können. Hast Du darauf gewartet? fragte ich, ja, sagte sie, den ganzen Abend, ich dachte immer, jetzt ist er soweit, was hätte soweit sein sollen? fragte ich, daß Du mich einmal berührst, daß Du mich küßt, sagte sie, ist das wahr?, fragte ich, Du hast mir zugehört und doch genau darauf gewartet?, ich habe Dir zugehört, antwortete sie, Du erzählst wirklich sehr schön, das habe ich Dir doch sogar gesagt, ich wollte Dir zuhören und später geküßt werden, unbedingt, als Du Dir die Zimmer anschautest, dachte ich, er will mit mir hier übernachten. Warst Du enttäuscht?, fragte ich, ja, sagte sie, sehr, ich war vollkommen niedergeschlagen, einen Moment lang habe ich Dich sogar gehaßt. Gehaßt? Ja, all diese Umwege, was für ein Unsinn sind doch all diese Umwege, habe ich nur gedacht. Weißt Du, was *ich* gedacht habe? fragte ich sie, was hast Du gedacht, nun sag schon, all diese Umwege, was für ein Unsinn sind doch all diese Umwege, das hab ich gedacht.

Wir lachten, sie stand jetzt wieder dicht vor mir und schlang ihre Arme um meinen Hals, küß mich, sagte sie, komm, küß mich, ich werde nie mehr verschweigen, was genau ich von Dir will. Was willst Du von mir? fragte ich, hier oben zu Abend essen und hier übernachten, das will ich. Man kann hier übernachten? fragte ich, ja, komm, ich zeige es Dir.

Ein Wagen rollte vor uns auf den schwach beleuchteten Kies eines Hofes, das Gebäude lag im Dunkel, es war von Efeu oder wildem Wein dicht bewachsen, als wir um die Ecke bogen, erkannte man erst seine verblüffende Lage, es kauerte auf dem vorderen Teil eines steil abfallenden Felsplateaus wie ein Horst über der Tiefe, Bänke und Stühle standen auf einer großen Freifläche, das Abendessen war bereits voll im Gang, die Kellner eilten zwischen den Gästen und dem Haupthaus hin und her, ich ging hinein und erkundigte mich nach einem Zimmer. An der Rezeption wehrte eine ältere Frau mich vorerst ab, jetzt, im Hochbetrieb, habe sie keine Zeit, mir ein Zimmer zu zeigen, später, bitte später, reservieren Sie uns aber bitte eins, sagte ich, für wie viele Personen? fragte sie noch, für die Signora und mich, antwortete ich.

Wir setzten uns an einen der wenigen freien Tische, es war sehr voll, man hörte das ruhige Murmeln einer großen Abendgesellschaft, anfangs achtete ich noch auf den Betrieb, dann aber ging auch das unter, wir saßen einander gegenüber, sie ließ meine Hand nicht mehr los, ich fühlte mich nackt, als wäre meine Kleidung nicht mehr von Bedeutung, meine Haut war plötzlich auch sehr empfindlich, sie reagierte anscheinend ununterbrochen auf Francas Bewegungen und Gesten, als hätten wir noch immer einen intimen Kontakt.

Wir bestellten das Essen, der Kellner brachte eine Flasche Wein und einen Kübel mit Eis, was für ein Aufwand, sagte ich, laß ihn, ach, laß ihn, antwortete sie, ihr Gesicht schien zu glühen, immer wieder warf sie ihre Haare zurück und griff dann wieder nach mir, wir tranken, das Essen wurde serviert, wir nahmen es aber kaum zur Kenntnis, so sehr waren wir miteinander beschäftigt. Du warst nie verheiratet, habe ich recht? fragte sie, nein, sagte ich, nie, hast Du überhaupt je mit einer Frau länger zusammengelebt?, ja, sagte ich, das schon, was denkst Du von mir? Ich habe es *genau* gewußt, ganz *genau*, verheiratet war er nie, aber eine Zeitlang hat er mit einer Frau zusammengelebt, so hatte ich es mir gedacht, übrigens hast Du mir vom ersten Moment an gefallen, aber wieso? fragte ich, du warst so ruhig, vollkommen ruhig, antwortete sie, und Du hast mich so neugierig betrachtet, beinahe etwas verlegen, Du hattest Ähnlichkeiten mit meinem jüngeren Bruder - ah, hatte ich das? -, ja, aber hör zu, Du hattest etwas von seiner Unbeholfenheit und seinem Buben-Charme, das machte Dich mir gleich sehr vertraut - ah ja? -, ja, aber hör bitte zu, mein Bruder wartete auf mich oft auf der schwimmenden Insel, Du weißt? - ja, meinst Du die kleine Bar mitten im Hafen? - ja, da wartete mein Bruder früher sehr oft auf mich, mittags haben wir einen Aperitif dort getrunken und uns unterhalten, ich verstehe mich mit niemandem so gut wie mit meinem jüngeren Bruder -, hast Du mich deswegen zu dieser Bar geschickt? -, ja, ich habe meinen Bruder seit sieben Monaten nicht mehr gesehen, er ist Physiker und unterrichtet in den USA an einem College, ich wollte … - Du wolltest Deinem Bruder wieder begegnen, auf dieser schwimmenden Insel, war es so? -, ja, vielleicht wollte ich das, ich verließ das Museum, ich stieg auf mein Fahrrad, ich sah Dich in der kleinen Bar warten, ich fuhr direkt auf Dich zu, fast wäre ich wahrhaftig zu Dir gekommen und hätte mich zu Dir gesetzt, um einen Aperitif mit Dir zu trinken …

Sie sprach sehr schnell, beinahe rauschhaft, alle Verschwiegenheit war jetzt dahin, wir erzählten uns die Szenen unserer kurzen Bekanntschaft noch einmal, was hatten wir in diesen Momenten wirklich gefühlt und gedacht, was hatte der eine am anderen bemerkt, was sonst noch beobachtet, wie sich verhalten, sie hatte ein großes Repertoire kleiner

Details im Kopf, sie schien ganz versessen darauf, sie genau zu erzählen. Da wir nur wenig aßen, aber um so mehr tranken, gerieten wir mit der Zeit in eine beinahe bacchantische Stimmung, ein Kellner kam mit einer besorgt wirkenden Miene zu uns an den Tisch und fragte, warum es uns denn nicht schmecke, es schmeckt ausgezeichnet, sagte sie, machen Sie sich keine Sorgen, unser Appetit ist heute nicht gerade groß.

Immer wieder streckte sie eine Hand nach mir aus, wir ließen uns dann eine Weile nicht los, erinnerst Du Dich an den Abend nach unserer ersten Begegnung? fragte sie, ich war mit Elena und ein paar anderen Bekannten im Café Florian, Du kamst plötzlich herein, ich erkannte Dich von weitem sofort, Du gingst an die Theke und trankst dann ein Bier, Du warst unglaublich verschlossen und ernst, als hingst Du schweren Gedanken nach, was ist bloß mit ihm, fragte ich mich, es geht ihm anscheinend nicht gut. Ich habe Dich auch bald gesehen, sagte ich, ich habe Dich dann eine ganze Weile fixiert, sie hat einen jüngeren Bruder, habe ich damals gedacht, ihr Vater ist Arzt oder Jurist, ach, komm, hör auf, das kann doch nicht sein, wie konntest Du so etwas wissen? sagte sie, ich wußte es ganz genau, sagte ich, ich sah Dich mit Deinem Bruder auf einem Kinderfoto von früher, Dein Bruder hatte enganliegendes, glänzendes Haar, es war schwarz, seltsam, dachte ich noch, wieso hat er schwarzes Haar, sie ist doch blond, jetzt hörst Du aber auf, sagte sie, warum? bitte laß mich, sagte ich, nein, sagte sie, es wird mir unheimlich jetzt, mein Bruder *hat* schwarzes Haar und mein Vater *ist* Arzt, siehst Du, sagte ich, das alles ahnte ich schon an diesem Abend, wir begrüßten uns dann kurz an der Tür, jetzt empfand ich *Dich* als sehr verschlossen, Du haspeltest lauter Informationen herunter, was? rief sie, was tat ich?, Du haspeltest, sagte ich, es war nicht zum Anhören, ich war beinahe beleidigt, wie Du mich stehen ließest, ich mußte Dich stehen lassen, sagte sie, ich war mit Freundinnen unterwegs, ach was, sagte ich, Du hättest mich küssen und den anderen Adieu sagen sollen! *Ich* hätte? rief sie wieder und lachte laut, *ich* hätte *Dich* küssen sollen, ich Dich?, ja, antwortete ich, Du hättest mich küssen und mich begleiten sollen, komm, Lieber, das hättest Du damals schon sagen können, statt dessen ließest Du mich allein in diesem Café stehen, ich trank mein Bier aus und schlich dann wie ein umtriebiger Spanner hinter Dir her, ich habe Dich aus einem Versteck heraus heimlich gefilmt, da ich Dich nicht berühren konnte, habe ich Dein Bild näher und näher gezoomt, so stand es um mich. *Gezoomt*, Du hast wirklich gezoomt? lachte sie, ja, sagte ich, lach mich nur aus, es war reine Verzweiflung, ich habe gezoomt und bin dann davogeschlichen, ich hatte nicht einmal mehr Appetit. Weißt Du was? sagte sie und beugte sich näher über den Tisch, an demselben Abend bin ich später noch einmal allein zurück ins Café, ich dachte, vielleicht siehst Du ihn wieder, vielleicht steht er noch immer dort an der Theke. Und? fragte ich, was hast Du gemacht, als ich nicht mehr dort war?, ich habe ein Bier getrunken, sagte sie, ganz allein und genau an der Stelle, an der Du zuvor gestanden hattest.

Wir leerten die zweite Flasche, als der Wirt an unseren Tisch kam, entschuldigen Sie, ist mit dem Essen etwas nicht in Ordnung? fragte er, neinnein, sagte ich, wir haben uns nur so viel zu erzählen, wir haben uns längere Zeit nicht gesehen, deshalb kommen wir kaum zum Essen, das Essen ist aber ganz ausgezeichnet, Sie müssen sich keine Sorgen machen. Ich verstehe, sagte der Wirt, ich war nur etwas verwundert, unsere Gäste kommen von weit her, unsere Küche hat einen sehr guten Ruf, Sie verstehen? Absolut, sagte ich, nehmen Sie es uns bitte nicht übel, wir werden das Essen und diesen schönen Ort weiterempfehlen. Er lächelte, als fühlte er sich nun wirklich geschmeichelt, dann nahm er die leere Flasche aus dem Kübel, noch eine dritte? fragte er leise, noch eine dritte? fragte ich sie, noch eine dritte, antwortete sie, die dritte geht auf Kosten des Hauses, sagte der Wirt.

Hör zu, setzte sie das Gespräch fort, ich muß morgen früh sehr zeitig ins Institut, schlaf ruhig aus, wir können uns dann am Nachmittag sehen. Was hast Du am Wochenende denn vor? fragte ich, ich fahre mit Dir nach Ascoli Piceno, in die schönste Stadt der Region, antwortete sie, wir bleiben das ganze Wochenende dort, einverstanden? Ich zögerte einen Moment, ich schaute sie an, nicht den geringsten Widerspruch hätte sie jetzt geduldet, so begeistert und entschlossen wirkte sie. Ich jedoch dachte kurz an Gianni Alberti, in unserem ganzen Gespräch vermieden wir, ihn zu erwähnen, alle Szenen, in denen er hätte auftauchen können, streiften wir höchstens, ich wußte, es wäre ganz falsch gewesen, jetzt auf ihn zu sprechen zu kommen, ich mußte aber an ihn denken, er geisterte in meinem Kopf herum, ich überlegte, wie ich ihn in das Gespräch einbeziehen sollte, kam aber in meinen Überlegungen nicht weiter. Diese

Fahrt nach Ascoli, fragte ich sie, hast Du schon länger daran gedacht? Seit heute morgen, antwortete sie, Du warst wieder so ernst und verschlossen, dabei hatte ich mich extra früh aufgemacht, mit Dir zu frühstücken, ich nahm sogar Deine Hand, selbst das brachte uns aber keinen Schritt weiter, Du hättest mich umarmen können, ich wartete doch genau darauf, wieder hast Du nicht das Geringste getan. Soll ich sie umarmen, habe ich laufend gedacht, sagte ich, jetzt gleich, etwas später, soll ich wirklich?, all das habe ich laufend gedacht. Ich bin mit dem Fahrrad den ganzen Boulevard auf und ab gefahren, sagte sie, so verärgert war ich, ich mußte mich richtiggehend beruhigen und so lange fahren, bis ich erschöpft war, wie kann er denn nicht bemerken, was ich von ihm will? habe ich immer wieder gedacht.

Die dritte Flasche wurde gebracht, *la terza*, sagte der Kellner überdeutlich, als wollte er darauf aufmerksam machen, wie übertrieben dieser Genuß war, die dritte, auf Kosten des Hauses, sagte ich und blickte mich um. Die meisten Gäste waren schon wieder gegangen, auch davon bekamen wir kaum etwas mit, ich stand auf und ging in das Haupthaus, ich klingelte an der Rezeption und erinnerte noch einmal daran, daß wir das Zimmer später benötigten, kommen Sie doch kurz mit hinauf, sagte die ältere Frau, oder nehmen Sie sich die Schlüssel, Zimmer Vier, Zimmer Vier, wiederholte ich, schaut man von Zimmer Vier direkt aufs Meer?, wir haben nur Zimmer mit Blick auf das Meer, antwortete sie. Ich überlegte, ob ich wirklich schon einmal allein hinaufgehen sollte, nein, dachte ich dann aber, ich will das Zimmer jetzt noch nicht sehen, ich will keinen

Vorsprung vor ihr, ich möchte später mit ihr zusammen hinaufgehen.

Zurück an unserem Tisch zeigte ich ihr die Schlüssel, ich ließ sie in der Luft baumeln, sie schlugen wie Kinderspielzeug kurz gegeneinander. Sie hatte sich zurückgelehnt, sie streckte den Körper ganz lang, sie lächelte kurz, als sie die Schlüssel sah, dann reckte sie sich wieder vor und sprach weiter. Weißt Du, daß ich Dich mehrmals ganz allein in der Stadt gesehen habe? fragte sie. Nein, sagte ich, wo hast Du mich gesehen?, einmal gegen Mittag auf dem Markt, ich hatte etwas zu erledigen, ich ging in eine Apotheke, als ich herauskam, sah ich Dich in voller Aktion, auf einer Obstkiste, mit der Kamera in der Hand, mein Gott, dachte ich, was hat er vor? Du wirktest plötzlich so passioniert, als wolltest Du die ganze Umgebung durchpflügen, warum ist er so unruhig, fragte ich mich, ich erkenne ihn ja kaum wieder. Ich bin den Umgang mit der Kamera nicht gewohnt, sagte ich schnell, ich konzentriere mich vielleicht noch zu sehr auf die Bilder, manchmal versetzt mich das Filmen auch in einen Rausch, und ich erinnere mich später stärker an die Filmbilder als an die realen. Das würde mir auch so gehen, antwortete sie, auf jeden Fall, und es ist ja auch beinahe natürlich, die fokussierte Blickweise läßt das Filmbild konzentrierter erscheinen, wie eine kompakte Verdichtung. Das wird es sein, Dottoressa, sagte ich, machst Du Dich über mich lustig? fragte sie, ja, sagte ich, es gefällt mir, wenn Du plötzlich so streng und genau wirst, lauter Fachbegriffe schleust Du dann in Dein Reden, ist das so? antwortete sie, es fällt mir gar nicht auf, es ist so, sagte ich, ich bin jedesmal von neuem verblüfft.

Wir unterhielten uns ohne Pause, als ich mich sehr spät umschaute, sah ich, daß wir die letzten Gäste waren, nur wenige Lichter brannten noch, die Kellner räumten die Tische ab und stellten die Stühle zusammen. Direkt unterhalb lag das Meer, wir hatten es die ganze Zeit nicht beachtet, der schwache Mondschein zeichnete genau in die Mitte des Bildes eine glänzende Bahn, der helle, leuchtende Streifen sah aus wie eine glatte und ebene Piste. Wir saßen noch eine Weile an dem längst geleerten Tisch, wir hielten uns an beiden Händen, der Bund mit den beiden Schlüsseln lag zwischen uns, endlich griff sie danach, ließ die Schlüssel kurz klingen und deutete hinüber zum Haupthaus. Komm, sagte sie, oder warte, laß mich zuerst hinaufgehen, ja?, laß mich bitte zuerst gehen und warte noch ein paar Minuten, ich belege schon einmal das Zimmer, ich dusche, ich krieche ins Bett, und wenn Du hinaufkommst, wird es sein, als wären wir bereits seit Wochen hier. Wir *sind* bereits seit Wochen hier, sagte ich, wir leben seit Wochen in diesem zeitlosen Raum, dieser Raum ist unsere einsame Höhle, die Höhle eines sehr alten Zaubers.

Sie nahm die Schlüssel an sich und stand auf, sie trat von hinten heran an meinen Stuhl, sie stützte sich auf die Lehne und küßte mich auf die Stirn, ich warte auf Dich, sagte sie und ging ins Haupthaus.

Als sie nicht mehr zu sehen war, schaute ich mich nach den Kellnern um, zwei standen in der Nähe der Tür und beobachteten anscheinend die Szene, der Blick des einen ruhte auf mir, er musterte mich mit einem durchdringenden Blick, vielleicht gönnte er mir diese Nacht nicht, vielleicht haßte er mich dafür, daß ich in wenigen Minuten mit dieser Frau allein sein und mit ihr schlafen würde, während er auf seiner Vespa davonbrausen mußte.

Ich leerte mein Glas, ich hielt es noch eine Zeitlang in der Hand, meine Finger spielten damit, noch immer war ich aufgeregt und gespannt, ich dachte kurz an Gianni Alberti und Ancona, er steckt in Ancona, dachte ich, das ganze Wochenende wird er ahnungslos dort verbringen.

Dann stand ich auf, mir schwindelte einen Moment, ich hielt mich an der Stuhllehne fest und blickte noch einmal aufs Meer, der helle Streifen war breiter geworden und strahlte jetzt wie ein weißes Linnen, das dazu einlud, sich auf seiner Mitte zu betten.

21

Sehr früh am Morgen brach sie auf, noch in der Dunkelheit machte sie sich zu Fuß auf den Weg, ich konnte nicht mehr schlafen und lag lange Zeit bewegungslos auf dem Rücken, das Fenster stand offen, die Läden ließ ich noch eine Weile geschlossen. Ich sah zu, wie das Sonnenlicht sich herantastete und dann immer stärker in den Raum strömte, der Lichtandrang war schließlich kaum noch zu ertragen, ich erhob mich und stieß die Läden auf, ich erschrak, als ich das Meer sah, es lag direkt unterhalb, als könnte ich mit einem weiten Sprung in ihm untertauchen. Ich duschte, ich kleidete mich an, dann ging ich nach unten, anscheinend waren die anderen Gäste schon längst aufgebrochen, jedenfalls saß ich draußen allein in diesem strahlenden

Licht, man brachte mir einen Kaffee und ein kleines Frühstück.

Ich drehte Tisch und Stuhl so, daß ich aufs Meer schauen konnte, ich konnte den Blick gar nicht abwenden von dieser weiten und jetzt so einladenden Fläche, das Blau war von goldenen Adern durchsetzt, die sich zu feinen Rissen verjüngten und weiter verzweigten, das starke Sonnenlicht ließ laufend neue Muster entstehen, so, dachte ich, stelle ich mir die Schöpfung vor, Licht und Wasser sind die Urelemente. Ich saß eine Weile allein, der Padrone trat immer wieder aus der Tür und schaute unschlüssig zu mir hinüber, schließlich kam er über den schmalen Kiesweg zu mir, er stützte sich mit beiden Händen auf einen Stuhl, ich spürte, wie neugierig er war. Er fragte, ob ich noch eine Nacht bleiben wolle, und ich sagte, nein, das ist leider unmöglich, dann erkundigte er sich nach meinem Wagen, und ich sagte, wir sind zu Fuß hinaufgekommen. Er tat verwundert und ließ nicht nach, bis er erfahren hatte, woher ich kam und was mich genau an diese Küste führte, ich bot ihm mehrmals einen Platz an, aber er wehrte immer wieder ab, als gehörte es sich nicht, daß er sich schon am Morgen neben einen Gast setzte. So hielt er weiter die Lehne des Stuhls in beiden Händen, er schwang sie vor und zurück, es ließ ihm anscheinend keine Ruhe, wie wenig wir am Abend gegessen hatten, jedenfalls erwähnte er es, er sprach von der picenischen Küche und der Küche der Marken, und plötzlich hörte ich aus seinem Mund die alte Formel, *la terra marchigiana*, auch Franca hatte sie in dem Dorf in den Bergen mehrmals benutzt. *La terra marchigiana* hörte sich an wie eine Zauberformel, es reizte mich sofort, ihn danach zu fragen, bitte, sagte ich, nehmen Sie doch endlich Platz, was hat es auf sich mit *la terra marchigiana* und was mit den *Picenern*, erzählen Sie einem Fremden davon, ich bin Ihnen dankbar.

Er schaute mich an, als prüfte er die Ernsthaftigkeit meines Wunsches, dann sagte er, wenn Sie sich Zeit nehmen, etwas aus der Küche zu probieren, setze ich mich zu Ihnen, jetzt? fragte ich, so früh am Morgen?, ah, antwortete er, es ist gegen Elf, nicht mehr früh am Morgen, heute ist unser Ruhetag, der einzige Tag, an dem niemand mich hetzt. Er wartete meine Antwort nicht einmal mehr ab, er stand auf und verschwand im Haupthaus, geben Sie mir zehn Minuten, rief er mir über die Schulter hin zu, ich war glücklich, glücklich über seinen Eifer, diesen Morgen, die Nacht, bin ich jemals so glücklich gewesen wie jetzt? dachte ich und rührte mich minutenlang nicht, als könnte schon die geringste Bewegung alles zerstören.

Ich nahm mein Handy hervor und wählte ihre Nummer, das Wahlzeichen erklang nur kurz, dann hörte ich schon ihre Stimme, sie klang warm, ruhig und sehr vertraut, wie soll ich arbeiten, sagte sie, ich habe die ganze Nacht nicht geschlafen, dann nimm Dir doch einfach frei, sagte ich, nimm Dir frei und komm mit einem Wagen hierher zurück, das geht nicht, sagte sie, Gianni ist nicht hier, Dottore Alberti, den meine ich, ja, antwortete ich, er ist nicht da?, nein, sagte sie, er ist in Ancona, deshalb muß ich heute bleiben, verstehst Du? Ja, sagte ich, ich verstehe, danke, Liebster, sagte sie, danke, daß Du so schnell verstehst und daß Du Geduld mit mir hast, ich schlage vor, wir treffen uns gegen Fünf, geht das, gegen Fünf? Natürlich, sagte ich, ich bin frei, ein freier, glücklicher Mann, vielleicht sogar noch um Fünf. Mach keine Witze, sagte sie, und sag, bist Du glücklich, bist Du es wirklich? Ja, sagte ich, ich war es die ganze Nacht und bin es noch, ich sitze draußen vor dem Hotel, der Padrone hat mich eingeladen zu einem Imbiß, da Du nicht da bist, wird mir nichts anderes bleiben als ihn zu umarmen und ihm mein Glück zu gestehen, mit irgendwem muß ich schließlich darüber reden. Behalt es für Dich, sagte sie, rede nach Fünf mit mir darüber, ich bin eine Expertin in solchen Dingen, gut, sagte ich, ich denke darüber nach, und wo treffen wir uns?, wo? sie zögerte einen Moment, wo? ach, wir treffen uns in der kleinen Bar, mitten im Hafen, auf der schwimmenden Insel, tust Du mir den Gefallen? Um Fünf sitze ich in der kleinen Bar auf der schwimmenden Insel und trinke einen Aperitif, sagte ich. Danke, sagte sie, und kommst Du auch zurecht, schaffst Du es, allein hierher zu kommen? Machen Sie sich darüber keine Gedanken, Dottoressa, sagte ich, ich werde da sein, pünktlich, um Fünf.

Der Padrone kam zurück an meinen Tisch, er schien zu ahnen, mit wem ich telefoniert hatte, ich bemerkte, daß er mich etwas fragen wollte, aber er rückte noch nicht damit heraus. Gianni bringt uns gleich etwas zu essen, sagte er, der Kellner heißt Gianni? fragte ich, ja, sagte er, Gianni verehrt die Signora, mit der Sie gestern abend hier waren, so? tut er das? fragte ich, ja, sagte der Padrone, er verehrt sie nicht nur ihrer Schönheit wegen, er verehrt sie noch aus einem anderen Grund, ich werde es Ihnen später erklären.

Ich hakte nicht weiter nach, ich gab mich damit zufrieden, ich hatte nicht den Willen und nicht die Lust, jemanden zu drängen oder gar hartnäckig zu werden, ich war entspannt, völlig entspannt, ich wollte nur noch zuhören und zuschauen. Der Padrone nahm nun wirklich neben mir Platz, er setzte sich etwas umständlich hin, als machte er es sich an einem fremden Ort nur vorübergehend bequem, er hatte eine Karte der Region dabei und entfaltete sie gleich auf dem Tisch. Es war eine alte, an den Rändern leicht eingerissene Karte, er glättete sie mit dem flachen Handrücken und legte los, sein Zeigefinger stolzierte die Linien entlang, schauen Sie, das Hinterland der Berge, zweitausend, dreitausend Meter hoch, von dort geht es in sanften Schwüngen bergab, bis zur Hügellandschaft hier vor der Küste, bis zu den steilen Felsen und bis hinab zum Meer. Er hielt die Karte nur noch mit der Linken, mit der Rechten zeichnete er die Konturen der Landschaft, immer wieder setzte er mit den Berghöhen an und malte die Hügelkuppen nach, dann kam er zur Karte zurück und sprach von den Flüssen, die von weither, von den Bergen, hinab zum Meer stürzten, an diesen Bächen und Flüssen hatten sich die ersten Siedlungen gebildet, in frühester Zeit waren die Marken das Land der Picener gewesen.

I Piceni, hörte ich, und plötzlich klang er sehr belehrend, *i Piceni*, wiederholte er und dozierte ein wenig, der Name der Picener kam anscheinend von *picus*, *der Specht*, irgendwann waren die Picener von jenseits der Berge hierher gezogen, er sprach von ihnen, als stammte er in direkter Linie von ihnen ab, dabei handelte es sich wohl um ein mythisches Frühvolk, das vor beinahe dreitausend Jahren seine Spuren hier hinterlassen hatte, ich schloß einen Moment die Augen, ich konnte mir die Spuren gut vorstellen, ich sah moderne, neue Museen mit verglasten Wänden und unterirdischen

Gängen, ich sah kleine, tanzende Kriegerstatuen aus Bronze, mit Schwertern, Schilden und tellergroßen Hüten, ich sah Gefäße, Fibeln und Ketten, ich ging mit dem Padrone jetzt durch dieses Museum, wir verbeugten uns vor dem Mythos der Frühe und ehrten seine Ahnen durch einen Besuch.

Als Gianni, der Kellner, sich mit zwei großen Platten näherte, sprach der Padrone etwas schneller, er wollte seine historische Exkursion rechtzeitig beenden, alle Aufmerksamkeit gehörte nun den Speisen, *ecco!* rief er, Gianni, der Kellner, servierte, ich sollte mit den gefüllten und frittierten Oliven beginnen, mit den unvergleichlich weichen Oliven dieser Region, nach denen schon die Römer sich so verzehrt hatten, daß sie auf der Via Salaria nach Rom geliefert worden waren, kosten sollte ich aber auch diese Steinpilze in einer Limetten-Creme, Linsen mit dünnen Scheiben von Schweinsfuß, eine Bohnencreme mit Spuren von Anchovis …, der Padrone schob den ganzen Reigen in meine Nähe, nehmen Sie das gute Brot, kosten Sie, was immer Sie wollen, Gianni, bring unserem Gast ein Glas Prosecco!

Ich kostete und ließ mir die Geheimnisse der Küche genau erklären, jetzt, durch diese Nachfragen, war ich endlich ein Gast, den der Padrone schätzte, ich war dabei, sein Lehrling und Schüler zu werden, die Raffinessen der Küche beschrieb er wie einen respektvollen Umgang mit der heimatlichen Landschaft und ihren Produkten, so wurde ich, indem ich aß, eingeweiht, so offenbarte sich der Klingklang, *la terra marchigiana*.

Da war es wieder, das schwärmerische, preisende Sprechen, das ich an manchen Italienern so mochte, es war wie eine gute Mischung aus Konkretem, Mythos und Volkslied, zwei begeisterte Männer saßen auf einem sonnenüberfluteten Felsplateau an der adriatischen Küste, tranken Prosecco und unterhielten sich, manchmal albern wie Kinder, darüber, ob man eine Thunfischpaste mit Butter und Zucker oder mit einer Spur Grappa und geriebenen Zwiebeln anreichern sollte.

Gegen Mittag beendeten wir unsere Debatten, ich hatte die ganze Vielfalt der picenischen Küche genossen, ich dankte dem Padrone und folgte ihm ins Haupthaus, um zu bezahlen, an der Rezeption schrieb er mir eine Quittung, als ich an einer seitlichen Wand die naiv gerahmte Kopie eines kleines Gemäldes erblickte. Ich stockte, ich schaute mit offenem Mund hin, die Ähnlichkeit war enorm, die junge Frau auf dem Gemälde glich Franca auf beinahe unheimliche Weise, sie *war* es, und sie konnte es doch nicht sein, denn anscheinend handelte es sich um ein altes, ja sogar mehrere Jahrhunderte altes Gemälde, das eine Heilige darstellte.

Der Padrone bemerkte, daß ich das Bild anstarrte, er drehte sich zu ihm hin, ja, sagte er, da ist noch diese Sache, denken Sie jetzt gerade auch, was wir gestern abend alle gedacht haben? Was? fragte ich, was hat wer gestern abend gedacht?, gestern abend, sagte er, kam Gianni, unser Kellner, plötzlich zu mir in die Küche und bekreuzigte sich, draußen, sagte Gianni, sitzt die heilige Magdalena, wie auf dem Bild, aber leibhaftig. Ich bin nach draußen geeilt, zu dritt standen wir vor der Tür und schauten zu Ihnen herüber, Sie haben uns nicht bemerkt, Sie waren zu sehr miteinander beschäftigt, ein Paar, das sich liebt, man sieht so etwas ja gleich. Um die Signora aus der Nähe zu betrachten, bin ich eigens an Ihren Tisch gekommen, ich erschrak beinahe, als ich sie sah, die heilige Magdalena, wie auf Crivellis Bild, nur in natura.

Das Bild ist von Crivelli? fragte ich, Crivelli ist der Name des Malers? Ja, antwortete er, Carlo Crivelli, er war Venezianer, verbrachte aber den Großteil seines Lebens hier in den Marken, nach einem Gefängnisaufenthalt floh er aus Venedig, er hatte die Frau eines Schiffers vor den Augen ihres Mannes entführt und sie monatelang gefangengehalten, er hat ihr Gewalt angetan, Sie verstehen? Ja, sagte ich, wenn ich dieses Bild betrachte, verstehe ich es sofort, was meinen Sie? fragte er nach, ach, sagte ich, ich denke gerade an eine andere Geschichte, es ist nicht von Bedeutung, sagen Sie mir lieber, wo befindet sich das Original? Nicht weit von hier, in einer Dorfkirche, sagte der Padrone, mit dem Wagen brauchen Sie eine halbe Stunde, nur eine halbe Stunde? fragte ich, ja, sagte er, ich sehe, Sie würden gern hin, nehmen Sie doch meinen Wagen, schauen Sie es sich an, ich melde Giacomo, daß Sie kommen. Wer ist Giacomo? fragte ich, Giacomo, sagte er, ist der Custode der Kirche, er hat den Schlüssel, er weiß alles über das Bild, er kennt jedes Detail, fahren Sie! machen Sie keine Geschichten, Sie müssen das Bild sehen, auf dem doch die heilige Magdalena der Signora auf so verblüffende Weise gleicht.

Ich ging mit ihm hinaus, er zeigte mir den Wagen, er erklärte mir die Route und reichte mir die Schlüssel, ich bedankte mich und stieg ein, wenige Minuten später fuhr ich durch die picenische Landschaft, *la terra marchigiana*, dachte ich, als ich die blaugrünen Hügel mit ihren Weinbergen und Olivenbäumen erkannte, sie waren durchzogen von tiefen Spalten und Schluchten, wie schwere Falten reihten sie sich hinter- und gegeneinander, ich fuhr sie wie kleine Wellen ab, eine Landstraße hinauf, eine Krümmung, wieder bergab, eine weitere Krümmung, wieder hinauf, ich sah die dunklen Äcker mit ihren Traktorenspuren, verfallene Gehöfte auf einigen Hügelkuppen, die Fahrt war ein Tanz, nein, ein leichter Ritt, ich ritt vom Meer aus in kurzen Sprüngen bergauf, es ging noch einmal in die Berge, das kleine Dorf war schon aus der Ferne zu sehen.

Im Ort angekommen, stellte ich den Wagen ab, ich ging durch die Hauptstraße zur Kirche, sie war wie erwartet geschlossen, ich folgte einem Hinweisschild und klingelte nebenan bei dem Custoden. Der Custode zeigte sich erst nach mehrmaligem Klingeln, er war ein älterer, dunkelhaariger Mann, der gleich auf die Mittagszeit verwies, mittags, sagte er, sei die Kirche geschlossen, er mache nur dies eine Mal eine Ausnahme, auf Bitten eines guten, eines sehr guten Freundes. Ohne noch ein weiteres Wort zu sagen, ging er voraus zur Kirche, er öffnete ihre Tür, er schaltete die Beleuchtung einer Seitenkapelle zur Linken ein, dann trat er zurück und stellte sich hinter mich, er will jetzt beobachten, wie Du Dich dem Bild näherst, dachte ich.

Ich nahm das kleine Fernglas aus meinem Rucksack, ich setzte mich in eine Bank und stellte die Schärfe des Glases ein, dann hielt ich es minutenlang still. Es schien ihm zu lange zu dauern, denn plötzlich hörte ich seine Stimme, sie war überlaut und klang sehr gepreßt, er sprach seinen Text, er begann mit dem Namen des Malers, seinem Geburtsort, einigen Daten der Vita, dann kamen die Hauptwerke, endlich auch dieses hier, ein Altarbild mit, von links oben nach rechts unten, den heiligen SowiesoSowieso, gemalt in einer für Crivelli charakteristischen Technik, ich wandte mich zu ihm und unterbrach ihn, ich fragte, ob er mich eine halbe Stunde mit diesem Bild allein lassen könne, ich sei bereit, dafür zu bezahlen. Er schaute mich an, als machte ich ein eher zweifelhaftes oder unsittliches Angebot, er schüttelte den Kopf, ich sagte, ich sei Kunsthistoriker und ein Kenner der italienischen Malerei, er schaute mich noch einmal prüfend an, auf welche Maler sind Sie spezialisiert? fragte er, auf die venezianischen, antwortete ich.

Ich drehte mich wieder um, ich hörte, daß er wider Erwarten die Kirche verließ, ich verharrte zur Sicherheit noch einige Zeit dort, wo ich mich befand, dann holte ich meine Kamera hervor und begann zu filmen. Ich zoomte mich so nahe wie möglich heran, ich verweilte bei dem zur Seite blickenden Auge, das ganze Bild kreiste um dieses Detail, um ein scharfes, reizbares Auge, das die Umgebung wahrnahm und gleichzeitig wahrgenommen werden wollte, die Lippen waren zu einem leichten Lächeln geöffnet, der Hals und der starke Nacken lagen bloß, über die Nackenpartie und den Rücken hinab bis zum Gesäß aber flammte das blondrote Haar, nur an einer einzigen Stelle von einem Haarband zusammengehalten. Die Verbindung von Auge, Lippen und Haar machte die große Ähnlichkeit aus, von dieser Trias ging etwas Erotisches aus, die Farbe des Auges gab die Farbe der Haare vor, die helle, rötlich getönte Haut aber spannte zwischen Auge und Haar eine glimmende Leere, so etwas wie Erwartung, Verlangen, die geöffneten Lippen lockten, in einer kaum merklichen Vorform des einverständigen Lächelns.

Regungslos filmte ich ihren Kopf, alle Details, ich fuhr sie, aus einer immer neuen Richtung kommend, ab, um noch näher an das Geheimnis zu gelangen, da hörte ich hinter mir wieder die überlaute und gepreßte Stimme, das Filmen ist nicht erlaubt. Ich filme für private Zwecke, sagte ich, das Filmen ist generell nicht erlaubt, sagte er, ich habe Sie gut verstanden, rief ich, Sie sind ja nicht zu überhören. Ich packte die Kamera und das Fernglas wieder ein, kann ich Ihnen eine Postkarte abkaufen? fragte ich, nein, sagte er, wir verkaufen keine einzelnen Karten, wie viele müssen es sein? fragte ich, zehn, antwortete er, ich nehme zehn, sagte ich, zehnmal die Heilige Magdalena, zehnmal nur sie.

Er verschwand in der Sakristei, er kam mit den zehn Karten zurück, irgend etwas in mir frohlockte, daß ich jetzt so viele besaß. Ich gab ihm ein Trinkgeld, er schaute nicht einmal nach, wieviel es war, er blickte mich noch immer so an, als fragte er sich, ob er mir eine Spezialisierung auf venezianische Maler wirklich zutrauen sollte. Ich wollte die Kirche verlassen, als er sich zu fragen traute, haben Sie den Vogel gesehen?, auf dem linken Ärmel, meinen Sie den? antwortete ich, ja, sagte er, er trinkt die Strahlen der Sonne, was sagen Sie dazu? Er ist fremd, sagte ich, das Motiv wirkt wie ein Implantat, nicht zufällig handelt es sich um ein Motiv auf dem Stoff eines Ärmels, Sie haben Recht, sagte er, ich halte das Motiv für sarazenisch. Ich nickte, *sarazenisch* war fabelhaft, genau das richtige Wort für diese Fremdheit, für den blau-weißen, von goldenen Strahlen durchsetzten Stoff, noch am frühen Morgen hatte ich genau diese Farben gesehen, *sarazenisch*, dachte ich, das war es.

Ich hielt mich nicht länger in dem kleinen Ort auf, ich fuhr sofort zurück, im Hotel zeigte ich dem Padrone meine zehn Karten, er lachte und fragte, ob ich ihm eine schenken könne, ich gab ihm eine, er steckte sie gleich fort, als wollte er vermeiden, daß sie ein anderer sah. Er fragte mich, wie ich nun zurückkommen wolle, ich sagte, ich werde einfach wie gestern zu Fuß gehen, er lachte wieder und holte einen Zugfahrplan hervor, ich fahre Sie zur Station, sagte er, der Zug geht aber erst in anderthalb Stunden, dann setze ich mich noch eine Weile nach draußen, sagte ich.

Die Sonne stand nicht mehr über dem Meer, sie war längst weitergewandert und näherte sich bereits langsam den Hügeln des Hinterlandes, *sarazenisch*, dachte ich immer wieder, aus einem dunklen Grund kam ich von diesem Wort nicht los. Der Padrone kam noch einmal an meinen Tisch, wollen Sie noch etwas essen? fragte er, einen Teller der weichen, gefüllten Oliven, sagte ich, und dazu ein Glas Wein, Sie lernen ja schnell, sagte er.

Ich wartete, bis alles auf meinem Tisch stand, ich steckte mir eine Olive in den Mund, zerkaute sie langsam und trank einen Schluck, dann holte ich mein schwarzes Notizbuch hervor und schrieb: *Diese Stille der Nacht, sie nistet noch immer in mir, wir waren beinahe lautlos, eine Lautlosigkeit in einem leeren und weiten Raum, dazu die Finsternis, die Augen ge-*

wöhnten sich nur langsam an das Dunkel. War es Sex, war es das wirklich, nein, ich glaube nicht, Sex ist etwas anderes und hat mit dem Austarieren zweier Körper zu tun, Sex ist ein Ritual oder ein Spiel, eine Nummernfolge, ein Plan, eine Litanei, Sex vollzieht sich in Wiederholungen und Steigerungen, meist inszeniert sich ein Körper vor den Augen des anderen, bis dann der andere anspringt auf genau diese Rolle, die Einheit spielt beim Sex nur eine kurze und untergeordnete Rolle, obwohl gerade von ihr so geschwärmt wird … Das Zusammensein mit Franca hatte aber etwas von dieser Einheit, ihr Körper und meiner gehörten zusammen und verharrten nach der ersten Berührung wie unter Choc, als hätten sie endlich, ja endlich, zueinandergefunden … Es dauert Minuten, bis wir uns voneinander lösen, letztlich versuchen wir, dieses Glück der ersten Berührung zu wiederholen, wir sind süchtig danach, wir entfernen uns kurz voneinander und führen unsere Körper wieder zusammen, ich finde kein deutsches Wort für diese Nähe, »la tendresse« würde ich auf Französisch sagen, ja vielleicht: »la tendresse« … Was ich dagegen mit Hanna erlebte, war Sex, immer wieder, seine Heftigkeit und seine meist plötzliche Inszenierung war stimmungsabhängig, so kam es vor, daß wir uns nach heftigem Streit in den Sex flüchteten, meist brach er aber von einem Moment zum andern aus wie ein Fieber, wir kitteten damit unsere nicht zu leugnende innere Fremdheit, gerade wenn diese Fremdheit uns besonders schmerzhaft bewußt wurde, stürzten wir uns aufeinander, komm, laß uns ficken, sagte Hanna, fick mich, bitte fick mich, sie genoß es, »ficken« zu sagen, sie spuckte das Wort beinahe lustvoll aus, mit ihr zu »ficken« war ein scharfes und uns völlig verausgabendes Duell zweier Körper …

22

Als ich am Nachmittag wieder in mein Hotelzimmer kam, erschien es mir so, als wäre ich wochenlang fort gewesen, einige der liegengebliebenen Feigen auf dem kleinen Teller waren aufgeplatzt und verströmten den Duft einer süßbitteren Fäulnis, meine Kleidung im Schrank wirkte staubig und heruntergekommen, und das glattgestrichene, weiße Laken des unbenutzten Bettes hatte beinahe etwas vorwurfsvoll Fremdes.

Ich ging die inzwischen eingegangenen E-Mails durch, darunter befand sich auch eine von Rudolf, sie war lang, heftig und klang gereizt, ich habe mit dem alten Hotelier Deines Hotels telefoniert, schrieb er, er macht sich Sorgen um Dich, anscheinend übernachtest Du nicht mehr im Hotel, bist Du noch gescheit? … wohin soll eine solche Bekanntschaft denn führen und kann ich endlich einmal erfahren, um wen es sich handelt?! … Du ahnst anscheinend nicht, daß es Leute gibt, die Deine Umtriebe mißtrauisch verfolgen, Du riskierst allerhand für die große Liebe, ich hätte nie für möglich gehalten, daß Du so naiv bist …

Ich druckte die lange und mit lauter Frage- und Ausrufezeichen versehene Mail aus, ich nahm sie mit nach draußen auf den Balkon, Rudolf hatte Recht, ich war naiv, die Welt um mich herum war versunken, meine Gefühle und Empfindungen absorbierten mich ganz, mein Leben hatte sich in wenigen Tagen vollkommen verändert, so radikal und so plötzlich, wie ich es nicht mehr für möglich gehalten hätte. Durch diese schleichenden Veränderungen war ich vielleicht wirklich unvorsichtig geworden, ich dachte nicht mehr in einfachen Schritten, ich überlegte nicht mehr so wie früher, gründlich, auf eine Sache beschränkt, im Grunde überlegte ich überhaupt nicht mehr, ich schaute, ich schmeckte, ich tastete, fühlte, ich war aufgegangen in einen nur noch von starken Sinneseindrücken bestimmten Körper oder besser gesagt in ein Medium der Liebe, alles, was dies Gefühl nicht berührte, ließ ich nicht mehr an mich heran. Daher hatte ich auf Rudolfs Fragen keine Antwort, ich hatte wahrhaftig keine Ahnung, wohin diese Liebe nun führen sollte, derart konkrete Fragen hatte ich mir nicht einmal gestellt. Es war aber Zeit, sich solche Fragen zu stellen, nur noch vier Tage blieben mir, dann müßte ich wieder zurück nach München, diesen Aufbruch konnte ich mir nicht einmal vorstellen. Nein, dachte ich, ohne sie fahre ich nicht zurück, dabei war doch klar, daß ich notfalls auch ohne sie zurückzufahren hätte, ich muß, dachte ich, mit ihr darüber sprechen, in Ascoli werde ich mit ihr darüber sprechen, wiederholte ich und schob das Thema mit diesem Entschluß vorerst wieder weit von mir.

Ich verließ den Balkon, auch mein nachdenkliches, träumerisches Sitzen auf dem Balkon gehörte vielleicht längst der Vergangenheit an, ich duschte und zog mich um, dann packte ich alles Notwendige in meinen Rucksack und ging hinunter zur Rezeption. Carlo war nicht da, ich hinterließ eine Nachricht, ich fahre für zwei Tage nach Ascoli, schrieb ich, machen Sie sich keine Sorgen, ich rufe Sie an.

Ich ging den breiten Boulevard hinab, hinunter zum Hafen, dieser Aufenthalt, dachte ich, besteht aus lauter kleinen Aufbrüchen und Abreisen, laufend bin ich unterwegs, nehme Abschied, komme wieder, dabei hatte ich davon geträumt, zehn Tage völlig unauffällig und ruhig an einem Ort zu verbringen. Flüchtig dachte ich auch an meinen Film, zum Glück hatte ich bereits so etwas wie ein Konzept und sogar etwas Text, ich vernachlässigte vielleicht die Recherche, dafür intensivierten sich andere Fähigkeiten, das Sehen, der präzise Blick, eine gesteigerte Aufmerksamkeit für alles Sinnliche, was sonst als peripher abgetan wird.

Ich erreichte den Hafen und setzte mich wie verabredet in die kleine Bar auf der schwimmenden Insel, ich war der einzige Gast, ich bestellte einen Aperitif, ich wartete eine Zeitlang und schaute immer wieder zum Museum hinüber, es war noch etwas Zeit, dann sah ich einen Mann näherkommen, irgendwoher kannte ich ihn, schließlich begriff ich, es war Antonio, der Museumswärter. Er ging schwerfällig über den schmalen, hin und her schlingernden Steg, er stolperte kurz, fing sich aber wieder und kam dann an meinen Tisch, darf ich mich zu Ihnen setzen? fragte er, ja, sagte ich, möchten Sie einen Aperitif? Er nickte und hob die Rechte ein wenig, als erfüllte ich nun endlich eine unausgesprochene Pflicht, ich weiß, begann er gleich ohne Umwege, ich weiß, warum Sie hier sitzen, Sie warten auf die Dottoressa, habe ich Recht? Ja, sagte ich, ich warte auf sie. Sie werden mit ihr nach Ascoli fahren, sagte er, habe ich wieder Recht? Ja, sagte ich, Sie haben wieder Recht, aber woher wissen Sie das alles? Die Dottoressa hat heute häufiger mit Ascoli telefoniert, sagte er, in unserem kleinen Institut kann man so etwas nicht geheimhalten, wir bekommen das mit und machen uns unsere Gedanken, was wollen Sie von der Dottoressa? was haben Sie vor? Sie sind ein Fremder, Sie dringen hier bei uns ein, in festgefügte Verhältnisse und älteste Traditionen, das alles scheint Sie nicht zu kümmern, Sie verdrehen der Dottoressa in einem schwierigen Moment ihres Lebens den Kopf, sind Sie sich darüber im Klaren?

Der Aperitif wurde serviert, ich wollte mit ihm anstoßen, aber er entzog sich dieser Geste, indem er sofort einen Schluck nahm, er war erregt, ich spürte es, er war gekommen, mir die Meinung zu sagen, an diesem Nachmittag geschah das nun schon zum zweitenmal, je häufiger ich mit Franca zusammen war, um so gereizter und warnender wurden die Stimmen ringsum.

Von welchem schwierigen Moment sprechen Sie? fragte ich ruhig. Sehen Sie, Sie wissen nicht einmal Bescheid, antwortete er, das haben wir uns beinahe gedacht, hoffentlich wissen Sie zumindest, daß die Dottoressa verlobt ist, sie ist mit Dottore Alberti verlobt, ja, sagte ich, ja, das ist mir bekannt, sie ist mit Dottore Alberti verlobt, eine Verlobung zählt bei uns viel, man kann darüber nicht einfach hinweggehen, wiederholte er hartnäckig, die beiden sind fest miteinander verbunden, Dottore Alberti wird die Direktion des Instituts in Ancona übernehmen, er wünscht, daß seine Verlobte ihn dorthin begleitet, er hat ihr dort eine vorzügliche Stelle beschafft, in seiner Mannschaft. Sie soll ihre Stelle hier aufgeben, sie soll für ihn arbeiten?, verstehe ich das richtig? fragte ich, die Stelle in Ancona, sagte er wichtigtuerisch und entschieden, ist besser für die Dottoressa, außerdem wäre sie auf dieser Stelle in der Nähe von Dottore Alberti, eine Frau sollte in der Nähe des Mannes sein, den sie heiraten wird. Sie wird ihn nicht heiraten, niemals, nie, wollte ich sagen, aber ich beruhigte mich und fragte, was sagt die Dottoressa dazu? Sie ist noch unentschieden, antwortete er und schaute zu Boden, aber sie muß es sich bald überlegen, bis wann? fragte ich, spätestens bis Ende kommender Woche, sagte er. Er schaute unverwandt weiter zu Boden, er hatte alles gesagt, was er sich zurechtgelegt hatte, seine Kraft reichte nicht mehr, um nochmals anzusetzen, er trank sein Glas auf einen Zug aus und stand auf. Lassen Sie sich das durch den Kopf gehen, sagte er, ich warne Sie, Sie befinden sich in einem Land, in dem alte Traditionen noch geachtet werden, lassen Sie die Dottoressa in Ruhe! Sie drohen mir? fragte ich. Ja, sagte er, ich drohe Ihnen, und nicht nur *ich* bin es, der Ihnen droht, damit Sie auch *das* wissen!

Er stellte das leere Glas mit einem leichten Knall auf den Tisch, er ging grußlos, ich schaute ihm hinterher, er nahm nicht mehr den Weg zum Museum, sondern verschwand zwischen zwei großen Schiffen, die an Land zur Renovierung aufgebockt worden waren. Ich vermutete, er wollte mir mit diesem Abgang etwas sagen, jedenfalls wirkten sein Verschwinden und Untertauchen im Hafengelände auf mich wie eine Verstärkung seiner Drohungen, als machte er sich auf den Weg in eine mir nicht zugängliche, verschlossene Welt, in der man schon über mein zukünftiges Schicksal beriet.

Ich saß still, ich atmete durch, auch er hatte in seinen Grenzen Recht, ich wußte von dem, was er mir erzählt hatte, nichts, es hätte auch wenig geholfen, wenn ich es gewußt hätte, ich hätte mich keinen Deut anders verhalten.

Vielleicht, dachte ich plötzlich, vielleicht ist es so etwas wie eine Verrücktheit, vielleicht bist Du verrückt, oder vielleicht ist auch sie es mit all ihrer Begeisterung und ihrem Drängen, wenn ihr zusammen seid, lebt ihr außerhalb jeder Gemeinschaft, mit keinem Wort kommt ihr darauf zurück, was die anderen sagen. Ich glaube auch, es ist falsch, an so etwas zu denken, jedenfalls widerstrebt es all meinen Gefühlen, die nur diesen einzigartigen Rausch auskosten wollen. Ich erlebe lauter glückliche Tage, von Tag zu Tag steigert und intensiviert sich das Glück, es ist ein Glück in mehreren Akten, das auf einen Höhepunkt zustrebt, den ich noch nicht kenne. Warum sollte ich mich da umschauen und ins Grübeln verfallen, nein, jetzt gibt es nur die Liebe, sie ist das Eine und Ganze, alles andere wird sich finden.

Ich holte wieder tief Luft, ich schaute hinüber zum Museum, da sah ich sie das Gebäude verlassen, sie trug jetzt ein hellblaues Kleid, schon mit ihrem bloßen Anblick war alles vergessen, alle Zweifel und Skrupel waren von einem Moment zum andern zerstreut, sie ist es! dachte ich schlicht, wie gelähmt, und wiederholte, sie ist es!, es war reine Freude, was sich in mir da so brennend regte. Ich hatte eine derart starke, bis zum Zerspringen gehende Freude seit meiner Kindheit nicht mehr erlebt, vielleicht, dachte ich kurz, führt die Liebe einen in besonders tröstliche Momente der Kindheit zurück, in Augenblicke, in denen man sich vollkommen sicher und bewahrt fühlte, oder in solche, in denen es nicht die geringsten Bedenken im Blick auf die Zukunft gab, sondern die Zukunft etwas Großes, Verlockendes hatte.

Ich beobachtete sie, wie sie näherkam, sie ging rasch, sie eilte geradewegs auf mich zu, als sie an meinen Tisch kam, stand ich auf, eine kurze Scheu ließ uns beinahe erstarren, wir faßten uns an beiden Händen, wir küßten uns nicht, was hast Du gemacht, ohne mich? fragte sie, ich erzähle es Dir bei einem Aperitif, sagte ich. Wir setzten uns, sie strich sich wieder übers Knie und fuhr jetzt mit beiden Händen das Schienbein entlang, wie heißt Dein Bruder? fragte ich, Luigi, antwortete sie, wir nannten ihn immer den kleinen Luigi, dabei ist er viel größer als ich, ein großer, oft etwas verlegener Mann, der nur dann ganz sicher erscheint, wenn er seine Vorträge hält. Laß uns auf ihn trinken, sagte ich, er hat uns zusammengeführt, zumindest auf ihn können wir uns berufen, wie meinst Du das? fragte sie, wir brauchen, sagte ich, einen Dritten im Bunde, jedes Liebespaar braucht einen Dritten im Bunde, einen Schutzgeist, einen Helfer, einen Eingeweihten, diese Rolle spielt in unserem Fall eben Luigi. Sind wir ein Liebespaar? fragte sie, sie biß sich ein wenig auf die Lippen, als sei sie auf die Antwort gespannt, sie hielt die Spannung aber nicht aus und begann, etwas zu grinsen, ich dachte an Augen, Lippen und Haar, *sarazenisch*, dachte ich, dann sagte ich, wir sind ein ganz klassisches Liebespaar, ohne Zeugen und ohne Sippschaft, nur mit einem klassischen Dritten im Bunde.

Die Getränke wurden gebracht, wir stießen mit unseren Gläsern an, ich war nicht ohne Dich, sagte ich, ich hatte Dich immer bei mir, schau!, ich zeigte ihr eine meiner frisch erworbenen Karten, sie errötete stark, sie kannte das Bild, ich sah sofort, daß jedes Detail dieses Bildes ihr sehr vertraut war. Sie nahm die Karte, hielt sie dann aber vorsichtig in Händen, mein Vater, sagte sie, war in dieses Bild vollkommen vernarrt, er ließ mir ein Kleid aus eben diesem Stoff machen, er ließ sogar die sarazenischen Muster kopieren, ich mußte dieses Kleid tragen und den Schmuck und den Schleier, er ließ mich kleiden wie die heilige Magdalena. Trägt sie einen Schleier? fragte ich, und wirklich Schmuck?, aber ja doch, hier! sagte sie, siehst Du den kleinen Schleier nicht auf dem Kopf, es ist nur ein sehr feines Tuch, eine Kette mit einem roten Stein preßt es an den Kopf, ich habe es übersehen, sagte ich, ich habe anscheinend ununterbrochen nur auf dieselben Stellen gestarrt. Darf ich die Karte behalten? fragte sie, natürlich, sagte ich, aber jetzt sag schon, bleibt es bei Ascoli? Ja, sagte sie, ich habe meinen Wagen neben dem Museum geparkt, ein Hotelzimmer ist reserviert, fährst Du mit mir, bist Du noch immer ein freier und glücklicher Mann? Ja, sagte ich, das bin ich, bist Du es?, ja?, bist Du es wirklich? dachte ich, glücklich war ich, aber nicht frei, einen Moment erinnerte ich mich an meine frühere Freiheit, als Freiheit war sie mir kaum bewußt gewesen, eher als ein männliches Kokettieren mit der Zeit und dem Alter, als hätte ich es mir leisten können, allein durchs Leben zu gehen.

Wir tranken aus und gingen zum Museum hinüber, wie lange fahren wir? fragte ich, höchstens eine halbe Stunde, sagte sie, wir gingen sehr schnell, wir eilten beinahe dem Wagen entgegen, ich hatte plötzlich das Gefühl, von allen Seiten und aus vielen Verstecken beobachtet zu werden, ich schaute seitlich zu ihr, vielleicht, dachte ich, legt sie es darauf an, vielleicht reizt es sie, diese Spannung jetzt auszukosten, könnte das sein?, wir erreichten den Wagen, nein, sagte ich mir, nein, Du entwickelst Anzeichen eines Verfolgungswahns, hör damit auf, verdirb Dir Dein Glück nicht durch solche Psychosen.

Wir fuhren los, schon nach den ersten Metern begann sie zu erzählen, sie lenkte den Wagen ganz unauffällig, mit nur wenigen Gesten, das Steuer hielt sie mit drei Fingern der Rechten, sie schien dem Fahren keine besondere Aufmerksamkeit widmen zu wollen, statt dessen erzählte sie, es kam mir sogar so vor, als hätten wir nur Platz genommen, damit sie erzählte. Sie sprach noch einmal von der heiligen Magdalena, dem schönen Bild, Crivelli, sagte sie, hat ein schöneres Bild nie gemalt, ich darf so etwas behaupten, denn ich habe all seine Bilder gesehen, bis in die entlegensten Winkel bin ich gefahren, um diese Bilder zu sehen, in Ascoli werde ich Dir, wenn Du willst, noch weitere zeigen. *Ascoli* ..., in meinen Ohren klang das plötzlich wie *sarazenisch*, *Ascoli*, dachte ich, ist gewiß eine *sarazenische* Stadt, ich empfand den Satz wie ein Rätsel, auch Crivellis Bild war ja rätselhaft, es übte eine starke Magie aus, zweimal hatte ich es jetzt schon verschenkt, vielleicht hatte auch das etwas zu bedeuten.

Ich zwang mich, ihr wieder zuzuhören, sie erzählte von ihrem Vater, schon als ich ein Kind war, erzählte sie, hat er mir gern Kleider und Schuhe gekauft, er interessierte sich sonst nicht dafür, nur was ich trug, beschäftigte ihn. Er hatte ein Leben lang Kinder um sich, meist waren es kranke Kinder, sie nannten ihn Dr. Dolittle, denn er kümmerte sich nicht um das Geld, er gab es aus, er half, wo er konnte, den Kindern und ihren Müttern, manchmal saßen sie in langen Schlangen in unserem Garten und wollten nach der Behandlung dann nicht fort, mein Vater ist der geduldigste Mensch, den Du Dir vorstellen kannst, ich habe ihn nie in heller Aufregung oder verärgert gesehen, seine große, starke Ruhe wirkt beinahe leidenschaftslos, aber das ist eine Täuschung, denn er hat eine große Passion, die Oper, vor allem liebt er die Callas, er verwandelt sich in einen anderen Menschen, wenn er sie hört, es ist dann, habe ich oft gedacht, als setze er mit der Musik über in ein fremdes Land, als wäre die Musik eine Fähre, die ihn von uns weg und woanders hin trägt, man sieht, wie er sich von der alltäglichen Welt löst, dieser Abschied hat etwas von der Art, wie sich Schiffe vom Land lösen, er ist feierlich, traurig und schwer, als Kind schlich ich einmal in sein Zimmer und sah ihn beim Gesang der Callas weinen, ich sah drei, vier langsam in den Gesichtsfurchen verrinnende Tränen, sie stockten auf seiner Haut und sahen aus wie Perlen, die er abgesondert hatte, was geht in ihm vor, fragte ich mich, kann Musik so schön sein, daß sie meinen Vater rührt und ihm diese Tränen entlockt? Er soll meine Mutter geheiratet haben, weil sie in ihrer Jugend der Callas glich, sie bekamen lange Zeit keine Kinder, ich glaube nicht, daß sie sich gut verstanden haben, sie begegneten sich selten, nur jeden Sonntag gingen sie miteinander zum Essen in ein Lokal, ich kann mir gut vorstellen, wie sie ums Eck saßen und höflich taten. Fast mit Vierzig soll mein Vater eine Affäre gehabt und gedroht haben, Kinder mit einer anderen Frau zu bekommen, sein Kinderwunsch war anscheinend nicht mehr zu verdrängen, und so bekam meine Mutter in rascher Folge zwei Kinder, zuerst mich, dann sofort meinen Bruder, den wir immer den Kleinen und den Jüngeren nennen, obwohl das seine Erscheinung so wenig trifft. Meine Mutter konnte mit uns nichts anfangen, sie war häufig krank, aber mein Vater beschäftigte sich viel mit uns, er verjüngte sich durch unsere Geburt, denn erst nach unserer Geburt soll er so geworden sein, wie mein Bruder und ich ihn dann kennengelernt haben, ein Dr. Dolittle, ein Freund aller Kinder, ein Mann, der keine Sorgen zu haben schien und auf viele Menschen so beruhigend wirkte, daß sie oft nur den Wunsch verspürten, in seiner Nähe etwas Zeit zu verbringen.

Hörst Du zu?, langweile ich Dich? fragte sie und schaute kurz zu mir hinüber, aber nein, sagte ich, Du hast mich noch keine Sekunde gelangweilt, ich sehe alles vor mir, Euren Garten, die vielen Kinder, eine Schaukel und Deinen Vater, ja, antwortete sie, es gab wahrhaftig eine Schaukel, siehst Du, sagte ich und beugte mich zu ihr, ich gab ihr einen flüchtigen Kuß auf die Schläfe, wir fuhren jetzt die alte Via Salaria entlang, es war eine schmale Landstraße im Flußtal des Tronto, zur Rechten wanderten in dichter Folge die Weinberge vorbei, während die ferne Bergkulisse langsam näherrückte. So wie sie sich vor uns abzeichnete mit ihren unvermutet, gleich hinter der Ebene aufragenden Bergen und den hellen, im späten Sonnenlicht auftrumpfenden Gipfeln erinnerte sie mich an die Staffelsee-Landschaft, ich überlegte kurz, ob ich davon erzählen sollte, verschob es dann aber auf später, seltsam, dachte ich, im Grunde kennen wir uns gar nicht, wir wissen voneinander kaum etwas, und doch vertrauen sich unsere Körper vollkommen, sie sind uns voraus, ihre Intimität ist stärker als alles Reden, denn sie bezeugt eine sehr tiefe Vertrautheit.

Hanna und ich, wir haben Wochen damit zugebracht, uns kennenzulernen, wir mußten uns tagelang befragen, um herauszubekommen, was der eine mag und was nicht, es ging bis zu den Farben, den Speisen, der Kleidung, und bei jedem Detail mußte ich erst genau überlegen, um mir vorzustellen, was Hanna damit verband. Mit Franca aber ist das alles anders, es ist Unsinn, ich weiß, aber es kommt mir wirklich so vor, als kennten wir uns schon sehr lange, es gibt nichts zu überlegen, es ist, als spielten unsere Sensorien auf unheimliche Weise zusammen, nie hätte ich geglaubt, daß es so etwas bei Menschen gibt, die sich erst in einem gewissen Alter begegnen.

Woran denkst Du? fragte sie, an den Staffelsee, sagte ich, im Frühling und Herbst ist es dort am schönsten, das Birkenweiß muß sich mit einem bestimmten Braun und einem sehr starken Gelb mischen, ich fuhr oft von München aus in solche See-Bilder hinein, und dahinter schlossen sich die Berge zusammen wie eine Phalanx von Brüdern, ganz so wie jetzt hier, Ascoli scheint ja direkt vor den Bergen zu liegen, ja, sagte sie, es liegt davor, aber sie sind die ganze Zeit gegenwärtig, Du wirst schon sehen.

Sie verlangsamte, wir passierten die modernen Ausläufer der Stadt, dann sah man die alte, in ein diffus-gelbes Licht getauchte Stadtmauer, wir fuhren durch ein schmales Tor hinein in das Zentrum, fast wie ein Brautpaar, dachte ich und preßte die Lippen zusammen, um es nicht auch noch zu sagen. Wir rollten immer langsamer aus, sie fuhr im Schritt durch einige dunkle und sehr holprige Gassen, dann hielten wir vor einem Hotel. Warte auf mich, sagte sie, ich bringe unsere Sachen hinauf, ich bin gleich wieder bei Dir.

Ich blieb unten, ich wartete in der Nähe des Hotels auf einer Bank, ich schlug ein Bein übers andere und schaute die stille Gasse entlang, ich glaube, dachte ich, es ist auch in ihrem Fall die große Liebe, ich bin sicher, auch sie erlebt es zum ersten Mal, das Wort »Liebe« ist zwischen uns noch nicht gefallen, aber es muß nicht ausgesprochen werden, das ganze Brimborium der Annäherung mit all seinen Umwegen und den oft kindischen Komplikationen haben wir uns einfach erspart. Wenn das aber so ist und sie es auch so empfindet, gibt es im Blick auf die Zukunft im Grunde nichts zu überlegen, die Zukunft ist vorgezeichnet, wir werden zusammenbleiben, wir sind *ein Paar*, noch nie habe ich mich mit jemandem so verbunden gefühlt, schon das Wort war mir früher immer suspekt gewesen, jetzt aber drückt es etwas sehr Treffendes aus, eine *Zweiheit*, so würde ich *Paar* jetzt übersetzen, denn *Einheit* hat etwas Fades, Gleichmacherisches.

Sie erschien sehr bald wieder, alles erledigt, in Windeseile, stimmt's, sagte sie, ja, sagte ich, ich folge Ihnen auf Ihren Wegen, Dottoressa, nein, sagte sie, so soll es nicht sein, Du folgst mir nicht, ich gehe nur ein wenig voraus.

Wir umarmten uns, eng umschlungen brachen wir auf zu einem abendlichen Spaziergang, wieder spürte ich für einen Moment diese Herzklopfen verursachende Freude, sie entstand dadurch, daß ich mir die nächsten Stunden vorstellte, Stunden, in denen wir umherschweifen würden, als wäre diese Stadt nur dazu da, ein Terrain für unsere Verzauberung abzugeben. In einer so engen Umarmung bist Du nie durch eine Stadt gegangen, dachte ich, als Du jung warst, hast Du Dich geschämt, es erschien Dir auch nicht angebracht, zu aufdringlich oder zu endgültig, und in späteren Jahren war Dir eine Umarmung verdächtig, als sollte Romantik zur Schau gestellt werden. Jetzt aber ist es unmöglich, Franca nicht zu umarmen, wie sollten wir nebeneinander, getrennt, durch eine solche Stadt laufen?

Woran denkst Du? fragte sie, Du denkst doch gerade an etwas, ich will nicht alles verraten, sagte ich, da blieb sie stehen und schaute mich an, doch, sagte sie, wir verraten uns alles, wir werden niemals damit anfangen, dem anderen etwas nicht zu verraten, so etwas wird es nie geben, versprichst Du mir das? Ich begriff sofort, was sie meinte, ich hatte Unsinn geredet, für einen Moment war ich ausgewichen in pures Geplauder, so etwas rächt sich sofort, dachte ich, es ist unmöglich, etwas dahinzusagen, entschuldige, antwortete ich, Du hast Recht, ich habe mir überlegt, warum ich früher soviel Mühe damit hatte, eng umschlungen herumzugehen, ich hatte auch Mühe damit, sagte sie, ich habe keinen einzigen Menschen wirklich so wie Dich jetzt umarmt, obwohl ich oft umarmt *wurde*, es gab Männer, die nicht einmal spürten, daß sie nur über einen Holzarm verfügten. Gab es so viele Männer, Männer, immer neue Männer? fragte ich, nein, sagte sie, natürlich nicht, das weißt Du doch genau, aber ich will jetzt nicht davon erzählen, es lenkt mich ab.

Die Gassen waren sehr dunkel und schmal, manche verliefen so konzentrisch gewunden, daß man in großen Kreisen zu gehen glaubte, immer wieder hörte man lachende Gruppen, die durch die Stadt zogen, sie schienen sich auf ein Zentrum zuzubewegen, es dunkelte schon, noch aber waren die nahen Berge zu sehen, sie schauten wahrhaftig von drei Seiten herab auf die Stadt, als beäugten sie ihr Plateau, dadurch glaubte man, auf einer Bühne zu stehen, immens verkleinert zu einem gulliverartigen Wesen, das immer wieder erstaunt aufschaute zu den umwölkten Riesen ringsum.

Wir trafen auf breitere Straßen, wir mischten uns unter die voranziehenden Gruppen, paß auf! sagte sie plötzlich, als es vor uns heller und weiter wurde, dann standen wir unversehens am Rand einer großen, rechteckigen Piazza, sie war eingefaßt von langen Arkadengängen, einem Palazzo und einer mächtigen Kirche, auf ihrem weiten Feld standen überall kleine, sich aufgeregt unterhaltende Gruppen, ihre Umrisse und Farben spiegelten sich im blanken Travertin-Boden, es war eine irreal schöne Szene, ein Flirren und Ineinander-Übergehen der verschiedenen Flächen, der ganze leuchtende Platz ähnelte einem Windschiff, das gleich zu den Bergen abheben würde. An den Rändern saßen die Zuschauer in den Cafés, als warteten sie auf den eigentlichen Beginn des Spektakels, nach einer Weile setzten sich die stehenden Gruppen auch in Bewegung, begannen zu kreisen, die *passeggiata* war eröffnet, die Piazza ein einziger belebter Salon und die allseitige Bewegung ein Tanz.

Mir schwindelte etwas, komm, sagte ich, laß uns etwas trinken, dort drüben, sagte sie, ist das Caffè Meletti, das wird Dir gefallen. Im Caffè Meletti tranken wir zwei Gläser Wein und aßen etwas im Stehen, auch hier war der Andrang sehr groß, wir hatten keine Lust, aufwendig zu Abend zu essen, laß uns weiter unterwegs sein, sagte sie, diese erhitzte

Wochenend-Freitagabend-Stimmung ist herrlich, findest Du nicht? Wir gingen weiter, wir kehrten auf ein Glas für kaum eine Viertelstunde hier und da ein, wir machten das abendliche Kreisen mit und ließen uns kaum einmal los, so waren wir bis kurz vor Mitternacht unterwegs. Laß uns noch einmal auf die Piazza gehen, sagte sie, die Stadt war noch immer nicht still, noch immer standen kleine Gruppen zusammen wie auf dem Bild eines Rokoko-Meisters, auf der Mitte der Piazza warteten wir auf die mitternächtlichen Glockenschläge, wir küßten uns, nackt müßte man jetzt sein und allein hier, nur zu zweit, flüsterte sie mir ins Ohr, nackt müßte man sein, begann sie von neuem, wie neulich im spogliatoio, *spogliatoio*, flüsterte sie weiter und mehrmals, es hörte sich an wie der Auftakt einer Verführung, ich schloß die Augen, ich kannte das Wort, aber mir war seine Bedeutung entfallen, spogliatoio war was? ist was? dachte ich, dann verstand ich, sie meinte die graue Umkleidekabine am Meer, den abgeschlossenen, für andere nicht einsehbaren und zugänglichen Ort, all das meinte sie mit *spogliatoio*, es war eine weitere Vokabel unserer geheimen Sprache, *Ascoli* gehörte dazu und *sarazenisch*, *Crivelli* und *Kleinturbellarien*.

Komm, sagte sie, ich bin jetzt zu müde, wir gingen langsam und etwas schwerfällig zurück zum Hotel, wir stiegen einige dunkle Stufen hinauf, kein Licht, sagte sie und wiederholte es dann noch einmal im Zimmer, bitte kein Licht, sie entkleidete sich wieder sofort und sehr schnell, sie öffnete das Fenster weit, ich sah ihre nackten Konturen, auch ich beeilte mich, dann legten wir uns nacheinander aufs Bett und rollten zusammen, als erstes berührten sich unsere

Lippen, dann spürte ich ihre Arme auf meinem Rücken, ihre Beine umfaßten mich, wir bewegten uns langsam, ich glaubte eine Wellenbewegung am Strand zu sehen, als ginge ich dort wie in den ersten Tagen entlang, die Wellen liefen auf dem Sand, immer aufs neue spülte das Meer sich heran, vor und zurück, kleine, ockergelbe Kugeln tanzten in seiner Gischt, wir drehten uns, ohne uns nur einen Moment loszulassen, *la tendresse?*, nein, *la tenerezza*, das war die Vokabel, bis ich spürte, wie ihr Körper sich anspannte und fester wurde, wie er beschleunigte und sich aufmachte, sie preßte mich stärker, ich spürte ihre Schenkel wie einen plötzlichen Zugriff, ihre Füße klammerten sich an meinen Rücken, sie zog mich in sich hinein, sie schloß den Gürtel, das Schloß schnappte zu, es war ein heftiger Stoß, als näherten wir uns jetzt dem Ziel, in der Dunkelheit hörte ich sie kurz aufschreien, ihr Schrei klang hell, wie ein hoher, sehr ferner Ton, der Kontakt zu unserer Umgebung war endgültig gerissen, langsam und schwer glitten unsere Körper aus diesem Zimmer in Leere und Schwärze, dann spürte ich den durchs Fenster einfallenden Wind auf der Nässe der Schultern …

Nebeneinander lagen wir auf dem Rücken, ihre Linke noch auf meinem Bauch, wenn ich mit Dir schlafe, sehe ich die seltsamsten Bilder, sagte sie, ich glaube, es hat mit meinen Farbanomalien zu tun, ich erinnere mich an sehr uralte Szenen vor sieben, acht Jahren, ich studierte noch Kunstgeschichte in Rom und machte damals mit einer Gruppe einen Ausflug nach Neapel, wir besuchten das dortige meeresbiologische Institut, es ging um Farben, um die Farblichkeit unter Wasser, natürlich nahmen die Forscher uns

Kunstgeschichtlerinnen nicht ernst, sie zeigten uns ein paar Filme und Bilder und redeten abgedroschene Sachen, die sie selbst nicht interessierten, ich war so empört und auch gekränkt, ich kam mir vor wie ein Kind, das man mit schlechten Bilderbüchern abspeiste, wir sind nicht hierhergekommen, um ein paar Filme zu sehen, sagte ich endlich, Filme sehen können wir auch in Rom, wir wollen uns selbst einen Eindruck verschaffen. Ich war so hartnäckig und stur, bis sie zwei Leuten aus unserer Gruppe, darunter auch mir, wirklich erlaubten, in einer Kapsel mit in große Tiefen zu tauchen, sie redeten ausführlich davon, wie gefährlich es sei und welches Risiko wir eingingen, schon ein winziger, feiner Riß in großer Tiefe könne die Kapsel zum Platzen bringen, bei dem ungeheuren Druck in diesen Schichten bliebe von unseren Körpern nichts als dünne, sich schnell verflüssigende Gelatine übrig. *Gelatine* war das Wort, mit dem sie uns angst machen wollten, sie hatten die Meerestiefen für sich reserviert und hielten uns für Eindringlinge, die nur störten. Ich gab nicht nach, und dann, nach zwei Tagen, ging es wirklich hinab, ich kann Dir nicht schildern, wie schön es war, ab einer bestimmten Tiefe verschwinden nämlich die warmen Farben des Spektrums, Rot, Gelb und Grün, sie werden nach und nach ausgefiltert, und es bleibt ein unbeschreiblich glasiges Blau übrig, das die Sehnerven sehr stark reizt, eine solche Tiefe wirkt wie ein ewiger und völliger Stillstand, wie der unveränderliche, lautlose Widerpart aller Zeit, sie wirkt kalt und auch tödlich, und doch ist ihre Anziehung so stark, daß Du nicht mehr auftauchen möchtest. Damals, in diesen Stunden, begegnete ich mit dem Lebendigsten, was ich jemals gesehen hatte, ich wollte immer wieder hinab, ich wurde süchtig danach, als wäre die Schönheit dem menschlichen Blick im Grunde entzogen und schlummerte nur dort in der Tiefe, wo der Mensch nichts anrichten kann. Von einem Tag auf den andern brach ich mein kunsthistorisches Studium ab und studierte Meeresbiologie, ich schrieb eine Arbeit über lichtempfindliche Fische, das war mein Thema, wie Fische in großer Tiefe auf Licht reagieren und ihre Farblichkeit je nach Lichteinfall verändern.

Ich hörte ihr zu, sie flüsterte beinahe, sie war sehr müde und sprach schon an der Grenze zum Schlaf und zum Traum, ihre Stimme entfernte sich allmählich von ihrem Körper und besetzte den dunklen Raum, sie redete jetzt wie von selbst, ich dachte erneut an den Staffelsee, weiß, braun und gelb und die dunkelgrünen Schilfmatten im Sommer, ich öffnete den Mund und flüsterte mit, aber ich hatte keine Kraft mehr, ich bewegte nur noch die Lippen, es war ein Sprechen an der Grenze zur Lautlosigkeit, leiser Gesang und Gegengesang, plötzlich glaubte ich, uns von oben zu sehen, ein nacktes Paar auf dem Rücken, sie drehte sich zu mir, sie legte ein Knie auf meinen Bauch und kroch dicht an mich heran, sie spürte nichts mehr, es war nur noch ein Reflex, dann schliefen wir zusammen ein.

23

ALS ICH aufwachte, stand das Fenster noch offen, und der Wind wehte wie in der Nacht schwach herein, ich sah das Rechteck des Himmelsblaus, das einige weiße Schleier umrahmten, ich lag allein im Bett, anscheinend war sie schon längst wieder unterwegs, ich hatte mich bereits daran gewöhnt, dieses frühe Aufstehen und Verschwinden paßte zu ihr und zu ihrer Neugier, die hohe Lichtempfindlichkeit ihrer Augen hatte sie auch in anderem Zusammenhang einmal erwähnt, sie war anscheinend der Grund dafür, daß sie mit den ersten Sonnenstrahlen erwachte.

Ich dagegen blieb noch einen Moment liegen, ich dachte an den gestrigen Abend und die gestrige Nacht, an unseren endlosen Reigen durch die Bars und Cafés, ihre Erzählungen von der Tiefsee gingen mir nicht aus dem Kopf, in kaum vergleichbarer, schwächerer Weise hatte ich etwas Ähnliches bei meinen Tauchversuchen erlebt, die Schönheit der Unterwasserbilder, ihr zeitloser Stolz, hatten auch mich gepackt, aber ich hatte schon das bloße Tauchen in diese farbigen Gärten als ein verbotenes Eindringen empfunden und mich gehütet, irgend etwas dort unten auch nur zu berühren, ich hatte mir eingebildet, schon eine geringfügige Geste, das Zur-Seite-Schieben eines Algenvorhangs, das Aufheben eines Kiesels, die Berührung von Pflanzen, könnte diese ganze Pracht zurückschrecken lassen.

Ich stand endlich auf, ich trödelte durch das Zimmer, ich schaute aus dem kleinen Fenster in einen dunklen und feuchten, anscheinend fast nie von der Sonne gestreiften Innenhof, dann fiel mir auf, wie wenige Spuren sie im Zimmer hinterlassen hatte, Gepäck hatte sie sowieso kaum dabei, ein Auto empfand sie erst recht als lästig, sie wollte sich nicht beschweren, natürlich nicht, sich nicht zu beschweren war die Grundregel jeder Ästhetik, nicht einmal einen Regenschirm konnte ich mir in ihrer Hand vorstellen. Kein Koffer, keine Tasche, nicht einmal ein Kleidungsstück von ihr befand sich noch im Zimmer, sie war verschwunden, alles, was in diesem Zimmer verstreut herumlag, gehörte mir. Ich legte meine Kleidung zusammen, ich packte meinen Rucksack aus und legte einige der technischen Geräte auf den Tisch, ich griff zum Handy und hörte die eingegangenen Telefonate ab, Rudolf hatte sich gleich zweimal gemeldet, wenn Du mich schon nicht anrufst, bekam ich zu hören, so ruf bitte in Deinem Hotel an, es ist sehr dringend!

Ich löschte seine Nachrichten sofort, ich wehrte mich gegen seinen aufdringlichen und bevormundenden Ton, ich dachte nicht daran, seinen Befehlen gleich zu folgen, deshalb ging ich zunächst ins Bad, ich duschte und trank etwas kaltes Wasser, dann überlegte ich, ob ich gehen sollte, einen Kaffee zu trinken, gut, dachte ich, plötzlich nachgiebig, dann soll es eben sein, ich wählte Carlos Nummer und hörte, wie er sich sofort meldete.

Ich schaute durch das offene Fenster hinauf in das Blau, Carlo meldete sich, pronto, es war die Stimme eines Mannes, der mit vielen Menschen gesprochen und vielen zugehört hatte. Ich wünschte ihm einen guten Morgen, ich versuchte es vorsichtig und mit einer gewissen Geduld, aber er tadelte mich sofort, man bekommt Sie nicht mehr zu sehen, warum melden Sie sich denn so spät? Ich wollte einen Scherz machen, aber ich spürte, daß so etwas unangebracht war, irgend etwas war geschehen, ich ahnte es. Carlo sprach leise, einen Moment, ich gehe kurz in mein Zimmer, bleiben Sie dran, ich hörte seine im Hotelflur nachhallenden Schritte, er kam am Speisesaal vorbei, anscheinend war das Frühstück in vollem Gang, das Klappern des Geschirrs war genau zu hören.

Jetzt kann ich reden, hörte ich endlich seine gedämpfte Stimme, passen Sie auf, Dottore Alberti ist heute morgen hier aufgetaucht, er wollte mit Ihnen sprechen, er war nicht davon abzubringen, hinauf zu Ihrem Zimmer zu gehen, er polterte etwas herum, er schlug gegen die Tür, Carlo, unterbrach ich ihn, Carlo, Sie treiben mit mir doch nicht etwa üble Scherze, aber nein, sagte er schroff, der Dottore hat sich sehr danebenbenommen, das ganze Haus ist erwacht, es ist mir erst allmählich gelungen, ihn wieder hinunterzuführen, in der Bar unten trank er einen Kaffee und seltsamerweise auch einen Cognac, Sie müssen wissen, er trinkt kaum Alkohol und erst recht keinen Cognac, er erzählte mir, daß er seit zwei Tagen versuche, die Dottoressa telefonisch zu erreichen, sie melde sich nicht mehr bei ihm, in ihrer Wohnung sei sie nicht anzutreffen, dafür habe ihm jemand mitgeteilt, er werde betrogen, von einem anonymen Anrufer habe er sich sagen lassen müssen, daß er betrogen werde, daß die Dottoressa ihn mit dem Mann aus München betrüge. Ich habe ihm versichert, sagte Carlo weiter, daß die Dottoressa dieses Hotel nie betreten habe, so ganz stimmt das ja nicht, in unserem Vorhof war sie zumindest, ich habe es trotzdem ganz entschieden erklärt, denn der Ruf meines Hotels steht auf dem Spiel, Sie müssen verstehen, daß dieser Aspekt für mich sehr wichtig ist. Natürlich, sagte ich, dieser Aspekt ist für Sie sehr wichtig, ich versichere Ihnen, ich habe die Dottoressa in Ihrem Hotel nicht empfangen, nicht in meinem Zimmer und auch sonst nirgendwo, ja, gut, antwortete er, ich glaube Ihnen, aber was sollte ich mit Dottore Alberti anfangen, er konnte sich nicht erklären, daß Sie so früh bereits unterwegs waren, er war mißtrauisch, wie sollte man es ihm denn verdenken? Natürlich, sagte ich wieder, wer sollte es?, was haben Sie ihm denn gesagt? Ich habe ihm gesagt, flüsterte Carlo, als wären wir Komplizen, daß Sie jeden Morgen früh aufstehen und ein Bad im Meer nehmen, bravo, sagte ich, glänzend, darauf wäre ich selbst nicht gekommen, eh, sagte Carlo, ich brauche jetzt keine Komplimente, ich fühle mich nicht wohl in meiner Haut. Und weiter? fragte ich, was hat der Dottore weiter getan, hat er Feuer gelegt oder einen weiteren Cognac getrunken, sagen Sie schon! Er *hat* einen weiteren Cognac getrunken, sagte Carlo, und dann hat er sich ganz förmlich entschuldigt, er ist sogar hinüber in den Speisesaal gegangen und hat die Gäste um Verzeihung gebeten, er erklärte ihnen, er sei überarbeitet und habe die Nerven verloren, es tue ihm leid. Ich habe weiter ruhig auf ihn eingeredet, ich habe ihn nach draußen begleitet, er werde jetzt gehen, Sie am Strand zu suchen, sagte er noch, aber er sah, ehrlich gesagt, ganz so aus, als wüßte er, daß er nicht zu suchen brauchte. Sagen Sie, hakte ich nach, hat er Ascoli erwähnt, oder haben Sie vielleicht sogar davon gesprochen? Wo denken Sie hin? antwortete er, der Dottore wußte von Ascoli nichts, da bin ich sicher, andererseits ist klar, daß er es erfahren wird, er wird es erfahren, sage ich Ihnen, sehr bald wird er es erfahren, es wird, sage ich Ihnen, keine drei Stunden dauern, und er wird in Ascoli sein!

Ich schwieg, ich mußte diese Drohung erst einmal verkraften, Carlo räusperte sich, vielleicht waren ihm seine Wiederholungen schon peinlich, geben Sie mir Ihre Nummer, hörte ich ihn flüstern, ich habe Ihre Nummer nirgends finden können, zum Glück rief Ihr Kollege aus München an, er spricht ein entsetzliches Italienisch. Ja, sagte ich, gräßlich, er hat sich bei mir gemeldet, sonst hätte ich das alles jetzt noch nicht erfahren.

Ich gab ihm meine Nummer, ich versprach ihm, ihn auf dem Laufenden zu halten, dann beendete ich das Telefonat und legte das Handy rasch auf den Tisch, als wäre es mir während des Gesprächs zu heiß geworden. Carlo hatte eine bestimmte Art, Dramatik zu erzeugen, er hatte es schon vor Tagen am Ende unserer gemeinsamen Mahlzeit versucht, ich hatte ihn sogar im Verdacht, daß er Dramatik nicht nur liebte, sondern regelrecht zum Leben brauchte, vielleicht war ich ihm sympathisch, weil er an mir etwas Derartiges witterte, ein Talent für Dramatikerzeugung, eine geheime Verwandtschaft mit gewissen italienischen Machenschaften und Ritualen. Ich starrte weiter zum Fenster hinaus, das Himmelsblau mit seinen weißen Schleiern hatte so gar nichts mit diesen Anrufen zu tun, es war lächerlich, ich konnte mir nicht vorstellen, wie Dottore Alberti in dieses Zimmer platzen würde, ich konnte es mir nur als Posse denken, bestimmt wäre es eine sehr komische, aber doch platte Szene, als Unbeteiligter hätte ich darüber sogar lachen können, vor allem darüber, daß er in diesem Zimmer nichts entdeckt hätte, schließlich hatte Franca nichts hinterlassen, nicht das Geringste, höchstens vielleicht im Bad, da mußte ich nachschauen.

Ich stand auf, als ich Schritte hörte, jemand kam die Treppe hinauf, für einen kurzen, blöden Moment dachte ich, es könne Alberti sein, dann kam sie herein, sie hielt eine weiße Styroportasse mit einem Kaffee in der Hand, sie lachte, sie sagte, guten Morgen, mein Lieber, ich setzte mich wieder. Ich brachte kein Wort hervor, sie schaute mich an, was hast Du? fragte sie, was ist passiert? Ich habe mit Carlo telefoniert, antwortete ich, Gianni Alberti war heute morgen im Hotel und hat versucht, mein Zimmer zu stürmen, angeblich hast Du ihn seit Tagen nicht angerufen, stimmt das? Sie stellte den Kaffee vor mich auf den Tisch, sie drehte sich um, sie schwieg, sie machte ein paar Schritte zum Fenster und schaute hinaus, dann sagte sie leise, ja, es stimmt, ich habe ihn nicht angerufen, weil ich nicht lügen kann, ich kann ihm nicht erzählen, daß ich allein bin, so etwas kann ich eben nicht. Sie drehte mir weiter den Rücken zu, ich spürte, wie peinlich es ihr war, von Gianni Alberti zu sprechen, ich hätte ihr gern geholfen, aber ich wußte nicht wie. Was ist weiter passiert? fragte sie, er hat sich bei Carlo und den Hotelgästen entschuldigt, er hat einen Cognac getrunken, sagte ich, einen Cognac?, nein, er trinkt keinen Cognac, niemals! sagte sie, doch, sagte ich, Carlo sagt, er habe sogar zwei Gläser Cognac getrunken, dann sei er verschwunden. Weiß er, daß wir in Ascoli sind? fragte sie, ich vermute, noch nicht, antwortete ich, aber er wird es bald wissen und kommen, ja, sagte sie, weiter sehr leise, er wird es bald wissen und kommen, so wird es sein.

Sie stand noch einen langen Moment still und schaute hinaus, dann drehte sie sich wieder zu mir um, sie lächelte und sagte, Dein Kaffee wird kalt, so trink doch Deinen Kaffee! Franca, antwortete ich, es geht so nicht weiter, wir können nicht weiter so tun, als gebe es Gianni Alberti nicht. Sie blickte mich beinahe verständnislos an, oder als hörte sie schlecht, sie preßte die Lippen fest aufeinander, dann drehte sie sich wieder um und sagte, ich möchte Dir ein Bild von Crivelli im Dom zeigen, wir wollten es uns anschauen, das hatten wir vor, ihre Stimme klang plötzlich trotzig und rauh, ich wußte, daß ich jetzt nicht nachgeben durfte, es fiel mir sehr schwer, aber ich ließ nicht locker und sagte, Franca, weich jetzt bitte nicht aus!

Sie reagierte unruhig, sie fuhr sich erneut durch die Haare, sie blickte angestrengt durch das Fenster hinaus und hob den Kopf seitlich, als sonne sie sich, zum ersten Mal hatte ich sie mit ihrem Vornamen angeredet, *Franca*, der Klang hallte nach, es klang aufrüttelnd und gewichtig, ich hätte das Wort am liebsten sofort zurückgenommen, denn es hatte etwas von einer Distanz, die es zwischen uns bisher nicht gegeben hatte. Sie war wieder einen langen Moment still, ich hörte sie schlucken, dann sagte sie, diese *Sache*, sie stockte, als erschrecke sie selbst über das Wort, diese Sache geht nur mich etwas an, ich möchte nicht, daß es Dich auch noch belastet. Franca! sagte ich, lauter als beabsichtigt, warum sprichst Du mit mir nicht darüber, hast Du nicht selbst gesagt, keiner von uns dürfe dem anderen etwas verheimlichen oder bloß für sich behalten?

Sie gab sich einen Ruck, sie löste sich vom Fenster, sie drehte sich wieder um und schaute mich wieder an, ja, sagte sie, das habe ich gesagt, Du hast völlig Recht. Also? machte ich weiter, also bitte, was soll jetzt geschehen? Es ist ganz einfach, antwortete sie, ich werde Gianni anrufen und ihm sagen, daß wir in Ascoli sind, er wird hierherkommen wollen, das soll er, er soll kommen, ich werde hier mit ihm sprechen, ich werde ihn bitten, gegen Mittag hier zu sein, ich spreche allein mit ihm, Du brauchst ihm nicht zu begegnen.

Ich hörte ihr zu, alles klang sehr entschlossen und so, als gebe es nur diese Lösung. Was wirst Du ihm sagen? fragte ich weiter, ich wollte es jetzt ganz genau wissen, ich wollte nicht, daß wir das Thema so schnell abtaten, die Wahrheit, was sonst? antwortete sie, *die Wahrheit*, da war es, das große Wort, es klang altertümlich, wie etwas, das außer Gebrauch war und worüber man nur noch akademisch nachdachte, man konnte es aber auch in anderem Sinne verwenden, als ultimative Formel: *Die Wahrheit!* Die Wahrheit kannten wir schließlich beide, sie bestand ganz schlicht aus unserer Liebe, genau das war es, es war unmöglich, uns zu trennen, niemand hätte es gegenwärtig vermocht.

Leihst Du mir Dein Handy? fragte sie, ich habe meins in San Benedetto gelassen, ich wollte an diesem Wochenende um keinen Preis telefonieren, ich laß es Dir hier, sagte ich, ich gehe ins Caffè Meletti, treffen wir uns dort, in, sagen wir, einer Viertelstunde? Sie fuhr sich mit der rechten Hand flüchtig über die Stirn, sie lächelte wieder, gut, sagte sie, treffen wir uns im Caffè Meletti und anschließend gehen wir in den Dom, um uns Crivellis Bild anzuschauen. Ich ging auf sie zu, ich zog sie eng an mich heran, wir umarmten uns und standen wieder minutenlang still, eng umschlungen, ich küßte sie vorsichtig, als wollte ich sie beruhigen, seit Tagen standen wir immer wieder so still, fassungslos aneinandergeschmiegt, es waren Momente des puren Verstehens. Ich küßte sie noch ein letztes Mal, dann lösten wir uns voneinander, und ich verließ das Zimmer.

Es war ein klarer Morgen mit einem weiten Himmel, so einen Morgen, dachte ich, gibt es nur in italienischen Städten, Du gehst mit klarem Kopf durch die schattigen, noch leicht kühlen Gassenschluchten, alles vibriert, ist in Erwartung, die Schatten ganz scharf und kompakt, das Sonnenlicht stechend, monomanisch, diese Frische des italienischen Morgens, diese Sinnlichkeit des Beginns, geht über alles andere am Tag, langsam füllen sich die Gassen mit den Aromen, mit dem Duft frischen Brotes und dem von Kaffee, durch die weitgeöffneten Türen und die kleinen Fenster quillt es hinaus, Du badest darin, Du schmiegst Dich in das weiche Bett dieser Verheißung …

Im Caffè Meletti bestellte ich einen Kaffee und ein Glas Wasser, ich erkannte mich plötzlich in der großen Spiegelfront hinter der Theke, ich sah etwas nachdenklich aus, etwas zu ernst, meine Haut war schon leicht gebräunt, ich versuchte, etwas zu lächeln, ja, so war es besser, in guten Momenten war mein Gesicht offen und klar, es wirkte dann neugierig oder, wie Rudolf einmal gesagt hatte, wie ein »Gesicht in Aktion«, Rudolf, richtig, ich blieb an ihm hängen, vielleicht sollte ich ihn doch anrufen, nein, beschloß ich, nicht jetzt, ein Kellner schob mir den Kaffee und das Wasser hin, ich möchte noch einen Cognac dazu, sagte ich, ich empfehle Ihnen einen *anisetta*, antwortete der Kellner, aus unserer Herstellung, einen Anis-Likör, Sie kennen ihn? Ja, sagte ich, bringen Sie mir einen *anisetta*, oder nein, bringen Sie zwei, gleich zwei? fragte er, ja, antwortete ich, gleich zwei, für mich und die Signora, die gerade den Platz überquert. Er kniff die Augen zusammen und versuchte, in das strahlende Licht draußen zu blicken, wir sahen Franca näherkommen, sie ging quer über die große und an diesem Morgen noch freie Fläche, es ist unser Platz, dachte ich, die Sonne brannte bereits auf dem Travertin, Ascoli war längst eine weiße, blendende Stadt mit sich verflüssigenden, zerrinnenden Steinen.

Sie kam herein, sie ging zu mir durch den kühlen und schattigen Jugendstilraum, zwei Ventilatoren kreisten bereits an der Decke, was trinkst Du? war ihre erste Frage, dann begriff sie, Du trinkst einen *anisetta*, nicht wahr?, bitte, sagte ich, hier ist Deiner, ich habe noch nicht getrunken, ich habe auf Dich gewartet. Es ist so schön hier, sagte sie, der Platz ist noch leer, setzen wir uns doch einen Moment nach draußen und trinken ihn dort. Ich gab dem Kellner ein Zeichen, wir gingen hinaus und nahmen an einem der kleinen Tische im Schatten Platz, sie gab mir das Handy zurück, ich sagte nichts, ich steckte es fort.

Sie stieß mit mir an, sie nahm einen kleinen, winzigen Schluck, dann sagte sie, ich habe mit Gianni gesprochen, ich habe ihm erklärt, daß ich mit Dir hier in Ascoli bin, er hält mich für verrückt, *verrückt*, das hat er wirklich gesagt, Franca, Du bist verrückt, immer wieder, ich habe ihn sprechen lassen, er ist außer sich, er kann es natürlich nicht begreifen, es trifft ihn völlig unvorbereitet und plötzlich.

Ich leerte mein Glas, ich starrte auf den weiten Platz, auf dem sich im hellen Sonnenlicht kaum jemand bewegte, ich wollte sie jetzt nicht anschauen und mich auch sonst nicht regen, ich wollte völlig zurücktreten und zum reinen Zuhörer werden.

Ich kenne Gianni seit meiner Kindheit, erzählte sie, als Kind wurde natürlich auch er von meinem Vater behandelt, eine Zeitlang war er mit meinem Bruder sogar befreundet, während meines Studiums habe ich ihn dann aber jahrelang nicht gesehen, ich hatte ihn beinahe vergessen, als ich nach San Benedetto zurückkam. Damals, als ich die Stelle der Direktorin erhielt, war ich das Taktieren mit Männern leid, ob Du es glaubst oder nicht, ich hatte, was meine Beziehungen zu Männern betraf, kein großes Glück, schon als junges Mädchen wurde ich laufend angesprochen, häufig mehrmals am Tag, wohin ich auch ging, es war sehr lästig und anstrengend und führte letztlich dazu, daß ich mich immer mehr abkapselte und die Gesellschaften mied. Die einzigen Männer, die ich um mich duldete, waren Vater und Bruder, ich ging, um meine Ruhe zu haben, mit Luigi aus, er wurde mein ständiger, guter Begleiter, denn wenn ich mit ihm zusammen war, wagte es niemand, mich zu belästigen. Später aber, als wir in getrennten Orten studierten, wurde es schlimm, manchmal hastete und lief ich beinahe nur noch durch Rom, weil ich den vielen unerträglichen Blicken und dem ewigen Angegafftwerden ausweichen wollte. Es war obszön, viele Männer redeten mich meiner angeblichen Schönheit wegen an, aber niemand von ihnen achtete sie, diejenigen Männer aber, die mir gefielen, achteten sie so sehr, daß sie mich nicht anredeten, sie schreckten richtiggehend vor mir zurück, weil sie dachten, ich sei längst vergeben oder hochmütig und stolz, weiß der Teufel. Ich war froh, nach Abschluß des Studiums so schnell eine Stelle in San Benedetto zu bekommen, hier kannte mich jeder, aber ich war nicht mehr das junge Mädchen, dem man nachstellte, ich war jetzt die Dottoressa, eine anerkannte Frau, der gegenüber man sich zurückhielt. Ich traf alte Freunde, und ich traf auch Gianni, er kam an unser Institut, als ich es erst wenige Wochen leitete, wir gingen manchmal zusammen aus, wir sprachen wie gute Kollegen miteinander, Gianni aber begann, um mich zu werben, es war eine regelrechte Werbung, altmodisch und ein wenig hausbacken, mit Blumen auf meinem Schreibtisch, kleinen Präsenten und unvorhersehbaren Überraschungen, er stellte sich auf mich ein, er konzentrierte seine ganze Energie kurzfristig auf mich, es schmeichelte mir sehr, es war angenehm, in unserer Umgebung begann man, uns zu necken, aber ich wußte nicht einmal genau, ob er mich liebte, eher hätte man vielleicht sagen können, daß er in mir eine Chance sah, von zu Hause fortzukommen, er war damals in diesem Alter, er suchte eine Frau, die ihn und seine Arbeit verstand, ich war für ihn genau die Richtige, ganz pragmatisch gesehen, und auch er war für mich der Richtige, denn ich hatte auch keine Lust, wie eine einsame Diva behandelt zu werden.

Ich hielt weiter ganz still, ich hatte die ganze Geschichte in kleinen Genrebildern vor Augen, die Blumen auf ihrem Tisch, Gianni Albertis triumphierendes Lächeln, ihre gemeinsame Fahrt in einem etwas zu pompösen Wagen die Küste entlang, ich hätte einen Film mit den beiden drehen können, so viele Bilder stellten sich ein. Ich sagte nichts, liebend gern hätte ich einen weiteren *anisetta* getrunken, aber ich konnte sie jetzt nicht unterbrechen, ich mußte weiter im Hintergrund bleiben, ein Schatten, der vorerst noch kein Leben haben durfte.

Gianni ist sehr ehrgeizig, erzählte sie weiter, er ist gewitzt und hochintelligent, es ist ein Vergnügen, mit ihm zu arbeiten, alles geht leicht voran, er hat immer neue Ideen, in wenigen Wochen tritt er die Direktorenstelle in Ancona an, er hat mir einen Platz an seiner Seite verschafft, wir sind ein Team, hieß es plötzlich, natürlich will er, daß ich ihn begleite, er hat es schlau eingefädelt, auf dem Posten hätte ich viele Freiheiten, eigene Arbeiten durchzuführen, das wäre viel besser als meine jetzige Anstellung in San Benedetto, denn das Institut in San Benedetto hat nur einen sehr kleinen Etat, mit dem man nicht viel ausrichten kann. Hätte ich Dich nicht kennengelernt, wäre ich Gianni nach Ancona gefolgt, jetzt geht es nicht mehr. Ich wußte auch vorher nicht genau, ob es richtig gewesen wäre, ihm nach Ancona zu folgen, ich habe nicht Giannis Ehrgeiz, verstehst Du, ich habe nicht unbedingt Lust, mein Leben mit langwierigen Forschungen in einem Institut zu verbringen, die Forschung macht mir zwar Spaß, aber sie ist nicht mein Leben, höchstens ein stimulierender Teil, außerdem bin ich zu gern unterwegs, vielleicht ist mein kunsthistorisches Interesse sogar noch immer größer als mein biologisches, das glasige Blau in der Tiefe und seine Bilder – das ist es, das fasziniert mich wirklich, ich bin noch immer süchtig danach.

Ich hielt die Anspannung nicht mehr aus, ich drehte mich nach dem Kellner um und bestellte noch zwei Gläser *ani-*

setta, dann schaute ich wieder auf den leeren Platz, ich empfand ihn plötzlich als eine Art Bühne, die Häuser ringsum waren nur wenige Meter hoch, diese menschenfreundlichen Verhältnisse luden geradezu ein, den Platz als Bühne zu sehen, man führte ein klassisches Stück auf, es ging um die Liebe, die einzige, große, und mit einem Mal erschien unter den Arkaden der böse Dritte im Bunde, langsam ging er auf und ab, er war durch Francas Erzählung entstanden, er trug Schwarz, er hatte glattes, glänzendes Haar, er war mein Feind, ich mußte mich wappnen.

Wann kommt er genau? fragte ich, ich treffe ihn gegen Eins, sagte sie, hier im Meletti, ich werde ihm sagen, daß ich nicht mit ihm nach Ancona gehe, er tut mir leid, ich tue ihm jetzt etwas an, ich mag ihn sehr, er kann sehr herzlich und sogar komisch sein, Du würdest ihn nicht wiedererkennen, wenn er andere Menschen parodiert, sogar so etwas kann er. Ich schwieg, ich hatte den Eindruck, als sitze er schon fast neben uns, sein kurzer Auftritt in dem Fischlokal von San Benedetto kam mir in den Sinn, wir hatten dort zusammen gegessen, ich hatte ihn unerträglich gefunden, das Bild, das Franca von ihm entwarf, konnte ich mit der bemühten Forscher-Erscheinung, die ich kennengelernt hatte, nicht in Einklang bringen, ich sagte nichts, ich hielt mich wieder zurück, trinken wir noch den *anisetta*, sagte ich, dann laß uns das Bild von Crivelli anschauen.

Wir tranken unsere Gläser schweigend aus, ich bezahlte, dann gingen wir hinüber zum Dom, sie führte mich in eine Kapelle des rechten Seitenschiffes, in der sich das Altargemälde von Crivelli befand, einen Moment saßen wir nebeneinander, dann stand sie wieder auf und trat zur Seite hin weg, ich hatte das Gefühl, als suchte sie an der Wand eine Zuflucht, ich drehte mich aber nicht nach ihr um, obwohl ich bemerkte, daß sie sich langsam von mir entfernte. Ich blieb sitzen, ich holte mein Fernglas hervor, ich war jetzt für jede Ablenkung dankbar, ich studierte die zentralen Szenen des Bildes, eine Maria mit Kind, eine Grablegung, dann machte ich mich an die Heiligen und verweilte bei jedem einzeln, bei der bleichen Exaltiertheit der Frauen und der weichen Eleganz mancher Männer, ich hatte zu tun, ich vertiefte mich in die Farben und verweilte bei jedem Detail.

Als ich mich nach ihr umdrehte, war sie nicht mehr in der Kapelle, ich betrachtete das Bild noch eine Weile als Ganzes, als Ganzes machte es eher eine unbeholfene, aus jeder Zeit fallende Figur, als passe es in keine Epoche und als wäre Carlo Crivelli damit einerseits zu spät beschäftigt gewesen und andererseits auch zu früh, ich hatte nicht die Ausdauer, mir es genau klarzumachen, deshalb stand ich auf und ging sie jetzt suchen, ich ging durch das dunkle Seitenschiff und suchte sie vor den Kapellen, ich glaubte sie in der Nähe der Vierung zu sehen und folgte ihr, verlor sie aber bald wieder, ich ging zurück in die Kapelle Crivellis, sie war nirgends zu finden, ich hatte die Idee, in der Krypta nach ihr zu schauen, aber auch dort war sie nicht, ich verstand nicht, was sie mit mir trieb, was hatte dieses Versteckspiel, wenn es denn überhaupt eines war, zu bedeuten?

Ich resignierte schließlich, ich ging ein letztes Mal zurück zu dem Bild von Crivelli, ich setzte mich noch einmal in eine Bank, als sie ganz plötzlich wieder erschien und sich neben mich setzte, wo warst Du? fragte ich, ich war nebenan, im Museum, flüsterte sie und sagte dann, etwas lauter, ich gehe jetzt, ich möchte jetzt gehen. Mit einem Mal begriff ich, wie unruhig sie war, sie hatte es im Dom und vor dem Bild Crivellis nicht ausgehalten, sie brauchte noch etwas Zeit für das Gespräch mit Gianni Alberti, was hast Du jetzt vor? fragte sie mich, und ich sagte, ich habe sehr großen Hunger, ich habe tagelang nicht richtig gegessen, ich werde mich in irgendein Lokal setzen und in Ruhe essen, in Ruhe? fragte sie, so ganz in Ruhe?, ich werde es zumindest versuchen, antwortete ich. Sie stand auf, sie sagte, daß sie mich anrufen werde, wenn Alberti fort sei, ja, sagte ich, gut, ich kam mir hilflos vor, ein bloßer Statist, noch immer wollte ich keineswegs auffallen und am liebsten verschwinden. Ich blieb noch etwas in der Kapelle sitzen, man hätte mich für einen stillen Beter halten können, dann verließ auch ich den Dom.

Draußen schaute ich auf die Uhr, es war kurz nach Zwölf, ich wollte noch etwas spazierengehen, in aller Ruhe, aber ich war zu nervös, ich bildete mir ja nur ein, auf der Suche nach einem guten Lokal zu sein, schon bald ertappte ich mich dabei, grundlos vor Geschäften stehenzubleiben, ich schaute mir die Auslagen an, so etwas hatte ich früher immer als peinlich oder als lästig empfunden, jetzt aber war ich versunken in der Betrachtung von Schuhen, Andenken und anderem Krimskrams, eigentlich schaute ich gar nicht hin, ich ließ nur die Zeit verstreichen, immer wieder fiel mein Blick auf die Uhr, dann war es endlich kurz vor Eins, und ich bemerkte, daß ich mich der Piazza näherte.

Sie saß bereits draußen, vor dem Caffè, ich sah sie genau, ich blieb im Dunkel der Arkaden gegenüber verborgen, ich wartete mit ihr, die Minuten vergingen, ich glaubte schon nicht mehr, daß er erscheinen würde, dann war er ganz plötzlich da, einige Sekunden lang war ich unaufmerksam gewesen. Er setzte sich neben sie, er ließ die Speisekarten kommen, sie bestellten sich sogar etwas zu essen, sie machten ganz und gar nicht den Eindruck eines Paares, das dabei war, Abschied voneinander zu nehmen oder sich gar für immer zu trennen. Ich schaute ihnen zu, *in aller Ruhe*, sagte ich mir, ich sah, wie Gläser und Teller gebracht wurden, und wunderte mich über ihre einverständige Gestik, sie hatten wirklich überhaupt nichts von einem zerstrittenen Paar, nur daß Alberti viel mehr als sie sprach, er wirkte aber nicht aufgeregt oder gereizt, er schien zu dozieren, genau so kannte ich ihn ja.

Sie aß nicht sehr viel, sie brach das Essen bald ab, ihr Niederlegen von Gabel und Messer war die einzige unerwartete Geste in diesem Spiel, sie trank etwas Wasser, lehnte sich dann zurück und bestellte noch etwas anderes, sie schlug ein Bein übers andere, es war die vertraute Bewegung, die ich an ihr so mochte, ich mochte, wie sie mit dieser Bewegung versuchte, zur Sache zu kommen und sich zu konzentrieren, ich sah, wie sie wahrhaftig eine Zeitlang allein sprach, sie schaute ihn dabei nicht an, sie blickte in den Himmel, sie blinzelte hinauf zu den Wolken, als redete sie über das Gespräch mit einer Freundin oder etwas letztlich Belangloses, er aber aß, er schien richtiggehend Appetit zu haben, erst jetzt fiel mir überhaupt auf, wie er gekleidet war, er trug eine dunkelblaue Jacke und eine gelbe Krawatte, er wirkte sehr festlich, im Grunde war es eine Abendgarderobe, ich fragte mich, warum er sich so herausputzte, er sprach dann ununterbrochen, in immer demselben Gestus, er hob und senkte laufend das Messer, ich konnte es nicht mehr mit ansehen, ich war es leid.

Ich schlich im Dunkel des Arkadengangs fort, ich konnte nicht genau erkennen, was gerade zwischen ihnen ablief, ich hatte mir eine Auseinandersetzung im Stil des klassischen Dramas, mit einem großen Konflikt, mit Händeringen und einem bühnenträchtigen Abgang vorgestellt. Ich entfernte mich, ich wollte weit fort, als ich einige Schritte getan hatte, spürte ich wieder diesen mächtigen Hunger, tagelang, dachte ich, hast Du Dich nur von Kleinigkeiten ernährt, jetzt iß, so iß doch, iß!, ich ging in das nächstbeste Lokal, ich war nicht mehr in der Lage, länger zu suchen und auf Tröstung zu verzichten. Man führte mich in einen kleinen Innenhof, er wirkte etwas beengt und stickig, ein leise plätschernder Brunnen hätte fast dafür gesorgt, daß ich kehrtgemacht hätte, dann aber war mir dieses Dauergeräusch egal, ich war schon damit zufrieden, daß es nur wenige Gäste gab, einen großen, vergoldeten Käfig mit einem fremdartigen Vogel beachtete ich ebenfalls nicht weiter.

Ich nahm Platz, ich studierte die Karte, ich wollte zur Ruhe kommen, indem ich eine Karte studierte, *Studium* war jetzt das richtige, beruhigende Wort, ich ignorierte die mir bekannten Speisen, ich erhöhte den Schwierigkeitsgrad und suchte nach etwas Rarem, *la trippa in bianco*, las ich, Kutteln in Weißwein, ich stellte mir lang eingekochte, in einer öligen Weinsauce schwimmende Kutteln vor, schon bestellt, dachte ich, aber wie weiter?, *una zuppa di porri*, ja, dachte ich, ganz genau, eine gute Lauchsuppe zu Beginn, dann ein kleines Bett *tagliatelle* mit einer Lage Steinpilzen darauf, endlich *la trippa*, dazu eine Flasche Falerio, gleich eine Flasche?, natürlich, eine Flasche, auch so etwas trug jetzt zur Beruhigung bei.

Ich bestellte, die Sonne stand jetzt als gleißendes Licht direkt über dem Innenhof, der Kellner fragte mich, ob ich im Schatten zu sitzen wünsche, nein, sagte ich, in der Sonne, genau so, wie ich jetzt sitze, wahrscheinlich stöhnte er hinter meinem Rücken über die Idiotie dieses Fremden nur auf, ich empfand die Sonne aber als ein wachsames und auch freundliches Auge, das direkt auf mich blickte.

Der Wein wurde als erstes serviert, dazu Wasser und etwas frisches Brot, ich hätte völlig zufrieden in einer ascolanischen Trattoria sitzen können, dem Genuß einer interessanten Folge von Speisen hingegeben, im Grunde wollte ich das auch, ich wollte es und nur genau das, ich war aber abgelenkt, ich hatte die ganze Geschichte mit all ihren Komplikationen wie ein kaum zu entwirrendes Knäuel im Kopf. Ich holte mein schwarzes Notizbuch hervor, das Aufschreiben von innerem Wirrwarr hatte mir schon oft geholfen, ich blickte hinauf zur Sonne, braun würde ich werden, tiefbraun, dieses Licht bündelte sich zu einer *sole in bianco*, damit ich als Fremder nicht mehr zu erkennen sein würde: *Ich zuckte zusammen, als Franca ohne alle Umwege sagte, daß sie nicht nach Ancona gehen werde. Sie sagte es ganz entschieden, als brauche sie keinen Augenblick mehr darüber nachzudenken und als gebe es sehr selbstverständlich nur diese eine Antwort auf Albertis Drängen. Diese Direktheit und Klarheit der Entscheidung paßt zu ihr, sie ist keine Frau, die laviert, um etwas herumredet, Sachen in der Schwebe läßt, auch sonst geht sie immer direkt auf etwas zu, das dort soll es sein und nicht das, dorthin laß uns gehen und nicht anderswohin. Wie aber steht es um mich? Ich bin, wie der alte Antonio richtig sagte, eingebrochen in festgefügte Verhältnisse, innerhalb von kaum einer Woche habe ich sie durch mein bloßes Erscheinen erschüttert. Manchmal denke ich, ich könnte an dem Unglück, das ich ja zumindest für Gianni Alberti hervorrufe, so etwas wie schuld sein, andererseits fühle ich mich nicht schuldig, höchstens bin ich verantwortlich ..., verantwortlich, ja, könnte man besser sagen, verantwortlich für das, was jetzt geschieht. An erster Stelle aber geht es um Franca, ich glaube ihr, daß sie nicht nach Ancona geht, sie sagte es vollkommen besonnen, aber auch in ihr wird es rumoren, der Entschluß, nicht nach Ancona zu gehen, ist nur ein erster Schritt, wie sie es sich weiter denkt, ahne ich ja nicht einmal. Nehmen wir an, sie bleibt in San Benedetto, sie trennt sich von Gianni Alberti, sie leitet auch in Zukunft das Institut, wie soll es mit uns dann weitergehen? Ich habe darauf keine Antwort, seltsamerweise vermute ich aber, daß sie es sich bereits genau überlegt hat und, wenn ich sie fragen würde, in drei, vier Sätzen einen genauen Weg markieren würde. »Ich gehe nur etwas voran«, hat sie einmal gesagt, als ich sie darauf ansprach, daß meine Rolle in unserer Verbindung vorerst darin besteht, ihr zu folgen, ich folge Ihnen gern, Dottoressa, habe ich so dahin gesagt, ohne zu ahnen, wie treffend dieser Satz ist, ich kann nur den zweiten Schritt tun, zuerst kommt es immer auf sie an und darauf, wie sie sich entscheidet ...*

Der Kellner servierte die Suppe und schenkte etwas Wein nach, ist es Ihnen wirklich nicht zu heiß? fragte er noch einmal, nein, sagte ich, ich vertrage Hitze ganz ausgezeichnet, nach genau diesem Sonnenlicht habe ich mich in Deutschland wochenlang sehr gesehnt. Er lächelte nachsichtig, als habe er einen braven Buben vor sich, der Freundliches über sein Heimatland sagte, er wollte das Gespräch noch etwas verlängern, ich grummelte aber nur noch vor mich hin, kostete die vorzügliche Suppe, überflog noch einmal, was ich geschrieben hatte, und machte, nachdem ich den Teller geleert hatte, schnell weiter: *Manchmal gehe ich in Gedanken viele Schritte zurück, ganz an den Anfang, und überlege, wie alles entstanden ist. Auf den ersten Blick hat es den Anschein, als habe sich unsere Liebe aus einem plötzlichen Impuls heraus entwickelt, ich vermute aber, daß ich in Wahrheit, ohne es freilich zu wissen, genau auf ein solches Ereignis wartete, ja sogar darauf vorbereitet war. Wenn ich nämlich an meine letzten Monate denke, so waren sie vollkommen ruhig, ich erledigte alle Arbeiten und Aufträge sehr geduldig, ich ließ die Trennung von Hanna still ausklingen, manchmal dachte ich noch an sie, von Woche zu Woche wurde es aber weniger. Dabei fühlte ich mich etwas schwach, nicht impulsiv genug jedenfalls, um viel auszugehen, die Freude am abendlichen Herumziehen war nicht wieder zurückgekehrt, Rudolf hatte bei den wenigen Malen, die ich mit ihm in ein paar Kneipen verbrachte, seine liebe Not mit mir, mitten im Sommer saß ich allein unter Scharen von Menschen in einem Biergarten, ich trank Bier und fand doch keinen richtigen Geschmack daran, ich ließ das Bier schal werden und schob das Glas endlich fort, innerlich war ich abwesend und nur ab und zu etwas neidisch auf die penetranten Paare, die sich ganz in meiner Nähe küßten und als heiteres Liebespaar inszenierten. So ruhte ich, mein Körper ruhte, meine Phantasien auch, ich hatte keine Ansprüche mehr, vielleicht fühlte ich mich durch das Zusammensein mit Hanna erschöpft, wer weiß so etwas genau? Rudolf bekam natürlich mit, wie es um mich stand, immer wieder riet er zu einer Reise, ich hatte aber keine Lust zu verreisen, schon beim bloßen Gedanken an all den Aufwand, der damit verbunden war, wurde mir schlecht. Irgendwann aber war in der Redaktion die Rede von den meeresbiologischen Instituten an der italienischen Adriaküste, ich weiß noch genau, daß ich sehr genau hinhörte, die beiden Wendungen klangen in meinen Ohren verlockend, »meeresbiologische Institute«, »italienische Adriaküste«, ich dachte jedenfalls plötzlich: Das ist es! und begann auch gleich zu recherchieren, und als ich im Zug in den Süden saß, fühlte ich mich wirklich frei, ich hatte die Sache mit Hanna hinter mir und atmete aus, ja ich hatte wieder eine geradezu unbändige Lust auf die Welt. Mit diesem Schwung kam ich nach San Benedetto, ich war hellwach, alle Sinne arbeiteten gleichsam auf Hochtouren, ich erinnere mich noch gut an den ersten Tag hier, beinahe fühlte ich mich ja wie ein fremdländischer König, dem die Einheimischen einen enthusiastischen Empfang bereiteten, ich spürte sogar schon so etwas wie Glück, nur war es natürlich noch nicht so stark und so erfüllend wie das Glück, das dann folgte. Dennoch, das Glück war schon in mir, ich war präpariert, in dieser Glücks-Verfassung begegnete ich Franca, ich erinnere mich bis ins letzte Detail an den singulären Moment, in dem die Glücks-Erwartung dann zündete …*

Ich schrieb ununterbrochen, ich war in eine regelrechte Schreibekstase geraten, ich hatte kaum zur Kenntnis genommen, daß mir jemand die *tagliatelle con porcini* hingestellt hatte, der Teller mit der kleinen, kreisrund auf seiner Mitte drapierten Portion dampfte still vor sich hin, schließlich kam der Kellner mit langsamen Schritten zu mir an den Tisch, mein Schreiben paßte ihm nicht, nur sehr verständige, sensible Kellner, wußte ich ja, haben ein Verständnis für jemanden, der bei Tisch schreibt. Ich kam ihm zuvor, ich sagte jaja, schon gut, ich esse die Pasta gleich, er schenkte mir nach und versuchte, einen Blick auf mein Notizbuch zu erhaschen, ich mag so etwas nicht, sie fragen einen dann meist sehr einfallslos, ob man ein Schriftsteller sei, und ich antworte meist sehr gereizt, daß man auch ganz normalen Menschen durchaus zutrauen könne, mit wachem Verstand ein paar aufeinanderfolgende Sätze zu schreiben. Um ihn von meinem Tisch fernzuhalten, sagte ich, also gut, ich zog den Teller zu mir heran und griff zu Gabel und Löffel, dabei hatte ich noch einen Textabsatz im Kopf, die *tagliatelle con porcini* kamen einfach etwas zu früh, kamen die *tagliatelle* vielleicht etwas zu früh? fragte er da, und ich sagte, ja, in genau sechs Minuten wären sie richtig. Zu meinem Erstaunen machte er überhaupt kein Theater, er verschwand stillschweigend und diskret mit dem Teller, ich griff noch einmal zu meinem Notizbuch, auch die Postkarten mit dem Bild der heiligen Magdalena bewahrte ich in ihm auf: *Die Glücks-Erwartung zündete genau in dem Moment, als ich die im Museum ausgestellten Fundstücke betrachtete, ich kehrte der Tür den Rücken zu, ich beugte mich über ein Ausstellungsobjekt, da hörte ich ihre Stimme, ich hörte sie, erst dann drehte ich mich zu ihr um, ich sah sie, ich sah eine knappe, sehr rasche Geste, das Zurückwerfen der Haare aus ihrem Gesicht, dazu das monochrome Grün ihres Kleides, dann die Haut, leicht errötet, das leichte Rot übergehend ins Rotblond der Haare. Was ich sah, waren einige Details, ich betrachtete sie aber, als studierte ich Einzelheiten auf den Bildern sehr alter Meister, und genau so erschien mir denn auch diese Frau: wie eine von alten Meistern gemalte Figur, wie eine Personifikation all der glücklichen Lebensumstände, die mich genau zu diesem Zeitpunkt umgaben.*

Genau sechs Minuten, sagte der Kellner und stellte die warm gehaltenen *tagliatelle* erneut vor mich hin, schau mal an, dachte ich, er hat sogar Sinn für Humor, inzwischen war mir heiß geworden, ich wollte es aber nicht zugeben, wahrscheinlich glühte mein Gesicht längst, ich bestellte rasch noch etwas Wasser, um meinen Weinkonsum in Grenzen zu halten. Ich drehte die Nudeln auf dem Löffel zu sehr kleinen Nestern, ich kostete, es war wieder sehr gut, ich packte das Notizbuch entschlossen zur Seite, ich hatte wirklich lange genug geschrieben, da hörte ich das Klingeln des Handys.

Ich blickte mich um, ich hatte bis zu diesem Zeitpunkt noch immer nicht gelernt, in der Öffentlichkeit zu telefonieren, noch immer saß ich manchmal mit offenem Mund in Gegenwart eines lauter familiäre Details von sich gebenden Menschen regungslos da und faßte diese obszöne Mitteilungssucht nicht, ich sondierte also vorsichtig das Terrain, saß aber längst allein in diesem überhitzten Innenhof, die anderen Gäste hatten sich in die kühleren, schattigen Räume zurückgezogen. Ich griff rasch nach dem Handy, ich meldete mich, es war Franca, wo bist Du, Lieber? fragte sie, ich begann, es ihr zu beschreiben, ah, unterbrach sie mich schnell, ich weiß, wo Du bist, ich kenne das Lokal gut, es gibt einen plätschernden Brunnen mitten im Hof, habe ich Recht? Ja, sagte ich, es gibt ihn leider, und wo bist Du, willst Du kommen, um mit mir noch ein Dessert zu essen?, Gianni wird kommen, sagte sie, Gianni möchte sich mit Dir unterhalten, es tut mir leid, aber er wird nicht heimfahren, bevor er sich nicht mit Dir unterhalten hat, deshalb mußt Du es eben auch hinter Dich bringen. Ich? rief ich, meinst

Du mich?, ich war etwas durcheinander, ich hatte überhaupt nicht mit einem solchen Ansinnen gerechnet, ja, sagte sie ruhig, ich meine Dich, jetzt geht es eben um Dich, jetzt bist Du gefordert. Ich bin gefordert, dachte ich, *ich*, diesmal *ich*, und dann dachte ich wieder, iß, iß doch, so iß!, meine Koordination geriet völlig durcheinander, ich wußte nicht einmal mehr, was ich als nächstes tun sollte, essen, nachdenken, schreiben oder trinken, statt dessen spürte ich eine beinahe unerträgliche Hitzeaufwallung, auf diesen Auftritt bist Du nicht vorbereitet, dachte ich, er kommt zum falschen Zeitpunkt, bist Du noch dran? hörte ich Franca, ja, sagte ich, entschuldige, wann wird er kommen?, am besten doch gleich, sagte sie, oder paßt Dir das nicht? Ich spürte, daß mein Wille nicht stark genug war, um diese Begegnung noch abzuwenden, matt, wie zerdünstet, saß ich in der prallen Sonne, in Ordnung, hörte ich mich aber sagen, soll er kommen, laß ihn ruhig kommen, ich bin bereit!

Sie sagte, daß sie ins Hotel gehen und dort auf mich warten werde, dann beendete sie gleich das Gespräch, ich schob die *tagliatelle* sofort zur Seite, Du darfst Dich jetzt nicht weiter beschweren, dachte ich, sich zu beschweren ist gegen die Grundregeln jeder guten Ästhetik. Ich stand auf und ging zur Toilette, dort wusch ich mir mit kaltem Wasser durch das Gesicht, ich schaute erneut in einen Spiegel, aber ich erkannte mich gegenüber dem Morgen kaum wieder, ich sah rotbraun oder besser rostbraun aus, ich hatte mich in der Frühe nicht rasiert, ich hatte etwas von einem Haudegen, etwas verwegen Haudegenhaftes, ich mochte nicht länger hinschauen. Ich ging wieder zurück an meinen Tisch, der Kellner fragte mich zum dritten Mal, ob ich mich nicht nach drinnen setzen wolle, nein, entgegnete ich, sehen Sie nicht, wie gut mir das Sitzen hier draußen bekommt?, außerdem erwarte ich noch einen Bekannten. Soll ich ein weiteres Gedeck auflegen? fragte er, vorerst nein, sagte ich, warten wir es doch lieber ab.

Ich schaute vor mich hin, ich versuchte, mich zu sammeln, was wollte Gianni Alberti von mir, warum um Himmels willen legte er es auf ein Gespräch an, warum beließ er es nicht bei dem Gespräch mit Franca und forderte mich so offen heraus? Bringen Sie noch eine Flasche Weißwein, sagte ich zu dem abwartenden Kellner, er verstand nicht, was ich vorhatte, entschuldigen Sie, sagte er, aber Ihre Flasche ist noch halbvoll, bringen Sie trotzdem eine zweite, sagte ich, und stellen Sie sie in den Kübel, sie ist dann wenigstens eiskalt, wenn mein Gast erscheint. Er schlich davon, ich war mit der Bestellung zufrieden, sie war immerhin eine Art Anfang, ich hatte die Initiative ergriffen.

Ich überlegte mir den nächsten Schritt, da erschien der Kellner mit der *trippa in bianco*, mein Gott nein, sagte ich, nicht? fragte der Kellner, wieder erst in sechs Minuten?, sie sind aber doch ausgezeichnet, Sie können sie nicht zurückgehen lassen. Stellen Sie sie hin, sagte ich und probierte, um es möglichst rasch hinter mich zu bringen, die Kutteln waren dünn, weich und geschmeidig, sie lagen mit wenigen eingekochten grünen Oliven in einer wie vermutet glasigen Sauce, der Kellner wartete ab, er stand dicht neben mir, ich war nach der ersten Gabel sofort entschlossen, jetzt diese Kutteln zu essen, ich würde sie vor Gianni Albertis Augen langsam verzehren, die Kutteln und ihr Genuß waren die richtige Provokation, damit würde ich Gianni Albertis Gerede glatt unterlaufen, durch den zelebrierten Genuß einer Handvoll von Kutteln würde ich die geheime Regie unseres Gesprächs übernehmen!

Ich aß langsam und langsamer, der Kellner tauchte mit der zweiten Flasche auf, in genau diesem Moment erschien auch Gianni Alberti, hier sind Sie! rief er, er wirkte freundlich, er tat, als wären wir wahrhaftig verabredet, ich war jedoch auf der Hut, er sollte mich nicht täuschen können. Macht es Ihnen etwas aus, in der Sonne zu sitzen? fragte ich, und er antwortete, nein, im Gegenteil, extreme Sonne bin ich durch meine Arbeit gewöhnt. Er gab mir die Hand, ich bot ihm den Platz mir gegenüber an, wir setzen uns, nun leg los! dachte ich, nun mach schon, Gianni, nun rück endlich mit der Sprache heraus!

Gianni Alberti blickte aber zunächst auf meinen Teller mit den Kutteln, ah, sagte er anerkennend und etwas lüstern, ah, *trippa in bianco*, sie sollen hier ja ganz hervorragend sein, sie *sind* hervorragend, sagte ich, darf ich Sie zu einer Portion einladen? Er überlegte keinen Moment, ja, gern, sagte er, ich bestellte ihm sofort auch eine Portion, ich war überrascht, daß er auf so etwas einging, überhaupt sah er sehr gefaßt aus, beherrscht, von einer eventuellen Verstörung war ihm nichts anzumerken. Der Kellner brachte ihm ein leeres Glas, meine erste Flasche wurde geleert, wir hoben zusammen die Gläser, man hätte denken können, ein Freundespaar prostete sich gut gelaunt zu.

Er trank, dann begann er, ich habe mit Franca gesprochen, ich erwähne keine Details, wir sind alle alt genug, um die Situation zu begreifen, Franca behauptet, sie habe sich entschieden, nicht mit mir nach Ancona zu gehen, ich habe sie ganz offen gefragt, ob *Sie* der Grund für diesen Entschluß sind, sie hat erklärt, daß dies mich nichts angehe, es müsse mir genügen, wenn *sie* es ablehne, mit mir nach Ancona zu gehen, die Verlobung betrachte sie als gelöst. Franca hat, sagte er weiter, das bleibt jetzt aber unter uns, Franca hat – ich kenne sie besser, nein, ich korrigiere, nicht unbedingt besser, wohl aber länger als Sie –, Franca hat manchmal ihre Grillen, ich habe in meinem bisherigen Leben mit ihr viele erstaunliche Dinge erlebt, das hier geht in meinen Augen aber zu weit, ich kann diese Geschichte nicht nachvollziehen, noch vor kaum einer Woche haben wir Details eines möglichen Umzugs besprochen, wir wollten, Sie werden es wissen, in Ancona eine gemeinsame, repräsentative Wohnung beziehen.

Er war ins Reden gekommen, Du mußt ihn jetzt bremsen, dachte ich, sonst redet er ununterbrochen und am Ende bleibt alles offen, Sie haben bisher nicht zusammen gewohnt? fragte ich, etwas boshaft, aber nein, sagte er ungeduldig, nicht doch, sind Sie darüber nicht informiert? Nein, sagte ich, das bin ich nicht, ich habe mit Franca nie darüber gesprochen, offen gestanden, weiß ich, jetzt ebenfalls ganz unter uns, nicht einmal, wo sie wohnt. Das wissen Sie auch nicht? fragte er und schaute mich zweifelnd an, nein, sagte ich, haben Sie etwa angenommen, daß ich es weiß? ja, sagte er, ich hörte sogar, Sie hätten Franca in ihrer Wohnung besucht, nein, sagte ich, ich versichere Ihnen, und ich nehme nicht an, daß Sie mir nicht glauben, ich versichere Ihnen also, ich habe Francas Wohnung noch nie betreten, ich weiß nicht, wo sich diese Wohnung befindet, ja ich habe nicht einmal irgendwelche Anstalten gemacht, es zu erfahren.

Aha, sagte er nur, er stockte und wußte nicht weiter, er versuchte, das Puzzle seiner Vermutungen neu zusammenzulegen, da wurden die Kutteln *in bianco* serviert, aha, sagte er wieder, als gelte sein *aha* in Wahrheit den Kutteln, er richtete sich etwas auf, er schien sogar zu lächeln, dann griff er nach seiner Gabel. Wir schwiegen und dachten nach, wir saßen uns eine Weile stumm gegenüber und aßen beide mit großem Genuß Kutteln *in bianco*, wir aßen dasselbe, wir tranken denselben Wein, wahrscheinlich ergab unser Zusammensitzen aus einiger Entfernung erneut ein Bild der Vertrautheit.

Ich dachte darüber nach, in gewissem Sinn sind wir vielleicht sogar so etwas wie Vertraute, dachte ich, nicht zufällig haben wir ja beide schon diese verräterischen Wendungen gebraucht, *ganz unter uns* ..., *jetzt einmal unter uns*, in gewissen Punkten waren wir uns vielleicht sogar einig oder besonders nahe, wir liebten schließlich dieselbe Frau. Wie wäre es, dachte ich plötzlich, wenn ich mich mit gerade diesem Mann besonders gut verstünde, im Grunde ist er der einzige Mensch, der jetzt eine Art kompetenter Gesprächspartner für mich wäre, *kompetent* klingt übrigens gut, das würde ihm sehr gefallen, vielleicht sollte ich jetzt eine überraschende Wendung riskieren und zu ihm sagen: Ich schätze Sie in dieser Sache als kompetenten Gesprächspartner, reden wir jetzt einmal unverblümt unter Männern, und treffen wir dann ein paar Abmachungen!

Ich mußte grinsen, er bemerkte es und sagte, ich sehe, es schmeckt Ihnen auch, Sie haben Recht, die Kutteln sind wirklich fantastisch, ja, sagte ich, nicht wahr?, in diesem Punkt zumindest sind wir uns einig. Wir aßen eine Weile stumm, dann begann er von neuem, Sie sehen, sagte er, Ihre Worte irritieren mich etwas, ich nahm an, es gebe eine gewisse enge Verbindung zwischen Ihnen und Franca, die gibt es, fiel ich ihm ins Wort, aha, sagte er wieder, die gibt es also doch, können Sie mir dann bitte sagen, wie sie sich aus Ihrer Sicht darstellt? Aus Ihrer Sicht, *aus meiner Sicht*, natürlich war er gekommen, meinen Standpunkt auszuforschen, er wollte genau wissen, woran er mit mir war, er wollte es möglichst exakt erfahren, um daraus seine Schlüsse ziehen zu können.

Sie werden es pathetisch finden, antwortete ich, aber in meinen Augen ist es *Die große Liebe*, sie ist es übrigens auf beiden Seiten, es ist *Die große Liebe* ohne Herzschmerz und Eifersucht, ohne Intrigen und Vorbehalte, ohne jeden Kummer und Rücksichten. Er hörte auf zu essen, er schaute mich an, er sah aus, als mutete man ihm zu, an ein Wunder zu glauben. Signore, sagte er dann, ich kenne Ihr Alter nicht, vielleicht sind Sie ein klein wenig älter als ich, jedenfalls sind Sie nicht mehr im pubertierenden Alter und damit aus dem Alter heraus, in dem man so schwärmerische Begriffe wie *Die große Liebe* gebraucht und auch noch daran glaubt, diese Begriffe sind etwas für Romane und poetische Abhandlungen, den Ernst des Lebens berühren sie nicht.

Wir befinden uns aber in einem Roman, sagte ich, Franca und ich – wir schreiben gleichsam an einem Roman, es ist ein beinahe klassischer Liebesroman, ein Liebesroman *in nuce*, wenn Sie so wollen. Er aß noch immer nicht weiter, er schüttelte noch einmal den Kopf, ich bitte Sie, sagte er dann, ich verstehe Sie nicht, es ist ganz einfach, sagte ich, es ist ein Roman ohne wirkliche Hindernisse, ohne peinliche Irrtümer und Nebengedanken, es gibt auch keinerlei alberne Umwege und erst recht keine Skepsis, zwei Menschen erkennen, daß sie füreinander geschaffen sind, das ist es, und es ist so gewaltig, daß es alles andere zum Schweigen bringt, es ist *Die Liebe* pur, deshalb nenne ich diesen Roman ja auch *Die große Liebe*, es gibt nichts Treffenderes, verstehen Sie jetzt?

Interessant, sagte er und aß weiter, er legte den Kopf schräg, als habe er einen Vortrag zu hören bekommen, der aber erst noch einmal durchdacht werden mußte, interessant, mit unserem Alltag ist Ihre große Liebe aber anscheinend nur sehr wenig vertaut, werden Sie doch einmal konkret: Wie stellen Sie sich ein gemeinsames Leben mit Franca denn vor, wo und wie soll es stattfinden, wollen Sie etwa jeden Monat einmal aus München anreisen, um mit ihr am Meer spazierenzugehen? Es ist nicht so leicht, wie Sie vielleicht denken, Sie übernehmen eine große Verantwortung, wenn Sie sich irren, wenn Ihre Gefühle vielleicht schon in einem Monat schwächer werden und sich auf eine andere Stimmungslage, sagen wir zum Beispiel auf eine in München, einstellen, werden Sie Francas Leben zerstören. Ich glaube ihr, ich kenne sie schließlich sehr gut, wenn *sie* von der *großen Liebe* sprechen würde, so hätte ich nicht den geringsten Grund, daran zu zweifeln, sie ist keine leichtfertige, ja noch nicht einmal eine schwärmerische Person, sie hat einen ungemein scharfen, analytischen Verstand, eine Frau wie Franca, sage ich Ihnen, gerät nur einmal im Leben, nur ein einziges, seltenes Mal, in solche Turbulenzen, Sie würden sie furchtbar verletzen, wenn sie sich in Ihnen täuscht ...

Er nahm ein Stück Brot und tunkte es in die Sauce auf seinem Teller, er war wieder ins Stocken geraten, ich hatte ihn plötzlich im Verdacht, Tränen in den Augen zu haben, für einen Moment mußte ich sogar gegen ein gewisses Mitleid ankämpfen, mit einem Mal war er ein kleiner, in sich zusammengesunkener Mann, der einen Teller mit Brot aufwischte.

Es war ein verfahrener Moment, hilflos hob ich beide Arme, ich sagte, lieber Dottore Alberti, ich verstehe Sie ja, aber was soll ich sagen, versetzen Sie sich doch bitte auch einmal in meine Lage! Er wischte seinen Teller weiter sauber, natürlich verlangte ich von ihm zuviel, warum sollte er sich auch noch in meine Lage versetzen, es war eine Zumutung, so etwas von ihm zu verlangen, ich richtete an ihn auch eher einen Appell, sich jetzt nicht gehenzulassen, Tränen in seinen Augen fand ich jedenfalls unerträglich, auf mich wirkten sie wie eine Erpressung.

Er nahm einen Schluck Wein, dann sagte er, wieder etwas gefaßt, ich kenne Franca seit Kindertagen, ich habe sie immer verehrt, wir Jungs haben sie damals alle verehrt, sie war eine Erscheinung, die nicht nur alle Blicke auf sich zog, sondern auch durch ihre Liebenswürdigkeit, ja durch ihr ganzes Wesen bestach. Während unserer Studienzeiten haben wir uns aus den Augen verloren, dann sind wir uns in unserer Heimatstadt wieder begegnet, ohne zu ahnen, daß wir inzwischen dasselbe Fach studiert hatten. Wir fanden zueinander, es war nicht die große Liebe, wie Sie es nennen, nein, das war es nicht, Poesie war nur in sehr geringem Maße im Spiel, aber wir haben uns sehr geachtet, was unsere Arbeit und den Charakter des anderen betraf. Franca war für mich, wie soll ich es sagen, das größte Geschenk, das mir das Leben gewährte, sie war mir sogar wichtiger als meine Arbeit. Wenn es einem Mann gelingt, eine solche Frau für ein gemeinsames Leben zu gewinnen, kann ihm nichts mehr passieren, verstehen Sie?

Die Sonne verschwand über dem offenen Dach des Innenhofs, ich spürte die plötzlichen Schatten, die sich auf mein Gesicht legten und es angenehm kühlten, der Kellner kam an unseren Tisch, möchten die Herren noch ein Dessert?, was gibt es denn? fragte Gianni Alberti, der Kellner begann aufzuzählen, er fing mit dem Üblichen an und steigerte sich langsam, am Ende erwähnte er noch *ravioli dolci*, gefüllt mit Kastanienmus, *aromatizzato* mit etwas *anisetta*, die sind es, sagte ich schnell, und Gianni Alberti nickte zustimmend, die sind es.

Er räusperte sich, dann erkundigte er sich, als wolle er zumindest etwas Interesse auch für mich aufbringen, nach meinem Filmprojekt, ich berichtete, ich sprach über das Konzept, ich gab mir Mühe, genau und informierend zu sprechen, ist die Fischerei eigentlich für Sie überhaupt kein Thema? fragte er schließlich, bisher nicht, sagte ich, das ist schade, sagte er, reden Sie doch einmal mit den Fischern, sie laufen meist in der Frühe, manche aber auch erst gegen Mittag, in den Hafen ein, gehen Sie doch ruhig einmal auf einen Kutter, Sie werden Erstaunliches zu hören bekommen!

Die Desserts wurden serviert, wir schwiegen beide, wir waren erschöpft, aber noch immer nicht am Ende, ich wußte, daß er sich mit dem, was er bisher erfahren hatte, nicht zufriedengeben würde, dann sah ich, wie er sich zu einem letzten Anlauf aufbaute, Sie haben meine eindringliche, eigentliche Frage noch nicht beantwortet, sagte er, wie stellen Sie sich ein gemeinsames Leben mit Franca vor?

Ich ließ einige Sekunden vergehen, dann sagte ich, so ruhig es mir eben gelang, ich möchte und kann Ihnen darauf nicht antworten, es ist eine Sache, die nur Franca und mich betrifft. Sie haben nicht die geringste Ahnung, flüsterte er, nicht die geringste. Ich kenne Franca seit kaum einer Woche, sagte ich, ich kann Ihnen hier noch kein Programm für ein gemeinsames Leben auftischen. Sie sind ein ahnungsloser Mensch, sagte er, und ich spürte gleich, daß er jetzt ausholen würde, er holte aus zu Beleidigungen und Kränkungen, er konnte sie nicht mehr zurückhalten, irgendwann mußte so etwas ja kommen, dachte ich, ich habe es die ganze Zeit schon erwartet. Sie befinden sich in Italien, sagte er, Sie gehen nicht nur eine Verbindung mit Franca, sondern eine Verbindung mit einem Kontinent ein, das aber ist Ihnen nicht klar, Sie sind naiv, Sie sind nichts anderes als ein hergelaufener, naiver Tourist …

Er schaute mich an, er wollte sehen, ob seine Worte getroffen hatten, ich sagte nichts, ich schaute ihn auch an, ich brauche dazu nichts zu sagen, dachte ich, er suchte in meinem Gesicht weiter nach den Wirkungen seiner Sätze, dann senkte er den Blick und sagte, entschuldigen Sie, meine letzte Wendung nehme ich ausdrücklich zurück, Franca liebt

Sie, ich habe nicht die Absicht, jemanden zu kränken, den Franca liebt, im Grunde sind Sie mir nicht einmal unsympathisch, aber das spielt keine Rolle, ich weiß jetzt, woran ich mit Ihnen bin, Sie haben sich außer ein paar poetischen nicht die geringsten Gedanken gemacht, Sie müssen damit rechnen, daß ich alles in Bewegung setze, um Franca zu halten, ich werde sehr mächtige, starke Verbündete haben, das können Sie glauben!

Er tupfte seine Lippen mit einer Serviette ab, dann stand er auf, Sie waren mein Gast, sagte ich, ich danke, sagte er, leider werde ich keine Gelegenheit haben, mich zu revanchieren, wer weiß, sagte ich, vielleicht doch, vielleicht in einigen Jahren, wenn wir alle etwas Abstand zu diesen Vorgängen haben. Sie sind wirklich naiv, sagte er und wollte gehen, einen Augenblick noch, sagte ich, schauen Sie her, erkennen Sie das Bild wieder? Ich nahm eine der Karten mit Crivellis Bild der heiligen Magdalena aus meinem Notizbuch und hielt sie ihm hin. Was ist das?, was wollen Sie denn jetzt *damit*? fragte er, Sie kennen das Bild nicht? fragte ich, es sagt Ihnen gar nichts?, nein, sagte er, es sagt mir nichts, und ich habe nicht die geringste Lust, ausgerechnet jetzt etwas über dieses Bild in Erfahrung bringen zu wollen, schade, Dottore, sagte ich, ich hätte mit Ihnen gerade darüber sehr gerne gesprochen.

Er wandte sich ab und verschwand grußlos, ich setzte mich wieder, plötzlich war es sehr still, das Plätschern des Brunnens erschien mir viel leiser als noch zuvor, auch der Vogel saß träumerisch-unbeweglich in seinem Käfig und hüpfte nicht mehr nervös von Sprosse zu Sprosse, die Stille hatte etwas Unheimliches, ich schaute zum Himmel, ich hätte mich über das Aufziehen schwerer, dunkler Wolken nicht einmal gewundert.

Der Kellner kam und fragte, haben Sie noch einen Wunsch?, ich bin der letzte Gast, sagte ich, ich halte Sie ja doch nur auf, das tun Sie nicht, sagte er, unerwartet milde und freundlich, ich bringen Ihnen einen Averna, auf Kosten des Hauses, danke, sagte ich, das ist freundlich von Ihnen, zumindest er gab sich Mühe, meine Laune zu bessern.

Habe ich etwas mit Gianni Alberti zu tun, habe ich wirklich? dachte ich, alles, was mit Gianni Alberti zu tun hatte, kam mir wie etwas Überflüssiges vor, sicher war es im Falle Francas ganz anders, *sie* hatte sich mit Gianni Alberti verlobt, nicht ich, ich durfte ihn also wohl ignorieren. *Ignorier* ihn, ignorieren! meldete sich in mir eine aufdringliche Haß-Stimme, während des Gesprächs mit Alberti konnte ich dieses Gefühl noch zurückdrängen, jetzt aber war der Haß da, am liebsten hätte ich Alberti gepackt mitsamt seiner repräsentativen Wohnung, seinen mächtigen, starken Verbündeten und seiner wichtigtuerischen Scheinheiligkeit, nicht einmal Crivellis Bild der heiligen Magdalena kannte er, so einer war für Franca der Falsche, glücklicherweise hatte ich den großen Schachzug seines Lebens noch rechtzeitig durchkreuzt.

Der Kellner kam mit dem Averna und der Rechnung an den Tisch, ich bedankte mich, entschuldigen Sie, sagte er, es geht mich nichts an, aber waren Sie mit dem Signore, mit dem Sie gegessen haben, einmal befreundet? Befreundet? fragte ich, *ich* mit *ihm*?, wie kommen Sie darauf?, ich nahm an, sagte er, Sie seien einmal gute Freunde gewesen und hätten sich nach einem Zerwürfnis jetzt wieder getroffen. Machten wir etwa diesen Eindruck? fragte ich, ja, sagte er, so sah es aus, ganz falsch ist Ihr Eindruck nicht, antwortete ich, das Zerwürfnis ist jetzt leider endgültig. Ja, sagte er, ich habe es mitbekommen, *salute*, der Averna ist ohne Eis, ich nehme an, das ist so richtig, ja, sagte ich, danke, es *ist* so richtig, Averna mit Eis ist etwas für hergelaufene, naive Touristen …

24

Ich schlenderte durch die Stadt, es war bereits Nachmittag, ich war unruhig und immer noch angespannt, die Aufregung des Mittags wirkte unangenehm nach, es war, als steckte eine Art Kobold in mir oder als fuchtelte eine verkleinerte Gestalt des Dottore Alberti weiter vor mir herum. Ich wollte zurück ins Hotel, verlangsamte aber, ich hätte gern mit jemand Fremdem über das Treffen mit Alberti gesprochen, meine Wut und mein Haß mußten heraus, bevor ich Franca wieder begegnete, ich wollte meine Bitterkeit loswerden, ich wollte wieder bereit sein für die Stunden mit ihr.

Ich ging zur großen Piazza zurück und setzte mich irgendwo auf einen Stuhl, ich nahm mein Handy heraus und wählte Rudolfs Nummer, ich wartete, ich zählte die Freizeichen, nach dem sechsten Mal hörte ich seine Stimme, sie klang müde und abwesend, ich sah ihn plötzlich in seiner Münchener Wohnung, er war dem Großstadtnachmittag ausgewichen, er langweilte sich, oder er döste, hier meldet sich ein herumstreunender Tourist, sagte ich, endlich rufst Du an, sagte er, ich wußte, daß Du erst anrufen würdest, wenn es Dir schlechtgeht, geht es Dir schlecht? Ja, sagte ich, es geht mir schlecht, ich habe mich eben duelliert, mit wem? fragte Rudolf, mit meinem Rivalen natürlich, sagte ich, er lebt aber noch, und *Du* bist verletzt? fragte er, ja, sagte ich, es handelt sich um eine schmerzhafte Streifwunde. Hör jetzt auf damit, rief er, ist wirklich etwas passiert, ist es schlimm?, ja, sagte ich, ich glaube, ich werde mich jetzt betrinken, schade, hörte ich ihn lachen, schade, daß ich nicht bei Dir bin, ich hätte eben doch kommen sollen.

Ich hatte keine Lust mehr, mit ihm zu telefonieren, ich hielt das Handy nur noch ungeduldig in meiner Hand, wann fährst Du zurück? wollte er wissen, Dienstagmittag, sagte ich, so spät? fragte er, ja, sagte ich, ich bleibe eben bis zur letzten Sekunde. Bringst Du sie mit? hörte ich ihn fragen, ich gebe keine weiteren Auskünfte mehr, sagte ich.

Ich ärgerte mich, daß ich ihn angerufen hatte, für Gespräche, die einem aus einer Not halfen, war er noch nie der richtige Gesprächspartner gewesen, im Grunde war er plump und fahrig, aber als ich bemerkte, daß ich anfing, auch ihn zu beschimpfen, sagte ich mir, hör auf, es hilft alles nichts, es gibt niemanden, der Dir helfen kann, und sich zu betrinken, ist auch kein guter Gedanke, höchstens zu zweit wäre das vielleicht etwas.

Ich stand auf, ich machte mich auf den Weg, ich ging langsam zurück zum Hotel, ich stieg leise die Treppe hinauf und öffnete oben vorsichtig die Tür. Sie lag angekleidet auf dem Bett, sie schlief fest, das Fenster stand noch immer offen, ich betrat ruhig den Raum und näherte mich, dann kauerte ich mich vor dem Bett auf den Boden.

Ich betrachtete sie genau, es war so einfach, ich brauchte doch nur in ihrer Nähe zu sein, dann war die Unruhe fort und die häßlichen Nebengedanken waren verflogen, sie lag lang ausgestreckt auf der Decke, sie atmete regelmäßig und tief, die Erschöpfung hatte sie niedergestreckt. Am liebsten hätte ich mich neben sie gelegt, ich wollte sie aber nicht wecken, sie hatte, wie ich genau wußte, am Mittag kaum etwas gegessen und vielleicht auch nur wenig getrunken – plötzlich wußte ich, was ich zu tun hatte, ich wollte ihr etwas zu essen und zu trinken besorgen, ich wollte einkaufen für uns beide, ich dachte an einen stillen Abend in diesem Hotelzimmer, vollkommen zurückgezogen, nur zu zweit. Ich wußte nicht, warum dieser Gedanke mir kam, er wirkte jedenfalls plötzlich sehr überzeugend auf mich, ich war völlig sicher, daß sie keine Lust haben würde, noch einmal nach draußen zu gehen und sich unter die Leute zu mischen, auch ich verspürte dazu nicht die geringste Lust, ich suchte die Abgeschiedenheit, ich war mir gewiß, daß sie genauso empfand.

Als ich kurze Zeit später mit den Einkäufen wieder zurückkam, war sie wach, sie hatte sich umgezogen, sie stand am Fenster und blätterte in einem Buch. Sie schaute zu, wie ich durchs Zimmer ging und die Sachen auf den kleinen Tisch stellte, sie lächelte, als beobachtete sie etwas amüsiert die Tätigkeiten eines fleißigen Kindes, dann sagte sie leise, Du hast meine Gedanken erraten, ich habe eine ganze Weile geschlafen, jetzt habe ich großen Hunger. Ich weiß, sagte ich und packte die Einkäufe aus, ich hatte Brot, Käse, Oliven und Wein besorgt, ich nahm alles aus seiner Verpackung und drapierte es auf dem Verpackungspapier. Sie blieb weiter am Fenster stehen, sie hörte nicht auf zu lächeln, sie wartete, bis ich fertig war, *ecco!*, sagte ich und trat einen Schritt zurück, der Tisch sah jetzt aus wie ein naives Gemälde, der Geruch von Käse und frischem Brot erfüllte den ganzen Raum. Ich öffnete die Flasche, ich goß etwas Wein in zwei Gläser, dann ging ich zu ihr und hielt ihr eins hin, *salute*, sagte ich, ich bin nahe daran, mich zu betrinken.

Sie nahm das Glas, wir stießen an, dann sagte sie, war es so schlimm? Ja, sagte ich, es war unangenehm, ich hätte mir das lieber erspart, stell Dir vor, sagte sie, er hat Dich einen *cretino* genannt, mehrere Male, *cretino*, *cretino*, es hörte sich scharf an und klirrend, als werfe er Steine gegen ein Fenster, von wem spricht er nur? dachte ich laufend, er benutzte lauter Worte und Wendungen, die er sonst nie gebraucht. Ich habe mit ihm *trippa in bianco* und kleine gesüßte Ravioli gegessen, sagte ich, was? sagte sie, ihr habt wirklich zusammen gegessen?, ja, sagte ich, es hatte etwas ungemein Tröstliches, ich dachte, er ist gar nicht »der Rivale«, er ist ein Freund, unglücklicherweise liebt ihr eben nur dieselbe Frau, anfangs saßen wir einander gegenüber wie Geheimbündler, als tauschten wir über Dich Geheimnisse aus, so war es jedenfalls zu Beginn des Gesprächs, da war ich noch in dem guten Glauben, es könnte so vernünftig weitergehen, im Grunde hatten wir uns doch etwas zu erzählen, ja wir hätten in diesem Lokal sitzen können wie zwei Experten, die sich über eine einzigartige, nur ihnen bekannte Materie klug unterhalten. *Materie* gefällt mir, sagte sie, als *Materie* fühle ich mich wohl, ich bin sogar ausgesprochen gerne *Materie* …, Gianni würde sich aber nie so mit Dir unterhalten, und zwar nicht aus Scheu, sondern weil ihm kaum etwas einfallen würde, was wollte er denn überhaupt von Dir, was wollte er wissen? Er behauptete, er wolle sich einen Eindruck verschaffen, sagte ich, und was meinst Du, fragte sie, welchen Eindruck hat er gewonnen?

Ich habe ihm gesagt, antwortete ich, daß es in meinen Augen die große Liebe ist, es war plötzlich ganz still im Raum, sie regte sich nicht mehr, es sah aus, als erstarre sie oder horche dem nach, was ich gesagt hatte, dann ging sie wieder zum Fenster und schaute hinaus, das hast Du wirklich gesagt? hörte ich sie leise fragen, ja, sagte ich, ich weiß, es klingt hilflos, aber ich habe es trotzdem gesagt, keine andere Wendung bezeichnet es eben derart genau. Und? fragte sie weiter, noch immer in diesem leisen und vorsichtigen Ton, wie hat er reagiert? Er hielt es für Poesie, sagte ich, er war an pragmatischen Themen interessiert, an welchen? fragte sie, er wollte ganz detailliert wissen, wie es mit uns weitergeht, sagte ich. Und wie geht es mit uns weiter? fragte sie und drehte sich zu mir um, ich vermute, Du hast es Dir längst überlegt, sagte ich, ja, sagte sie, ich habe mir etwas überlegt.

Ich stellte mein Glas auf den Boden und legte mich auf das Bett, sie schaute mir zu und tat dann dasselbe, wir lagen nebeneinander auf dem Rücken und blickten zum offenen Fenster hinaus, es war wieder still, ab und zu trank einer von uns einen kleinen Schluck Wein und setzte das Glas vorsichtig wieder zurück auf den Boden, ich hätte gerne gewußt, was ihr jetzt durch den Kopf ging, aber ich wollte abwarten, bis sie es mir von sich aus sagte.

Am Ende hat Dottore Alberti mir sogar gedroht, sagte ich, er sprach von starken Verbündeten, die sich auf seiner Seite befänden, und davon, daß er das alles nicht hinnehmen werde, er hatte vor, mit meinem Vater zu telefonieren, sagte sie, das macht mir die größten Sorgen, ich habe ihn gebeten, meinem Vater nichts von uns zu sagen, er weiß aber, daß mein Vater der wunde Punkt ist, ich mußte Gianni also zuvorkommen, es ist unmöglich, daß *er* Vater unterrichtet, Vater würde das nicht verstehen und mir nie verzeihen, ich mußte ihn also selbst informieren, das war nicht leicht, ich habe es am Nachmittag von diesem Zimmer aus aber getan. Was hat Dein Vater gesagt? fragte ich, er war vollkommen ruhig, antwortete sie, er hat mir zugehört und mich gebeten, morgen früh noch einmal anzurufen, er werde sich die Sache durch den Kopf gehen lassen, so ist er nun einmal, er ist sehr zurückhaltend, er hat sich noch nie in meine Angelegenheiten gemischt, er wird es auch diesmal nicht tun, aber er will genau wissen, was in mir vorgeht, er will es bis in die letzten Nuancen begreifen.

Es dunkelte, wir schauten weiter beinahe regungslos zum Fenster hinaus, manchmal hörte man ein helles Sirren von Vogelschwärmen, die in tiefem Flug ums Haus schwirrten, langsam wurde draußen auch das Menschengeraune lauter, vereinzeltes Lachen, hingemurmelte, gedämpfte Gespräche, es klang oft ganz nah, dann verebbte es wieder, es kam mir so vor, als befänden wir uns auf einer Insel, ringsum regte sich eine bedrohliche Welt, vielleicht waren wir nicht nur erschöpft, vielleicht hatten wir uns aus einer dunklen Furcht heraus so zurückgezogen, vielleicht duckten und kauerten wir uns in der Nacht an diesen geheimen Ort.

Die große Liebe …, sagte sie plötzlich, wieder sehr leise, ich hätte so etwas nicht sagen können, ich hätte es nicht über die Lippen gebracht, ich habe noch zu keinem Menschen von Liebe gesprochen, nur in der Kindheit, da hatte ich einmal einen Freund, der von mir verlangte, ich solle *Ich liebe Dich* sagen, er hatte es bei seinen älteren Geschwistern gehört und hielt die Wendung für einen Schlüssel zur Erwachsenenwelt, weil ich meine Ruhe haben wollte, sagte ich schließlich *Ich liebe Dich*, aber er beschimpfte mich und nörgelte nur, Du hast es nicht richtig gesagt. *Ich liebe Dich*, sagte ich, ist etwas anderes als *Die große Liebe*, ich habe *Ich liebe Dich* auch nie gesagt, ich war aber auch nie richtig verliebt, es hätte nirgends gepaßt, meine Eltern haben sich früh getrennt, ich war das einzige Kind, ich war früh auf mich selbst angewiesen und sehr skeptisch gegenüber sogenannten großen Gefühlen, vor allem aber gegenüber der Liebe, das alles, glaube ich fest, hat mich von Liebe nicht reden lassen, ich war sogar richtiggehend immun gegen Koseworte und jedweden Liebeszauber.

Ich habe Hunger, flüsterte sie, wir sprachen sehr leise, als wollten wir nicht auf uns aufmerksam machen, ich stand auf, sammelte die Gläser ein und stellte sie auf den Tisch, sie setzte sich und nahm sich etwas zu essen, ich schaute ihr zu, sie aß sehr langsam, als müsse sie sich an den Geschmack der Speisen erst wieder gewöhnen.

Glaubst Du eigentlich, daß Gianni mich liebt? fragte sie, ich weiß es nicht, antwortete ich, er spricht so offiziell und gekränkt, er redet von repräsentativen Wohnungen in Ancona und davon, daß ich von Italien eben rein gar nichts verstehe, vielleicht mangelt es ihm auch einfach an einer bestimmten Form von Phantasie, deshalb zweifle ich daran, daß er Dich liebt. Ich nahm mein Glas und ging ans Fenster, ich wollte sehen, wie weit das Leben draußen so war, es war noch lauter geworden, aber kaum noch etwas zu erkennen, ein milchiger Sternenhimmel krümmte sich über der Stadt, ich war froh, nicht mehr ausgehen zu müssen, ich hatte gar keinen Sinn mehr für das Treiben, und ich spürte, es ging ihr genau so.

Ich füllte uns Wein nach und leerte die Flasche, ich stand lange am Fenster und wartete, bis sie gegessen hatte, ich hatte einfach keinen Appetit mehr, sie aber aß weiter langsam und ruhig, ich hörte sie in regelmäßigen Abständen trinken, das Aufsetzen des Glases auf die Tischplatte ergab jedes Mal einen trockenen, dumpfen Ton. Ich versuchte, zusammenzubekommen, was heute geschehen war, ich hatte das Gefühl, als habe sich beinahe ohne mein Zutun sehr viel getan, die Gedanken entglitten mir aber, ich bekam keine Ordnung hinein, keine Folge, nicht einmal einen Anfang, ich trieb durch eine Melange von unerledigten oder stehen gebliebenen Sätzen, bis ich sie aufstehen hörte, noch einmal klopfte das Glas, etwas heftiger als zuvor, gegen die Platte, dann stand sie hinter mir, sie schmiegte sich an mich, sie legte ihre Arme um meinen Hals und drehte mich behutsam zu sich herum, geht es Dir gut? fragte sie, ja, sagte ich, komm, ziehen wir uns aus, sagte sie, wir ziehen uns aus und lassen das Fenster geöffnet, wir hören die Stimmen von draußen, den Wirbel, all diese Musik, und wir lieben uns, wir lieben uns diese Nacht, wir werden nicht mehr aufhören, uns zu lieben, noch wenn die Stimmen fort sind, werden wir es tun.

Sie löste sich von mir, sie begann, sich zu entkleiden, ich wartete noch einen Moment, ich horchte, all diese Musik, ja, all dieser Wirbel, das Gemurmel von draußen hatte jetzt einen gleichmäßigen Pegel erreicht, die Vogelschwärme waren längst fort, manchmal nur schien man noch ein vereinzeltes Girren zu hören, ich zog mich aus, ich hörte sie leise flüstern, verstand aber nicht, was sie sagte, sie flüsterte mich anscheinend ins Bett, sie lockte mich, ich legte mich zu ihr, sie faßte nach meinen Händen und hielt sie eine Zeitlang, dann ließ sie mich los und legte den Kopf weit zurück, ihre vollen Haare fielen nach hinten, sie schloß die Augen, ein Flüstern, etwas wie Summen, sie lag weit ausgestreckt auf dem Rücken, als treibe sie auf dem Wasser, sie wartete darauf, daß ihr Körper leicht wurde, ich lag dicht neben ihr, ich fuhr mit der Hand langsam über ihren Bauch, meine Fingerkuppen berührten kaum ihre Haut, ich berührte sie wie ein schwimmendes, leicht verletzliches Wesen, dann beugte ich mich über sie und begann, sie einzuhüllen mit meinen Küssen, es war, als wolle ich sie zudecken, ich berührte sie nur mit den Lippen, langsam ließ ich ihren Körper verschwimmen, sie lag totenstill, ich hörte sie atmen, es klang regelmäßig und leise wie das Atmen eines sehr kleinen Tieres in einem Versteck, dann hörte ich, wie ihr Atem einen Sprung tat, eine Tonart höher hinauf, noch eine weitere, höher, einen Moment setzte er ganz aus, dann, nach dem erneuten Einsetzen, wurde er kräftiger, rascher.

25

Das sonnenlicht weckte uns, es drang durch das geöffnete Fenster in unser Zimmer wie ein trockener Niesel, der sich sofort nach allen Seiten verteilte, es zerstob an der Wand und fiel als ein scharfer Schnitt in den Raum, es war noch recht früh und draußen sehr still, man konnte die sonntägliche, entspannte Stille spüren, etwas Müdes und Benommenes war noch darin, ein paar Tauben gurrten sehr nah, dann hörte man zwei, drei einzelne Glocken. Wir standen bald auf, wir duschten und kleideten uns an, dann packten wir unsere Sachen zusammen, bezahlten und verließen gleich das Hotel, wir setzten uns als die ersten Gäste in ein Caffè auf der großen Piazza, nur wenige, gut gekleidete Spaziergänger waren unter den schattigen Arkaden zu sehen, die Stadt lag wie betäubt da, nur das Sonnenlicht schien unaufhörlich zu strömen und sich in den schmalen Gassen niederzulassen, als wäre es auf der Suche nach den abhanden gekommenen Menschen.

Wir frühstückten, wir tranken Kaffee und etwas Wasser und aßen dazu frisches Gebäck, ich hatte das Gefühl, als werde an diesem Sonntag etwas Unangenehmes passieren, so unheimlich und drohend empfand ich die Stille, ich dachte an

Gianni Albertis Ankündigungen, ich hatte nicht die geringste Idee, was er vorhatte, und ich wagte nicht, Franca zu fragen, weil ich nicht unruhig oder gar hysterisch erscheinen wollte. Anders als ich frühstückte sie langsam und lange, sie genoß die morgendliche Wärme und die klare Luft, und als ich mich zu ihr beugte, um ihr einen Kuß zu geben, sprach sie von einer Fahrt ins hohe Gebirge, weit hinauf zu den sibillinischen Bergdörfern, sie schwärmte mir davon vor, es hörte sich aber an wie eine Flucht, als sollten wir so schnell wie möglich aus Ascoli verschwinden und uns in Gegenden begeben, in denen uns niemand vermutete.

Ich tat einverstanden und erkundigte mich nach den Details, sie sprach von über zweitausend Meter hohen Bergen, zu denen auch der *Monte Sibilla*, der Berg einer mythischen Sibylle, gehörte, angeblich gab es irgendwo auf einem Hochplateau des Gebirgsmassivs einen geheimnisvollen, entrückten Ort, mit dem sie sehr starke Erinnerungen verband, sie war aber lange nicht dort gewesen, sie träumte nur manchmal von ihm, in der Nacht, sagte sie, habe sie oft gerade an diesen Ort denken müssen, sie wünsche sich so sehr, ihn wieder einmal zu sehen. Wie lange fahren wir? fragte ich, ach, antwortete sie, nicht mehr als eine Stunde, bist Du einverstanden, habe ich Dich überzeugt?, ja, sagte ich, ich bin gespannt, sie hatte wieder dieses Stürmische, Drängende und diese große Begeisterung, die ich schon an ihr kannte.

Sie ging, den Wagen zu holen, ich blieb sitzen und wartete auf sie, die ganze Zeit ging mir die *eine*, entscheidende Frage nicht aus dem Kopf, Franca, wie soll es weitergehen?, angeblich hatte sie sich ja etwas dazu überlegt, ich hätte so gerne gewußt, was sie sich dazu gedacht hatte, vielleicht hätte es mich ruhiger und entschiedener gemacht, der frühe Morgen eignete sich allerdings nicht für solche Themen, im Laufe des Tages würde sich vielleicht eher ein Moment ergeben, diese Frage zu stellen.

Dann sah ich sie plötzlich im Wagen, sie war mit ihm nahe an die Piazza herangefahren, ich ging zu ihr und setzte mich neben sie auf den Beifahrersitz, sie sagte nichts, sie lächelte nur, als hätten wir etwas Verbotenes, Gefährliches vor und machten uns trotzdem, wider besseres Wissen, auf den Weg. Ich habe mit meinem Vater telefoniert, sagte sie nach einem Stück Fahrt, er wird heute abend nach San Benedetto kommen, das hat mich sehr überrascht. Kommt er Dich selten besuchen? fragte ich, nein, das nicht, sagte sie, er kommt etwa einmal im Monat, aber nach langer, vorheriger Ankündigung, er will, daß meine Wohnung ordentlich ist, wenn er kommt, ein kleines Gästezimmer ist extra für ihn eingerichtet. Es ist nicht weiter verwunderlich, daß er kommt, sagte ich, schließlich hat er gestern eine nicht ganz unwichtige Nachricht erhalten, vielleicht will er mehr und Genaueres von Dir wissen. Solche raschen Entschlüsse sind aber gar nicht seine Art, sagte sie, er mag Menschen nicht, die in Eile sind oder durchs Leben hasten, selbst in der Oper kann er es nicht ausstehen, Massenauftritte und große Aktionen findet er eine Qual, er hat die *Pescatori di perle* schon mehrmals kurz vor dem Ende verlassen, weil er den melodramatischen, hektischen Schluß nicht erträgt. Von den *Pescatori di perle* hat mir vor kurzem schon einmal jemand erzählt, sagte ich, immer wieder begegne ich dieser Oper, ich habe sie auch einmal gesehen, ich kann mich aber nicht mehr genau daran erinnern. *Me voilà seule*, sagte sie, diese Arie hat die Callas oft gesungen, mein Vater hört sie beinahe jeden Sonntagmorgen, er sitzt in seinem Musikzimmer, liest eine Zeitung, trinkt einen Aperitif und hört *me voilà seule*, als ich eben anrief, war er kurz davor, ich habe ihn sogar darauf angesprochen, gleich kommt *me voilà seule* habe ich zu ihm gesagt, und er sagte, schade, daß wir es nicht zusammen hören können. Bis zum Mittag trinkt er zwei oder sogar drei Martini, dann geht er ins Zimmer meiner Mutter hinüber und fragt sie, ob sie mit ihm essen gehen wolle, er fragt sie ganz ernsthaft, es hört sich an, als wäre er gerade auf diesen Gedanken gekommen, Liebes, sagt er, was hältst Du davon, wollen wir heute nicht essen gehen, sie blickt von ihrer Lektüre auf und sagt, das ist ein sehr guter Gedanke, sie kleiden sich an und gehen los, dabei hat Vater schon seit Tagen einen Tisch reserviert, sie essen jeden Sonntag woanders. Du denkst jetzt vielleicht, endlich einmal ein älteres Paar, das sich gut versteht, sagte sie weiter, das ist aber nicht so, sie verstehen sich nicht gut, gerade deshalb halten sie sich oft ja an ganz starre Regeln, wegen des Sonntagmorgens habe ich sie immer beneidet, dieses Sitzen für sich, dieses ruhige Lesen und dann dieser gemeinsame Aufbruch – das hielt ich als junges Mädchen für *die Ehe, die Ehe* stellte ich mir nämlich sehr schön vor, immer eine Zeitlang für sich und dann wieder eine Zeitlang zusammen, genau in einem solchen Rhythmus stellte ich mir die Ehe vor, wie ein fein abgestimmtes Duett, ruhig, harmonisch. Gehen sie auch heute mittag zusammen essen? fragte ich, nein, sagte sie, meine Mutter geht heute mit einer Freundin, mein Vater aber will am

Abend mit mir essen gehen, ich habe kurz darüber nachgedacht, ob Du mitkommen sollst, nein, sagte ich, bitte nicht, erst gestern habe ich mich einer anstrengenden Prüfung unterzogen, Vater ist nicht anstrengend, sagte sie, überhaupt nicht, er hat übrigens selbst vorgeschlagen, daß Du mit zum Essen kommst, wenn Du ihn mitbringen willst, bringst Du ihn mit, hat er gesagt, wenn nicht, dann eben nicht, diese Art von Rhetorik macht ihm manchmal Vergnügen, er nennt sie Opern-Rhetorik und bringt meine Mutter damit oft zur Verzweiflung.

Wir hatten Ascoli längst verlassen und fuhren den Tronto entlang, die Straße, die angeblich direkt nach Rom führte, war nicht sehr breit und an diesem Sonntagmorgen auch kaum befahren, sie wand sich durch eine nur leicht gebirgige Landschaft, wir zweigten schließlich von ihr ab und fuhren in Serpentinen langsam bergauf, die Landschaft verwandelte sich allmählich, die sanft geschwungenen grünen Hügel der Marken verschwanden, auch Felder und Weinberge gab es nicht mehr, dafür wurde das Land weit, es öffnete sich nach allen Seiten hin zu der kaum noch überschaubaren Hochebene des *Piano Grande*, heißt sie so? fragte ich Franca, hat sie wirklich diesen feierlich-dunklen Namen, ja, antwortete sie, *Piano Grande*, sie war beinahe vollständig kahl, eine große, kaum noch geschwungene, nur an den entfernten Rändern hoch ansteigende einsame Fläche, die so wirkte, als habe sie niemals ein Mensch betreten.

Ich war so überrascht, daß ich Franca zu halten bat, wir stiegen aus und gingen etwas die nicht mehr markierte Straße entlang, die Sonne hatte die Ebene ausgebleicht, nur wenige Farben waren noch übriggeblieben, ein pastoses Braun und ein schwaches Violett über den Feldern mit Silberdisteln, ganz selten nur brach das Tiefbraun eines Ackers hervor, ein exakt gezogenes Trapez oder ein Parallelogramm, wie eine ästhetische Andeutung in die fast monochrome Umgebung gesetzt, ein ferner Bergrücken, durchzogen von der weißen Spur einer waagrecht verlaufenden, einzelnen Straße, sah aus wie in einen dichten blassen Pelz eingeschlagen, es war die Gegenwelt zu den Tiefenfarben des Meeres, und ihr Reiz bestand in der Leere, zu der die plötzliche Stille gehörte, nur der Wind fuhr wie ein nie aufhörender, alles Störende wegfegender Atem über das Land.

Ich blieb schließlich stehen, mein Herz klopfte, ich sah Franca weitergehen, sie schien schon bald so weit entfernt, als kämen wir so schnell nicht mehr zusammen, natürlich war es nur eine Täuschung, die Weite der Landschaft zog alles auseinander, verkleinerte es und versteckte es dann in der Blässe der Farben. Ganz in der Ferne aber war auf einem grau-weißen Kegel so etwas wie eine Ortschaft zu erkennen, zumindest einige Häuser konnten das sein, was ich dort sah, mein Auge heftete sich richtiggehend an diesen fernen Anblick, weil er als einziges in diesem weiten Bild noch an Menschen erinnerte.

Von diesem Ort, sagte Franca, als sie wieder zurück war und ebenfalls hinaufschaute, habe ich in dieser Nacht geträumt, ich sagte, los, fahren wir hin, ich muß es unbedingt sehen, siehst Du, sagte sie, es ist wie eine Droge, es verändert die Wahrnehmung, wenn man hier ein paar Tage bleibt, fährt man für Wochen nicht fort, man igelt sich ein, man möchte in dieser Leere verschwinden, viele Drachenflieger fahren übrigens hinauf und gleiten von dort hinunter ins Tal, es ist ein fast irre machender Reiz, denn das Überfliegen dieses Plateaus verschafft Dir wirklich die Illusion, über einen anderen Planeten zu gleiten.

Wir fuhren weiter und erreichten nach kaum zehn Minuten den kleinen Ort, es handelte sich aber eher um eine bloße Ansammlung von einigen Wänden, ins Nichts verlaufenden Treppen und wenigen Häusern, manche hatten kein Dach mehr und standen offen wie zerborstene Gerippe, in einem kleinen Laden wurden lauter Winter-Postkarten verkauft, die hohen Wälle von Schnee überragten die Mauern oder bedeckten sie mit bizarren Mänteln und Krägen, zum Teil war alles unter den Massen versunken, kaum ein Mensch schien sich im Winter hier oben aufzuhalten.

Das Sonderbarste aber waren die frei stehenden, von der Witterung längst gebleichten, kurz vor dem Zerfall stehenden Mauern, die mit weißen, prunkenden Schriftzeichen bedeckt waren, sie begannen wie auf rarem Pergament ganz oben links und schmückten in engen Zeilen die Mauern dann lückenlos, es waren Gedichte oder eine Art hymnischer Prosa, es gab Sonnengesänge und Schneegedichte, ein Gedicht auf den Käse und solche mit dem Lob wohlschmeckender Linsen, die meisten aber waren Liebesgedichte, ein Schriftgestöber über die Liebe, Liebesregeln und Liebeszauber, *Schriftlese*, dachte ich, *Linsenlese*.

Manchmal öffnete sich hier oder da eine Tür, und jemand trat kurz heraus, sonst aber war es menschenleer, wir waren die einzigen Fremden, in einer winzigen, holzgetäfelten Stube, die wie eine Skihütte wirkte, aßen wir gegen Mittag ein Linsengericht mit etwas Brot, dann ließen wir uns eine Decke geben und gingen mit ihr den Höhenkamm des Ortes hinauf, auf seiner Spitze waren die Häuser längst in sich zusammengebrochen, die Schneelast und die Unwetter hatten sie Stück für Stück auseinandergenommen, wir gingen stumm durch die grauen Kulissen, auch hier waren die meisten Wände mit den Buchstaben und anderen Schriftzeichen bedeckt, die Liebesgesänge wirkten in der Abgeschiedenheit besonders festlich und hatten einen geradezu hymnischen Ton, es sah aus, als hätten schwere Himmelshände ungelenk diese Texte geschrieben und als wären die Bewohner vor dem Anspruch dieser Gesänge in die Täler geflüchtet.

Mitten in einem zum Himmel hin offenen Raum mit solch engbeschriebenen Wänden breiteten wir die Decke aus, wir legten uns in die mittägliche, stark scheinende Sonne, deren Wärme man wegen des immerzu wehenden leichten Windes auf der Haut anfangs kaum spürte, in sehr großer Höhe kreisten einige schwarze Vögel, weiße Streifen durchzogen das Blau, ich hatte das Empfinden, von der übrigen Welt völlig entrückt zu sein. Wir schmiegten uns dicht aneinander, Franca rollte sich gegen meine rechte Seite und legte ihren Kopf auf meine Brust, ich hielt sie ganz eng, wir lagen wie festgeschnürt oder zusammengewachsen, aus Vorzeiten übriggebliebene Menschengebilde in diesem sonst kahlen Raum, wir schlossen die Augen, Franca flüsterte noch eine Weile und erzählte von ihren früheren Aufenthalten hier oben, ich bekam die Gesänge und anderen Texte nicht aus dem Kopf, noch mit geschlossenen Augen sah ich die weißen Großbuchstaben leuchten und wie flatternde Schriftbanner vor dem Himmelsblau tanzen, *Piano Grande*, dachte ich, *Piano Grande* war eine weitere Liebes-Vokabel, sie ließ sich gut mit *sarazenisch* und den anderen Vokabeln verbinden, ich dachte an einen eigenen, aus solchen Vokabeln zusammengefügten Gesang oder an einen Hymnus nach dem Vorbild der Mauerlieder, sie waren einfach wie Volkspoesie und hatten etwas Stolzes, Schweres, *hol mich zu Dir*, *wir wollen jubeln und uns aneinander freuen* ..., so hatte eines begonnen, *schön bist Du, meine Freundin, so schön, meine Linke liegt unter Deinem Haupt, meine Rechte umfängt Dich, weckt nicht auf und stört nicht die Liebe, bis es ihr selber gefällt* ..., ich wußte nicht mehr, hatte ich das nun gelesen, oder sang es in mir, die Verse schienen aus einem einzigen Wortquell zu sprudeln, sie vermehrten sich unaufhörlich, ich hörte dem Gesang zu, ich sah die Worte verschwimmen und als fernes Weiß im Blau des Himmels vergehen, *ich gehöre meinem Geliebten, und mein Geliebter gehört mir*, dann schliefen wir ein.

26

Am frühen Nachmittag fuhren wir zurück, wir waren sehr schweigsam, in der Nähe von Ascoli bogen wir auf ein kurzes Autobahnstück zur Küste hin ein, wir wollten jetzt nicht mehr langsam fahren, sondern rasch wieder ans Meer gelangen. Wir werden uns heute abend nicht sehen, sagte sie, nein, erwiderte ich, ich werde den Abend allein verbringen, es ist der vorletzte. Ich weiß, sagte sie, jetzt läuft uns die Zeit davon, in zwei Tagen werde ich allein mit dem Fahrrad ins Institut fahren, und Du wirst auf dem Weg nach München sein. Ich habe es den ganzen Tag vermieden, darauf zu sprechen zu kommen, sagte ich, ich werde Dir morgen abend sagen, was ich mir überlegt habe, antwortete sie, morgen abend, nicht heute, ich möchte erst mit meinem Vater darüber sprechen. Brauchst Du seinen Rat? fragte ich, nein, sagte sie, ich will ihm nur erzählen, was ich vorhabe, ihm als erstem, ich muß es ihm erzählt haben, um ganz sicher zu sein. Und wenn er Dir widerspricht? fragte ich, er wird mir nicht widersprechen, sagte sie, ich erzähle ihm die Zukunft wie eine Geschichte, die längst begonnen hat. Wo werdet ihr zum Essen hingehen? fragte ich, vielleicht ist es besser, wenn ich es weiß, damit ich Euch nicht über den Weg laufe. Neben meiner Wohnung ist ein kleines Lokal, sagte sie, dort essen wir oft, es ist eine ganz einfache Trattoria, wir wollen uns in Ruhe unterhalten, das Essen ist nicht von großer Bedeutung. Ich weiß nicht, wo Du wohnst, sagte ich, ich weiß es wirklich nicht, Gianni Alberti wollte nicht glauben, daß ich es nicht weiß, er sagte, er habe zu hören bekommen, ich sei schon in Deiner Wohnung gewesen. Morgen abend bist Du aber wirklich dort, ja? fragte sie, den letzten Abend übernachtest Du bei mir, ja, Dottoressa, sagte ich, den letzten Abend verbringen wir zusammen in Ihrer Wohnung.

Wir verabredeten, am nächsten Morgen zu einer bestimmten Zeit miteinander zu telefonieren, sie gab mir eine Visitenkarte mit der Adresse ihrer Wohnung, dann setzte sie mich in der Nähe meines Hotels ab. Ich überlegte, ob ich an den Strand gehen sollte, ich hatte plötzlich mit einer penetranten Melancholie zu kämpfen, dann ging ich aber nur zu der kleinen Strandbar und bestellte mir dort einen Kaffee. Das sonntägliche Strandleben war im Gang, ich wollte es mir nicht anschauen, ich trank den Kaffee rasch aus, als ich Antonio, den Museumswärter, erkannte, der sich in gar nicht weiter Entfernung anscheinend mit einem Bekannten unterhielt. Ich schaute noch etwas länger hin, es war ein unverfängliches, harmloses Bild, und doch kam es mir so vor, als stehe er hier, um auf mich zu warten und meine Ankunft zu melden. Ich bestellte noch ein Glas Wasser, ich tat so, als wäre ich vollkommen gelassen und genieße ein paar harmlose Freuden, dann schlenderte ich über den Boulevard hinüber zu meinem Hotel.

Als ich mich umdrehte, war Antonio nicht mehr zu sehen, einen Moment spürte ich so etwas wie Panik, vielleicht bildete ich mir alles nur ein, vielleicht hatte es aber auch etwas zu bedeuten, ich eilte durch das Foyer, ich hatte keine Lust, Carlo zu begegnen und ihn mit Geschichten zu unterhalten, daher war ich erleichtert, als ich bemerkte, daß die Hotelrezeption nicht besetzt war. Ich ging hinauf zu meinem Zimmer, als ich die Tür aufschloß, quoll mir der Fäulnisgeruch der immer noch auf dem Teller liegenden Feigen entgegen, sie hatten schon zu gären begonnen, ihre Haut war geplatzt, der dicke Saft sickerte wie Sirup heraus und bildete eine glänzende Lache. Ich ging ins Bad und schaute kurz in den Spiegel, ich erkannte mich beinahe nicht wieder, so braun war ich geworden, es war eine dunkle, kräftige Bräune, ich beschloß, mich sofort zu rasieren, ich trank noch mehr Wasser, langsam wurde ich wieder ruhiger, auch der Anfall von Melancholie war vorüber. Ich legte mich auf das Bett und starrte an die Decke, unter ihr war ein kleiner Fernseher angebracht, er erinnerte mich an die Arbeit, ich wollte zumindest den morgigen Vormittag noch für Recherchen im Hafengebiet nutzen, dann rief ich die Rezeption an und fragte, ob ich im Hotel zu Abend essen könne. Sind Sie es? hörte ich Carlo fragen, sind Sie es wirklich?, ja, sagte ich, ich erzähle Ihnen alles Nähere später, gehen Sie heute abend nicht aus, ohne mit mir gesprochen zu haben, sagte er, ich habe mir schon überlegt, ob ich Ihnen ein anderes Hotelzimmer geben soll, was soll denn der Unsinn? sagte ich, Sie sind in Gefahr, sagte er, Sie ahnen nicht, wie sehr Sie in Gefahr sind. Ich möchte bei Ihnen zu Abend essen, sagte ich, ist das nun möglich, oder ist es das nicht? Wir erwarten Sie in genau einer Stunde, es ist uns eine Ehre, sagte er, gut, antwortete ich, ich bin pünktlich.

Ich rasierte und duschte mich, ich packte meinen Rucksack aus und legte die Geräte auf einen Tisch, dann holte ich mein schwarzes Notizbuch hervor, setzte mich auf den Balkon, betrachtete noch eine Weile die frühabendlichen Farben des Meeres und schrieb: *Ich habe alle Lust an den theatralischen, geselligen Orten verloren, am liebsten wäre ich nur mit ihr allein, so wie am gestrigen Abend, als uns alles zuviel war, das Geschwätz auf den Straßen, die Musik, das unaufhörliche Ziehen von einem Ort der Unterhaltung zum anderen. Das Alleinsein, das Flüstern, das Bett, die Liebe – und die anderen weit draußen, in ihrem albernen Jenseits von weitschweifigen Gesprächen … Leider aber ist sie heute abend für mich unerreichbar, ich kann ihr keinen Vorwurf machen, sie trifft sich mit ihrem Vater und beherbergt ihn für eine Nacht, trotzdem bin ich enttäuscht, denn die Zeit ist sehr kostbar geworden. Ich habe keine Ahnung, wie ich diesen Abend allein verbringen könnte, ohne sie bin ich vollkommen lustlos und leer, jetzt, wo ich sie nicht in meiner Nähe spüre, fühle ich mich abgetrennt, reglos, eine herumzappelnde, amorphe Gestalt wie die Kleinturbellarien und Sandhüpfer, die ich unter dem Mikroskop sah. Soll ich ausgehen? Ich wüßte nicht, wohin, soll ich mich noch einmal unter die abendlichen Flaneure mischen oder mich mittreiben lassen in der passeggiata? Ich will versuchen, diesen Abend zu überstehen, vielleicht werde ich mich in den Schlaf flüchten, um die Unwirklichkeit der Verhältnisse ringsum nicht laufend spüren und ertragen zu müssen. Am liebsten schriebe ich ihr einen Brief, Liebe, ich denke an Dich, ich würde ihr vom Alleinsein erzählen und der darin aufkeimenden Sehnsucht, mit jedem Satz aber würde ich nur die Litanei der Beschwörung fortsetzen, wie ich sie auf den grauen Mauern des entrückten Ortes gesehen habe: Liebe, ich denke an Dich …, Liebe, ich denke an Dich …, sarazenischer Hymnus, piano grande.*

27

Ich hatte etwas lustlos zu Abend gegessen, das ältere Paar am Nebentisch war längst abgereist, ich hatte in einer Zeitung geblättert und mich weiter in meinen Grübeleien verloren. Carlo setzte sich zu mir an den Tisch, haben Sie heute abend schon etwas vor? fragte er, ich denke noch darüber nach, sagte ich, ich rate Ihnen dringend, sagte er, diesen Abend im Hotel zu verbringen, das Hotel wird bereits seit heute morgen beobachtet. Beobachtet? Von wem?

fragte ich, es handelt sich um Leute, die mit dem Museum zu tun haben, sagte er, die meisten sind Bekannte, einige sogar entfernte Verwandte von Dottore Alberti, sie halten sich schon den ganzen Tag in der Strandbar auf. Und was wollen sie? fragte ich, sie werden herauszubringen versuchen, wann Sie im Hotel sind und wohin Sie gehen, sie sammeln Beweise. Beweise wofür? fragte ich, Beweise, sagte er, ganz einfach Beweise, die man dann für irgendeinen Zweck verwenden kann. Und deshalb soll ich mich vorsehen, deshalb soll ich mich in meinem Hotelzimmer verstecken? fragte ich, mein Gott, antwortete er, unter diesen Menschen könnte es auch einen geben, dem das nicht genügt, irgendeiner von ihnen, vielleicht ein junger Bursche, der sich an einem Sonntag etwas langweilt, könnte auf andere Gedanken kommen, er könnte Ihnen zum Beispiel zu nahe treten, er könnte Streit suchen, eine Auseinandersetzung provozieren, es gibt da sehr viele Möglichkeiten. Carlo, sagte ich, Sie übertreiben ja noch mehr, als es in den *Pescatori di perle* erlaubt ist, ich denke nicht daran, mich auf Grund solcher phantastischer Warnungen zurückzuhalten. Bitte, sagte er, wie Sie wollen, ich habe Sie ausdrücklich gewarnt, ich werde einen Spaziergang machen, sagte ich, den süßen Abend genießen, tun Sie es nicht! sagte er noch einmal und diesmal beschwörend, ich trinke gerne etwas mit Ihnen zusammen, wenn Sie hier im Hotel Gesellschaft brauchen. Haben Sie noch einmal einen kleinen Stadtplan für mich? fragte ich, was wollen Sie wissen? sagte er, ich will herausbekommen, wo die Signora wohnt, antwortete ich, hier, sagte er, hier ist der Stadtplan, Sie laufen geradewegs in Ihr Verderben!

Ich steckte den kleinen Plan ein und ging los, Carlo begleitete mich noch bis zum Eingangstor, ich hatte plötzlich sogar wirklich Lust, den breiten Boulevard am Strand wieder entlangzugehen, er war viel voller als sonst, es herrschte der übliche laute Sonntagabendbetrieb, die Vorgärten der Hotels waren erleuchtet, überall standen Menschen in reger Unterhaltung, auf den Tennisplätzen wurde im schwachen Flutlicht gespielt, selbst die Bocciabahnen waren noch in Betrieb. Ich durchstreifte diese Terrains, ich blieb nirgends lange, ich schaute mir ruhig all diese Betriebsamkeit an, sogar auf den Spielplätzen wurde es immer lauter, ein Karussell kreiste zum schnarrenden Gesang eines bunten Harlekins, kleine Pferdekutschen zogen, schwer mit Kindertrauben beladen, durch ein Pinienwäldchen, die Kinder schrien jedes Mal auf und jubelten, wenn sie an ihren Eltern vorbeifuhren.

Ich setzte mich auf eine Bank oder stellte mich für ein kühles Bier an die Theke einer Bar, ich registrierte beinahe übergenau, was ich sah, ich begann, um nicht dauernd an Franca zu denken, Notizen zu machen, ich spielte mir die Rolle eines Mannes vor, der eifrig recherchierte. Ich hätte es bei Stichworten bewenden lassen können, Stichworte aber genügten mir nicht, ich wollte so etwas wie Präzision, Klarheit, ja sogar Schönheit, eine exakte, anschauliche Schrift, die das Gesehene nicht nur streifte, sondern vor dem inneren Auge noch einmal entstehen ließ. Ich schrieb, ich korrigierte, ich feilte an einzelnen Wendungen und baute Satzteile um, *die leeren, weißen Plastik-Stuhlreihen vor der Großleinwand im Freien, wie starre Pinguine, die die Flügelstummel zu Boden strecken …, der abendliche Lichteinfall auf den Kiesflächen der Spielplätze, der die spirrigen Paare der Piniennadeln zu braunen Wellen häuft, unter denen die weißen Kiesel wie ferne Muscheln aufschimmern …, die Bückbewegungen der Bocciaspieler, die eine herumliegende Boccia-Kugel mit einer Hand auffischen und sie dann in der leicht geöffneten Hand ruhen lassen, während die Boccia-Spielerinnen die Kugel mit der Hand umschließen, sie abtasten und drehen, als arbeiteten sie an einem Teig …*, es machte mir immer mehr Vergnügen, solche Beobachtungen festzuhalten, am liebsten hätte ich noch weiter ausgeholt, die eine Beobachtung mit der nächsten zu verbinden, das würde dann, dachte ich plötzlich, eine Erzählung der letzten Tage ergeben, und auf diese Weise entstünde am Ende vielleicht sogar ein Roman. Eher in metaphorischem Überschwang hatte ich Gianni Alberti gegenüber erklärt, daß Franca und ich an einem Roman schrieben, was aber wäre, wenn ich eine solche Wendung wörtlich nehmen und mit dem wirklichen Schreiben beginnen würde?

Plötzlich das Meer, ganz nah, dachte ich, so müßte dieser Roman anfangen, mit der ersten, mir in Erinnerung gebliebenen Beobachtung, *plötzlich das Meer, ganz nah*, das wäre mein erster Satz, ich murmelte ihn vor mich hin, er elektrisierte mich, so ein Einstieg war etwas anderes als die spröden Einstiege meines bisherigen *Textens*. Beim Texten hatte ich Kommentare zu Bildern geschrieben, am besten funktionierte so etwas als beiläufiges Sprechen, als nur schwach wahrgenommene Bildfolie oder als Bilduntergrund, der sich nicht aufdrängen und nicht von den Bildern ablenken durfte, das Texten war jedenfalls nie *Erzählung* geworden, die Poesie war immer den Bildern vorbehalten geblieben und hatte im Text nichts zu suchen gehabt. Während des Studiums hatte ich noch zu meinem Vergnügen Texte über Bilder geschrieben, ich hatte mich in einem Museum mit dem Fernglas vor ein Bild gesetzt und es Detail für Detail studiert, ich war vom Bildganzen, einem Stoff, einem Motiv, einem Thema, zu den Einzelheiten übergegangen, das war meine Methode gewesen, ein Bild zu kopieren. Ich hatte solche Schriftkopien aus Mangel an Zeichentalent angefertigt, ich hatte sie niemandem gezeigt und zu Hunderten in einer Zeichenmappe gesammelt, erst während meines Praktikums beim Sender hatte ich mich wieder an sie erinnert. Kameramänner wie Rudolf hatten sich damals über meinen Bild-Blick gewundert, ist das ein Bild? hatte Rudolf zum Spaß und zur Übung immer wieder gefragt, ich hatte verstanden, daß es darauf ankam, einen sicheren Blick für ein gutes Film-Bild zu entwickeln, genau darin hatte ich die Verbindung zwischen meinem Studium und meinem späteren Beruf dann gesehen, aus einem hilflosen Bilder-Süchtigen, der nicht zeichnen, wohl aber mit Worten umgehen konnte, war schließlich ein Sammler von Bildern geworden, der gute Bilder entdeckte, sich aber mit spröden und sachlichen Kommentaren zurückhielt. *Plötzlich das Meer, ganz nah* …, dachte ich, so ein Einstieg wäre für Dich etwas Neues, vielleicht wäre es sogar ein Einstieg in einen Roman ganz aus Bildern.

Als es dunkelte, näherte ich mich immer mehr der Gegend, in der Franca wohnen mußte, es war ein höher gelegenes, älteres Terrain der Stadt, eine sehr kleine und unscheinbare Altstadt mit einem Befestigungsturm und den Resten einer mittelalterlichen Stadtmauer, die Gassen waren dunkel und schmal und eigneten sich nicht für den Verkehr, es roch kühl, feucht, wie in sehr tief liegenden Kellern. Ich erreichte einen ovalen, ringsum von Häusern umschlossenen Platz, eine Trattoria hatte dort einige Tische und Bänke gruppiert, am Rande des Platzes, noch im Dunkel einer Gasse, hielt ich ein, als ich Franca mit ihrem Vater erkannte. *Vater und Tochter beim Abendessen, in angeregtem Gespräch* ..., dachte ich beinahe zwanghaft, ihr Vater sprach, er wirkte viel jünger, als ich es mir vorgestellt hatte, er war ein schlanker, mittelgroßer Mann mit sehr schönen feingliedrigen Händen, er machte einen angenehm konzentrierten Eindruck, er schaute Franca immerzu an, während er sprach, er gestikulierte kaum, aus der Entfernung hörte sich sein Reden ruhig an, wegen der Vertrautheit, die die beiden ausstrahlten, hätte man sogar denken können, sie seien ein Paar. Franca trug das grüne Kleid, das sie bei unserer ersten Begegnung getragen hatte, ich hatte dieses Kleid sofort im Blick, es erschien mir wie ein geheimes Zeichen, das nur wir beide verstanden, als verbinde dieses Kleid mich mit ihr oder als säße sie eigentlich jetzt mit mir zusammen.

Ich wartete noch einen Moment, ich fand, es gehörte sich nicht, daß ich die beiden beobachtete, ich wartete nur, bis ich mir das Bild genau eingeprägt hatte, *das Grün ihres Kleides, das das Rotblond der Haare aufscheinen läßt wie einen Flammenstreifen* ..., *ihre Finger, schmaler und noch feiner als die ihres Vaters, in deren Nähe sie etwas Marionettenhaftes bekommen, als würden sie von denen des Vaters unmerklich geführt und gelenkt* ..., *die flachen Schuhe, die beide tragen und die, aufeinander verweisend, wie Schuhe für ein späteres gemeinsames Tanzen erscheinen* ..., *der goldene Ring ihres Vaters am kleinen Finger der Rechten, als habe er ihn eigens für dieses Gespräch aus einem Schatzkästlein gefischt* ..., als ich genug gesehen hatte, schlich ich davon. Ich war froh, die beiden gesehen zu haben, ich konnte mir die Szene jetzt genau vorstellen, ich fühlte mich sogar etwas mit einbezogen, der schweigende Dritte im Gespräch, vielleicht sprachen sie ja sogar von mir.

Plötzlich war ich ganz ruhig, ich ging, ohne noch irgendwo einen Halt einzulegen, zurück zum Hotel, ich hatte gesehen, was ich hatte sehen wollen. Der Vorhof des Hotels war noch hell erleuchtet, von der Strandbar drang Musik herüber, Carlo saß mit einigen Gästen in der Nähe der Tür, er gab mir ein Zeichen, einen Moment auf ihn zu warten, führte seine Unterhaltung zu Ende und kam dann zu mir. Trinken wir etwas zusammen? fragte er, haben Sie Lust?, ich nickte, ja, jetzt hatte ich wieder Lust, ich hatte das Bild von Vater und Tochter noch immer im Kopf, ich war damit verbunden, selbst das lästige, aufdringliche Leben ringsum war jetzt wieder genießbar. Carlo verschwand und kam mit einer Flasche Rotwein und zwei Gläsern zurück, setzen wir uns, sagte er, ich habe eine Nachricht für Sie, er erweckte wieder den Eindruck, als handle es sich um dramatische Neuigkeiten, dann sagte er aber nur, der Vater der Dottoressa hat sich bei mir gemeldet, er läßt anfragen, ob Sie ihm morgen gegen fünfzehn Uhr für eine halbe Stunde zur Verfügung stehen würden. Ich schaute ihn an, ich mußte grinsen, was ist? fragte Carlo, wollen Sie der Sache lieber aus dem Weg gehen?, im Gegenteil, antwortete ich, ich stehe ihm, wann immer er es wünscht, zur Verfügung, übrigens habe ich die beiden gesehen, sie essen zusammen zu Abend, auf dem kleinen Altstadtplatz in der Nähe des mittelalterlichen Turms.

Carlo schenkte den Wein ein, wir stießen mit unseren Gläsern an, ich fühlte mich müde, aber gelassen und sicher, ich hörte Carlo gern zu, der plötzlich wieder zu erzählen begann, Vater und Tochter ..., man sah sie früher sehr häufig zusammen, sie gingen zusammen aus, man sah sie in den Cafés und bei Veranstaltungen, man hatte sich an diesen Anblick gewöhnt, sie kamen zu zweit, sie mischten sich unter die Leute, manchmal bekam man sogar mit, wie sie sich unterhielten, sie sprachen überhaupt nicht wie Vater und Tochter, auch nicht wie Mann und Frau, sondern ..., wie?, ja wie soll ich es nennen? ..., *wie ein eingespieltes Paar, das sich die Bälle zupaßt* ..., sagte ich, ja, sagte er, genau so, manchmal sah man sie davonziehen, er sprach, sie unterbrach ihn, er sprach wieder, sie unterbrach, sie unterhielten sich ununterbrochen, es machte ihnen anscheinend großen Spaß, immer neue Ideen und Vermutungen auszutauschen, können Sie sich das vorstellen? fragte Carlo und schaute mich so neugierig an, als habe er gerade eine interessante Partie Schach eröffnet, ja, sagte ich, ganz genau, ich kann es mir ganz genau vorstellen ...

28

Es ist kurz *nach Eins, jetzt ist keine Musik mehr zu hören, am Strand ist es still geworden, langsam gehen die Lichter aus. Es ist der letzte Abend, den ich allein hier verbringe, morgen abend werde ich mit Franca zusammensein, vor einer halben Stunde bin ich noch einmal hinunter ans Meer gegangen, ich hatte es gar nicht vor, dann aber lockte mich die tiefe Schwärze und das gedämpfte*

Murmeln der Wellen, das wieder gut zu hören war, als die Musik allmählich verebbte. Ich stand eine Weile am Meer und schaute hinaus in die Ferne, nichts war mehr zu erkennen, nichts regte sich, ich sah ein einfaches, abstraktes Bild, eine schimmernde Gerade durchschnitt den Horizont, ich war beinahe enttäuscht, als hätte ich wirklich eine Art Zeichen erwartet. Ich sagte mir, daß ich Lust hätte, etwas ganz Normales zu tun, ich möchte am Meer stehen und aufs Meer schauen, ich möchte am Meer entlanggehen und einige Fundstücke aufheben, immer wieder kommt es mir aber so vor, als fände ich nicht mehr zurück zur Normalität, als stünde ich unter einem Beobachtungszwang und als drehte sich alles nur um die Liebe, um diese herrisch-starke Empfindung, die sich einem auf die Brust legt und einen zwingt, anders zu fühlen. In der zurückliegenden Woche habe ich ein weites Terrain erkundet, ich bin viele Kilometer gelaufen und auch gefahren, und doch scheint es mir so, als sei die Welt draußen immer mehr zu einem Teil meines Inneren geworden, ich nehme überall nur die Spuren einer Verwandlung wahr, in kaum einer Woche bin ich ein anderer geworden, die Bilder der Welt haben mich heimgesucht als Bilder der Liebe, sie haben sich in mir ausgedehnt, jetzt bin ich infiziert und kann sie nur bändigen, indem ich sie beschreibe, indem ich sie Stück für Stück präpariere, erstarren lasse und langsam abtöte, dann erst wird die innere Unruhe vielleicht verschwinden, und ich werde ganz frei sein für die Liebe. Der schillernde Küstenstreifen, ich sehe ihn jetzt zum letzten Mal, die Farben sind blaß geworden, das milchige Grün der letzten Lampen mischt sich mit einem zerfließenden Rot, nur die goldgelben Lichter bleiben als klare Signale zurück, winzige Nervenketten der Nacht.

29

Am nächsten Morgen machte ich mich nach dem Frühstück auf den Weg in den Hafen, ich hatte meine Arbeit ein wenig vernachlässigt, ich hielt mich an, die verbleibende Zeit noch zu nutzen, ich wollte mich im Hafen umsehen und dort auch einige Aufnahmen machen. Das Wetter war nicht so gut wie an den vergangenen Tagen, die Wolken lagen graublau und sehr niedrig über dem ruhigen Meer, in der Hafengegend schwebten einige als weiße, zerzupfte Ballen am Horizont. Ich begann gleich zu filmen, ich betrat die Großmarkthalle der Fischer mit ihren nach den Seiten hin ansteigenden Sitzreihen für die Fischauktionen, ich streifte zwischen den Lagerhallen umher, wo die mit glänzenden Fischleibern gefüllten Holzkisten vor sich hin tropften, und ich schaute mir die kleinen Läden an, in denen die schweren Netze, zu großen Türmen gestapelt, lagerten.

Während ich mich umsah, wußte ich mich aber in Francas Nähe, ihr Büro und ihr Institut waren nur wenige Meter entfernt, ich dachte an sie, das abendliche Bild von Vater und Tochter tauchte wieder auf, schließlich wählte ich ihre Nummer, sie meldete sich auch sofort, wir unterhielten uns sachlich und kurz, ich bemerkte, daß sie nicht sprechen konnte, wie sie wollte, das Treffen mit ihrem Vater erwähnte sie nicht, auch ich sprach nicht davon, wir verabredeten uns für den frühen Abend in ihrer Wohnung, trotz des spröden Gesprächs freute ich mich und fühlte mich hinterher so belebt, als habe mir die Unterhaltung frischen Schwung für die eigene Arbeit verschafft.

Ich streunte weiter durch das Hafengelände, ich hatte noch kein Wort mit einem der Fischer gewechselt, die meisten Boote waren auf dem Meer, nur aus zwei kleineren wurde der frische Fang ausgeladen, die mit Fischen gefüllten Kisten wurden mit zerstoßenem Eis eingedeckt und auf große, aber wendige Laster geschoben. Ich postierte mich nahe der Kaimauer, ich filmte das rasche, unermüdliche Ausladen, bei dem gleich drei Männer die Kisten von Hand zu Hand gehen ließen, ich ging näher heran und filmte sie aus ganz geringer Distanz, sie lachten und begannen, der Arbeit etwas Spielerisches, Leichtes zu verleihen, schließlich flogen und hüpften die Kisten von einem zum andern. Sie hatten zuviel zu tun, für eine Unterhaltung hatten sie gewiß keine Zeit, deshalb wollte ich weitergehen, als mich ein älterer Fischer, der sich von einem anderen Schiff her näherte, ansprach. Er fragte mich, warum ich das Ausladen filme, und ich sagte, ich filme privat, es handle sich um einen Urlaubsfilm zur Erinnerung an die Ferien, auf diese Weise kamen wir schnell ins Gespräch, wir schlenderten hinüber zu seinem Boot, es war bereits ausgeladen, am Morgen war er von einem großen Fang in den Hafen zurückgekehrt.

Ich war froh, einen so gesprächigen und freundlichen Menschen gefunden zu haben, ich fragte ihn, ob er mir von seiner Arbeit erzählen könne, wir schlenderten langsam hinüber zu seinem Schiff, es schien ihm Spaß zu machen, mir dies und das zu erklären, aber als ich ihn fragte, ob ich ihn filmen dürfe und er in die Kamera sprechen wolle, sagte er mehrmals, nein, nicht filmen, nein, keine Aufnahmen. Ich verstand diese Scheu, ich hatte solche Abwehr immer wieder erlebt, ich packte meine Kamera demonstrativ fort, weil ich nicht wollte, daß er durch ihren Anblick in seinem Mitteilungsdrang gehemmt wurde. Als wir vor seinem Schiff standen, wies er mir den Weg, bitte, sagte er, kommen Sie doch an Deck, sehen Sie sich alles genau an, wenn es Sie interessiert. Wir gingen über zwei hölzerne Planken an Deck, er zeigte mir die großen Winden und das Treibnetz, er erzählte angeregt und beinahe schwärmerisch von den nächtlichen Ausfahrten, wir fahren meist zu zehnt hinaus, sagte er, die ganze Nacht schlafen wir vielleicht zwei Stunden, weit draußen, in den dafür zugewiesenen Zonen, warten wir auf einen Fang, das Warten ist schlimm, man schaut auf das Meer und sieht nichts als die glimmenden Lichter, die die Fische anlocken sollen, man kann Pech haben, dann regt sich eine ganze Nacht nichts, oder es steigen plötzlich Luftblasen auf, das ist das Zeichen, daß die Fische aus den Tiefen heraufkommen, wir setzen Boote aus und treiben sie auf den Kutter zu, dann legt sich das Netz um den Schwarm, manchmal sind auch schwerere Tiere darunter, Delphine und Thunfische, wir versuchen oft, sie bereits vorher zu vertreiben, aber es gelingt nicht immer.

Ich hörte ihm genau zu, später wollte ich mir notieren, was er erzählt hatte, ich tat neugierig und interessiert, ich stellte ihm viele Fragen, er ging mit mir einige Stufen hinab in den kleinen Raum, in dem die Mannschaft die Zeit mit Warten verbrachte, dann zeigte er mir die Küche, setzen Sie sich, sagte er, leider habe ich nichts Gutes zu trinken, nichts Gutes, keinen einzigen Schluck, lassen Sie doch, antwortete ich, ich lade Sie später in die kleine Hafenbar ein, nein, sagte er, das kommt nicht in Frage, Sie sind mein Gast, warten Sie einen Moment, ich gehe rasch etwas holen.

Ich wollte ihn aufhalten, aber er verschwand nach draußen, ich saß allein in der kleinen Küche, das Schiff lag ganz still, ich hörte nur das ruhige, regelmäßige Klatschen des Wassers an seine Wände, die Stille hatte etwas Schläfriges, Faules, ich lehnte mich zurück und schloß einen Moment die Augen. Ich wartete eine Weile, ich fragte mich, wo er geblieben war, ich wollte schon wieder aufstehen und hinausgehen, als ich Stimmen hörte, zwei Männer unterhielten sich ganz in meiner Nähe, ihre Schritte waren zu hören, sie stapften anscheinend über die Planken an Deck, dann kamen sie die Treppe herunter, geradewegs zu mir, in die Küche. Sie stießen die Tür auf, sie kamen laut und als erwarteten sie nicht, jemandem zu begegnen, herein, sie stutzten und taten erstaunt, was machen Sie hier? fragte der eine, wie kommen Sie hierher? setzte er nach, ich erklärte, daß ich auf ihren älteren Kollegen, der mich hierher geführt habe, warte, es gibt keinen älteren Kollegen, sagte er, es gibt hier niemanden außer uns, ich begann wieder von vorne, ich versuchte, ruhig und langsam zu sprechen, aber ich verhaspelte mich vor lauter Aufregung, denn ich spürte, daß sich irgend etwas Undurchschaubares ereignete, etwas Schlimmes bahnte sich an, ich schwitzte bereits.

Was tust Du hier? fragte plötzlich der andere leise, er lächelte und trat auf mich zu, was ist mir Dir, was hast Du vor? fragte er in gespielt-naivem Ton, ich überlegte, ob ich ihn zur Seite stoßen und schnell davonstürzen sollte, vielleicht hätte ich es geschafft, ihn beiseite zu drängen, hinter ihm aber stand sein Gefährte, zwei Hindernisse waren für mich einfach zuviel. Du bist nicht von hier, sagte der Größere und stieß mir kurz gegen die Schulter, Du bist doch nicht von hier, woher kommst Du überhaupt, vielleicht bist Du ein Schnüffler, in letzter Zeit schnüffeln hier dauernd solche Typen wie Du herum. Sie bauten sich jetzt beide wie eine Front vor mir auf, ich war aufgestanden und stützte mich mit einer Hand auf den Tisch, ich spürte, daß ich zu zittern begann, auf einmal kam mir die Vermutung, sie hätten mit Gianni Alberti zu tun, es war ein plötzlicher Einfall, ein Schreckensgedanke, ich krümmte mich kurz zusammen, so stark durchfuhr es mich, dann sagte ich, ich möchte jetzt gehen, ich habe Ihnen alles erzählt, nichts hast Du, sagte der Größere gleich, während sich der andere abwandte und die Küche verließ, hier im Hafen treiben sich zu viele Gestalten herum, weißt Du, es wird sogar gestohlen, man muß aufpassen, am Ende stiehlt man uns noch unsere Frauen. Er kniff die Augen zusammen, er blinzelte etwas, es wirkte gefährlich und wie die Vorankündigung eines Schlages, jetzt war es klar, daß er mit Gianni Alberti zu tun hatte, mir fiel ein, daß Alberti im Gespräch mit mir die Fischer sogar erwähnt und mir empfohlen hatte, mit ihnen zu sprechen. Ich möchte jetzt gehen, sagte ich ein zweites Mal, da hörte ich den Motor anspringen, es war ein polterndes, überlautes Geräusch, manche Schnüffler verschwinden aber auch einfach, sagte der Mann, ich geriet in Panik, meine sich aufstützende Hand hinterließ auf dem Tisch bereits nasse Flekken, da legte das Schiff langsam ab, es drehte sich mit dem Bug von der Kaimauer fort, tu etwas! dachte ich nur noch, gleich ist es zu spät, sie werden mit Dir auf das Meer hinausfahren und Dich irgendwo über Bord werfen, ich wollte fliehen, ich griff nach meinem Rucksack, setzte mich aber plötzlich, als hätte ich keine Kraft mehr und als nähme ich das Ablegen des Schiffes geduldig hin. Na so was, sagte der

Typ, Du gehst mit uns auf Spazierfahrt?, ich blickte auf den Tisch, ich sah den feuchten, schimmernden Abdruck meiner Hand, ich hielt den Rucksack fest in der Rechten, dann schnellte ich hoch, stieß den Typ zur Seite, hastete die Treppe hinauf an Deck und sprang mit einem großen Satz an Land.

Ich konnte vor Aufregung nicht stehenbleiben, ich begann zu laufen, ich hörte, wie sich das Schiff wieder gegen die Kaimauer schob, der Motor ging aus, es drehte anscheinend bei, ich lief weiter, ich wagte es nicht, zurückzuschauen, vor lauter Angst, noch andere Männer könnten hinter mir her sein. Als ich die kleine Hafenbar beinahe erreicht hatte, kam der alte Fischer gerade aus ihrer Tür, er ging mir direkt entgegen, ich verlangsamte meine Schritte, mein Atem ging rasch. Wer sind die Männer auf Ihrem Schiff? fragte ich, es ist nicht mein Schiff, antwortete er, es gehört nicht mir, Sie haben mich da vielleicht falsch verstanden, wer sind die beiden Männer auf Ihrem Schiff? fragte ich nochmals, wovon sprechen Sie? antwortete er, wer sind die beiden Männer? wiederholte ich, ich habe auf Sie in der Küche gewartet, zwei Männer sind aufgetaucht und haben mich bedroht, es gibt keine Männer auf diesem Schiff, sagte er, schauen Sie, es liegt ruhig da, niemand ist zu sehen, kommen Sie nur, kommen Sie, gehen wir hin, gehen wir in die Küche, zeigen Sie mir, was Sie gesehen haben, er lächelte mich an, um keinen Preis wäre ich mit ihm noch einmal auf das Schiff gegangen. Kommen Sie, winkte er einladend, kommen Sie, machen wir eine Hafenfahrt, oder fahren wir etwas hinaus aufs Meer, ich zeige Ihnen die Geheimnisse der Fischerei, es interessiert Sie doch so, ich erlaube Ihnen sogar, unter Wasser zu filmen.

Er lachte, er ruderte mit beiden Armen, als spiele er einen Ertrinkenden, er lachte so laut, daß man in der Bar auf uns aufmerksam wurde, einige Männer kamen nach draußen und musterten uns, ich wollte fort und wandte mich ab, bleiben Sie doch, sagte er, bleiben Sie nur, wir sollten etwas zusammen trinken, ich beachtete ihn nicht mehr, ich ging schnell und schneller, dann begann ich wieder zu laufen, ich lief, bis ich das Hafengelände hinter mir gelassen hatte.

In der Nähe des Leuchtturms erreichte ich das kleine Pinienwäldchen mit den Kinderspielplätzen, ich zitterte immer noch, mir war übel, ich setzte mich auf eine Bank und schaute zu den spielenden Kindern hinüber, ich kam mir vor wie einer, den man empfindlich getroffen oder verletzt hatte. Ich wartete, bis ich wieder ruhiger atmete, dann ging ich zu der kleinen Bar, die sich inmitten des Wäldchens befand, ich bestellte ein großes Glas Wasser, die Frau hinter der Theke sah meine unruhige, noch immer leicht zitternde Hand, die nach dem Glas griff. Ich trank, ich bestellte ein weiteres Glas, ich hatte eine trockene, pelzige Zunge, ich fragte mich, ob ich jemanden benachrichtigen sollte, doch ich resignierte schnell, schon der Versuch, die Männer zu stellen, war lächerlich, sie hätten sich einen Spaß daraus gemacht, mich als Phantasten hinzustellen.

Ich hielt es an der Theke nicht lange aus, ich bezahlte und setzte mich wieder auf eine Bank, ich fühlte mich so schwach, als könnte ich nicht längere Zeit stehen. Ich holte mein Handy hervor und versuchte, Rudolf zu erreichen, er meldete sich auch, ich habe eben etwas sehr Unangenehmes erlebt, sagte ich, was ist passiert? fragte er, Du hörst Dich ganz merkwürdig an, ja, sagte ich, es war sehr unangenehm, was denn? fragte er, Du sprichst so seltsam, ja, sagte ich, sehr unangenehm. Ich würgte, ich schmeckte so etwas wie bitteren Schleim auf der Zunge, Du bist nicht in Ordnung, hörte ich Rudolf sagen, ist jemand in der Nähe, der Dir helfen kann?, ja, sagte ich, ich bin allein, Du bist völlig durcheinander, rief Rudolf, ja, sagte ich, ich bin durcheinander, mein Gott, sagte Rudolf, Du hättest längst abreisen sollen, eigentlich wolltest Du heute in München sein, ja, sagte ich, ich bleibe bis zur letzten Sekunde, tu es nicht, sagte Rudolf, bleib nicht länger, setz Dich in den nächstbesten Zug und fahr los, ja, sagte ich, ich bleibe, ich fahre nicht ab.

Ich wußte nicht weiter, ich beendete das Gespräch, Rudolfs Stimme zu hören, hatte mich ein wenig beruhigt. Ich blieb auf der Parkbank sitzen, ich schaute den Kindern weiter beim Spielen zu, seit langer Zeit hatte ich nichts Tröstlicheres mehr gesehen, erst nach geraumer Zeit stand ich auf und machte mich auf den Rückweg zu meinem Hotel. Ich ging schnell, ich achtete nicht auf die Umgebung, ich blickte starr geradeaus, als dürfte ich das Ziel nicht aus dem Auge verlieren. Als ich das Foyer des Hotels betrat, kam mir Carlo gleich entgegen. Ihr Kollege aus München hat angerufen, er macht sich große Sorgen um Sie, er behauptet, Ihnen sei etwas zugestoßen, ach, Carlo, sagte ich, Sie haben mit meinem Kollegen doch schon einmal gesprochen, es ist der, der so schlecht Italienisch spricht, grausam, nicht wahr?, gräßlich, manchmal ist er einfach völlig verdreht, es ist *nichts* passiert, *gar nichts*, er phantasiert. Gott sei Dank, sagte Carlo, ich hatte schon gewisse Befürchtungen, Sie können es sich vielleicht vorstellen, nein, Carlo, sagte ich, ich stelle mir nichts mehr vor, und Ihre Befürchtungen habe ich, wie Sie wissen, noch nie geteilt, sagen Sie mir also lieber, was es heute mittag zu essen gibt, es gibt *spaghettini*, mit schwarzen Oliven und kleinen Tomaten, mit Anchovis und einer Spur Knoblauch, sagte er, ich lächelte, auch er begann plötzlich zu lächeln, das Aufsagen des Mittagsgerichts hatte ihn augenblicklich auf andere Gedanken gebracht.

30

NACH DEM Essen legte ich mich ein letztes Mal auf das breite Hotelbett, ich versuchte, mich abzulenken und nicht mehr an den morgendlichen Vorfall zu denken, die einzelnen Szenen gingen mir jedoch nicht aus dem Kopf, vor allem den Moment, in dem die beiden Männer die Küche betreten und mich entdeckt hatten, konnte ich nicht vergessen. Alles war geschickt inszeniert, dachte ich, ich würde gern wissen, wie weit sie am Ende wirklich gegangen wären, wollten sie mir etwa nur drohen, oder meinten sie es doch ernst? Ich sagte mir, daß solche Fragen nicht zu beantworten waren, die Sache blieb undurchschaubar, es war ja nicht einmal klar, ob Gianni Alberti wirklich dahintersteckte, vielleicht waren es ja auch nur ein paar einfache Hafenarbeiter gewesen, denen ich mit meinem Filmen auf die Nerven gegangen war. Das *Filmen*, richtig, dachte ich weiter, das Filmen könnte sie verärgert haben, auf das Filmen reagieren, wie ich ja aus Erfahrung weiß, viele Menschen gereizt. So redete ich mir ein, eine plausible Erklärung für den Vorfall gefunden zu haben, das Filmen *mußte* die Ursache gewesen sein, etwas anderes wollte ich mir nicht vorstellen.

Trotz all dieser Beschwichtigungen blieb ich unruhig, ich hielt es auf dem Bett nicht mehr aus, ich erhob mich und begann, das Zimmer aufzuräumen, als erstes schaffte ich die faulenden Feigen hinaus, längst schon hätte ich sie beseitigen müssen, warum hatte ich es eigentlich noch nicht getan? Dann begann ich zu packen, ich räumte den Schrank aus und legte meine Kleidung aufs Bett, ich lief, um ein paar Utensilien zu verstauen, mehrmals vom Schlafzimmer ins Bad und wieder zurück, noch einmal ging ich auf den Balkon, sagte mir dort aber sofort, daß ich nicht auf den Balkon gehen sollte, ich setzte mein Aufräumen fort und versuchte, gleichzeitig bereits etwas zu packen, immer wieder schaute ich auf die Uhr, schaltete den Fernseher an, schaute dann aber kaum hin, stellte ihn wieder ab, ich kam nicht richtig voran, die Hauptsache war vielleicht auch eher, daß ich in Bewegung blieb.

Dann hörte ich das Telefon klingeln, ich vermutete, daß Rudolf mich anrief, ich fahre nicht ab, Du bist ein Phantast, sagte ich, ohne abzuwarten, bis sich jemand gemeldet hatte, *ich* bin es, Signore, hörte ich Carlo sagen, ich bin es, nicht der Kollege aus München, Sie sind es, Carlo, fragte ich, etwas erschreckt, was gibt es? Ich wollte Sie nur an Ihren Termin um Fünfzehn Uhr erinnern, sagte Carlo, der Dottore wird sicher pünktlich erscheinen. Welcher Dottore? wollte ich fragen, da begriff ich, ich hatte den Termin komplett vergessen, *komplett, vollkommen, komplett*, wiederholte ich in

Gedanken, dann sagte ich, danke, Carlo, ich habe den Termin nicht vergessen.

Ich schaute erneut auf die Uhr, mir blieb noch eine halbe Stunde, ich ließ alles stehen und liegen und legte mich wieder aufs Bett, ich überlegte mir einige Themen, über die man vielleicht sprechen konnte, *die Arbeit beim Fernsehen* war so ein Thema, *Italien* war eines, *die italienische Küche* war eins für den Notfall, die *Unterschiede zwischen Deutschen und Italienern* war keines, *Franca und ich* war eines, über das ich am liebsten nicht sprechen wollte, den *Vorfall im Hafen* hatte ich nicht einmal vor zu erwähnen.

Kurz vor Fünfzehn Uhr meldete Carlo, daß der Dottore an der Rezeption auf mich warte, ich ging rasch hinunter, wir begrüßten uns freundlich, ich vergaß beinahe, daß ich es mit Francas Vater zu tun hatte, denn er trat auf wie ein Mann, der sich darauf freute, eine Bekanntschaft zu machen. Ich danke Ihnen, daß Sie sich die Zeit nehmen, mit mir zu sprechen, sagte er, ich habe gar kein besonderes Anliegen, ich möchte Sie einfach nur kennenlernen und einige Worte mit Ihnen wechseln, sonst nichts. Er sprach rasch, er wirkte sehr offen und interessiert, aber gleichzeitig so neutral, als gelte sein Interesse einem fremden, studierenswerten Objekt.

Haben Sie Lust, mit mir am Strand spazierenzugehen? fragte er, ich gehe so gern dort spazieren, richte mich aber ganz nach Ihnen, gehen wir an den Strand, sagte ich, das ist ein guter Gedanke. Wir überquerten den Boulevard und erreichten das Meer, wir zogen unsere Schuhe aus und machten uns auf den Weg, er ging zügig voran und setzte die Unterhaltung fort, als wolle er einen vor Tagen liegengelassenen Faden entschlossen wiederaufnehmen.

Er sprach von der Beziehung der Küstenbewohner zum Meer, ich sehe es, sagte er, natürlich vor allem aus medizinischer Sicht, die Menschen hier haben, statistisch gesehen, eine höhere Lebenserwartung, der Grund dafür ist wahrhaftig ihre starke Bindung ans Meer, diese Bindung führt dazu, daß sie nicht gern verreisen, sie bleiben, wenn es irgend geht, an einem Ort, und sie verbringen ihre Tage in immer demselben Rhythmus, Ruhe und Stetigkeit sind seit alters her die besten Bedingungen dafür, alt zu werden, so ist es auch hier, hinzu kommt, daß sie das Gefühl haben, immer im Urlaub zu sein, die Anwesenheit der Fremden trägt zu diesem Gefühl bei, sie fühlen sich also beinahe ganzjährig, obwohl sie zu Hause sind, doch wie im Urlaub und sehen daher keinen Anlaß, noch eigens in den Urlaub zu fahren. Die Berge mögen sie nicht, das bäuerliche Land ist ihnen zuwider, in Wahrheit sind sie etwas überheblich und stur, sie bleiben am Meer, sie fühlen sich mit ihm oft stärker verbunden als mit ihrer Wohnung und ihrem eigentlichen Zuhause, sie stehen spät auf, gehen dann aber sofort an den Strand, sie wohnen am Strand, könnte man beinahe sagen.

Ich hörte ihm gerne zu, er sprach ein helles und sehr wohlklingendes Italienisch, und er redete nicht so, als wolle er mich belehren, sondern als mache er sich gerade erst all diese Gedanken. Sein Sprechen erhielt dadurch etwas Frisches und Lebendiges, er versetzte es mit Wendungen des Erstaunens und Aufmerkens, als wolle er seinen Worten einen besonderen Glanz verleihen.

Seltsam und beinahe unerklärlich ist nur, sagte er weiter, warum kaum jemand von unseren Küstenbewohnern *ins* Meer geht, immer wieder frage ich mich, was dahintersteckt, in ganz Europa stürzen sich die Menschen mit Wollust in die Fluten, hier aber nicht, haben Sie es bemerkt und haben Sie vielleicht dafür eine Erklärung? Ich zuckte zusammen, ich hatte nicht erwartet, daß er mich so direkt ansprechen würde, jetzt aber begriff ich, daß er nicht weiter allein sprechen, sondern mich einbeziehen wollte, er stellte mir die Frage aber ganz ernsthaft und nicht so, als wollte er lediglich höflich erscheinen. Er wartete, ich überlegte kurz, dann sagte ich, daß ich mir die Abneigung gegenüber dem Schwimmen mit der jahrhundertealten Furcht oder Scheu vor dem Meer erkläre, die älteren Generationen erinnerten sich bestimmt noch daran, niemand habe früher im Meer gebadet, das Meer sei ein beunruhigendes und fremdes Terrain gewesen, eine Zone der Gefahr und des Diffusen. Ja, antwortete er, diese traditionelle Abwehr oder Scheu, wie Sie es nennen, spielt gewiß eine wichtige Rolle, sie hat sich in Italien, wo die Verhaltensformen sowieso stärker vererbt werden als anderswo, von den Großeltern auf die Eltern und Kinder übertragen, seit einiger Zeit wird übrigens gegen Elf Uhr am Morgen hier und dort eine Morgengymnastik veranstaltet, da sind nun wiederum viele dabei, sie gehen dann sogar für eine halbe Stunde ins Wasser, auch das ist seltsam und bedarf einer Erklärung, haben Sie etwa eine? Vielleicht, sagte ich, hat diese Ausnahme und Überwindung der sonst starken Vorbehalte mit der Musik zu tun, die Musik zur Morgengymnastik ist nämlich sehr laut, sie zerstört den ruhigen und eher beschaulichen Raum, den der Strand ja sonst darstellt, und macht aus ihm eine beliebige, sportive Zone, in der man eben, weil es heiß ist und man sich dazu noch bewegen muß, bis zu den Knien im kühlenden Wasser steht.

Fabelhaft, sagte er, und sehr einleuchtend, an die Musik hatte ich bisher noch gar nicht gedacht, dabei liegt es doch nahe, ihre Funktion zu bedenken, ich dagegen habe mir alles viel umständlicher erklärt, auf dem Umweg über eine Theorie des Schwimmens, auf die ich – als übrigens leidenschaftlicher Schwimmer – ganz durch Zufall gekommen bin. Sie machen mich neugierig, antwortete ich, über das Schwimmen habe ich in der letzten Woche auch häufiger nachgedacht. Und? fragte er, was denken Sie über das Schwimmen? Es handelt sich, antwortete ich, um nichts Anspruchsvolles oder etwas, was den Begriff *Theorie* rechtfertigen würde, es hat eher mit den Beobachtungen zu tun, die ich in den letzten Tagen beim Schwimmen machte. Spannen Sie mich nicht auf die Folter, sagte er, lassen Sie hören! Mir fiel beim Schwimmen und vor allem beim Tauchen auf, sagte ich, wie stark der Kontakt mit dem Wasser alles andere verdrängt, nach einer Weile konzentriert man sich nur noch auf diesen Kontakt, man sucht die möglichst perfekte Anpassung an das Element, man ignoriert die Umgebung, das Schwimmen, denke ich daher, isoliert, es wirft einen zurück auf das eigene Erleben, als Schwimmer ist man allein und nur auf sich gestellt, die Sportschwimmer ziehen typischerweise immer nur ihre Bahnen, sie berühren und beobachten ja nicht einmal ihre Gegner, im Grunde ist ihr Gegner einzig die Zeit.

Das ist es! antwortete er, Sie nehmen mir das Wort aus dem Mund, ich denke über das Schwimmen ganz ähnlich. Dann erläutern Sie mir aber noch, sagte ich, wie Sie mit Hilfe solcher Überlegungen die Bereitschaft unserer Strandbewohner zur Morgengymnastik begründen. Das ist ganz einfach, antwortete er, das Schwimmen isoliert, wie Sie richtig sagten, als leidenschaftlicher Schwimmer ist man im Wasser allein, die belebende und sinnliche Wirkung des Wassers ist vor allem dann spürbar, *wenn* man allein ist, das Alleinsein wird im Wasser zu einem körperlichen Genuß, genau davor aber schrecken unsere Strandbewohner zurück, sie verabscheuen das Alleinsein und die Isolation, sie suchen nichts mehr als die Gruppe und das Gespräch, noch wenn sie ein paar Meter hinausschwimmen, unterhalten sie sich, den Kopf über Wasser, wie Enten, die nicht aufhören können, zu schnattern. Die Morgengymnastik kommt ihnen daher auf ideale Weise entgegen, sie erlaubt es, das Meer in der Gruppe aufzusuchen, sie entbindet vom Schwimmen und ermöglicht die Andeutung eines Wasser-Kontaktes, so habe ich es mir zurechtgelegt, wie finden Sie es?

Er sprach noch etwas rascher als vorher, er war richtiggehend in Fahrt geraten, ich mußte über unseren Eifer, theoretische Erklärungen für die einfachsten Vorgänge zu suchen, lächeln, er bemerkte es und lächelte ebenfalls, wir geben uns große Mühe, nicht wahr? sagte er, ja, sagte ich, wir stellen die mit ihren Füßen Gymnastik treibende Welt auf den Kopf, wir rechtfertigen ihr Tun, wir geben ihr erst eine Grundlage oder so etwas wie eine Basis. Richtig, sagte er, wir arbeiten an einer *Grundlegung zu einer Metaphysik der Morgengymnastik im Meer unter besonderer Berücksichtigung einer Metaphysik des Schwimmens*, habe ich es exakt formuliert? Vollkommen exakt, sagte ich, wenn ich Sie dort drüben, in der kleinen Strandbar, zu einem Caffè einladen darf, könnten wir unseren ersten theoretischen Bausteinen weitere hinzufügen.

Er blieb stehen und schaute mich an, es macht Spaß, sich mit Ihnen zu unterhalten, sagte er, es macht richtig Spaß, ich antwortete nichts, ich dachte plötzlich an Franca, auch sie hatte mehrmals betont, wie gern sie sich mit mir unterhielt, es ist schön mit Ihnen, hatte sie gleich zu Beginn unseres Kennenlernens einmal gesagt, jetzt, im Gespräch mit ihrem Vater, verstand ich erst genauer, was sie gemeint hatte, vielleicht hatte sie das Gefühl gehabt, in den Gesprächen mit mir die Gespräche mit ihrem Vater fortzusetzen, all die vielen Gespräche mit ihrem Vater, dachte ich, haben sie stark geprägt, daher erwartet sie von einem Gespräch ein dauerndes Hin und Her zwischen prägnanten Beobachtungen und Theorien, ihre Abneigung gegen bloße Meinungen oder simple Geschmacksurteile ist mir von Anfang an aufgefallen, jetzt habe ich dafür vielleicht eine Erklärung.

Ich habe eine gute Erklärung dafür, warum Franca sich mit mir so gern unterhält …, dieser Satz lag mir auf der Zunge, ich sagte aber nur, ich gebe Ihr Kompliment gerne zurück, trinken wir nun den Caffè oder lassen wir es? Natürlich trinken wir ihn, sagte er, leider müssen wir mit der kleinen Strandbar vorliebnehmen, die Beziehung der Strandbewohner zu ihrem Strand ist von keinerlei Romantik, sondern ausschließlich von pragmatischen Gesichtspunkten geprägt. Auf die Gefahr hin, daß ich Sie jetzt langweile, antwortete ich, ich muß Ihnen sagen …, Sie müssen mir sagen, daß Sie auch darüber bereits nachgedacht haben, habe ich Recht? sagte er lachend, Sie haben Recht, sagte ich, ich habe darüber nachgedacht, warum dieser ganze Küstenstrich, den ich in den letzten Tagen kennengelernt habe, trotz all seiner

Strandschönheit doch etwas Sprödes und eher Pragmatisches hat, durch diese Frage bin ich zu der Vermutung gekommen, daß es so etwas wie Meeresromantik oder eine romantische Beziehung zum Meer in der Malerei oder den anderen Künsten dieser Region vielleicht gar nicht gibt, exakt! rief er, Sie sagen es, so etwas gibt es nicht, eine romantische Beziehung zum Meer ist eine englische, niederländische, nordfranzösische und deutsche Erfindung, hier jedenfalls kennt man so etwas nicht.

Wir erreichten die kleine Bar, sie hatte diesen Namen wahrhaftig nicht verdient, man hätte sie eher einen kleinen Verhau nennen können, da sie aus nicht mehr als ein paar zusammengenagelten Brettern bestand. Ich bestellte zwei Caffè, er wartete nicht darauf, daß sie serviert wurden, sondern redete weiter, die erhabene Schönheit der Felsen am Meer, der Blick des Einsamen auf seine ruhige Fläche, die dramatischen Bilder des Sturms und der aufschäumenden Wogen, für all diese großen Szenen einer jahrhundertealten Ästhetik hat man hier keinen Sinn, nicht zufällig sind sie ja auch in Ländern entstanden, in denen das Meer ein ganz anderes ist, wild bewegt, stürmisch, häufig ein Grollen, die Ruhe trügerisch und der Blick aufs Meer eben deshalb ein banger Genuß. Hier dagegen sieht man das Meer nicht in der Beziehung zu Wind, Wetter und Wolken, sondern in der *einen* zur Sonne, man könnte sogar beinahe sagen, das Meer verstärkt oder verdoppelt die Sonne, es ist ihr Widerpart, ein im idealen Fall leuchtendes, die Sonnenreflexe durchscheinend zum Schimmern bringendes Element, die Menschen hier lieben dieses ruhige, stille Meer, sie stehen am Strand nicht so sehr, um in die Weite, sondern um ins Wasser zu schauen. Unbewegt, ja beinahe apathisch verlieren sie sich in der Betrachtung der minimalsten Bewegungen des Sandes, so stehen sie am Morgen aufrecht und still im Wasser und legen sich später starr und ebenso unbeweglich hin, sie ahmen die einfachsten Verhältnisse nach, die hier zu beobachten sind, die Ur- oder Grund-Verhältnisse, aus denen sich alles Weitere ableitet.

Der Caffè wurde endlich serviert, ich trank meine Tasse, um mich nicht ablenken zu lassen, sofort leer, ich war gespannt auf das, was er so kunstvoll vorbereitet und angesprochen hatte, er aber zögerte, nippte mehrmals an seiner Tasse, lächelte und fragte, jetzt bin ich Ihnen voraus, darüber haben Sie noch nicht nachgedacht, stimmt's? Machen Sie weiter, antwortete ich, ich werde Ihnen erst antworten, wenn Sie mit Ihrem Ur-Verhältnis herausgerückt sind. Es ist sehr einfach, sagte er, man begreift es sofort, und doch fällt es den Wenigsten auf: Das Ur-Verhältnis ist das Aufeinandertreffen von Vertikale und Horizontale, die Vertikale ist das Strahlen der Sonne, die Horizontale die Fläche des Meeres, durch ihr Stehen und Liegen übersetzen die Strandbewohner dieses einfache Raum-Verhältnis in wiederum einfache Bewegung, und durch aufeinanderstoßende Geraden und ein System von rechten Winkeln übersetzt diese Stadt dieses Raum-Verhältnis in die Struktur ihrer Straßen, was sagen Sie nun?, wären Sie darauf gekommen? Ja, sagte ich, wenn ich mehr Zeit gehabt hätte, wäre ich darauf gekommen, ich war sogar schon ganz nahe dran, über das Verhältnis von Sonne und Meer hatte ich schon erste Beobachtungen angestellt. Ich glaube auch, daß Sie es herausbekommen hätten, sagte er, nach alldem, was Sie mir bereits erzählt haben, wäre es nur eine Frage der Zeit gewesen, was meinen Sie, machen wir nun kehrt und gehen zurück, nach Auflösung aller Welträtsel bietet es sich beinahe zwangsläufig an.

Ich stimmte zu, ich bezahlte, wir gingen wieder zum Wasser und machten uns auf den Rückweg, ich erzählte ihm, daß ich genau diesen Weg bis zu dieser abgelegenen Strandbar am Rande der Stadt an meinem ersten Tag in San Benedetto zurückgelegt hatte, er ging eine Weile still neben mir her, er hörte ruhig zu, ich erzählte weiter von meinem Aufenthalt, mit keinem Wort kam ich auf Franca zu sprechen. Ich verstehe mich gut mit ihm, dachte ich, noch selten habe ich mich mit einem fremden Menschen in derart kurzer Zeit so gut verstanden, ich vermute, wir verstehen uns sogar so gut, daß wir über Franca nicht sprechen werden.

Als wir uns bereits wieder dem Hotel näherten, sagte er, ich muß Ihnen noch etwas erzählen, ich darf es nicht vergessen, obwohl es meine so einleuchtende Idee vom Ur-Verhältnis zwischen Vertikale und Horizontale untergräbt, ich muß Ihnen, bevor wir uns verabschieden, noch von einer Ausnahme erzählen, diesmal frage ich aber nicht, ob Sie bereits ahnen, wovon ich spreche, Sie können diese Ausnahme nicht kennen, Sie sind, soviel ich weiß, zum ersten Mal in den Marken. Etwas nördlich von hier, aber noch südlich von Ancona, befindet sich in der Nähe des Monte Cónero die schönste Küstenpartie dieser Region, der Strand dort ähnelt in nichts der geraden und beinahe ausdruckslosen Sandfläche, die Sie hier vorfinden, er ist vielmehr sehr abwechslungsreich, mal Felsenküste, mal Steppe, vor allem besteht er aber aus vielen kleineren Buchten von außerordentlicher Schönheit, die sich manchmal in der Felsenküste verbergen oder durch Grotten mit ihr verbunden sind. In diesen Buchten aber werden Sie unsere Strandbewohner baden und sogar schwimmen sehen, hier machen sie eine Ausnahme, und zwar deshalb, weil es sich eben um Buchten handelt, um intime, kleine, abgeschlossene Paradiese, die nur ihnen bekannt sind und durch ihre Form an den mütterlichen Schoß erinnern. Ich liebe diese Buchten über alles, im Grunde bin ich mit meiner Frau wieder nach Ancona gezogen, um ihnen nahe zu sein, ich liebe aber auch die spröde Klarheit des geraden kilometerlangen Strandes hier und die ganze Geometrie, die sich daraus ergibt, sie verleiht Küstenstädten wie San Benedetto etwas von Leere und Melancholie, auch die Geometrie gehört zum Meer, obwohl sie das Gegenteil des Pittoresken ist, sie gehört zum Meer und verleiht den Städten etwas Provisorisches, Windiges, als wäre von vornherein klar, daß ihre Häuser irgendwann weggespült werden.

Als wir auf der Höhe des Hotels waren, blieben wir stehen, ich danke Ihnen, sagte er, ich danke Ihnen, daß Sie mich begleitet haben, es war ein Vergnügen. Er griff in seine Jackentasche und holte eine Visitenkarte hervor, er überreichte sie mir und bat mich, bald nach Ancona zu kommen, damit man sich die Schönheiten der Gegend um den Monte Cónero gemeinsam ansehen könne. Ich warf einen kurzen Blick auf die Karte, für einen Moment glaubte ich wirklich diesen Küstenstreifen zu sehen, das Schönste dort, sagte er noch, ist eine romanische Kirche, sie steht auf einem Felsen direkt über dem Meer, wenn wir im Herbst dorthin gehen würden, befände sich dort kein einziger Mensch, wir lassen uns den Schlüssel geben und gehen hinein, wir schließen die Kirche und setzen uns in eine Bank, wir warten …, wir warten so lange, bis wir es in seiner Ur-Schönheit hören können. Was? fragte ich, was um Himmels willen könnten wir hören? *Il rumore del mare*, flüsterte er und beugte sich zu mir vor, il rumore del mare, eingefangen und gesammelter Klang geworden, das Tönen des Meeres …, *in nuce*, flüsterte ich, das Tönen des Meeres in nuce, bestätigte er.

Ich stockte einen Moment, ich starrte ihn an, ich hatte das seltsame Gefühl, mich auf einer Zeitreise zurück in die vergangene Woche zu befinden, darüber konnte ich aber nicht sprechen, ich hätte zu weit ausholen müssen. Ich sagte nichts, ich holte, um seine Visitenkarte hineinzustecken, mein Notizbuch hervor, als ich das Buch öffnete, rutschten die Karten mit Crivellis Bild heraus, ah, sagte er, Crivellis heilige Magdalena, darüber haben Sie also auch nachgedacht, haben Sie bemerkt, wie er den Schleier gemalt hat? Nein, sagte ich, dazu ist mir nichts eingefallen, der Schleier, sagte er, ist dort, wo er sich an den Kopf anschmiegt, glatt und transparent, dahinter aber, wo er sich ins Freie bewegt, wird er amorph und zu einem rötlichen Strudel, ganz wie das Haar, diese Ambivalenz erstreckt sich, wie ich finde, auf die ganze Gestalt, Crivelli war Venezianer, er hatte aber eine unglaubliche Fähigkeit, sich in die Mentalität dieser Region zu versetzen, keiner hat ihre Menschen besser getroffen, selbst die heilige Magdalena hat ja trotz ihrer großen Schönheit etwas Zurückhaltendes und Sprödes.

Darf ich Ihnen eine von den Karten mitgeben? fragte ich, gern, sagte er, und erlauben Sie noch eine letzte Frage?, bitte, sagte ich, fragen Sie nur. Er schaute mich an, er berührte mich mit der Rechten am Oberarm, als wollte er mich festhalten, bis ich geantwortet hatte. Was lieben denn *Sie* an diesem Bild? fragte er, das *Sarazenische*, antwortete ich, ach, sagte er, das haben Sie also bemerkt, ja, sagte ich, Sie meinen den Vogel, der die Strahlen der Sonne trinkt, Sie meinen das Licht und das Meer, Vertikale und Horizontale, wunderbar, sagte er und beugte sich wieder nach vorn, nur wir beide wissen es, flüsterte er, San Benedetto ist eine *sarazenische* Stadt, bei unserer nächsten Begegnung hören wir zusammen die alten Lieder der sarazenischen Schiffer ..., und die *Pescatori di perle*, sagte ich, ja, sagte er, auch die, dann werden Sie die geheime Verwandtschaft bemerken, eine Verwandtschaft, über die wir Theorien aufstellen werden, sagte ich, mit dem größten Vergnügen, sagte er, dann ließ er mich los, verbeugte sich und ging allein weiter, den Strand entlang.

Ich ging zurück in mein Hotelzimmer, ich wunderte mich darüber, wie unordentlich ich alles zurückgelassen hatte, mein Gepäck stand im ganzen Zimmer herum und machte den Eindruck von Konfusion, ich begann sofort, richtig aufzuräumen und zu packen, die Begegnung mit Francas Vater hatte mich derart abgelenkt und beruhigt, daß ich dem Vorfall am Morgen kaum noch Bedeutung beimaß.

Als ich eine wenigstens vorläufige Ordnung hergestellt hatte, setzte ich mich, ich trank ein Glas Wasser, holte mein Notizbuch hervor und notierte: *Ehrlich gesagt, hatte ich von der Begegnung mit Francas Vater nicht viel Gutes erwartet, ihr Vater, ihre Familie ..., dachte ich, sind eine andere Welt, sie sind die Fremde, aus der sie kommt und über die ich nichts weiß. Einer solchen Fremde zu begegnen, hätte schmerzlich verlaufen können, daher hatte ich mich schon darauf eingestellt, zurückzuzucken und jene feinen Risse in dem Ideal-Bild von Franca zu bemerken, das meine Liebe entworfen hat. Ich hatte erwartet, etwas Befremdliches, anderes an ihr zu entdecken, so wie früher, als das erste Betreten des Elternhauses einer Freundin etwas Verstörendes hatte: Diese fremden Gerüche, diese unpassenden Farben, diese abstoßende Ästhetik von Möbeln, Teppichen und Gardinen – in diesen Räumen, fragte man sich, ist sie wirklich aufgewachsen, wie konnte sie es nur so lange aushalten hier? Natürlich gingen solche Fragen ins Leere, zum großen Teil entstanden sie aus Eifersucht, man neidete den Möbeln, Teppichen und Gardinen nur die Nähe zur Freundin, man empfand diese Dinge als häßlich, weil sie einem fremd waren, in Wahrheit hatten sie vielleicht ihren eigenen Reiz, man war nur nicht imstande, ihn wahrzunehmen. So hätte auch die Begegnung mit Francas Vater ernüchternd enden können, es kam aber ganz anders, denn ich entdeckte, daß wir ganz ähnlich beobachteten, dachten, ja sogar sprachen, die Übereinstimmung war so verblüffend, daß wir uns am Ende anstaunten, keiner von uns hatte damit gerechnet, leicht überwältigt gaben wir uns die Hand, lächelten hilflos und tauschten kleine Gaben wie Visiten- oder Post-Karten aus, die unser Einverständnis gar nicht angemessen genug symbolisierten. Dann winkten wir uns zu und riefen addio!, bis bald, bis sehr bald, wir trennten uns wirklich beinahe wie Freunde, die jetzt leicht betrübt darüber waren, daß bis zu ihrem nächsten Wiedersehen viel Zeit vergehen würde.*

31

Am frühen Abend machte ich mich zu ihr auf den Weg, ich dachte daran, daß es der letzte Abend und die letzte Nacht sein würden, ich ging schnell, ich hatte keine Augen mehr für die Umgebung, ich wollte sie sehen, sonst nichts. Während des Gangs spürte ich eine leichte Verzweiflung, das Schwierigste, die Trennung, stand jetzt bevor, ich wußte nicht, wie wir es hinter uns bringen sollten, für so etwas wie einen Abschied hatte ich gar kein Gespür, nicht einmal das Wort konnte ich in Ruhe denken. Durch diese Hilflosigkeit verstärkte sich aber auf dem Weg auch die Trauer, *nicht, bitte nicht*, sagte ich mir, ich haßte nichts mehr als Trauer oder Melancholie, so ging ich immer schneller, als könnte ich vor den Abschiedsgedanken davonlaufen. Endlich erreichte ich den Platz, wo sie am Abend zuvor mit ihrem Vater gegessen hatte, direkt nebenan mußte sie wohnen, ich suchte das Haus und den Eingang, ja, es stimmte, ich läutete, es ist das erste und letzte Mal, daß ich hier läute, dachte ich. Die Tür sprang auf, ich hörte sofort ihre Stimme, komm herauf, ganz nach oben, im Treppenhaus brannte kein Licht, ich tastete mich am Geländer hinauf, sie stand in der Wohnungstür und umarmte mich ohne ein weiteres Wort, mein Gott, dachte ich nur, sie empfindet genau so wie Du.

Sie zog mich in die Räume, hier wohne ich also, sagte sie, geh nur, schau es Dir an, ich tat ihr den Gefallen, es waren drei große, karg möblierte, sehr schöne Räume unter dem Dach, man schaute auf die alte Befestigungsmauer der Stadt und auf die neuen Stadtviertel am Meer, ganz in der Ferne leuchtete das einsame Blau. Sie sagte nichts, sie ging in die Küche, ich hörte, daß sie eine Flasche Wein öffnete, sie rief, hattest Du einen schönen Tag?, einen Moment lang kam es mir so vor, als wäre ich von der Arbeit nach Hause gekommen, als wäre jetzt *Feierabend* oder als kämen unsere beiden Kinder gleich vom Spielen zurück. Ich antwortete nicht, ich horchte ihrer Frage noch nach, dann kam sie mit der Flasche in der einen und zwei Gläsern in der anderen Hand aus der Küche. Was ist? fragte sie, hattest Du *keinen* schönen Tag?, ich war am Morgen im Hafen, antwortete ich, ich habe noch etwas gefilmt, am Nachmittag bin ich mit Deinem Vater am Strand spazierengegangen. Er hat mich danach angerufen, sagte sie, er hat mir erzählt, daß er Dich für den Herbst eingeladen hat. Für den Herbst, ja, sagte ich, im Herbst ..., plötzlich wurde ich leiser, meine Stimme war nahe daran, ganz zu ersterben, im Herbst ..., nahm ich noch einmal Anlauf, aber es klang rauh und schwach, was hast Du? fragte sie, ich räusperte mich und sagte, es ist noch weithin, bis zum Herbst.

Ich möchte Dir einen Vorschlag machen, sagte sie, während ich auf die Stadt schaute, ich will Dir sagen, wie ich es mir bis zum Herbst vorstelle, komm, setz Dich. Wir setzten uns an einen kleinen Tisch, sie stellte die Flasche und die beiden Gläser ab, sie schenkte nicht ein, sie zögerte, dann sagte sie, ich nehme mir Ende kommender Woche Urlaub für einen Monat, ich komme zu Dir nach München. Es war vollkommen still, auf diesen Satz hatte ich Tage gewartet, ich wiederholte ihn langsam im stillen, *ich nehme mir Urlaub, für einen Monat, schon kommende Woche*, wie einer, der nicht verstanden hatte, ging ich ihn durch, ich schluckte, ich schaute sie an, ich konnte nichts sagen, es war, als hätte dieser Satz eine lähmende Wirkung. Ich sah, wie sie meine Hand nahm, sie nahm meine rechte Hand und legte sie auf ihre Rechte, es erinnerte an den frühen Morgen im Café neben meinem Hotel, ist das Dein Ernst? fragte ich, Du wirst in zehn Tagen in München sein? Ich habe mich informiert, sagte sie, der Zug kommt Freitagabend an, Du meinst den Freitagabend kommender Woche? fragte ich, ja, sagte sie und lachte plötzlich, ich meine den Freitagabend kommender Woche.

Ich schaute noch einmal aus dem Fenster, *der Freitagabend kommender Woche in München*, dachte ich, ich werde den ganzen Nachmittag unterwegs sein und einkaufen, ich werde alles nach Hause schleppen, ich werde ausgehen und ungeduldig ein großes Bier irgendwo trinken, gegen Zwanzig Uhr werde ich die Osteria italiana betreten und dort, genau dort, auf sie warten, ich werde Kalbsnieren bestellen, *Kalbsnieren* oder andere Innereien, ich werde die Zeitung lesen und das erste Glas Wein trinken, auf die Uhr werde ich schauen und mit den Fingern das Glas sauberstreichen, ich werde auf den Moment warten, bis die Tür sich öffnet, mit dem Rücken zur Tür werde ich sitzen …, ich griff nach der bereitstehenden Flasche, ich nahm sie ganz selbstverständlich, ich darf doch einschenken? fragte ich, ich habe sie dorthin gestellt, damit *Du* einschenkst, sagte sie. Ich habe mir unseren Abschied schon ganz finster vorgestellt, sagte ich, jetzt bin ich erleichtert, ja, antwortete sie, mir geht es auch so, dieser kleine Abschied ist jetzt leicht zu verschmerzen, laß uns an nächste Woche denken, das wird uns helfen, laß uns diesen Abend genießen und morgen sehr früh auseinandergehen, als wäre diese Trennung nicht von großer Bedeutung, bitte versteh, wenn ich Dich nicht zum Bahnhof begleite, ich möchte den Zug nicht abfahren sehen, ich möchte nicht winken und mich nicht allein auf den Heimweg machen, das alles möchte ich nicht, ich möchte an den kommenden Tagen auch nicht mit Dir telefonieren, telefonieren ist grausam und peinlich, telefonieren ist nicht das Richtige für die Liebe, ich habe noch nie gerne telefoniert, ich hasse es, sag mir lieber, wo wir uns treffen am Freitag kommender Woche in München, laß uns Ort und Zeit genau bestimmen, bis dahin aber laß uns abwarten und schweigen.

Ich schenkte ein, dann sagte ich, wir treffen uns am Freitag kommender Woche gegen Einundzwanzig Uhr in der Osteria italiana in München, Osteria italiana? fragte sie, als machte ich einen Scherz, ja, sagte ich, so heißt es wirklich, es paßt, nicht wahr, es paßt doch genau, gut, sagte sie, so machen wir es, so wird es gehen, so ist dieser Abschied doch zu ertragen. Wir stießen an, wir nahmen einen Schluck, es gibt, sagte ich, aber noch ein letztes, kleines Problem, das ist diese Wohnung und dieses Sitzen zu zweit, wenn wir nämlich hier den Abend verbringen, werden wir früher oder später doch melancholisch, ich spüre schon die Melancholie, wie sie einen in diesen Räumen befällt, wie sie sich anschleicht und die Räume auskühlt, ja, sagte sie, Du hast Recht, ich habe es auch schon befürchtet, wir sollten nicht den ganzen Abend hier bleiben, sondern ausgehen, laß uns essen gehen, laß uns dorthin gehen, wo es Dir am besten gefallen hat, sag schnell, wo das war, überlege nicht lange, es war dort, wo wir mit Gianni Alberti zu Mittag gegessen haben, sagte ich, wo er frühzeitig verschwand und wir dann eine Fischsuppe bestellten, *diese* Fischsuppe würde ich gerne noch einmal essen, dann tun wir es doch, sagte sie, dann gehen wir dorthin, essen Fischsuppe und denken insgeheim fest an den Freitag kommender Woche in München.

Wir warteten noch, bis wir das Glas Wein leer getrunken hatten, ich erzählte ihr solange vom Spaziergang mit ihrem Vater am Strand und von den Theorien, die wir entworfen hatten, ja, sagte sie, so kenne ich ihn seit der Kindheit, schon damals fragte er immer, wie erklärst Du Dir das?, es kam nicht darauf an, etwas genau zu wissen, die Erklärung mußte nur verblüffend und in sich stimmig erscheinen, dann lachte er und hatte daran sein Vergnügen, später nannten wir es *die Diagnose*, als junges Mädchen ging ich oft mit ihm spazieren, er blieb stehen, schaute sich etwas an und fragte dann, welche Diagnose ist hier denn zu stellen?, natürlich war das alles ein Spiel, mein Vater haßt eben die Langeweile und vor allem den Alltag, er haßt platte Gespräche und alle Formen der üblichen Unterhaltung, lieber schweigt er und sagt überhaupt nichts, im Grunde hat er mit mir immer in derselben humorvollen Weise gesprochen, als wäre er der Impresario eines Theaters.

Es dunkelte, als wir uns auf den Weg machten, wir liefen sehr schnell einige Treppen hinab in die Stadt, ich spürte die Erleichterung physisch, ich fühlte mich befreit, es schien nichts Störendes oder Irritierendes mehr zu geben, mit einem einzigen Satz hatte sie mich von all meinen Grübeleien erlöst. Wir gingen nicht durch das Zentrum, sondern durch ruhige, beinahe ausgestorbene Straßen, aus den geöffneten Fenstern drangen die Stimmen der Nachrichtensprecher, kaum ein Mensch war unterwegs, wir gingen hintereinander auf den schmalen Bürgersteigen dicht an den Häuserwänden entlang, die meisten Bars waren bereits geschlossen, eine stickige Schwüle hielt sich noch in den Straßen.

Wir erreichten den Hafen, dann sah ich plötzlich das blaue Schild des Lokals in einer dunklen, schmalen Gasse aufleuchten, da ist es, sagte sie, allein hätte ich es niemals gefunden, so versteckt liegt es, antwortete ich. Wir gingen hinein, das Lokal hatte nur wenige Gäste, sie saßen in großer Entfernung zu zweit oder zu dritt an den kleinen, weiß gedeckten Tischen, der Kellner kam auf uns zu, er lächelte, er schien sich zu erinnern, guten Abend, Dottoressa, sagte er, *heute* abend zu zweit?, ja, antwortete sie, heute abend zu zweit, wir erwarten niemanden mehr. Er ging uns voraus, ganz selbstverständlich führte er uns an den Ecktisch, an dem wir vor einigen Tagen bereits gesessen hatten, darf ich die übliche Flasche Wein gleich servieren? fragte er, ja, antwortete sie, servieren Sie uns gleich eine sehr gute Flasche, wir haben etwas zu feiern.

Wir setzten uns, einen Moment erinnerte ich mich an Gianni Alberti und seinen Auftritt in diesem Lokal, was ist wohl in dieser Woche mit ihm passiert?, dachte ich, welche Geschichte hat er in dieser Woche erlebt? Ich schaute mich um, ich hätte mich nicht gewundert, ihn an einem der anderen Tische zu entdecken, dann aber sagte ich mir, nein, er ist nirgends, nirgends droht noch Gefahr, damit hat es ein Ende, Gianni Alberti ist endgültig aus dem Spiel, es lohnt nicht einmal mehr, Franca nach ihm zu fragen, es wäre ein Sprung zurück, in eine Geschichte von gestern.

Hast Du Dich damals eigentlich nicht gewundert, wie forsch ich bestellte? fragte sie, doch, sagte ich, es war mir nicht ganz geheuer, ich schaute Dir zu, ich dachte, laß sie nur machen, ich bewunderte Dein Tempo und die Bestimmtheit, mit der Du über einen verfügtest. Ja, sagte sie, ich war auf Deine Reaktionen gespannt, ich mache es meist so, wenn ich eingeladen werde, ich stelle die Regeln einfach auf den Kopf, ich nehme den Männern das Heft aus der Hand und warte, was dann geschieht. Und was geschieht? fragte ich, sie entziehen sich meist, antwortete sie, sie trinken nicht richtig, sie tun so, als schmeckte es ihnen nicht, sie zeigen einem diskret, daß sie es besser oder anders gemacht hätten. Und ich? fragte ich, wie war es in meinem Fall? Ich glaube, Du hast Dich gefreut, sagte sie, so etwas, dachte ich jedenfalls, habe ich noch nie erlebt, ein Mann, der sich freut, war mir absolut neu. Aber es stimmt, sagte ich, ich habe mich wirklich gefreut, durch Dein rasches Bestellen gerieten wir so gut in Schwung und in Fahrt, nur Gianni Alberti ..., bitte, sagte sie, sprich jetzt weiter, bitte laß uns auch mit diesem Namen ganz normal umgehen, nur Gianni Albertis Erscheinen, fuhr ich fort, lähmte uns dann, erst als er verschwunden war, ja, erst als er verschwunden war, fällt mir jetzt auf ..., was ist passiert, als er verschwunden war? fragte sie, erst als er verschwunden war, kam plötzlich der Moment, in dem ich dachte, ich habe mich gerade verliebt. Gab es das? fragte sie, gab es das wirklich, einen ganz bestimmten Moment? Ja, sagte ich, ich weiß es noch genau, Du sagtest *Es ist schön hier mit Ihnen*, genau das war der Moment, *es ist schön hier mit Ihnen* hörte ich und hatte das Gefühl, als öffnete sich irgendwo eine kleine, winzige Tür, sie sprang plötzlich auf, und ich stand auch schon auf der anderen Seite, es war ein Sprung, Zauberei, ich konnte nicht mehr zurück. Seltsam, antwortete sie, auch bei mir begann es genau in diesem Moment, *es ist schön hier, nicht wahr?* wollte ich fragen, dann rutschte mir der Satz aber aus, und ich sagte, *es ist schön hier mit Ihnen*, einen Moment war ich sehr irritiert, ich saß da, als hätte ich einen furchtbaren, peinlichen Fehler begangen, doch dann dachte ich, was schämst Du Dich jetzt, es stimmt doch, es ist schön, hier mit ihm zu sitzen.

Nehmen Sie wieder die Fischsuppe? fragte der Kellner, ja, sagte sie, zweimal die Fischsuppe, nichts vorher, nichts nachher, Fischsuppe und Wein, das genügt, er lächelte, er schien das Spiel gut zu kennen, ohne noch ein Wort zu sagen, räumte er das Besteck ab und ließ nur einen Löffel und für jeden von uns zwei Gläser zurück. Als er verschwunden war, sagte sie, wir sitzen zu weit voneinander entfernt, können wir nicht enger beisammensitzen, geht es nicht ganz eng nebeneinander, an einer Seite des Tisches anstatt so wie jetzt übers Eck? Bitte sehr, sagte ich und stand auf, ich nahm meinen Stuhl und setzte mich dicht neben sie, jetzt sitzen wir dicht nebeneinander und schauen wie ein altes Paar zusammen aufs Meer, sagte ich, noch dichter, sagte sie, noch viel dichter, kümmern wir uns nicht um die anderen Gäste, es geht sie nichts an.

Der Kellner servierte den Wein, ist Ihnen kühl, Dottoressa? fragte er, ja, antwortete sie, mich fröstelt ein wenig, vom Meer her weht eine leichte Brise, er lächelte wieder, dann schenkte er ein, es ist nicht der gute, es ist der sehr gute Wein, Dottoressa, sagte er nur, was geht da vor? fragte ich, was ist mit dem guten und dem sehr guten Wein? Gino und ich, wir benutzen manchmal eine Geheimsprache, sagte sie, wenn ich im Namen des Instituts Gäste zum Essen einlade, verständigen wir uns mit ihren fünf, sechs Begriffen, ich sage zum Beispiel, Gino, trinken wir noch eine Flasche, dann weiß er genau, welche ich will, oder ich sage, trinken wir noch eine gute Flasche, dann bringt er eine bessere. Ich hoffe, der sehr gute stellt das Maximum dar? fragte ich, der sehr gute wurde bisher nur ein einziges Mal getrunken, antwortete sie, mein Vater hat ihn bestellt, als er hier einmal mit mir seinen Geburtstag feierte.

Wir tranken, wir hielten uns an den Händen und schauten aufs Meer, jetzt, dachte ich, ist das Zeitgefühl da, jetzt spürst Du die Zeit, die letzte Woche, sie ist Dir in allen Momenten wie eine Geschichte sehr deutlich präsent, Du könntest sie jetzt auch erzählen, erst jetzt, wo die Hindernisse aus dem Weg geräumt scheinen, liegt sie vor Dir, und Du bist ihr gegenüber frei. Was ist? fragte sie, woran denkst Du?, ich lehnte mich zurück und begann zu erzählen, ich spürte die belebende Wirkung des Weins, es war wie am ersten Mittag kurz nach meiner Ankunft, ich erzählte von Carlo und seiner Begrüßung, sie lehnte sich an mich, ich legte meinen rechten Arm um ihre Schulter, wir saßen in einem großen, gewaltigen Kino, das Meer war die Leinwand, wir schauten uns die Rohfassung eines gerade fertiggestellten Films an, die Bilder der letzten Tage reihten sich aneinander, wir hielten sie an, wir spulten vor und zurück ..., bis Gino, der Kellner, die Fischsuppe brachte. Ich konnte mich nicht beherrschen, ich kostete sie gleich, es ist alles darin, dachte ich, es ist der Sud all dieser Tage, es ist, als hätten wir die ganze Zeit mit der Herstellung einer solchen Suppe verbracht. Hör nicht auf zu erzählen, sagte sie, bitte hör jetzt nicht auf, nein, sagte ich, ich höre nicht auf, ich erzähle weiter, es ist die Freiheit, dachte ich, die gerade gewonnene Freiheit ist der Grund für diese Erzähl-Lust, jetzt kommt die ganze Geschichte erst an in unseren Köpfen, langsam erwachen wir aus dem Taumel, die Angst stiehlt sich fort, *Gianni Alberti* ist nur noch ein Name, jetzt feiert die Liebe sich selbst, jetzt ist sie reine Verausgabung und schönste Verschwendung, sie hat nichts mehr zu tun mit Anderem, Fremdem, sie erfüllt sich, ja, in diesen Stunden erfüllt sich wahrhaftig *das Glück*.

Kurz nach Mitternacht verließen wir das Lokal, komm, sagte sie, gehen wir noch einmal ans Meer, wir gingen die schmale Gasse entlang und bogen in einen dunklen Korridor ein, der zwischen den Hafenwerkstätten zum Meer führte. Es roch stark nach Benzin und nach Öl, wir gelangten an die Kaimauer, sie drehte sich zu mir, ich zog sie eng an mich heran, dann spürte ich, wie ihre Hände unter mein Hemd glitten, es war eine blitzartige, direkte Bewegung, wie die eines Fisches, der aus dem Hellen ins Dunkel schnellt, ich hielt still, ich spürte ihre Hände auf meiner Haut, dann ertastete auch ich ihre Haut mit meinen Händen, ich ging auf die Jagd nach dem Fisch, ich begann, ihn zu suchen, er leuchtete, tauchte unter, tauchte auf in der Schwärze des Meeres, in der Tiefe der Nacht.

32

Als ich am Morgen erwachte, war ich allein, ich stand auf, ging ins Bad und dann in die Küche, ich suchte nach einer Nachricht, dann fand ich den kleinen Zettel auf dem Tisch, *gute Fahrt, bis Freitag kommender Woche, in Liebe Deine Franca.* Ich nahm ihn in die Hand, ich las ihn langsam, zwei-, dreimal, ich mußte lächeln, so einfach war also jetzt alles. Ich ging zum Fenster und schaute hinab auf die Stadt, der Aufbruch heute würde mir leichtfallen, ich war ganz ruhig und seltsam entspannt, wie schön, dachte ich, waren dieser letzte Abend und diese Nacht, ein einziges Fest, ein langes Ausklingen der vielen Geschichten. Ich zog mich an, ich packte meine wenigen Sachen in den Rucksack, in der Wohnung wollte ich mich allein nicht gern länger aufhalten, ich notierte auf den Zettel noch die Adresse der Osteria in München, dann verließ ich das Haus.

Ich ging langsam die vielen Treppen und das leicht abschüssige Gelände hinab in die Stadt, der große Markt war wieder in vollem Gang, ich schlängelte mich zwischen den Ständen hindurch und trank in einer Eckbar einen Caffè, vier bis fünf Stunden hatte ich bis zur Abfahrt des Zuges noch Zeit, ich brauchte mich nicht zu beeilen. Ich überlegte, ob ich in der Stadt noch etwas zu erledigen hatte, mir fiel aber nichts ein, ich fühlte mich leicht und angenehm unbelastet, ich schaute mir die Marktstände nicht mit dem Blick eines Käufers, sondern mit dem eines Spaziergängers an, dann bog ich auf den breiten Boulevard am Meer ein und ging langsam zurück zu meinem Hotel. Ich suchte mein Zimmer auf, ich rasierte mich, von meinem Balkon schaute ich noch einmal aufs Meer, heute, am letzten Tag, dachte ich, verwandelst Du Dich in einen Touristen, Du gehst hinunter zum Strand, Du legst Dich auf genau *den* Liegestuhl, der schon seit Tagen für Dich reserviert ist, Du gehst ganz in der Rolle des sorglos vor sich hindämmernden Fremden auf, der weder an die Vergangenheit noch an die Zukunft denkt.

Der Gedanke gefiel mir, plötzlich empfand ich diese Rolle als Verlockung und das Dämmern und Liegen wie einen Luxus. Ich steckte die Badesachen in meinen Rucksack, dann ging ich hinunter zum Strand, eine Aufsichtsperson kam gleich angelaufen, um mir beim Aufklappen des Sonnenschirmes zu helfen, ich bedankte mich, schickte den Mann aber zurück zur Bar, ich wollte den Sonnenschirm selbst aufklappen, unbedingt. Vor ein paar Tagen, dachte ich, wärest Du nicht in der Lage gewesen, diesen Sonnenschirm aufzuklappen, Du hättest weder die Ruhe noch irgendeinen Sinn dafür gehabt, jetzt aber ist es etwas anderes, jetzt ist es ein Zeichen dafür, daß sich alles so glücklich gefügt hat. Ich drehte den Schirm so, daß der Schatten auf den Liegestuhl fiel, ich nahm mein meeresbiologisches Fachbuch aus dem Rucksack und schlug es noch einmal auf, diesmal überblätterte ich die langen, erläuternden Textteile und widmete mich ausschließlich den bunten Abbildungen. Es ist mir ein Rätsel, dachte ich, wie man als bildender Künstler weiterarbeiten kann, wenn man einen orangenen Strahlenschwamm oder einen Kalkröhrenwurm einmal aus der Nähe gesehen hat, der Kalkröhrenwurm hatte eine weiß-rote Tentakelkrone, die wie ein Schleier mit sehr feinen, dünn zulaufenden Fransen auf die Bewegungen des Wassers reagierte, ein derart ästhetisches Naturgebilde, dachte ich, überbietet jede künstlerische Hervorbringung und degradiert sie zu einer Marotte, als Künstler würde ich nichts anderes tun, als die Natur auszustellen, ich würde minimale Partien der Unterwasserlandschaften geschickt isolieren, sie vergrößern und wie fremde Ländereien in großen Galerieräumen aufbauen. Ich ließ das Buch sinken, ich schaute hinaus aufs Meer, in gewissem Sinn hatte ich in den letzten Tagen das Meer so betrachtet, ich hatte mir Details vorgenommen und sie gleichsam wie mit der Lupe studiert. Ich stand auf und ging ein wenig am Strand auf und ab, ich erinnerte mich an die Idee von Vertikale und Horizontale, von der Francas Vater gestern gesprochen hatte, wieso, fragte ich mich und verfolgte die Wellen, wieso bewegen sie sich immer im rechten Winkel auf den Strand zu, gleichgültig von wo der Wind kommt und wie stark er bläst, im Grunde müßten sie doch von allen Seiten her auf den Strand zurollen?

Ich nahm mir vor, Franca in München gleich einmal danach zu fragen, sie konnte mir in ihrem Urlaub bei der Arbeit am Konzept des Films gut helfen, es wird ein Vergnügen sein, dachte ich, diesen Film weiter zu planen und zu verwirklichen, noch nie habe ich an einem Projekt mit einem solchen Enthusiasmus gearbeitet. Ich ging einige Schritte ins Wasser, wie wäre es, dachte ich weiter, jetzt noch einmal hinauszuschwimmen, sehr weit hinaus, so weit, wie Du bisher noch nie geschwommen bist? Ich schirmte meine Augen gegen das Sonnenlicht ab, die Horizontlinie des Meeres zitterte wie eine gleißende Ziellinie in der unendlichen Ferne, schwimm, dachte ich, schwimm! Ich ging langsam weiter ins Meer und ließ mich hineingleiten, ich schwamm mit regelmäßigen, ruhigen Stößen los, ich tauchte und schwamm unter Wasser, solange die Luft reichte, ich kam hoch und tauchte wieder ab, die Stimmen hinter mir wurden leiser, bald hörte ich nichts mehr außer dem gleichmäßigen Schwappen und Klatschen des Wassers, für Sekunden schwebte ich durch eine hellgrüne Lautlosigkeit, ich sah die feinen Netze, die die Sonne durchs Wasser zog, ich sah die goldtrunkene Tiefe, in die die Fische abtauchten, ich erreichte das Riff und schwamm an einer niedrigen Stelle hinüber, ich schwamm ins offene, aufleuchtende Meer, nichts war noch zu erkennen, nichts, was an den Strand und das Ufer erinnerte, ich schloß die Augen und schwamm. Als ich genug hatte, drehte ich mich zur Küste hin um, sie lag da wie ein buntes Panoramabildchen, ich hatte sie hinter mir gelassen, ich gehörte den Wellen, der Sonne und den wenigen Möven, die so weit draußen noch kreisten, um mich auszuruhen, legte ich mich auf den Rücken, ich breitete die Arme aus und ließ mich treiben, langsam, unmerklich rollten die steten Wellenbewegungen mich wieder zurück, dem Riff und der Küste entgegen, ich machte den Körper so leicht wie möglich, ich wollte ein Hohlkörper sein, mit dem die Wellen leichtes Spiel haben würden.

Als ich wieder an Land ging, hatte ich das Gefühl, sehr weit fort gewesen zu sein, ich duschte das Salzwasser ab und ging in die dunkle, kleine Umkleidekabine, ich starrte durch ihre kleine Öffnung hinaus in den Himmel, dann zog ich mich um und ging noch einmal zur Strandbar, um mitzuteilen, daß ich Liegestuhl und Sonnenschirm nicht mehr brauchte. War's das für dieses Jahr? fragte der Mann an der

Kasse, nein, sagte ich, ich komme bald wieder, ich werde versuchen, dachte ich, die Dreharbeiten auf den August oder den September zu legen, fünf, sechs Wochen werden wir hier mindestens drehen, die Dreharbeiten könnten direkt an Francas Urlaub in München anschließen, dann wären wir ab Freitag kommender Woche für lange Zeit ununterbrochen zusammen. Ich atmete durch, die Geschichte trägt, dachte ich, sie gehört jetzt zu Dir, dann ging ich zurück ins Hotel und bat Carlo, mir ein Taxi zu rufen. Ich holte das Gepäck aus meinem Zimmer und trug es hinab ins Foyer, werden Sie noch einmal bei uns übernachten? fragte Carlo, ich wohl nicht, antwortete ich, sicher aber die Filmcrew, Sie werden meinen nervösen Kollegen kennenlernen, der ein so wunderbares Italienisch spricht, ich werde mich wegen der genauen Termine bald bei Ihnen melden. Und die Dottoressa? fragte Carlo, werden Sie die Dottoressa wiedersehen? Das, Carlo, antwortete ich, darf ich Ihnen nicht verraten, denn es ist ein Geheimnis zwischen der Dottoressa und mir, spätestens im August werden wir aber darüber sprechen.

Ich bezahlte die Rechnung, ich umarmte Carlo und bedankte mich für seine Hilfe, dann kam das Taxi, ich setzte mich in dem Wagen nach hinten und ließ mich zum Bahnhof fahren. Die lange Palmenallee des Boulevards ..., das Pinienwäldchen mit den Kinderspielplätzen ..., die Boccia-Bahnen neben den Tennisplätzen ..., der kleine Leuchtturm ..., die Mole ... – jetzt war all das schon Teil einer schönen Erinnerung. Was wird es für eine Freude sein, wieder hierher zu fahren, dachte ich, und wie wirst Du dieses Gelände nach Deiner Rückkehr wieder in Augenschein nehmen, selbst die unscheinbarsten Einzelheiten werden Dich an etwas erinnern!

Ich schaute auf die Uhr, es war noch fast eine Stunde bis zur Abfahrt des Zuges. Das Taxi hielt vor dem Bahnhof, ich nahm das Gepäck heraus und trug es hinüber auf die andere Straßenseite, zu den alten Voyeuren in den weißen Plastiksesseln. Ich grüßte sie, ich testete, ob sie mich wiedererkannten, sie erkannten mich aber nicht. Ich setzte mich und bestellte einen Campari, das ist kein Abschied, dachte ich, sondern nur eine vorübergehende Abwesenheit, spätestens in sechs Wochen werde ich wieder hier sein. Ich schaute zu, wie die blauen Überlandbusse vor dem Bahnhof hielten und die Menschen, die in die Bergdörfer fahren wollten, einstiegen, *la terra marchigiana*, dachte ich, dieses schöne, in sich versunkene Land, ich trank den Campari aus und griff nach meinem Gepäck, dann ging ich durch die Unterführung auf den Bahnsteig. Ich wartete, der Zug hatte zehn Minuten Verspätung, ich besorgte mir noch einige Zeitungen und ging wieder auf den Bahnsteig zurück, als der Zug eingelaufen war, stieg ich sofort ein. Ich fand ein leeres Abteil und zog die Vorhänge vor, ich schob das Fenster herunter und lehnte mich noch einmal hinaus, da erkannte ich sie nicht weit entfernt in der Nähe der gelben Fahrplantafel. Sie trug das grüne, lange Kleid mit der goldenen Kette, sie blickte am Zug entlang und sah mich plötzlich, sie blieb aber stehen und kam nicht auf mich zu, sie fuhr sich mit der Hand durch das lange Haar, sie schaute mich unverwandt an, sie ließ mich nicht aus den Augen, dann fuhr der Zug an, ich kam näher, ich sah ihr ruhiges Lächeln, sie hob die Hand nur ein klein wenig, wir flogen aneinander vorbei, bis Freitag, rief ich, dann sah ich, wie ihre Hand niedersank und sie sich aufreckte, sie drehte sich um, ich verlor sie aus den Augen.

33

SEIT EINER WOCHE *bin ich nun wieder in München, in drei Tagen wird Franca kommen. Ich habe sehr ruhige, aber seltsame Tage verlebt, noch immer bin ich mit meinen Gedanken im Süden, ich habe mich von den fernen Bildern und Atmosphären nie wirklich gelöst. Ich stehe früh auf, ich halte es in der Wohnung nicht lange aus, ich hole mein Fahrrad aus dem Hof und fahre jeden Morgen zu der kleinen italienischen Bar ganz in der Nähe, dort frühstücke ich im Stehen und unterhalte mich italienisch, wie wird wohl heute das Wetter?, variabile, nuvolo, nuvoloso, schon dieser knappe Austausch von Formeln und Redeweisen macht mir Vergnügen. Meist bin ich als erster in den Räumen der Redaktion, Rudolf kommt meist erst gegen Elf, ich habe ihm meine Meeres-Bilder und die Bilder von den Arbeiten der Forschungsstation gezeigt, wo ist denn Deine Schönheit zu sehen? fragt er immer wieder, warum versteckst Du sie vor mir? Ich habe ihm nicht erzählt, daß ich noch andere, private Bilder gemacht habe, die Kassette mit diesen Aufnahmen habe ich mit nach Hause genommen, beinahe jeden zweiten Abend sehe ich sie mir an, ich bin immer wieder verblüfft darüber, wie unvermindert stark sie wirken und wie gut sie mich zurückversetzen in diese unvergeßlichen Tage. Mit der Zeit ist es mir gelungen, Rudolfs Neugierde zu bremsen, ich erklärte ihm, daß ich ihm die Geschichte nicht ausführlich erzählen könne, weil ich befürchte, meine Erinnerungen dadurch zu vereinfachen oder sogar zu zerstören, er hielt das alles für übertrieben, er zog mich auf mit meiner Geschichte, erst als ich ihm erzählte, daß Franca in wenigen Tagen nach München komme, gab er Ruhe, obwohl er manchmal, wenn wir nebeneinander im Studio sitzen und uns das Filmmaterial anschauen, noch den Kopf schüttelt und sagt, ich verstehe es immer noch nicht, ich verstehe nicht, wie einem so etwas zustoßen kann. Unheimlich ist ihm vor allem die Euphorie, die er angeblich an mir bemerkt, er behauptet, ich schaue, laufe, ja bewege mich insgesamt anders, wie anders? frage ich ihn, und dann sagt er, rascher, wendiger, als wäre man hinter Dir her. Ich lache, ich sage nur, was für ein Unsinn, insgeheim aber denke ich darüber nach, ob er nicht Recht hat, schließlich ist mir auch selbst aufgefallen, daß ich sogar schneller Fahrrad fahre als sonst und selbst an den Kreuzungen nicht warte, sondern meist versuche, weiterzufahren und in Bewegung zu bleiben. Rudolf führt das alles auf eine, wie er sagt, innere Unruhe zurück, er stellt sich vor, daß ich grübelnd und alles in Gedanken immer aufs neue abwägend und umwälzend durch die Straßen von München radle, das aber ist nun wirklich Unsinn, ich grüble und sinniere nicht einen Moment, ich schwelge höchstens im Stillen, ganz für mich, in Bildern und den noch frischen Erinnerungen. Heute, hat Rudolf schon mehrmals gesagt, ist Dein Strahlen beinahe nicht zu ertragen, merkst Du nicht, wie Du strahlst, etwas richtig penetrant Strahlendes hast Du, auch darüber mußte ich lachen, den Gefallen, melancholisch zu werden, sage ich, kann ich Dir einfach nicht tun, Rudolf erwartet nämlich, daß die Melancholie mich befällt, sie wird kommen, sagt er immer wieder, sie ist schon in Dir, Du läßt sie nur noch nicht an Dich heran, früher oder später bricht sie aber durch, und dann kommt der Absturz. »Der Absturz« ist eine von Rudolfs Lieblingsvokabeln, auf Glück und Freude folgt in seinen Augen zwangsläufig »Der Absturz«, Rudolf hat von der Liebe einfach keine sehr gute Meinung,*

»Liebe«, sagt er, hat etwas Unberechenbares, Sprunghaftes, ich dagegen liebe höchstens das Bier, Bier ist solider, denn beim Bier ist der Absturz eine vorhersehbare, kalkulierbare Sache. Wenn er so redet, lasse ich ihn gewähren, insgeheim, denke ich, irritiert es ihn vielleicht, daß er selbst die Liebe ganz abgeschrieben hat, er fühlt sich mir gegenüber im Hintertreffen, ich halte da nicht mehr mit, sagt er, ich habe ihn im Verdacht, daß er diese offene Resignation mit seinem Alter verbindet, wenn Du Vierzig bist, hat er zynisch behauptet, wird sogar Sex zu einer lächerlichen Verrenkung. Ich höre mir seine Abwehr und seinen Spott an, sie berühren mich aber nicht, ich setze mich in diesen zum Glück sonnigen Sommertagen sogar gerne mit ihm für ein oder zwei Stunden in einen Biergarten, er holt das Bier, ich besorge etwas zu essen, wenn er einigermaßen gelaunt ist, gelingt es uns, diese abendlichen Stunden der Dämmerung ohne jeden Streit zu genießen …

Vorgestern bin ich in eine Buchhandlung gegangen, um mir Bücher und Bildbände über die Marken anzuschauen, es war kaum etwas vorhanden, ich bat die Buchhändlerin, in ihrem Computer nachzuschauen, bitte drucken Sie doch eine Liste mit allen bestellbaren Titeln aus, sagte ich, wozu? fragte sie, brauchen Sie wirklich die ganze Liste?, sie konnte nicht ahnen, daß ich eigentlich nur mit jemandem über die Marken sprechen wollte, ich blätterte dann die wenigen Bände durch und begann, einige Städtenamen zu nennen, sie schaute mich ganz verständnislos an und ließ mich schließlich allein zurück. Als ich zufällig in einem der Bände eine Fotografie des großen Platzes von Ascoli aufschlug, mußte ich rasch weiterblättern, denn das Bild rückte, je länger ich es anschaute, näher, als wollte es mich mit aller Macht in die Vergangenheit ziehen. Plötzlich hörte ich die Stimmen der herumstehenden Gruppen, das Bild schien sich zu beleben, ich tauchte hinein, es war beinahe derselbe

Effekt wie beim richtigen Tauchen, ich nahm die reale Umgebung nicht mehr wahr, ich tauchte ab in eine andere Zeit und eine andere Umgebung.

Wenn ich die Augen schließe, sehe ich manchmal mein Hotelzimmer wieder, ich sehe mich auf dem breiten Bett liegen und hinaus zum Himmel schauen, ich warte, ich träume, langsam entzieht mir mein Träumen den Boden, schon bin ich unten am Strand, aber nicht im offenen, freien Terrain, sondern in der Umkleidekabine, mein Stehen in diesem dunklen Raum hat etwas von einer seltsamen Andacht, kerzengerade, mit herunterhängenden Armen, stehe ich da, mein Kopf schaut wieder nach oben, zum Himmel, durch die kleine Öffnung in der Kabine beobachte ich das Ziehen der Wolken, ich scheine zu zählen und wieder zu warten, dann schlüpft sie plötzlich zu mir hinein, wir umarmen uns, ich sage, da bist Du …

Heute morgen war mein Fernweh so groß, daß ich mich entschloß, mit Carlo zu telefonieren. Ich saß allein in den Redaktionsräumen, ich riegelte meine Tür ab, ich sprach leise, als müsse ich dieses Gespräch geheimhalten. Carlo dachte, ich wolle bereits die Zimmer für die Filmcrew bestellen, wie viele sind es, wie lange bleiben Sie? fragte er, ich antwortete ausweichend, ich sagte, ich wolle lediglich ein günstiges Angebot einholen, natürlich ahnte er nicht, warum ich eigentlich anrief. Während er sprach, lauschte ich auf die Geräusche in seiner Nähe, ich hörte Geschirrklappern und dachte, ah, sie frühstücken, ich hörte kurze Zurufe und achtete nur noch darauf, eine Familie war gerade im Aufbruch, können Sie mich gut verstehen? fragte Carlo, nein, sagte ich, es tut mir leid, die Verbindung ist leider nicht gut, ich rufe in ein paar Tagen noch einmal an.

Immer wieder gehe ich die Nahaufnahmen durch, die ich von ihrem Gesicht an dem Abend gemacht habe, als sie mit ihren Freundinnen unterwegs war. Ich drehe den Ton herunter, ich schaue mir die Bilder in Zeitlupe an, jedes Mal entdecke ich etwas Neues, die Zungenspitze, die für den Bruchteil einer Sekunde versteckt eine winzige Partie der Oberlippe abfährt, die unruhig wandernden, immer nur für einen kurzen Moment auf einem Gegenüber verweilenden Augen …, natürlich lese ich das alles als Ausdruck einer großen Erwartung, unbewußt, denke ich, wartet sie darauf, dir zu begegnen …

Meine Bilder von Gianni Alberti auf dem Markt von San Benedetto erscheinen mir jetzt wie Szenen eines komischen Films, man sieht ihn rauchen, trinken, nach einem Apfel greifen, er hustet, schneuzt sich, trinkt wieder …, da die einzelnen Sequenzen nie länger sind als ein paar Sekunden, wirkt der Zusammenhang wie ein Lehrfilm, mit dem man etwas erklären will: Schaut einmal her, liebe Kinder, was macht dieser Mann alles? Durch den Lehrfilmcharakter verschwindet die reale Gestalt Gianni Albertis aber allmählich, er ist nur noch ein Typ oder eine Vorführfigur …, ohne darüber nachzudenken, beinahe instinktiv, habe ich mir für Alberti eine Darstellungsform einfallen lassen, die ihn verkleinert und schließlich unkenntlich macht.

Am schlimmsten ist es spät in der Nacht, ich liege sehr lange wach, stehe auf, notiere Passagen wie diese in mein schwarzes Notizbuch, dann lege ich mich wieder hin, ich vermisse sie neben mir, ich versuche, etwas wiederzufinden vom Ton ihrer Stimme, wie schön war es in diesen südlichen Nächten, wenn wir an der Grenze zum Schlaf lange ins Dunkel murmelten und die Stimmen brüchiger wurden …

Immer wieder lese ich in meinem schwarzen Notizbuch und frage mich, ob diese Texte oder die mitgebrachten Bilder die stärkere Wirkung ausüben. Die Texte erscheinen mir zu momentan, manchmal habe ich sogar Mühe, die Stimmung, in der ich sie schrieb, nachzuvollziehen, die Emotionen schwingen sich in ihnen aus, daher wirken diese Texte auf mich beinahe wie Verse. Die Filmbilder dagegen sind zu präzise, sie locken keine Phantasien und nicht den ganzen Reichtum der Erinnerungen an, ich verwende sie vor allem, um etwas nachzuschauen oder zu überprüfen, eine sinnliche Macht haben sie, anders zum Beispiel als Fotografien, eben nicht. Fotografien, wie das Foto des großen Platzes von Ascoli, wirken stärker, weil sie Standbilder eines Bildflusses sind, zu diesen Standbildern ergänze ich die Bilder des Vorher und Nachher, und genau dadurch, durch diese Ergänzung, werden die übrigen Sinne rege und bringen so etwas wie »Erinnerungen« hervor …

»Plötzlich das Meer, ganz nah« – mit diesem Satz habe ich zu schreiben begonnen, meine Notizen liegen neben mir, ich schreibe, ich horche, ich weiß nicht, ob ich eine gewisse Atemlosigkeit treffe, ich möchte, daß mein Schreiben einen hellen, »begeisterten« Grundton erhält, ich sehe mich nachts in Bologna, ich sehe das Abteil, den Japaner, den Schweizer, ich reise, ich bin erneut unterwegs …

34

An dem Freitag, an dem ich ihre Ankunft erwartete, fuhr ich nicht in die Redaktion, ich stand noch früher auf als sonst, ich holte mein Fahrrad hervor, besorgte mir mehrere Zeitungen und fuhr dann stundenlang durch die Stadt. Den ganzen Tag verbrachte ich mit kleinen Besorgungen, ich kaufte Wein und etwas zu essen für die nächsten Tage ein, dann kümmerte ich mich um die Wohnung, ich räumte auf und stellte einen Strauß Blumen in die Vase in der Nähe des großen Fensters.

Am frühen Abend nahm ich zwei Zeitungen unter den Arm, ich schloß die Wohnungstür ab und dachte, ab heute nacht kommst Du nicht mehr allein hierher zurück, es war ein warmer, stiller Sommerabend, die Straßen waren leer, die meisten Anwohner waren längst in die Ferien gefahren. Ich brauchte kaum zehn Minuten bis zur Osteria, ich hatte einen ganz bestimmten Tisch in der Nähe des Eingangs reserviert, ich öffnete die Tür des Lokals und trat durch den Spalt des dunklen Vorhangs hinein, einer der Kellner kam auf mich zu, begrüßte mich, deutete auf den Tisch und sagte, ist es der Richtige, wollten Sie genau diesen Tisch? Ja, sagte ich, vielen Dank, genau diesen, ich erwarte noch eine zweite Person, die Signora kommt in einer halben oder dreiviertel Stunde, ich habe etwas zu lesen dabei, bringen Sie mir doch schon die Karte und ein Glas Weißwein.

Ich setzte mich, ich nahm mit dem Rücken zum Eingang Platz, ich studierte ausführlich die Karte und komponierte im stillen ein kleines Menu, dann schaute ich auf die Uhr, ich ließ den Kellner kommen, um bereits zu bestellen, ich sagte, bringen Sie jetzt eine Flasche, es ist gleich soweit. Sind Sie ganz sicher? fragte er, oder sollen wir nicht lieber warten?, nein, sagte ich, bringen Sie jetzt den Wein, ich bin ganz sicher. Er brachte die Flasche, öffnete sie und ließ mich kosten, er stellte die Flasche in einen Kübel mit Eis, das Eis klirrte leise, da hörte ich, wie die Tür des Lokals sich öffnete, ein schwacher Windzug fuhr durch den Raum, jemand trat ein, der Kellner bewegte sich eilig zum Eingang, *buona sera*, *signora*, sagte er, Sie werden bereits erwartet.

Ich hörte ihre Stimme, *buona sera*, vielen Dank, sie klang sehr ruhig, vollkommen sicher und war von jener melodisch klingenden Art, die mich schon einmal hatte aufhorchen lassen.

Hanns-Josef Ortheil
Mozart im Innern seiner Sprachen
223 Seiten

»In diesem schönsten, gewiß aber unvergleichlichsten Mozart-Buch liest der Autor Mozarts Sprache wie eine Partitur, und er läßt uns dessen Musik auf neue Art hören.«
FRANKFURTER RUNDSCHAU

»Kaum je zuvor, auch nicht bei Mörike oder Hildesheimer, wähnen wir uns Mozart außerhalb seiner Musik so nahe wie in diesem Essay.« STUTTGARTER ZEITUNG

Hanns-Josef Ortheil
Das Element des Elephanten
223 Seiten

In einem faszinierenden autobiographischen Text beschreibt Hanns-Josef Ortheil, wie er aus dem Schweigen seiner frühen Jahre herausgefunden hat und über das Leben in den fünfziger und sechziger Jahren in der Bundesrepublik zu schreiben begann – das »überaus einleuchtende Selbstportrait eines großen Schriftstellers«. DIE ZEIT

Sammlung Luchterhand